歌鼓湘靈

楚詩詞藝術欣賞

李元洛著

東大圖書公司印行

國立中央圖書館出版品預行編目資料

歌鼓湘靈：楚詩詞藝術欣賞／李元洛
著。--初版。--臺北市：東大出版：
三民總經銷，民79
面；　公分--(滄海叢刊)
ISBN 957-19-0334-5(精裝)。--
ISBN 957-19-0335-3(平裝)

1.中國文學—批評，解釋等

829

著　者　李元洛
發行人　劉仲文
出版者　東大圖書股份有限公司
總經銷　三民書局股份有限公司
印刷所　東大圖書股份有限公司
地址／臺北市重慶南路一段
六十一號二樓
郵撥／〇一〇七一七五——〇號
初　版　中華民國七十九年八月
編　號　E 82049①
基本定價　捌　元
行政院新聞局登記證局版臺業字第〇一九七號

ISBN 957-19-0334-5 (精裝)

詩詞欣賞情趣多

——《歌鼓湘靈——楚詩詞藝術欣賞》小序——

臧克家

我喜歡閱讀古典詩詞，也有興趣寫點欣賞的短文。在報刊上，遇到這類文章，我從不放過，它們對我的吸引力是強大的。我認爲好的作品，往往把它剪下來貼在本子上保留起來，志趣所在，不可強也。

三幾年來，我讀到一位同志寫的詩詞評賞，一而再，再而三，引起我的注意，把作者的名字也記住了。心裏揣想：作者是怎樣的一個人；現在何處？一種強烈憐才而期望一面的念頭，在心中油然而生。

大約在前年春季的一天，有位客人來訪，看樣子，剛從青年進入中年，爲人很謙遜，見了我，情態有點恭謹。一握手之後，我問：貴姓？低聲回答說：「李元洛」。

我一下子從椅子上站了起來，二次緊握他的手，說：「我尋找你已經好一二年了。」他，又驚又喜！我，也又驚又喜！

就這樣，我和元洛成了忘年之交。他每次到北京，總要來看看我。他每次來，總要交換一下對文藝問題的看法，談得特別多的當然是古代詩詞以及欣賞評論的問題了。談興越來越濃，四目相對，兩心相交，茶杯在手，不覺涼了。

以前，我認識元洛的文章，從此，也認識了元洛的人。他北師大中文系畢業以後這二十多年間，在西北和湖南教過中學和師專，從事古典詩歌的研究從未間斷。蓄積益富，所得日多。志趣之專，用功之勤，使我欽佩，感愧。

他每到我處，暢談之餘，還要到我的寢室來，認眞而又仔細地對我手頭常用的三四架書，一一檢視。這些關於古典詩文的書，都較一般，我想，我所有的，元洛一定有，而元洛所有的，我卻不一定有。我所有的，僅供偶爾查閱，而元洛所有的，必是反覆閱讀而且經常運用。

元洛看到他所沒有的（如香港出版的詩、詞選之類），便從書櫃中抽出來翻一翻，有點不忍釋手的樣子。他還要求到西房、南房看看我的爲數不多的藏書，好似要在心中記一筆賬似的。

我深深爲元洛嗜書成癖的專注之心所打動，因而也想到他在一些欣賞評論文章中表現出的功力與苦心。

前不久，元洛在信上告訴我，他寫了一本《歌鼓湘靈——楚詩詞藝術欣賞》，不久寄來了稿子，要我寫幾句話，我翻閱了一下稿子，心裏很高興也很感動！上了年紀，寫序言成爲精神的負擔，一年之中就有二三十份之多。精力不及，爲少數友朋所不諒解。但元洛的信和稿子一到手，雖在病中我還是爽口答應下來了。

有關「楚」地的詩詞，範圍太大了。論地域，至少包括現在的湖南、湖北兩省；論時間，從屈原到清代。這巨大的工程，需要多大的功力呵！沒有恒心，不行。有恆心，沒有學識也不行。元洛閱讀了總集（如《全唐詩》、《全宋詞》……）和兩千多年來數以千計的詩詞名家或不甚爲人所稱道的作者的專集，此外，讀詩話、詞話，查閱類書，這種精神與毅力，爲我所不能，因而也大大佩服。想到個人寫點欣賞短文，僅憑一點創作經驗作本錢，讀書不多，所見不廣，雖偶有一得之見，但比起元洛的大作來，自愧既無系統性又乏理論性，與之所至，隨感而已。

我翻閱了《歌鼓湘靈——楚詩詞藝術欣賞》之後，認爲優勝之處有三：

這本書，析賞了歷代有關「楚」地的詩詞約百篇，每篇重點地談一個藝術問題，不同於一般賞析。

此其一。

這集《欣賞》吸收了古代詩論、詞論的成果，取精用宏（特別是對所論詩詞的具體評論），又融合了外國有關詩論的意見，中西合璧，而以中爲主。此其二。

元洛嗜古，但不泥古。他平日還寫了不少論新詩的文章，因此，他談論的是古典詩詞，卻着眼於新詩，能夠適當地結合新詩創作，留意其發展。此其三。

對於文藝創作和評論文章，各有所愛，人莫圓概。元洛此書，對我有啟發，有引導，投合了我的愛好；而我，也寫了這千多字，滿足了元洛的要求。此可謂兩得其便吧！

一九八三年三月十六日

目次

咏物詩的典範

——屈原〈橘頌〉

每當十月的金風吹紅橘林的時節，我總是不禁想起我國古典詩歌史上咏橘的俊句佳篇。唐代張彤的「樹樹籠煙疑帶火，山山照日似懸金」，從色彩上點染橘林景色，宛如一幅明麗的水彩；陸龜蒙的「良玉有漿須讓味，明珠無類亦羞圓」，從滋味和形態方面極盡贊美之辭，令人興味盎然。但是，我國詩史上咏橘的典範之作，還是要首推屈原的〈橘頌〉：

后皇嘉樹，橘徠服兮。受命不遷，生南國兮。深固難徙，更壹志兮。綠葉素榮，紛其可喜兮。曾枝剡棘，圓果摶兮。青黃雜揉，文章爛兮。精色內白，類任道兮。紛縕宜修，姱而不醜兮。

嗟爾幼志，有以異兮。獨立不遷，豈不可喜兮？深固難徙，廓其無求兮。蘇世獨立，橫而不流兮。閉心自慎，終不失過兮。秉德無私，參天地兮。願歲並謝，與長友兮。淑離不淫，梗其有理兮。年歲雖少，可師長兮。行比伯夷，置以爲像兮。

遠古時代的江漢地區，是《楚辭》中所稱「南國」的一部分，也是橘樹繁茂生長的地方，直到漢代司馬遷的《史記．貨殖列傳》，都還有「蜀漢、江陵千樹橘」的記述。從詩的青春奮發的情感與詩之四言格式看來，〈橘頌〉可以斷爲屈原的早期作品。〈橘頌〉，是詩史上頌橘的第一篇，也是詩史上第一首眞正的咏物詩。作爲詩歌品類之一的咏物詩，雖萌芽於《詩經》，但屈原確實有一空依傍、獨闢蹊徑的開創之功。自此以後，六朝展其體制，唐代擅美一時，宋元明清繼承餘風，歷代都有不少咏物詩的佳作，如唐代張九齡的〈感遇〉之一：「江南有丹橘，經冬猶綠林。豈伊地氣暖，自有歲寒心。可以薦嘉客，奈何阻重深？運命惟所遇，循環不可尋。徒言樹桃李，此木豈無陰？」他所繼承和傳揚的，就是屈原〈橘頌〉的芬芳。在文學創作上，獨創性是才華的主要標幟，也是衡量作者對文學發展貢獻大小的重要標尺。在《詩經》中，也有一些咏物的篇章，如有名的〈鴟鴞〉、〈碩鼠〉即是，但它們的藝術手段還只是一種簡單的類比，整首詩的構思還是處於一種質樸的原始狀態，可以說是最早的「禽言詩」和有所比喻的詩。幾百年之後，由於楚文化的滋養，也由於吸收了中原文化的成果，屈原戛戛獨造的〈橘頌〉，不僅爲後代的咏物詩創作開拓了寬廣的道路，也充分表現了他耀采飛光的才華與對詩歌藝術獨至的貢獻。

咏物詩要工於體物，切於狀物，要窮物之情，盡物之態，對事物的特徵與形象作傳神的描畫，這是咏物詩第一位的基本功。〈橘頌〉的前十六句爲第一部分，詩人從色澤、形象、香味等多方面頌橘：歌頌橘初夏時綠葉紛披、白花五瓣的盛景，贊美橘的內蘊潔白、外耀文采的形象，歌唱橘的特殊馨香。——這一切，確是「這一個」的南橘獨特形象與特徵的藝術概括，人們絕對不會把它和桃李之類的果實混同起來。從這裏，可見詩人對事物敏銳的觀察力與藝術感受力，以及他描形狀物的藝術功夫。

咏物詩的寫作僅僅止於體物是不够的，描摹準確，也許只是客觀事物形象的說明書而已。因此，咏物詩既要表現出事物的形象和特徵，同時又絕不能黏滯於事物本身，它既要能入乎其內，也要能出乎其外，也就是要有所「寄托」：寄情於物，托物言志，在對事物描形繪神的基礎上，表現詩人由此而感發的對生活獨到的感受和認識，從而使讀者得到高尙的精神感召和思想啟示，只有這樣，才可以說是咏物詩的上乘之作。「咬定青山不放鬆，立根原在亂崖中。千磨萬擊還堅勁，任爾東西南北風」，清代鄭板橋的這首〈石竹〉詩，不就正是如此嗎？〈橘頌〉的第一部分主要是寫橘，但又並不完全是寫橘，其中是弦外有音的，在後一部分的二十句中，對橘的獨立不遷、橫而不流的堅強性格的咏唱，就更鮮明地表現了詩人的言外之旨。總之，這首詩既是對橘的贊頌，也顯示了詩人自己剛直不阿的個性與堅貞高潔的人格，寄寓了詩人的情操和抱負。可以說，字字咏物而又句句咏人，形象描繪和詩人寄托巧妙地在美學構思中交織在一起，正是這首詩藝術上的高明之處。

劉勰在《文心雕龍·物色》篇中提出「吟咏所發，志惟深遠」之後，歷代詩論家對於咏物詩不斷提出了許多有益的見解，這種情況在西方的詩歌理論中是頗爲罕見的，因爲西方的咏物詩遠不如中國的咏物詩繁榮，所以在理論上也很少總結。在我國，卽以淸代的詩論家而言，就可以掛一漏萬地列舉如下有關議論：「不黏不脫，不卽不離」（王士禎：《帶經堂詩話》），「咏物詩無寄托，便是兒童猜謎」（趙翼：《陔餘叢考》）；「咏物徒比擬形似，如剪彩爲花，毫髮畢肖，而生氣無有，此時賢頗知所戒。咏物詩須詩中有人，尤須詩中有我，或將我跳出題之旁，或將我併入題之內。咏物之妙，只此二種」（阮葵生：《茶餘客話》）。兩千多年前，屈原將南國嘉橘寫進中國詩歌史的第二章之中，兩千多年後，我們不僅驚嘆於屈原寫橘的創造性的才華，更贊美他筆下之橘所閃耀的永恒人格美的光芒！

詩句的「翻疊」

——杜審言〈渡湘江〉

巡禮初唐的詩壇，我們不能不提到杜審言的名字，這倒不是因爲他是大詩人杜甫的祖父，杜甫多次在詩中自豪地誇耀他的家學淵源，不無溢美地稱道「吾祖詩冠古」，而是因爲唐代詩歌的繁榮，原因之一是繼承和發展了前人的成就，而唐初詩人的努力特別是他們在近體詩方面的貢獻，對盛唐詩歌的蔚爲大觀，更是有華路藍褸以啟山林的開創道路的意義，杜審言，就是這樣一位有承前啟後意義的人物。

杜審言（約六四五—七〇八），字必簡，祖籍襄陽（今湖北襄陽），父親遷居鞏縣（今河南鞏縣）。他年輕時就與李嶠、崔融、蘇味道一起，被稱爲「文章四友」，而以他的成就最高。他對唐代近體詩的形成和發展，特別是對於五言律詩的建立，作出了重要的貢獻，同時，梁陳以來輕靡浮艷的詩風在初唐詩壇還未完全掃除，而杜審言的詩正是以它剛健闊大的特色，預告了盛唐詩歌將要到來的雖然朦朧然而卻是最早的訊息。因此，王夫之在《薑齋詩話》中說：「近體梁陳已有，至杜審言始葉於度。」而聞一多也曾經指出他的詩「已轉變為純粹的唐代詩風」。如「旅客三秋至，層城四望開。楚山橫地出，漢水接天回」（〈登襄陽城〉），「獨有宦遊人，偏驚物候新。雲霞出海曙，梅柳渡江春」（〈和晉陵陸丞早春遊望〉），都是他五律中的名句。他的七絕，有的也寫得具有生活氣息而藝術上相當出色，有如早春的一枝梅花，向人們透露了盛唐絕句繁英似錦的消息：

遲日園林悲昔遊，今春花鳥作邊愁。
獨憐京國人南竄，不似湘江水北流！

杜審言因依附張易之黨，唐中宗神龍初（公元七〇五年）被貶逐嶺南，春天途經湖南，寫下了上面這首〈渡湘江〉。這首詩，不僅平仄調諧，合乎七絕的規則，而且顯示了高明的藝術技巧——翻疊。他寫這首絕句的當時，不像後來有許多絕句佳作可以借鑑，因此，這種開創之功就更覺可貴了。絕句，字數很少，篇幅短小，要在有限的篇幅中包含較大的容量，具有較廣闊的供讀者想像回旋的天地，用現代詩歌批評的術語來說，就是要追求詩的密度和新鮮感，這樣，就促使詩人們在藝術上孜孜以求，而翻疊，就是增大密度與獲得新意的詩藝之一。所謂「翻疊」，一是反用或翻用歷史故實或前人成句，一是在自己原來的意思之上，用否定意義的翻筆產生新意。在形式方面，包括意蘊兩兩反照的原意與新意，在效果上，不僅可以因反覆對照使詩句警動而不流於平弱，也可以因回環重疊而增加詩的層次、波瀾與容量。那種平直的缺乏容量與新意的語句，是難以進入詩的門庭的，即使是大詩人的作品，也不免受到譏議，如杜甫的〈送王十五判官扶侍還黔中〉中的「離別不堪無限意」，前人就曾嘲之為「無聊之極」。杜審言這首詩的前兩句，各自是前半句與後半句用翻筆的句中翻疊。「遲日」，指春天的太陽，《詩經・豳風・七月》中早就有「春日遲遲，采繁祁祁」之句，而「遲日園林」，是詩人描寫京華春日的美好風物，令人不禁憶起後來杜甫的「遲日江山麗，春風花鳥香」的麗句，但杜審言詩接下來的卻是「悲昔遊」；「今春花鳥」，在一般情況下本來是應該令人賞心悅目的，但詩中隨之而來的卻是「作邊愁」！一句之中後半句翻疊上半句，相反的意思兩兩並列，單一的意象轉化為複式的意象，使人感到十分警峭而意趣深長。明代的唐汝詢認為湘江是杜審言的舊遊之地，園林昔遊，是感三湘舊遊而悲，這雖可說是一家一言，但且不說杜審言先此是否來過湖南已無可查考，如此解詩，也使原來富於情趣的作品減少了許多情味。「遲日園林悲昔遊」一句，宋代李昉、宋白等人所編的《文苑英華》作「他日園林非舊遊」，其中的「悲」字，明代李攀龍的《唐詩選》也作「非」字，都遠不及現在這一句的詩意雋永而濃至。這首詩的後兩句雖仍是翻疊，卻與上兩句有所不同，它們是上句與下句的句與句的翻疊：「獨憐京國人南竄」，正面抒寫自己被貶逐南荒的悲，「不似湘江水北流」，人生有情而偏偏「南竄」，江水無知而偏偏「北流」，原人用翻筆使原意翻上一層，意思是：人的命運連江水都不如，北去的江水眞是值得欣羡呵！這兩句本來已經層波疊瀾了，而翻疊中又綜合運用了對比，更覺意象單純中見繁複，精采紛呈。從全詩來看，「悲」、「愁」、「憐」這些詞語在表意上都是直露的，直言發露，常常容易流於一覽無餘，削弱詩的感染力，但是，由於詩人成功地運用了翻疊和對照的技巧，就彌補了它的弱點。

翻疊的藝術，在盛唐和盛唐以後的詩歌中，有着長足的發展。如賈島「且說近來心裏事，仇讎相對似親朋」，杜牧「多情卻似總無情，惟覺樽前笑不成」，雍陶「楚客莫言山勢險，世人心更險於山」，王安石「雲尙無心能出岫，不應君更懶於雲」，鄭板橋「一國興來一國亡，六朝興廢太匆忙。南人愛說長江水，此水從來不得長」（〈六朝〉）等等（參見黃永武：《中國詩學》），都有着值得我們去探索的詩的奥秘，而杜審言的詩，可以說是唐代詩歌藝術殿堂最初的然而又是重要的基石，他的孫子杜甫後來說「吾祖詩冠古」（〈贈蜀僧閭丘師兄〉），又說「詩是吾家事」（〈宗武生日〉），雖不免有點自詡家學淵源，但也可見他頗爲自己有這樣一位詩人祖父而驕傲。

矛盾逆折　新穎警策

——宋之問〈渡漢江〉

「有的人活着，他已經死了；有的人死了，他還活着……」每當我讀臧克家紀念魯迅的名作〈有的人〉，總不免要想到明末固守江陰八十日抗清死難的閻應元，他有一首〈題七里廟壁〉：「露齒白骨滿疆場，萬死孤忠未肯降。寄語行人休掩鼻，活人不及死人香。」這首詩的結句是發人警醒的，臧克家的詩雖然並不一定從中得到過啟示，但「活」與「死」的矛盾對照與反襯，卻貫串在〈有的人〉的整個藝術構思之中，使得他的這一詩作新警而富於力度。

「矛盾逆折」這種詩藝，除了臺灣黃永武教授的《中國詩學》外，在我們當前的詩歌理論和批評中幾乎沒有論及，在詩歌創作中也沒有得到應有的注意和運用。矛盾逆折，西方文藝理論稱之爲「矛盾語」，又稱「抵觸法」或「反論法」。莎士比亞最善於運用這種藝術，如他在《雅典的泰門》中關於黃金那一段後來曾經得到人們贊賞的描述，就是最著名的例子，而涅克拉索夫的名句「你又貧窮，你又富庶，你又孱弱，你又強大，親愛的母親俄羅斯」（《在俄羅斯誰能快樂而自由》），也是因爲運用矛盾語而不同凡響的。在西方現代派詩歌中，更普遍運用了矛盾語這種藝術手段。所謂矛盾逆折，可以作如下解說：在同一詩行或連貫而下的兩行詩句中，或在全詩的整體藝術構思中，將正反矛盾的兩種意念或情景緊密地組合在一起，使兩種力量構成順逆相蕩的富於張力的衝激，由於意象中矛盾力量的相反相成，就使得讀者在感受上產生強烈的印象，並獲得新穎警策的美感。

同一詩句連貫而下的兩句詩之間的矛盾逆折，往往直接地運用矛盾修辭法，也就是在極短的語言距離中運用反義詞或字面意義相反的詞，讓它們在不和諧的狀態下構成新的和諧而美的秩序，新穎而勁健，具有強大的張力而強烈地刺激讀者的想像。如杜甫〈江漢〉中的「落日心猶壯，秋風病欲蘇」，〈泊岳陽城下〉中的「留滯才難盡，艱危氣益增」，每句之中前後矛盾而逆折翻騰；白居易也曾有「風生古木晴天雨，月照平沙夏夜霜」之句，其中「晴天」之與「雨」，「夏夜」之與「霜」，相反相斥而生新意，藝術鑑賞力很高的蘇東坡都稱之爲「高妙」而嘆服不止（見潘德輿：《養一齋詩話》），而李賀的「今朝香氣苦，珊瑚澀難枕」，「香氣」之後居然接上「苦」，深刻地抒寫了所咏人物的心理，筆致十分奇詭。這種例子在古典詩歌中不勝列舉，至於將兩個互相對立矛盾的意念貫穿於全詩的整體藝術構思中，如王昌齡〈閨怨〉的「忽見陌頭楊柳色，悔教夫婿覓封侯」，如陳陶〈隴西行〉的「可憐無定河邊骨，猶是春閨夢裏人」，都可以說是詩家之絕唱。宋之問的〈渡漢江〉也是這樣：

嶺外音書斷，經冬復立春。
近鄉情更怯，不敢問來人。

這首詩，《全唐詩》把它歸到李頻的名下，但考李頻的生平，他從未貶謫嶺南，而且他的家鄉是在壽昌（今浙江壽昌縣），生平與籍貫均與詩意不合，所以還是應該被認爲是宋之問的作品。宋之問一說虢州（今河南靈寶縣）人，一說汾州（今山西汾陽縣）人，武則天時因諂附權貴張易之等而貶官瀧州（今廣東省羅定縣）參軍，不久他從嶺南貶所逃歸洛陽。這首詩，就是他逃歸途中經漢水時寫的。詩中的漢江，就是今天漢水中游的襄河。唐代在五嶺之南設立嶺南道，嶺外，即指五嶺以南。首兩句平平而起，前一句回敘自己流放的地方和家書斷絕音訊杳然的情況，後一句交代時間，經冬而復立春，可見在異地羈留的時間之久。這兩句雖然不是什麼十分精采之語，但卻爲後兩句作了情緒上的蓄勢與鋪墊，如果沒有後兩句，這首詩也許就不會像現在這樣打動人心了。「近鄉情更怯，不敢問來人」，運用的正是矛盾逆折的詩藝。照一般常情而言，久客他鄉的人萬里歸來，越是接近家鄉，就應該越是興奮，在途中見到家鄉來的人，總是要迫不及待地打聽家人的消息，以讓自己懸念吉凶的心有一個着落，可是，詩人卻一反常情，而且也一反平順的寫法，在「近鄉」之後，忽然逆折一筆，出之以「情更怯」，在「問來人」之前出人意外地修飾以「不敢」，這些矛盾的意念和詞句構成強烈的衝突，相摩相蕩，無單調之弊，而有新奇之趣，無直率之病，而有警動之神，它新穎而富有力度地表現了詩人對家人懷想的殷切深至！沈德潛《唐詩別裁》說：「（後二句）即老杜『反畏消息來，寸心亦何有』意。」而明代唐汝詢在《唐詩選》中也認爲：「此逃歸時作，隔歲無書，近鄉正宜問訊，今云不敢問者，思之之深，憂喜交集，若有所畏耳。」他們都贊揚這首詩特別是後兩句的巧妙，但都沒有能指出它巧妙的奧秘正在於矛盾修辭法。法國十八世紀啟蒙運動思想家伏爾泰在《論美》中說：「要用『美』這個詞來稱呼一件東西，這件東西就須引起你的驚贊和快樂。」宋之問這首詩是「美」的，它不僅在藝術上引起讀者的驚贊和美感，而且它的形象內涵已經超出了宋之問寫作時那種特定而比較狹窄的感情，而在讀者的欣賞這一藝術再創造過程中獲得了普遍的意義。

詩歌中的矛盾逆折的技巧，由生活中種種矛盾的事物和人之種種矛盾的感情狀態所決定，而這種詩藝反過來又藝術地表現了生活和情感。宋人楊萬里《誠齋詩話》在談到老杜的「老去悲秋強自寬，興來今日盡君歡」時，他贊賞說：「第一句頃刻變化，才說悲切，忽又自寬。」他所意會而說得不明確的「頃刻變化」，便是指矛盾語的變化。清代劉熙載《藝概》在理論上則有了明顯的進展：「篇意前後摩蕩，則精神自出，如〈豳風・東山〉詩，種種景物，種種情思，其摩蕩祇在徂歸二字耳。」「我徂東山，滔滔不歸」，「徂」與「歸」正是矛盾修辭。矛盾修辭，西方現代文論稱之爲「矛盾語」、「矛盾法」，希臘文原義是「違反解說法的意見」，或「似非而實是的意見」、或「自相矛盾的說法」。矛盾語，在莎士比亞的作品中屢見不鮮，西方現代派詩歌中更爲常見，當代美國學人勃魯克斯與華倫合著的《現代修辭學》甚至強調說：「矛盾語法是適宜於詩的，甚至可以說是詩中無法避免的語言。只有科學家們的眞理才要求一種絲毫沒有矛盾迹象的語言；而很顯然的，詩人們所要抒寫的眞理只有靠矛盾語法始足以獲致。」（轉引自香港學者黃維樑編著《火浴的鳳凰》一書）而中國二千五百多年前的詩歌，早已爲後世的我們傳遞了矛盾逆折詩藝接力的火炬。

詩的「華采」

——王勃〈滕王閣詩〉

「華」，它的重要本義之一就是光采、光輝、文采。與文字和文學有關的稱美之辭，就有「華翰」、「華章」、「華構」、「華贍」、「華辭」等等。音樂中有所謂「華采樂段」，我這裏要說的，是詩中的「華采」。

我國最早的詩歌總集《詩經》，由於它所反映的社會生活還處於比較原始的狀態，詩歌本身也還屬於「草創」時期，因此，它的風格總體說來是渾厚樸茂的，但是，它也有一些頗具華采的段落和篇章，如〈桃夭〉之「桃之夭夭，灼灼其華。之子于歸，宜其室家」，以盛開的桃花比喻新嫁娘之青春貌美，亦興亦比，在《詩經》中吹奏的是一支頗爲歡愉華美的樂曲。以屈原的作品爲代表的《楚辭》，由於社會生活的豐富，神話傳說的採用和文學本身的進展，加之《楚辭》已經是文化修養相當高的個人創作，而不像《詩經》是初民的集體的作品，因此，它的基本風格是璀燦絢麗的。「曾枝剡棘，圓果摶兮。青黃雜糅，文章爛兮」

（〈橘頌〉），「朝發軔於天津兮，夕余至乎西極。鳳凰翼其承旂兮，高翱翔之翼翼。……屯余車其千乘兮，齊玉軑而並馳。駕八龍之蜿蜿兮，載雲旗之委蛇」（〈離騷〉），「吉日兮辰良，穆將愉兮上皇。撫長劍兮玉珥，璆鏘鳴兮琳琅」（〈九歌．東皇太一〉），屈原的這些作品，不都閃耀著奪目的光華嗎？在唐代詩歌中，文字之華采具有令人驚嘆之美的，最突出的是李白、杜甫、李商隱和李賀，然而，我們卻不能忘了在他們之前的先鋒，那初唐四傑之一的王勃。在唐詩蔚爲盛大的園林之前，當陳子昂還來不及在唐詩苑中的幽州臺上登高一唱的時候，年輕的王勃是有開創之功的。王勃在詩史上的地位和貢獻，此處不必贅述，我們暫且只去領略他作品中的華采，如附在名聞遐邇的〈滕王閣序〉之尾的七言古詩〈滕王閣詩〉：

滕王高閣臨江渚，佩玉鳴鸞罷歌舞。
畫棟朝飛南浦雲，朱簾暮捲西山雨。
閑雲潭影日悠悠，物換星移幾度秋。
閣中帝子今何在？檻外長江空自流！

王勃（六四九—六七六），字子安，原籍太原祁縣，移居絳州龍門（今山西稷山縣治）。這位天不假年的詩國天才，當他去海南探望他的父親時，不幸被海神召去，年方二十六、七歲。上述〈滕王閣序〉與〈滕王閣詩〉的寫作時間，歷來論者分為對峙的兩方，一方認為是他十四歲時去江西省父路經南昌時的作品，一方認為是去交趾省父經南昌而作，而根據序中的「童子何知，躬逢盛餞」、「勃三尺微命，一介書生」的自敘以及其它佐證，當以前說為是。對王勃的詩文，前人之述備矣。杜甫美之為「不廢江河萬古流」，韓愈「壯其文辭」，李商隱贊嘆其「王楊落筆得良朋」；除此之外，元代辛文房《唐才子傳》稱其「屬文綺麗」，明代楊愼《丹鉛總錄》譽其為「雲中俊鶻」，張遜業〈校正王勃集序〉稱讚他「富麗輕捷，稱罕一時」，《四庫全書》也說他「文章鉅麗，為四傑之冠」。——這些評論，角度與措辭也許有所不同，但都有意無意地指出了王勃作品富有華采。

我所謂的華采，內容上是健康積極的思想感情所迸射的光輝，語言上是高華宏麗的文字所煥發的異采，總之，是一種有骨力的華采，而不是單純指語言外在形態上的華辭麗句，更不是指沒有內在生命力的華而不實之辭。王勃這首七古，前四句切定滕王閣本身落筆，「滕王高閣臨江渚」，從遠距離勾畫贛江邊的滕王閣的大觀，頗有「上出重霄，下臨無地」之概，這是寫形，寫現在；「佩玉鳴鸞罷歌舞」，寫人逝車杳，過去的歌舞盛會已成陳迹，這是寫聲，寫往昔。「畫棟朝飛南浦雲，朱簾暮捲西山雨」，將閣中的「畫棟」、「朱簾」與遠處的「南浦」、「西山」聯繫起來，雖然仍是寫閣，但卻有了平面上的立體感和廣遠的空間感。在第二聯中，「朝」、「暮」是表時間的詞，流光箭駛，時不待人，於是後四句很自然地過渡到對樓外風光的描繪，特別是對由樓而生發的感受作集中的抒發、滕王閣本是唐高祖李淵之子李元嬰所建，李元嬰於貞觀十三年任洪州都督，封滕王，而後來都督閻伯嶼重修此樓，已過去了相當長的時間。「閑雲潭影日悠悠，物換星移幾度秋」，王勃登樓遠眺，俯仰今昔，自然不免感慨叢生了。大江流日夜，閣可重修而帝子安在？「閣中帝子今何在，檻外長江空自流」，一個問句中神情搖曳，一個「空」字裏意蘊無窮。一般說來，憑弔之作常不免氣象衰颯，意緒感傷，而王勃這首詩卻大筆濡染，意象堂堂而流光溢采，寓示了一種積極進取、有所作爲而不使年華空度的精神。這種華采，是骨力開張的華采，是我們所讚美的有生命力的華采。

明代陸時雍《詩鏡總論》中一段話頗堪玩味：「王勃高華，楊炯雄厚，照鄰清藻，賓王坦易，子安其最傑乎？調入初唐，時帶六朝錦色。」王勃詩作的「高華」風格，當然包括我們所說的「華采」。他的「高華」，他的「調入初唐，時帶六朝錦色」，我以爲有時代的和文學的原因，就時代而言，初唐是中國封建社會的上升時期，高揚的時代精神要求傑出詩人擔當起與齊梁以來頹靡詩風作鬪爭的任務，因此，王勃的詩章之中，就顯示了「翩翩意象，老境超然勝之」（明代王世貞：《藝苑巵言》評王勃語）的特色，從文學發展的歷史來看，唐代是個大統一的時代，南北朝幾百年分裂的局面結束了，南方文學的清新婉麗和北方文學的剛健率眞結合起來，一爐而煉，去短揚長，自然就使有唐一代的詩國天空大放異采，而王勃的詩作，就是天邊所閃耀的璀燦的霞光。

眞正傑出的作品是與日長新的，而被時間所遺忘的則是那些贗品或次品。金代布衣高永，就曾寫過一首〈大江東去・滕王閣〉：「閑登高閣，嘆興亡，滿目風烟塵土。畫棟珠簾當日事，不見朝雲暮雨。秋水長天，落霞孤鶩，千載名如故。長空澹澹，去鴻嘹唳誰數。遙憶才子當年，如椽健筆，座上題佳句。物換星移知幾度，遺恨西山南浦。往事無憑，昔人安在，何處尋歌舞。長江東注，爲誰流盡千古？」這首詞，檃括王勃寫滕王閣的序與詩，抒寫的正是後人對詩人高華之作的紀念。香港學者、詩人黃國彬在〈從一首詩說起〉一文中說：「〈滕王閣〉是一首妙絕千古繁富濃縮的好詩。透過這首詩，我們可以看到中國古詩的某些特點；透過這首詩，現代詩人可以知道他們爲什麼要師事古代大詩人，接受他們的啟發。」（見《從蓍草到貝葉》一書）是的，在唐代詩國的天穹，王勃這首詩是一道絢麗的早霞，它的光華永遠不滅。俄國著名詩人萊蒙托夫死時，年方二十七歲，高爾基後來曾不勝惋惜地說他「是一首未唱完的歌」，我想，匆匆來去的王勃不也是一首未唱完的歌嗎？

典型瞬間

——賀知章〈回鄉偶書〉

盛唐初期的賀知章，不僅有識人的慧眼，在詩史上傳爲佳話，而且有寫詩的靈心，留下了傳世之篇。

這位晚號「四明狂客」的詩人，生於顯慶四年（六五六），卒於天寶三載（七四四），字季眞，越州（亦稱會稽）永興（今浙江蕭山縣）人。他性情曠達豪放，喜歡飲酒，善草隸。由於張說的薦舉，入麗正殿修書，後遷太子賓客、秘書監，故稱賀監。李白〈對酒憶賀監〉詩說：「四明有狂客，風流賀季眞。長安一相見，呼我謫仙人。昔好杯中物，翻爲松下塵。金龜換酒處，卻憶淚沾巾。」詩前有小序寫道：「太子賓客賀公，於長安紫極宮一見余，呼余爲謫仙人，因解金龜換酒爲樂。沒後對酒，悵然有懷而作是詩。」賀知章一見風塵中的布衣李白，就驚呼爲「謫仙」，不愧是巨眼識千里駒的伯樂。他留下來的二十首詩作中，絕句清新自然，時出巧思，頗有爲後世所傳誦的篇章，如〈咏柳〉：「碧玉妝成一樹高，萬條垂下綠絲絛。不知細葉誰裁出？二月春風似剪刀。」咏春柳而比喻新奇，詩情雋永，至於〈回鄉偶書〉，更是爲人們所稱道：

少小離家老大回，鄉音無改鬢毛衰。
兒童相見不相識，笑問客從何處來？

詩人八十六歲時，因老病請求還鄉，這首詩，就是他回到故里後的作品。宋代范希文《對床夜話》說：「張籍云：『長因送人處，憶得別家時。』盧象〈還家詩〉云：『小弟更幼孩，歸來不相認。』賀知章云：『兒童相見不相識，笑問客從何處來？』語益換而益佳，善脫胎者宜參之。」明代唐汝詢《唐詩解》認爲：「模寫久客之感，最爲眞切。」雖然張籍的生卒年比賀知章爲早，賀知章對與他同時期的盧象的詩也不一定讀過，但前人從不同的方面對這首詩作的品評，還是可以參考的。這裏，我卻想從「典型瞬間」的角度，去請教這位「知章騎馬似乘船，眼花落井水底眠」（杜甫：〈飲中八仙歌〉）的詩人，去探究他這首詩成功的秘密。

陸機在〈文賦〉中說：「觀古今於須臾，撫四海於一瞬。」詩歌創作特別是抒情詩創作，要以不全求全，從有限中見無限，在簡約的文字中包含豐富而引人聯想的生活與思想感情的內容，就必須選擇「須臾」和「一瞬」來描繪，這種「須臾」與「一瞬」，我們可以稱之爲「典型瞬間」。攝影藝術和繪畫藝術反映生活的主要藝術形式和手段，就是捕捉與提煉典型的瞬間，它們不可能像小說、戲劇、電影那樣對生活與運動中的事物，作比較連貫的和完整的反映，而只能發現、捕捉和定形生活與事物的最富於表現力的瞬間。在這一方面，抒情詩的藝術表現手段，和攝影藝術以及繪畫藝術有相似之處，雖然前者是文字的時間藝術，後二者是空間藝術。

優秀的抒情詩典型瞬間的提煉和表現，常常具有以下的兩個特點：一是不去笨拙地敍述事件或情態的前因後果，即全過程，也不費力難討好地去表現事件或情態的「頂點」，而是著重表現將臨頂點的「須臾」，高潮即來之前的「一瞬」。這樣的「典型瞬間」，既包孕了它所產生的「過去」，也暗示了它會發展的「將來」，同時，它本身原就是富於概括力的，因此，這種「典型瞬間」有深度也有廣度。與這一特點相聯繫，成功的「典型瞬間」，不僅能夠引發讀者對這一瞬間本身的想像，也必然能夠引發讀者對過去的「追溯」和對未來的「期待」。一百多年前的英國詩人兼學者柯勒律治有〈關於莎士比亞的演講〉一文，他論述莎氏劇作的特點，第一條就是「期待勝於驚訝」，他說：「就像以我們猛然看見流星時的感覺與守望太陽在預定的時刻上升時的感覺作個比較，驚訝比期待要低得多。」我無法和柯勒律治去爭論「驚訝」對於藝術品的美學價值，絕美的東西總是能引起觀賞者「驚訝」的美感的，但確實可以說，不能引人「追溯」特別是不能引人「期待」的詩作，在藝術上很難說是一首好詩。

賀知章的〈回鄉偶書〉之所以傳唱不衰，除了在內涵上表達了一種較爲普遍和永恒的人生經驗之外，在很大程度上就是得力於「典型瞬間」的成功捕捉並作了出色的藝術表現。「少小離家老大回，鄉音無改鬢毛衰，」這兩句全是運用矛盾語，「少小離家」與「老大回」，「鄉音無改」與「鬢毛衰」，雖然分別概括了幾十年的漫長光陰，和詩人垂垂老矣的近幾年來的變化，時間的幅度很大，人生的滄桑之感也包容得頗爲深廣，但是，它卻不是時間的縱的鋪展，而是剛剛「回鄉」的頃刻的自我回顧與寫照。「兒童相見不相識，笑問客從何處來？」這裏，故鄉的兒童相見而不相識，這正是詩人漫長的生活歷程中的一個短暫片刻，而「笑問客從何處來」，則更只是這相見的瞬間的一句問話而已。然而，微塵中見大千，納須彌於芥子，彈指之間去來今，詩人回鄉之前由「少小」而至「老大」的幾十年間的往事，兒童「笑問」之後詩人的應答以及其它，詩中卻沒有一字提及，它只寫到高潮與頂點之前的「笑問客從何處來」，卽戛然而止，可是，詩人卻留下了引人「期待」的懸念，設置了聯想的線索，規定了想像的範圍，強烈地刺激讀者的想像去補充和豐富詩的形象。德國十八世紀著名的文藝批評家萊辛，在《拉奥孔》中提出藝術家描繪人物的表情要有節度，不宜「選取情節發展中的頂點」，賀知章的〈回鄉偶書〉不正是如此嗎？〈回鄉偶書〉本來有兩首，其二是：「離別家鄉歲月多，近來人事半銷磨。惟有門前鏡湖水，春風不改舊時波。」這首詩也還是不錯的，但卻不如前一首流傳廣遠，此中道理值得深思。

唐詩中善於擷取、提煉「典型瞬間」的詩作不少，如盧綸的〈逢病軍人〉：「行多有病住無糧，萬里還鄉未到鄉。蓬鬢哀吟古城下，不堪秋氣入金瘡。」如張仲素〈春閨〉：「裊裊城邊柳，青青陌上桑。提籠忘採葉，昨夜夢漁陽。」都莫不如此。而賈島的「松下問童子，言師採藥去。只在此山中，雲深不知處」（〈尋隱者不遇〉），似乎更多地繼承了賀知章的詩藝而又有所發展。從這裏可以看到，古典詩歌中有豐富的藝術手段等待着我們去認識，去作「縱的繼承」並予以推陳出新。新詩作者如果對傳統一無所知或知之不多，而高叫「反傳統」，而高叫「橫的移植」，不是等於丟掉金飯碗而去討飯嗎？

虛實相生

——張說〈送梁六自洞庭山作〉

虛實相生，是文學藝術各個門類普遍的藝術課題，更是飄揚在詩歌領域中一面重要的藝術旗幟。

我國的傳統繪畫，強調象外之趣，如「無畫處皆成妙境」、「常計白以當黑，奇趣乃出」、「畫應使人疑」等等，就是追求那種令人遐想妙得的情境；我國的傳統戲劇，重視意到筆不到的藝術效果，清代戲劇理論家李漁的《閑情偶寄》，還專門闢有「審虛實」一章，如現代戲劇所謂的「潛臺詞」，就是劇作家着意經營的虛中見實的妙境；我國的傳統音樂，要求有弦外之音，白居易就曾經生動地描繪過「此時無聲勝有聲」的韻味悠然的境界。我國的古典詩歌，要做到言約意豐，耐人尋繹，更是講究虛實相生的藝術，歷代詩人在這方面也積累了許多可貴的經驗。

初唐後期的詩人張說（六六七—七三〇），字道濟，河南洛陽人，玄宗時封燕國公。他的主要成就是散文，和蘇頲（封許國公）齊名，人稱「燕許大手筆」。他的五言律詩和絕句也有相當的成就，特別是貶謫到岳陽而一度離開宮廷生活之後，更寫出了一些較優秀的所謂「得騷人之緒」的篇章，如〈灉湖山寺〉：「空山寂歷道心生，虛谷迢遙野鳥聲。禪室從來雲外賞，香臺豈是世中情。雲間東嶺千重出，樹裏南湖一片明。若使巢由同此意，不將蘿薜易簪纓。」辛文房《唐才子傳》說他「晚謫岳陽，詩益淒婉，人謂得江山之助」，而天下聞名的岳陽樓，就是他創建的。他的〈送梁六自洞庭山作〉，是一首虛實結合而情味悠長的詩篇：

巴陵一望洞庭秋，日見孤峰水上浮。
聞道神仙不可接，心隨湖水共悠悠。

這首詩，前兩句實寫，實中有虛。所謂「實」，即古典詩論所說的「寫事境宜近」，就是對客觀的生活場景、自然環境和人物形象作具體的眞實的描繪，做到富於生活氣息和實感，使人如聞其聲，如觸其物，如臨其境，如見其人。眞實的描繪，鮮明的意象，是文學創作包括詩歌創作的基礎，沒有「實」，不是流於抽象化、概念化，就是流於玄秘空幻，不可捉摸。「巴陵一望洞庭秋」，點明全詩的「視點」是詩人站在巴陵城邊眺望，節候是秋天，眼前所見是秋日的八百里茫茫雲水。這句詩，所概括的空間與時間是廣闊而長遠的，畫面闊大而容量深厚。「日見孤峰水上浮」，空間由廣闊的平面——洞庭，縮小到一個狹窄的立體——孤峰（卽洞庭山，又名君山），時間也由比較長遠的「洞庭秋」，縮小到相對說來較爲短暫的「日見」。這兩句，描畫了一幅廣闊而歷歷如繪的圖景，有客觀景物的勾勒，有詩的抒情主人公神情的描摹，它是實實在在具體可感的形象，又留有可供讀者想像回旋的餘地。然而，詩人爲什麼要站在洞庭湖的岸邊，天天去眺望那似乎浮動在水上的孤峰——君山（洞庭山）呢？此中情意，那就要讀完全詩才可以尋索了。這首詩，後兩句虛寫，虛中有實。所謂「虛」，卽古典詩論所說的「寫意境宜遠」，就是在藝術描寫上不要密不透風，過於板實，寸步不遺地按照生活原來的樣式來描寫生活，堵塞讀者想像的通路，而是要簡煉含蓄，要有深遠的「意蘊」，引一以概萬，從有限中表現無限，給讀者以廣闊的藝術再創造的天地。原來，關於洞庭湖和湖中的君山，自古以來就流傳着許多美麗的神話傳說，因此，詩人張說想像那君山定然是神仙的窟宅，而今，所送的梁六也遠去君山了，古代傳說中的仙人神女已經渺然難尋，梁六一去也不知何日歸來，對此蕭瑟秋風，浩茫湖水，憶念之情情何以堪，唯有心潮和湖浪一起澎湃而遠去。這兩句詩以虛寫爲主，托想空靈，引人遐思，和前面的實寫相得而益彰，正如日本學者森大來在《唐詩選評釋》中所說：「君一歸隱，恐不可再逢，徒令我思慕之心與洞庭之水共悠悠而無極，永不能望有相見之日也。『心隨』七字，夷曠而澹永，亦是不着一字之妙語。」

過實過死，謹毛失貌而缺乏空靈之趣；過空過玄，貧乏蒼白而令人難以索解，這是當前新詩創作中兩種常見的弊病。從張說這首詩可以看到，虛與實是對立的統一，是「意象」與「意蘊」的交融。實因爲有了虛的補充和豐富才實而不死，虛因爲有了實的制約和引導才虛而不空，只有虛實相生，才能構成詩的意境，才能擴大詩的美學容量，也才能調動讀者的藝術再創造的積極性，使他們想像的翅膀鼓翼而飛。

清澹的風格

——張九齡〈登荆州城望江二首〉

多樣化，十分豐富多彩，是文學藝術繁榮昌盛的標誌之一，單調和貧乏，如果不是說明文學藝術的幼稚，就是標誌着它的衰落。作爲我國古典詩歌黃金時代的唐代詩歌，題材、體裁、形式、流派、風格和手法就是多樣化的，呈現出繁聲競奏的恢宏壯麗的交響樂之壯觀。即以風格而論，也絕不是定於一尊，而是千花競放。古代詩論家所談論的「格」與「調」，和我們今天所說的境界與風格大致相近。明代胡應麟在《詩藪》中評唐詩就說：「其格，則高卑、遠近、濃淡、淺深、巨細、精粗、巧拙、強弱，靡弗具矣。其調，則飄逸、渾雄、沉深、博大、綺麗、幽閑、新奇、猥瑣，靡弗詣矣。」一闋壯麗的交響曲，有它動人的前奏；一園怒放的羣花，有它初發的蓓蕾。張九齡（六七三—七四〇），就是介於初唐與盛唐之間的一位風格以清澹著稱的詩人。

張九齡，字子壽，韶州曲江（今廣東省曲江縣）人。他的詩篇除那些應制之作有相當濃厚的臺閣習氣之外，其它篇什特別是被貶謫之後的一些短章，可說詩情眞摯，興寄深遠，詩風清澹，意味悠長。人們歷來將他與陳子昂並稱，認爲他對於扭轉六朝以來至初唐時尚所不免的形式主義詩風，作出了他的貢獻。淸人劉熙載在《藝概》曾說陳子昂和張九齡「獨能超出一格，爲李杜開先」，而胡應麟《詩藪》則早已具體地指出：「陳子昂獨開古雅之源，張子壽首創淸澹之派。盛唐繼起，孟浩然、王維、儲光羲、常建、韋應物，本曲江之淸澹，而益以風神者也。」他對於詩人們近似的風格還作了令我們今天還爲之嘆服的細緻分析：「靖節清而遠，康樂清而麗，曲江淸而澹，浩然淸而曠，常建淸而僻，王維淸而秀，儲光羲淸而適，韋應物淸而潤，柳子厚淸而峭，徐昌穀淸而朗，高子業淸而婉。」——讓我們隨着這些導遊員的指引，走進張九齡的詩中去賞玩一番吧。「巫山與天近，烟景長青熒，此中楚王夢，夢得神女靈，神女去已久，雲雨空冥冥。唯有巴猿嘯，哀音不可聽。」他的〈巫山高〉意境淸遠地抒寫了遠古的傳說；「自君之出矣，不復理殘機。思君如滿月，夜夜減淸輝」，他的〈賦得自君之出矣〉，在同類題材的作品中可謂靈心四映；「海上生明月，天涯共此時。情人怨遙夜，竟夕起相思」，「江南有丹橘，經冬猶綠林，豈伊地氣暖，自有歲寒心」，更是他〈望月懷遠〉和〈感遇詩十二首〉中的名句。又如〈登荆州城望江二首〉：

滔滔大江水，天地相終始。
經閱幾世人，復嘆誰家子。
東望何悠悠，西來晝夜流。
歲月既如此，爲心那不愁。

開元二十五年（公元七三七年），直言敢諫的張九齡被奸相李林甫所排擠，從右丞相被貶爲荆州長史。當時荆州的治所在今湖北江陵縣，張九齡在這裏寫了有名的組詩〈感遇詩十二首〉，〈登荆州城望江〉也是這時的作品。關於時間和生命，這是中外詩人和哲人很早就熱切關注和潛心探討的問題。康德曾援引十八世紀詩人馮・哈勒的詩：「無限無窮！誰能把你權衡？在你面前，世界好比一天，人類猶如瞬間，也許第一千個太陽正在轉動，還有幾千個太陽正在後面。鐘要擺使它自己走個不停，太陽也要上帝的力來推動：它的工作完成，另一個又照耀天空，可是你呀，超乎數序，無始無終。」而自從孔子面對生活中的景象發出「子在川上曰：逝者如斯夫，不捨晝夜」的深沉嘆問之後，時間與生命也就成了我國歷代詩歌的永久性的主題了。張九齡這首詩，既有它的題材和主題的歷史繼承性，也有它新的發展和創造。它既不同於〈古詩十九首〉中「生年不滿百，常懷千歲憂。晝短苦夜長，何不秉燭遊？」的及時行樂的思想，也不同於曹操〈短歌行〉中「對酒當歌，人生幾何，譬如朝露，去日苦多」的感慨叢生的嘆息，它在基調深沉的唱嘆裏，寄寓的仍然是自強不息和積極進取的精神，和他的前驅者陳子昂〈登幽州臺歌〉的「前不見古人，後不見來者，念天地之悠悠，獨愴然而涕下」，頗有些相似之處。

在藝術上，這首詩的風格特色是清澹。所謂清澹，並不是平淡枯寂，也不是內涵淺露，而是寫景抒情、遣詞煉句都注意清華脫俗，有清超而澹遠的韻致，因爲澹而不清，就難免陳陳相因的構思和人云亦云的俗氣，清而不澹，就可能只有清新的意趣而缺乏深遠的風神。「滔滔大江水，天地相終始」、「東望何悠悠，西來晝夜流」，〈登荊州城望江〉兩首詩一開篇，就沒有落入一般的寫景言情的窠臼，像我們讀到的許多作品一樣，而是由逝水聯想到無盡的時間和無限的空間，在浩茫的時空意象之中包孕了深沉的哲理思索。「經閱幾世人，復嘆誰家子」、「歲月既如此，爲心那不愁」，沒有苦心的雕琢，更無華麗的藻飾，純粹出之以直白式的議論，你也許會覺得形象不够鮮明豐滿，但它卻含思深遠，給我們以「歲月不待人，及時當勉勵」的啟示，讓我們從中看到，卽使是在受奸人排擠打擊而坎坷不遇的境況之中，作者也並不是情懷淡漠遺世而獨立的超人，而是一位執着於生活的歌者。

「神出古異，淡不可收」，司空圖在《二十四詩品》中如此描繪「清奇」一品，張九齡的許多作品就近似這種品格。張九齡，是初唐的殿後，盛唐的先驅，從他的詩作裏，我們聽到了盛唐詩歌一個重要流派的早春的訊息。

動靜對映

——孟浩然〈過故人莊〉

動靜對映的藝術，在我國最早的詩歌總集《詩經》裏，就已經初露光彩。〈小雅・車攻〉描繪了這樣的場面：「蕭蕭馬鳴，悠悠旆旌。」這兩句動靜對映，極饒情致，連千餘年後唐代大詩人杜甫的「落日照大旗，馬鳴風蕭蕭」，也是從這裏吸取了出藍之美的靈感。在理論上，首先提出動靜對映的藝術法則的，大約是宋代兼擅文學的科學家沈括，他在《夢溪筆談》卷十四中說：「古人詩有『風定花猶落』之句，以謂無人能對。王荆公對以『鳥鳴山更幽』。『鳥鳴山更幽』本南北朝梁代王籍詩。原對『蟬噪林逾靜，鳥鳴山更幽』，上下句各是一意，『風定花猶落，鳥鳴山更幽』，則上句乃靜中有動，下句動中有靜。」沈括不僅提出對句不能犯「合掌」這種重複的毛病，而且看到了詩歌中不僅上下兩句可以動靜互照，而且一句之內也可以動靜相生。

詩歌，長於抒寫事物的動態，詩歌作者也往往着意化美爲媚，盡量將靜態敍述的形象，化為動態演示的動作性形象。「新豐美酒斗十千，咸陽游俠多少年。相逢意氣為君飲，繫馬高樓垂柳邊！」王維的〈少年行〉寫人物神態已然是神情畢現了，但杜甫的同名之作似乎更勝一籌：「馬上誰家白面郎，臨階下馬坐人床。不通姓氏粗豪甚，指點銀瓶索酒嚐！」原因就在於杜甫的寫生妙筆，更生動地表現了事物的動態，更傳神地表達了人物的意態神情。但是，詩中絕不應一概排斥靜態的描畫，因為「動靜」二態本來是生活中客觀事物的固有屬性，它們互相依存、對立和轉化，作為對生活的藝術反映的詩歌，它必然要表現出這種客觀存在的辯證法，同時，這種動靜對立的情態，被作者自覺地廣泛地運用於詩歌的藝術描寫之中，就構成了豐富多彩的動靜對映的詩藝，或動中有靜，或靜中有動，或先動後靜，或先靜後動，或以動襯靜，或以靜襯動，等等。動靜對映的藝術法則，可以大大地增強事物的藝術對比效果，有助於創造和構成詩的意境，如孟浩然的〈過故人莊〉：

故人具鷄黍，邀我至田家。
綠樹村邊合，青山郭外斜。
開軒面場圃，把酒話桑麻。
待到重陽日，還來就菊花。

孟浩然（六八九—七四〇），襄州襄陽（今湖北省襄陽縣）人，後人尊稱爲孟襄陽。他和王維同爲唐代詩歌中山水詩派（或名田園詩派）的代表人物，世稱「王、孟」。傲岸不諧的李白有一首五律送給他：「吾愛孟夫子，風流天下聞。紅顏棄軒冕，白首臥松雲，醉月頻中聖，迷花不事君。高山安可仰，徒此揖清芬。」（〈贈孟浩然〉）杜甫不僅在〈遣興〉一詩中說「吾憐孟浩然，短褐卽長夜，賦詩何必多，往往凌鮑謝」，而且在〈解悶〉一詩中又三致意焉：「復憶襄陽孟浩然，淸詩句句盡堪傳。」而王維除爲孟浩然作像並繪〈襄陽吟詩圖〉之外，還有〈哭孟浩然〉一詩悼念他：「故人今不見，日夕江漢流。借問襄陽老，江山空蔡州。」孟浩然在唐代這幾位大詩人心目中的地位，由此可見。上述五律〈過故人莊〉，就是孟浩然隱居在襄陽附近的鹿門山時的作品。這首詩，當然同樣表現了他詩作的淸空澹遠的主導風格，正如明代李東陽《麓堂詩話》議論他的詩時所說：「專心古淡，而悠遠深厚，自無寒瘠之病。」這裏，我們所要着重欣賞的卻是詩人的動靜對映的藝術。

詩的題目是「過故人莊」，這裏的「過」是動詞，卽「訪問」、「拜訪」之意，因此，從造訪之初寫起最後寫到重陽再會的後約，全詩呈現的是動態性的整體藝術結構。然而，詩人爲了使詩篇不致單調而具有多樣之美，他在全詩的最重要的部分——中間兩聯着重運用了動靜對照的藝術手段。「綠樹村邊合，青山郭外斜」，以靜爲主，靜中有動。詩人所造訪的故人莊，村莊周圍都是蓊鬱成蔭的綠樹，這是近景，也是靜景，而句尾的「合」字，顯然是一個動態性的意象，它使靜態的綠樹有了躍動的姿態和生命。從村莊往遠處看，隱隱的青山橫臥在城郭的外邊，這是遠景，也是靜景，而句尾的「斜」字，是形容詞而兼攝有動詞的作用，這樣就使靜態的青山有了生動的氣韻。在對故人莊的環境作了一番布置和描寫之後，「開軒面場圃，把酒話桑麻」，就主要是登堂入室後的動態性描寫。禾場、菜園和桑麻等等固然是靜態的，但占據畫面中心的卻是開軒面對、把酒歡談的活躍情態，而且那些靜態的事物都成爲主客對話時流動的話題了。對於律詩的中間兩聯，詩人們一般都是採取情景分寫的寫法，但王維和孟浩然卻善於全部寫景，而且往往很出色，不顯得堆砌和單調，這其中自然有許多藝術的奧秘，但動靜對照恐怕就是奧秘之一吧。——這裏可以附帶提到的是，明代楊愼在《升庵詩話》中曾說：「孟集有『待到重陽日，還來就菊花』之句，刻本脫一『就』字，有擬補者，或作醉，或作賞，或作泛，或作對，皆不同。後得善本，是『就』字，乃知其妙。」從這裏可以看到，「還來就菊花」本身就是動靜對照，同時，有「泉流石上，風來松下之音」的孟浩然的詩，它的清空自然的風格，也是以雄厚的藝術功力作基礎的。

古典詩歌，是當代的新詩發展的基礎之一。古典詩歌的藝術，很值得有識見有才華的當代詩人去含英咀華，推陳出新。卽以「動靜對映」一端來說，不是也可以給我們以有益的營養嗎？

巨細映襯

——孟浩然〈望洞庭湖贈張丞相〉

在盛唐詩國的天空，孟浩然和王維是光輝互相映照的雙星。他們的風格和才力都很相近，詞秀調雅、清新淡遠，是他們的作品的基本風貌。

孟浩然的詩今傳《孟浩然集》，共二百六十三首。對於他的詩，蘇軾曾作過「韻高而才短，如造內酒手，而無材料耳」（《後山詩話》）的評論，這大體上還是公允的。他的詩，反映社會生活的面比較狹窄，更沒有表現出他所處的時代的主要矛盾，同時，他沒有什麼才氣縱橫的長篇巨製，而只善於寫作小詩短章。佳句名篇，多見之於五律。然而，在盛唐人才輩出的詩壇上，他畢竟是具有獨到成就和獨特風格的詩人，所以不僅得到了後代詩家的廣泛讚許，如宋朝嚴羽《滄浪詩話》就說「孟浩然之詩，諷咏之久，有金石宮商之聲」，即使在唐代，他也得到了許多詩人的推崇。〈望洞庭湖贈張丞相〉，就是他傳世的名篇：

八月湖水平，涵虛混太清。
氣蒸雲夢澤，波撼岳陽城。
欲濟無舟楫，端居恥聖明。
坐觀垂釣者，徒有羨魚情！

這首詩，有人說它是「干謁詩」，然而，它的名聞遐邇，決不是因爲它的後半首通過洞庭風物的抒寫，巧妙地寄託了希望當權者援引的寓意，而是因爲它的前四句確實不同凡響。如果沒有前四句，這首詩很可能就會在歷史的記憶裏消失得無影無踪。

這首詩的前四句之所以成爲千古傳唱的名句，使得歷代很多咏洞庭的詩相形失色，除開表現了作者積極用世的心胸抱負之外，我以爲其主要藝術奧秘就是大小相形，巨細映襯。意筆和工筆，概括和精巧，粗獷和細膩，是藝術上兩種不同的造型手法。詩歌，則更講究巨細映襯的辯證法。在詩歌創作中，既要有如椽大筆，寫出大的境界（大景），也要有精細的筆墨，寫出小的境界（小景）。因爲一味粗豪，就會空無依傍，大而無當；一味工細，則易流於瑣屑，格局狹窄。只有概括「大」而刻劃「細」，大中取小，小中見大，才會大而不空，小而不碎，特別是要表現出壯闊雄渾的境界，更不是一味以單打一的「大景」所能奏效，而必須注意適當地以「小景」去襯托。孟浩然這首詩，就是藝術上大小結合、點面相映的典範之作，即使是今天的新詩作者，也可以從中獲得一些藝術的啟示。

首聯第一句寫俯視所見：高秋八月之時，千匯萬注，湘、資、沅、澧四派奔集，長江之水也倒灌湖中，湖水與岸相平。詩中用一「平」字眞可謂平中見奇，洞庭湖浩浩蕩蕩橫無際涯的景象就如在目前。第二句寫仰觀所感：天連水，水連天，上下天光，渾然一色，八百里湖水和萬里長天通過一個「混」字而成了囊括宇宙的整體。首聯兩句所抒寫的境界本來都不能算小，但是，第一句和第二句比較起來，前者景小而後者景大，大小交融，巨細映照，這樣就具有更強烈的藝術效果。——詩人如此描寫還覺得意猶未盡，於是百煉精金，化爲頷聯光芒四射的詩句。頷聯的出句着眼於一個浩闊的平面：橫跨湖南北部和湖北南部的千里雲夢，水氣蒸騰，雲煙瀰漫。一個「蒸」字，訴之於視覺，寫足了洞庭湖的雄偉氣派。頷聯的對句落筆於一個狹小的立體，歷史名城岳陽，在洪波巨浪的衝擊下彷彿都爲之搖動。一個「撼」字，訴之於聽覺和觸覺，這裏巧妙地運用了「通感」手法，補足了洞庭湖的巨大力量。沈德潛在《唐詩別裁》中說：「起法高渾，三四雄闊，足與題稱。」但是，我以爲頷聯兩句，同樣構成了一幅巨細映襯的圖景，它和首聯交織在一起，又是一幅前後大小相形而錯綜多彩的圖畫：既有大景，又有小景，大小交融，相輔相成，大因小而神氣充塞，小因大而精神飛動，十分豐富多姿，毫不單調貧乏。

孟浩然詩的主要風格是「淸而曠」（胡應麟：《詩藪》），但他也有積健爲雄、反虛入渾之妙的詩。和他差不多同時的詩歌選評家殷璠，在《河岳英靈集》中就稱他這首詩爲「高唱」；日本學者森大來在《唐詩選評釋》中也說：「浩然此作，氣象雄偉，曠然之壯觀，如在目前。」而大小相形、巨細映襯的高超藝術技巧，我以爲就是這首詩高唱入雲的長風。

起調・轉節・收結

——王維〈桃源行〉

詩歌，和名山勝水結下了不解之緣。湖南桃源縣西南的桃源洞，相傳就是陶淵明所記的桃花源。自從陶淵明〈桃花源詩並記〉一出，這裏就成了名聞遐邇的勝地。歷代不少詩人來到這裏尋覓那縹緲而美麗的傳說，留下了許多傳播人口的篇章，正如宋代陳岩肖《庚溪詩話》所說：「韓退之、劉禹錫、本朝王介甫，皆有歌詩，爭出新意，各相雄長。」其中，王維「時年十九」所作的〈桃源行〉，雖然還只能算是他少年的試筆之作，然而，初日芙蓉，自有它動人的風韻，放在眾多咏桃源的作品中，它的光彩仍然分外照人眼目：

漁舟逐水愛山春，兩岸桃花夾古津。
坐看紅樹不知遠，行盡青溪忽値人。
山口潛行始隈隩，山開曠望旋平陸。

遙看一處攢雲樹，近入千家散花竹。
樵客初傳漢姓名，居人未改秦衣服。
居人共住武陵源，還從物外起田園。
月明松下房櫳靜，日出雲中鷄犬喧。
驚聞俗客爭來集，竟引還家問都邑。
平明閭巷掃花開，薄暮漁樵乘水入。
初因避地去人間，更問神仙遂不還。
峽裏誰知有人事，世中遙望空雲山。
不疑靈境難聞見，塵心未盡思鄉縣。
出洞無論隔山水，辭家終擬長游衍。
自謂經過舊不迷，安知峰壑今來變。
當時只記入山深，青溪幾度到雲林？
春來遍是桃花水，不辨仙源何處尋！

王維（七〇一——七六一），字摩詰，太原祁（今山西省祁縣）人。他是一個多才多藝的藝術家，精通音樂，擅長繪畫，是「南宗畫」的開山祖，詩歌和孟浩然齊名，世稱「王孟」，開創了「山水詩派」，或稱「田園詩派」。他的詩，幾乎各體俱長，無體不工。宋代劉辰翁稱他的〈渭城曲〉爲七絕中「古今第一」，明代高棅選《唐詩品匯》，認爲王維的五律、七律和五排、五絕，可以作詩的「正宗」，而淸代倡導「神韻」說的詩人兼詩論家王漁洋，編選《唐賢三昧集》竟以王維爲首，歷代對他的詩作評價之高，由此可見。王維詩藝術上有很高的造詣，蘇東坡的「觀摩詰之詩，詩中有畫；觀摩詰之畫，畫中有詩」，是人所熟知的對王維詩風的評論。但我認爲最全面而準確的，還是同爲唐代人的殷璠在《河岳英靈集》中的一段議論：「維詩詞秀調雅，意新理愜，在泉成珠，着壁成繪。」〈桃源行〉一詩，也是如此。

王維這首詩是一首七言古詩，簡稱「七古」，唐人又稱之爲「長句」，屬於古體詩的範疇。「行」，原是漢魏南北朝樂府詩題所常用的名稱，唐代詩人所寫的古體詩，也常常冠以「歌」、「行」的字樣。關於歌行的藝術，前人有很多論述，如王士禎在《藝苑卮言》中就說過歌行的「三難」：「歌行有三難，起調一也；轉節二也；收結三也。」而王士禎所說的「三難」，王維都以他的生花彩筆一一予以征服了。開篇四句，詞彩高華，點醒題目。「漁舟逐水」和「兩岸桃花」的動靜映照，「紅樹」和「青溪」的色彩對比，使得開首就有如一幅彩墨淋漓而又富於動勢的圖畫，吸引讀者興致勃勃地跟隨詩人去探勝尋幽。這種「起調」，不能不說是很高明的。這首詩的中間部分共分三層：異境忽開，古風猶存；避地成仙，亦實亦虛；塵心未盡，思鄉出洞。這三個層次，雖然是從陶淵明的〈桃花源記〉演繹而來，正如沈德潛《唐詩別裁》所說「順文敍事，不須自出意見」，或吳喬《圍爐詩話》所說「右丞〈桃源行〉是賦義，只作記讀」，但幾個層次並不平鋪直敍，而且各有佳句點染其中，如「遙看一處攢雲樹，近入千家散花竹」的設色取景，遠近相宜；如「月明松下房櫳靜，日出雲中鷄犬喧」的夜晚的靜態之美和黎明的動態之美的融匯；如「峽裏誰知有人事？世中遙望空雲山」的幻想和現實的交織。（對於這兩句詩，明代朱孟震在《續玉笥詩談》中說：「古人詩，得意句不厭重複。王右丞〈桃源行〉有云：『峽裏誰知有人事，世中遙望空雲山。』蓋兩用之，此其妙在有意無意之間。」）因此，這些「轉節」之處又能够像沈德潛所說的「夷猶容與，令人味之不盡」。「收結」在詩歌創作中被認爲是最困難的，可是〈桃源行〉的結尾四句卻十分佳妙，既照應開頭，一往一復，首尾環合，又實景虛寫，別有靈趣，餘韻悠然。唐詩人張旭〈桃花溪〉詩：「隱隱飛橋隔野煙，石磯西畔問漁船。桃花盡日隨流水，洞在清溪何處邊？」王維詩和張旭詩的結句，有異曲同工之妙。

一首歌，如果第一樂句就能抓住人心，基本樂思具有美的魅力，結尾之處餘音繞樑，那它就絕不會隨風而逝。好詩，是否也可以作如是觀呢？

完整的美

——王維〈漢江臨眺〉

完整的東西不一定都是美的，但是，一般而言，美的東西必然完整。特別是在文學藝術創作中，只有和諧的完整的形象才能構成藝術美。一樹繁花，如果襯托它們的是枯枝敗葉，那將是何等大煞風景，同樣，一首律詩如果只有高明的中間兩聯，或是只有不凡的開頭與結尾，而全篇的結撰卻很不平衡，有如一件百衲衣綉上幾朵織金鏤彩的花朵，那也只會招來人們的嘆息。

律詩，是唐代詩歌百花園培育出來的色澤光鮮、芬芳特異的一枝。所謂「律」，就是嚴格的規定和法度。在我國古典詩歌的所有詩體之中，律詩是一種不但講究平仄而且講求對偶的規律異常嚴謹的詩體。無論五言律或七言律，開始與結尾的兩句一般是散體，稱爲首聯和尾聯，中間三四兩句稱頷聯，五六兩句稱頸聯，這兩聯不僅必須對仗，而且在律詩的寫作中具有十分重要的地位和作用，因此，詩人們非常重視中間兩聯的推敲和錘煉，有些詩人往往是先有中間精彩的幾句，然後發展成篇，但是，那種只在兩聯的對仗上下功夫而忽視全篇的做法，畢竟爲優秀的詩家也爲詩論家所不取。明代王世懋在《藝圃擷餘》中指出：「今人作詩，多從中對聯起……因就一題，衍爲眾律。然聯雖旁出，意盡聯中，而起結之意，每苦無餘。於是別生枝節而傅會，或即一意以支吾，掣衿露肘。」清代施補華《峴傭說詩》也有類似的看法：「今人作律詩，往往作中二聯，然後裝成首尾。故即有名句可摘，而首尾平弱草率，劣不成章。必須一氣渾成，神完力足，方爲合作。五律尤要，所謂『四十賢人』也。」從這裏可以看到，古代有識見的詩論家都反對律詩寫作中有句無篇的弊病，強調藝術整體的和諧感與完美性，這即使對新詩創作，也是有啟示意義的。

王維的〈漢江臨眺〉，就是一首頗堪諷咏之作：

楚塞三湘接，荆門九派通。
江流天地外，山色有無中。
郡邑浮前浦，波瀾動遠空。
襄陽好風日，留醉與山翁。

「臨眺」，卽登高望遠之意，「漢江」卽漢水，源出陝西寧強縣，流經襄陽，在武漢匯入長江。唐玄宗開元末年，王維爲殿中侍御史，他到襄陽後登臨遠眺江漢的景色，寫下了這首著名的詩篇。在戰國時期，漢水一帶是楚國的北疆，而三湘歷來是湖南省的漓湘、瀟湘、蒸湘的合稱，泛指湖南；荆門在湖北省宜都縣西北，九派則是長江在這一帶的眾多的支流。

「楚塞三湘接」一以寫山，「荆門九派通」一以寫水，「山」與「水」成爲全詩的抒情線索，貫串全篇，同時，它一開始就寫出詩人不但是遠眺中而且是想像中的景色，實景虛寫，有如一闋宏大的樂曲所奏鳴的第一個壯麗樂句，音域闊大，氣魄雄張。詩人在如此大筆揮寫後尙嫌意有不足，於是接筆承「九派」再寫「江流天地外」，承「楚塞」再寫「山色有無中」，這一聯，如同樂曲中的華彩樂段，自來得到詩人的追慕和讀者的讚賞。陸游在《老學庵筆記》中說：「權德輿〈晚渡揚子江〉詩云『遠岫有無中，片帆煙水上』，已是用維語，歐陽公長短句云云，詩人至是，蓋三用矣。」所謂「三用」，就是除了中唐詩人權德輿化用之外，宋代歐陽修〈朝中措——送劉仲厚甫出守維揚〉一詞中，有「平山欄檻倚長空，山色有無中」之語，完全是襲用王維的成句，而蘇軾的長短句中也有「記取醉翁語，山色有無中」之說，他似乎是誤把這一名句的版權歸在歐陽修的名下了。總之，這一聯純用意筆寫山水的壯觀，筆意清潤，意象超遠，紙上江聲浩蕩，胸中雲煙綿邈，確實是全詩錦上生花的筆墨。因爲全詩是寫漢江臨眺，在運筆空靈地分寫了遠景的山水之後，詩人集中筆力寫水，而且比較側重於近處的實境，筆姿毫不平板重複，「郡邑浮前浦，波瀾動遠空」，一「浮」一「動」這兩個動詞，和前聯的方位詞「外」與「中」一樣巧妙，「外」與「中」置於一句之尾，如裊裊餘音，作用在引人聯想，「浮」與「動」置於五言中關鍵性的第三字的位置，作用在於加強動態之美。由宋入元的詩論家方回在《瀛奎律髓》中說：「右丞此詩，中兩聯皆言景，而前聯尤壯，足敵孟杜岳陽之作。」他雖更稱美頷聯，但他認爲王維這首詩可以和孟浩然〈望洞庭湖贈張丞相〉與杜甫〈登岳陽樓〉相比美，當然是包括頸聯在內的。清代紀曉嵐認爲這首詩「五六撑不起，六句尤少味，復衍二句故也」，我以爲這種說法並沒有足以服人的道理。山翁，指晉代的山簡，他任征南將軍時鎮守襄陽，常去那裏的名勝之地遊覽。王維在風和日麗之中臨眺江山，自然不禁要聯想到過往的風流人物，並抒發自己對祖國山川的愛戀之情。「襄陽好風日，留醉與山翁」，悠然而止，極具風致。謝榛在《四溟詩話》中說明律詩「重在對偶」之後，又特地指出「詩以兩聯爲主，起結輔之，渾然一氣」，王維的這首詩，就達到了「渾然一氣」的和諧美的境地。

法國十八世紀最傑出的啟蒙運動思想家和作家狄德羅，在他的名著《論戲劇藝術》中說，「任何東西假使不是一個整體就不會美」，「效果長期存留在我們心上的詩人才是卓越的詩人」。追求藝術的完整美與和諧美，追求作品的使人永誌不忘的美感作用，看來是中外藝術家所共同嚮往的美學境界。不是嗎？

詩中的遠近法

——王維〈送賀遂員外外甥〉

繪畫中的遠近法，又叫透視法，它是繪畫藝術中描繪客觀事物特別是自然景物時的一種法則。具體地說，在繪畫中，遠近法是畫家把眼前立體形的景物看作平面形的方法。在中國古典詩歌特別是寫景抒情的詩詞中，詩人們也常常運用遠近法，不過畫家是驅遣他們獨特的空間性的藝術手段——線條和色彩來表現，在平面上塑造立體的形象，訴之於人們的視覺，詩人則是調動時間性的藝術手段——文字來描寫，把眼前和心中的景物平面化，用時間性的手段表現空間性的境界，訴之於人們的想像。

遠近法的要素是視線與視點。在中國畫中，視線就是地平線，視點就是畫家所朝向的地平線上的一點。中國詩和中國畫是姐妹藝術，它們對生活的藝術反映有許多微妙的通似之處。唐詩人岑參有句是「窗中小渭川」，杜甫也寫過「窗含西嶺千秋雪」，現實生活中的渭水和西嶺比窗戶不知大多少倍，但這種描寫卻符合物體距離愈遠它的形狀愈小的遠近法的道理。杜甫寫長江有「大聲吹地轉，高浪蹴天浮」的形神畢現的名句，李白贊黃河有「黃河之水天上來」的驚世駭俗的出羣之筆，上述這種描繪，符合遠近法中的另一條原理：在視線之下的景物，距離愈遠，它們在畫面上的位置愈高。「山河扶繡戶，日月近雕樑」，「野曠天低樹，江清月近人」，杜甫和孟浩然的這些詩句，說明了遠近法的另一條規律：在視線之上的景物，距離愈遠，在畫面上的位置愈低。除此之外，在視線上下的遠距離的景物，可以在觀察者的視線上取消其空間距離而連接在一起。王維的「日落江湖白，潮來天地青」，李白的「孤帆遠影碧空盡，惟見長江天際流」，宋代詩人張昇的「水浸碧天何處斷，翠色冷光相射」等等，不就是如此嗎？

遠近法，在詩中還有多種形態的具體運用和表現，值得今天的新詩作者借鑒，也值得從詩學的角度作深入的專題探究，這裏，且讓我們隨詩人而兼畫師的王維的指引，到他的〈送賀遂員外外甥〉一詩中的畫境裏游賞一番：

南國有歸舟，荊門泝上流。
蒼茫葭菼外，雲水共昭丘。
檣帶城烏去，江連暮雨愁。
猿聲不可聽，莫待楚山秋。

這首詩，就是以遠近法來布局的，但卻呈現出一種特異的風采。全詩從詩題中的「送」字着眼，描繪的全是舟行途中所見的景物，它在構圖上卓然不凡的特色在於：在八句之中，出句寫近景而對句繪遠景，出句景小而對句景大，在大與小的對照中疊映出近景和遠景，或者說，在近與遠的布置中疊映出大景和小景，這樣，全詩就顯得收縱開合，層次分明，境界具有縱深感，因爲詩的架構出格脫俗而別有一番風致。「南國有歸舟」，是眼前的近景，寫賀遂員外的外甥乘一葉輕舟歸去，景物的中心就是小小的「歸舟」。歸人去向何方呢？「荆門泝上流」是遠景，「泝」卽「溯」，這一句寫被送的人溯流而上，將遠去千里迢迢的荆門，一個「泝」字連結了此地與彼地的闊大的空間。「蒼茫葭菼外」，一筆從遠處勒回到眼前所見的景物，點染舟行時兩岸的蒹葭蒼蒼，白露爲霜。「雲水共昭丘」緊承前句中「蒼茫」與「外」的意緒，一筆放開如行空天馬，描繪天邊的雲水和楚昭王的墓丘渾融在一片茫茫之中。「檣帶城烏去」，又落筆於近處歸舟上的「檣烏」。詩人剛剛如此一收，接下來卻是「江連暮雨愁」，又潑墨渲染闊大而淒清的瀟瀟暮雨灑江天的景色。「猿聲不可聽」，從聽覺形象着筆，寫近處兩岸的啼不住的猿聲，「莫待楚山秋」又濃墨濡染，壯闊遼遠的時空境界，與開篇「南國有歸舟」的近而且小的圖景，構成鮮明的映照。值得特別提出的是，「莫待楚山秋」一句將表空間意象的「楚山」和表時間意象的「秋」並列在一起，空間意象是實，時間意象是虛，這樣化實爲虛，實景虛寫，具有極大的向外延展的張力，顯得分外空靈而引人想像。張九齡和孟浩然雖然都是唐代詩壇的名家，但他們的「惟有巴猿嘯，哀音不可聽」與「淸猿不可聽，沿月下湘流」的實寫，和王維的虛摹比較起來，雖然抒寫的景物和感情大致相同，但在藝術表現上卻不免顯得遜色多了。總之，這首詩的視覺空間遠近大小都處於一種有規律的變化之中，詩人近視遠觀的視點移動所形成的畫面，正是詩中遠近法所呈現的奇妙構圖方式中的一種，從這裏，我們不難看到「前身應畫師」的王維的藝術匠心。

中國古典詩人寫詩時，對事物的觀察和表現喜歡用畫的觀點與技法，繪畫中的遠近法，被廣泛地運用在中國古典詩歌之中。當代名畫家豐子愷，對李羣玉〈登漢陽太白樓〉中「江上晴樓翠靄間，滿簾春水滿窗山」之句十分欣賞，並在〈文學的遠近法〉一文中從繪畫藝術的角度進行分析：「實際，簾與窗是直立的，春水是橫鋪在地上的。但取消其間的距離，不管橫直的方向……竟把『春水』扶起來立在地上，又拉近來貼在太白樓的窗上。」（見《繪畫與文學》一書）古代詩人的詩，得到了現代畫家的贊賞，可見李羣玉的詩筆而兼畫筆之妙。王維的〈送賀遂員外外甥〉這首詩，也僅是詩中遠近法之一例而已，但是，嘗鼎一臠，古典詩歌山林裏那豐富的珍奇，確實值得我們今天的作者和讀者去涉獵體味。

落句含思

——王昌齡〈巴陵送李十二〉〈送柴侍御〉

湖南，水秀山明，引人吟詠。由於在古代它地處偏遠，從屈原「游於江潭，行吟澤畔」之後，這裏也是歷代許多志士和騷人被放逐的地方。一千多年以前的唐代，它就曾經兩次迎候過「七絕聖手」王昌齡。

王昌齡（六九八—七五七），字少伯，京兆（今陝西長安）人，因爲曾被貶江蘇江寧和湖南龍標，故又稱王江寧或王龍標。他現存詩一百八十多首，絕句將近一半，著有《王昌齡集》。王昌齡二十歲左右時，到過河西、隴右，西出青海、玉門。一窺塞垣，親歷戎旅，豐富的生活體驗，使他寫出了不少邊塞詩歌，和高適、岑參同爲盛唐邊塞詩派的名家。詩人除擅長寫邊塞之外，還以寫閨怨、宮怨擅長，此類題材的詩作今天還留存約二十首左右，如「閨中少婦不知愁」（〈閨怨〉），「奉帚平明金殿開」（〈長信秋詞〉），就都是人所熟知的佳作。在唐代的詩壇上，王昌齡以七絕獨步一時，只有李白的絕句才可以和他比美。宋犖在《漫堂說詩》中早就說過：「太白龍標，絕倫逸羣，龍標更有『詩天子』之號。」

王昌齡雖然是才華煥發的詩人，可是命途多舛。唐玄宗開元二十七年（公元七三九年），他四十一歲時從長安被貶，渡過湘水，經過衡陽、郴州去嶺南，孟浩然〈送王昌齡之嶺南詩〉中就有「洞庭去遠近，楓葉早驚秋，峴首羊公愛，長沙賈誼愁」之句。他在第二年遇赦北還之後，曾作過江寧丞，但五十一歲時由於小人誣諂而遭到更嚴重的打擊，被放逐到向來是遷謫竄逐的惡地的龍標（今湖南懷化地區黔城鎮）。他的殘句「昨從金陵邑，遠謫沅溪濱」（見《全唐詩》附錄），就是他這一次惡貶的自我寫照。詩人五十六歲時還在龍標，以後因安史之亂回歸鄉里，道出亳州被刺史閭丘曉所殺，時年六十歲。「才如江海命如絲」，一代才人，不僅命運坎坷，而且落得這樣一個悲劇結局，千載以下還令人爲之扼腕嘆息！

開元二十八年，王昌齡第一次貶謫遇赦北還。在洞庭波兮木葉下的秋天，他在巴陵遇到了比他小四歲的大詩人李白。在人生的浩茫天宇上，唐代兩顆燦爛的詩星不期而遇了，當年那動人的情景雖然已經不復得見，但王昌齡題爲〈巴陵送李十二〉的詩篇，至今仍閃耀着不滅的星輝：

搖曳巴陵州渚分，清波傳語便風聞。
山長不見秋城色，日暮蒹葭空水雲。

在日暮的江邊，他和李白匆匆分手，互相叮嚀着珍重，一直到船帆遠去。王昌齡這位七絕高手是非常講究詩的藝術的，他對於詩的結句當然更是重視。日僧遍照金剛的《文鏡秘府論》的「地卷」中，保存了王昌齡關於詩歌創作的一些藝術見解，其中就包括對於結句藝術的探索。他在論「含思落句勢」時說：「含思落句勢者，每至落句，常須含思；不得令語盡思窮；或深意堪愁，不可具說。……仍須意出成感人始好」。他的〈巴陵送李十二〉就是這樣，這首詩，蘊藉空靈，情深意遠，其結句即景寄情，含思無限，和李白的「孤帆遠影碧空盡，唯見長江天際流」有異曲同工之妙。同是天涯淪落人，難怪九年後李白聽到王昌齡被貶的消息時，會那樣一往情深地寫下「我寄愁心與明月，隨風直到夜郎西」的名句了。

王昌齡被貶邊荒，內心愁苦，但他的詩篇卻常常出之以開朗流麗之辭，從中我們可以看到詩人豪邁不羈的性格，也可以曲折地體味到詩人的傲岸與不滿，同時，以麗語寫悲涼，這也是素有「奇句俊格」之譽的詩人的手法高明之處。沈德潛在《唐詩別裁》中說他的詩「深情幽怨，音旨微茫，唐人騷語」，也許是看到了這一點吧？〈龍標野宴〉一詩就是如此：「

沅溪夏晚足涼風，春酒相携就竹叢。莫道弦歌愁遠謫，青山明月不曾空。」他的送別詩將近五十首，其中的〈送柴侍御〉就光景長新：

流水通波接武崗，送君不覺有離傷。
青山一道同雲雨，明月何曾是兩鄉？

前兩句實寫，直敍其事；後兩句虛寫，想像飛馳。語言明麗自然，音韻悠揚諧美。它抒寫傳統的離別題材而設想卻完全不落窠臼，寫青山，不同於王維「遙知兄弟登高處，遍插茱萸少一人」，寫明月，也不同於白居易「共看明月應垂淚，一夜鄉心五處同」，慘淡的生活畫布上渲染的竟然是明亮的色彩，悲苦的生命琴弦上彈奏的竟然是愉悅的音符！這，在唐代的送別詩中可說是獨樹一幟。

關於〈送柴侍御〉這首詩，我們同樣還要特別提到它的「落句含思」。托月寄情的寫法，前人早已有之，《詩經．陳風．月出》篇中就有「月出皎兮，佼人僚兮」之辭，六朝謝莊的〈月賦〉中就有「隔千里兮共明月」之句，王昌齡的「明月何曾是兩鄉」有所繼承而又語意新創，它不僅以景結情，而且結尾反問一句，這樣以反詰來生情，更使人感到詩意葱龍，盪漾着將盡而不盡的餘韻。

錯綜之美

——高適〈送李少府貶峽中王少府貶長沙〉

一株亭亭直上的白楊樹，它的主幹雖然是筆直的，但它的枝條和樹葉的分布卻仍然很不一律，在整齊中富有錯綜之美。詩歌創作何嘗不是這樣？劉熙載在《藝概》中強調律詩的「開闔變化」，而英國十七世紀著名的藝術理論家荷迦茲在他的《美的分析》裏，也指出「變化在產生美上是具有多麼重要的意義」。錯綜，就是有規律的變化。在我國古典詩歌形式的發展歷程中，楚辭、宋詞和元曲，都具有突出的錯綜美。在具體的詩歌創作中，改變平板的整齊對稱的方式，講求呼應開合的交錯關係，在詞序上注意統一中的變換，就往往能獲得錯綜之美，這一點，對於格式嚴謹的律詩尤其重要。

盛唐時的詩人高適，他的七律〈送李少府貶峽中王少府貶長沙〉就具有錯綜之美：

嗟君此別意何如？駐馬銜杯問謫居。

巫峽啼猿數行淚，衡陽歸雁幾封書。
青楓江上秋帆遠，白帝城邊古木疏，
聖代卽今多雨露，暫時分手莫躊躇。

在我國古典詩歌中，律詩是一種在對仗和音律上要求十分嚴格的詩體。但是，一味求工整，章法規矩井然而缺少變化，就常常容易流於平板呆滯，而難得有清新自然之趣，缺乏生動的氣韻，因此，有才能的詩人總是努力從規律中求自由，在限制中求變幻，高適這首詩就是如此。他的詩，歷代許多詩論家都贊之爲盛唐的「正聲」，風骨開張，辭情高華，但他的「正聲」確實還有許多變奏。在詩藝上，〈送李少府貶峽中王少府貶長沙〉一詩於全篇的呼應開合，於畫面的動靜互映與大小結合，於句法的安排方面，都力求變化，從而使全詩在工穩整飾之中又洋溢着活潑流動之趣。這裏，讓我們從上述三個方面作一番簡略的巡禮吧。

全篇的呼應開合。「嗟君此別意何如？駐馬銜杯問謫居」，一開篇，詩人就緊扣題目中的「送」字，寫出了當時的在具體情境之中的「別」，並突出了慰安之「問」，一句寫被送別的人，一句寫送別者的自己，一絲不苟而又開合有致。高適送的是兩人而不是一人，題目中兩個「貶」字早就交代了這一點，於是，中間四句緊承首聯中的「別意」與「謫居」來寫，意脈貫通，但卻是用分承式的兩兩分寫的筆法。「巫峽」一句寫貶峽中的李少府，「衡陽」一句寫貶長沙的王少府，「青楓江」一句再寫王，「白帝城」一句再寫李，都遙遙地呼應了首聯中的「謫居」二字。除了點出兩人被貶的地方而外，詩人還就兩地的景物加以渲染。《荊州記》：「漁者歌曰：『巴東三峽巫峽長，猿鳴三聲淚沾裳』」《方輿勝覽》：「回雁峰在衡陽之南，雁至此不過，遇春而回，故名。」王勃在《滕王閣序》中有如下名句：「雁陣驚寒，聲斷衡陽之浦。」白帝城人所熟知，青楓江則指瀏水，瀏水流經青楓浦，在長沙縣西北折入湘江，故稱青浦。啼猿歸雁，秋帆古木，不僅切地切景，而且都是具象化了的「別意」。在結尾兩句中，「聖代卽今多雨露」，表現了一種封建正統的庸俗思想，這是應該指出的，而「暫時分手莫躊躇」的結句以「分手」照應開篇的「別意」，在章法上總合全首，可稱交綜相應，井然有序。

畫面的動靜互映與大小結合。律詩的中間兩聯十分重要，因爲對仗嚴格的關係，往往板而難化，而高適卻不愧是七律的高手，他注意了動靜互換，「啼猿」與「歸雁」偏於動態美，動中有靜，「秋帆」與「古木」偏於靜態美，靜中有動。除此之外，中間兩聯在畫面的大小設置上也有變化，這兩聯都是以景傳情，但五、六兩句比三、四兩句更爲開闊，它們並不是平板的無差別的羅列，而是有層次的空間轉位，所以何焯在《唐賢三體詩》中評說道：

「幾封書反對暫字，五六則言瞻望佇立之情也。中二聯於工整中仍錯綜變換。」

句法的變換。前人曾經稱贊高適「常侍每工於發端」，說他的詩「起手不平亦不生」，這首詩也是這樣。高適在這裏運用了「喚起法」和「倒裝法」。詩人本來應該寫成「駐馬銜杯問謫居，嗟君此別意何如」，但他卻倒裝過來，而且配合以呼問，這樣就顯得不平庸而筆力豪健，一下就振起了全篇。中間兩聯雖運用了四個地名，沈德潛和紀曉嵐都以為不可，分別批評為「連用四地名，究非律詩所宜。五六渾言之，斯善矣」與「平列四地名，究為礙格」，而葉燮在《原詩》中更指責為「四語一意，後人行笈中，攜《廣輿記》一部，遂可吟咏九州，實高岑啟之也」——我以為他們所說並非絕無道理，但卻有欠公允。這兩聯詩，景中有情，而且畫面注意排列的交錯，同時，在句法上詩人也注意變換生姿，頷聯是上四下三的節頓，頸聯是上三下四的節頓，這樣就避免了句法重複而帶來的節奏呆板的毛病，使人產生整齊中有參差的聲律美感。

藝術的美，講求和諧，也講求錯綜，錯綜中寓和諧，和諧中見錯綜，使人享受到整齊的美又享受到變化的美，這大約是藝術美的上乘境界之一吧？我前面已經說過，前人對於高適這首詩的批評意見，並非沒有可取之處，它們至少從反面說明了錯綜之美對於詩歌創作的重要性，至少說明了如高適這樣的名家，其作品在藝術上也同樣有可以指責的地方。然而，我要補充的是，在盛唐的詩壇上，七律這種體裁集大成者是詩聖杜甫，李白的嚴格意義上的七言律詩不過八首，岑參三百九十七首詩作之中，七律也只有十一首，高適詩作二百四十一首，七律也僅寥寥七首。高適擅於七言古風，是盛唐邊塞詩派盟主式的人物，七律並非所長，但是，比他小十歲的轉益多師的杜甫，也借鑒了他的詩歌創作包括七律創作的成就，「當世論才子，如公復幾人？驊騮開道路，鷹隼出風塵」，杜甫的〈寄高適〉肯定他的開路之功，就是明證。

唯一性

——崔顥〈黃鶴樓〉

唯一性，即不可重複性，是眞正的藝術作品最可寶貴的品質，對於最講求獨創性的詩歌來說，尤其是這樣。詩歌作品只有是唯一的，不可重複的，才可能傳之久遠，而在內容與藝術上的重複，不論是重複他人，還是重複自己，都只能是創作上貧血的標記。對於盛唐之初崔顥（七〇四—七五四）的〈黃鶴樓〉，即使是天才超逸絕倫而又傲岸不諧的李白，也慨嘆「眼前有景道不得，崔顥題詩在上頭」，而南宋的詩論家嚴羽在《滄浪詩話》中也說：「唐人言七律詩，當以崔顥《黃鶴樓》爲第一。」這首詩之所以使當代大詩人嘆服，使後人推崇，我以爲根本的原因還是在於它的唯一性，即不可重複性。

因爲崔顥的〈黃鶴樓〉是千古傳誦的名篇，所以自從崔顥揮舞他的五采筆在天地之間寫下這首詩以後，古往今來，對這首詩也可以說是「前人之述備矣」。明代楊愼說：「宋嚴滄浪取崔顥〈黃鶴樓〉詩，爲唐人七言律第一。近日何仲默，薛君采取沈佺期『盧家少婦鬱金堂』一首爲第一，二詩未易優劣，或以問予，予曰：『崔詩賦體多，沈詩比興多，以畫家法論之，沈詩披麻皴，崔詩大斧劈皴也。』」（《升庵詩話》）日本《芥煥舟丘詩話》表示贊同：「蓋沈詩巧密，律詩開山，崔詩疏宕，古風遺調，崔氣勝韻，沈韻勝氣，二詩實難優劣。」俞陛雲認爲：「余謂其佳處有二，七律能一氣旋轉者，五律已難，七律尤難。大曆以後，能手無多。崔詩飄然不羣，若仙人行空，趾不履地，足以抗衡李杜，其佳處在格高而意勝也」（《詩境淺說》）。日本學者森大來議論：「沉思苦吟之餘，忽然異想天開，一片神機流行，而成此五十六字，非獨氣格高於雲卿之上，亦能屈服當代詩仙，實爲萬古絕唱，至令有不敢逼視者。」（《唐詩選評釋》）——如果繼續羅列下去，眞可以編一册資料集，只得就此打住。總之，前人所論雖然有的只是從一個角度說明，有的論說不免玄虛，但卻都有他們的道理。然而，我既尊重前人的指引，也不願完全重複他們的足跡，我以爲〈黃鶴樓〉詩通體閃耀的，是那種唯一性也即不可重複性的光采：

昔人已乘黃鶴去，此地空餘黃鶴樓。
黃鶴一去不復返，白雲千載空悠悠。
晴川歷歷漢陽樹，芳草萋萋鸚鵡洲。

日暮鄉關何處是？煙波江上使人愁！

我這裏所說的唯一性，就是不可重複的獨特性，再展開一點，就是：作爲「這一個」的詩人不可模仿也不可自我重複的對生活獨特之發現與獨特之藝術表現。生活客觀存在而且萬象紛呈，詩作者對生活的心靈感受與體驗也因人而異，在藝術地表現生活和自己的心靈感應時，必須有與眾不同之處。眞理不厭重複，而藝術卻忌諱重複，重複就不新鮮，多次重複就成濫調，而只有那種毫不重複的作品才最具有新鮮感，而只有那種有新鮮感的作品才具有歷久不衰的美學力量。同是登臨即景之作，杜甫的〈岳陽樓〉前半首實寫，後半首虛寫，崔顥這首詩則相反，前四句虛寫，後四句實寫。它實寫懷鄉之情，情思幽遠，境界闊大，特別是後兩句的「日暮鄉關」與「煙波江上」的典型情景，更是概括了不同時代的游子斯時斯境都會引起共鳴的情懷。它所抒寫的這種感情可以重複，但它所創造的這種詩境卻爲崔顥所獨創而不宜重複，這就是「人人意中所有，而人人筆下所無」吧。前四句的虛寫，我以爲無論是內涵或是藝術都更具有鮮明的唯一性。昔人已去，黃鶴樓空，黃鶴不歸，白雲千載，這四句詩中所概括的時間是無盡的，空間也是無盡的，這種蒼茫的時空意象中所交集的百感千緒，不僅不可拘泥確指，也不可窮盡。這種境界，在崔顥之前的詩作中不能說找不到相似之處，但崔顥所寫的卻是他全新的創造。從藝術上看，七言律詩在初唐雖然已經初立門戶，但還是如花之苞，英華未展，眞正稱得上佳篇的如同鳳毛麟角，崔顥站在初唐踏入盛唐的門檻上，他不僅寫出了〈行經華陰〉（岧嶢太華俯咸京，天外三峰削不成。武帝祠前雲欲散，仙人掌上雨初晴。河山北枕秦關險，驛路西連漢畤平。借問路旁名利客，何如此地學長生）這樣的力作，而且大筆揮灑出〈黃鶴樓〉這樣的名篇，雖然有人說這首詩的前四句是以古詩之句法入於律詩，和他的〈雁門胡人歌〉的「高山代郡東接燕，雁門胡人家近邊」同是以樂府語調用於七律，如謝榛《四溟詩話》就說「崔起法是盛唐歌行語，如織宮錦，間一尺綉，錦則錦矣，如全幅何」，但是，人們雖然可以不承認崔詩是七律的正格，但他這一七律草創時期的偏鋒，連用三「黃鶴」而音韻鏗鏘，風華俊發，有助於全詩的氣魄與意境的形成，卻也不可重複。大詩人李白後來不是一寫〈鸚鵡洲〉而再寫〈登金陵鳳凰臺〉嗎？才大稱「詩仙」的他，其作品也不免留下模仿的痕迹，模仿得再高明，有的地方甚至超越了前人，但比之戛戛獨創，無論如何是跟隨其後了。

崔顥詩共四十二首。金聖嘆在《批唐才子詩》中對那些富於萬篇而無一可傳世的作者多所諷刺，而對崔顥卻備極推崇，他說：「作詩不多，而令太白公擱筆，此眞筆墨林中大丈夫也。」要成為筆墨林中的大丈夫，其作品就必須有藝術的唯一性，而藝術的唯一性，一言以蔽之曰：不可無一，不可有二。

抒情詩的戲劇性

——崔顥〈長干行〉

在詩歌的所有樣式之中，敍事詩是戲劇的緊鄰。敍事詩有人物、情節和對話，它可以隔牆探望戲劇的門庭，借鑒戲劇的一些長處來使自己的門楣增加光彩。抒情詩，主要是通過詩人主觀感受的抒發來表現生活，和戲劇似乎攀不上什麼親朋關係，其實不然，有的抒情詩具備一點戲劇性的成分，卻可以豐富自己的藝術表現手段，也有助於獲得一種生活與藝術的情趣。例如臺灣詩人瘂弦的名篇〈上校〉，香港學者黃維樑在《怎樣讀新詩》一書中就稱讚它「好像是一齣小小的獨幕劇」。

希臘、羅馬、意大利、印度等西方和東方的國家，都有許多巨型的敍事詩，而中國古典詩歌史上雖然也有一些敍事名篇，但從整體上看敍事詩卻不發達。中國古典詩歌史基本上是一部抒情詩史。然而，在唐宋兩代短小的絕句裏，我們也可以讀到一些頗有戲劇性的作品，如崔顥的被譽爲有「六朝小樂府之妙」的〈長干行〉二首：

其一

君家何處住？妾住在橫塘。
停船暫借問，或恐是同鄉。

其二

家臨九江水，來去九江側。
同是長干人，生小不相識。

關於這兩首詩，前人的評說頗多，爲了讀者參閱的方便，我不避羅列之嫌，按時代順序在這裏稍事摘引。明代胡應麟在《詩藪》中認爲「唐五言絕，初盛前多作樂府，然初唐只具陳隋遺響，開元以後，句格方超」，他接著舉了十三個詩人的十餘首作品，肯定他們「皆酣得六朝意象，高者可攀晉宋，平者不失齊梁，唐人五言絕佳者，大半此矣。」在他所引詩人詩作中，就包括崔顥及其〈長干行〉在內。明末清初的王夫之，在《薑齋詩話》中有一段著名的議論，「論畫者曰：『咫尺有萬里之勢』。一『勢』字宜著眼。若不論勢，則縮萬里於咫尺，直是《廣輿記》前一天下圖耳。五言絕句，以此爲落想時第一義，唯盛唐人能得其妙。」在這之下，王夫之所引唯一的例子就是崔顥的〈長干行〉，並加評贊：「墨氣所射，四表無窮，無字處皆其意也。」以後，沈德潛在《說詩晬語》和《唐詩別裁》中談到五言絕句時，都一再提出崔顥的〈長干曲〉，一再表示「雖非專家，亦稱絕調」。總之，他們都是從不同角度盛贊崔顥的這一作品。我這裏所特別強調的，則是它的戲劇性，具體表現在時空壓縮，單純的情節和潛臺詞三個方面。

時空壓縮。戲劇不能離開舞臺，它的故事表演、人物塑造以及生活內容的呈現，都必須壓縮在有限的時間和空間裏進行。崔顥〈長干行〉的戲劇性，首先表現在時空高度壓縮而具有極強的「外張力」。它所描繪的，是長江上一個青年女子和鄰船的一個青年男子在一瞬間對話的情景。「長干」，里弄名，遺址在今江蘇省南京市，「生小」，是表時間之辭，是從小、自小之意，在一問一答的瞬間，包容了「同是長干人，生小不相識」的漫長歲月。橫塘，在今南京市，九江，這裏是泛指江西九江以東的長江下游一帶，在兩船萍水相逢的這一片水面，就壓縮了「妾住在橫塘」和「家臨九江水，來去九江側」的闊大的空間。這種時空壓縮於片時片地之中而愈見張力的技巧，正是戲劇場景與結構的表現藝術。

單純的情節。情節，是戲劇構思的核心，而戲劇衝突是情節的基礎和動力。可以說，沒有集中緊湊的在人意中又出人意外的情節，就不可能有戲劇。在詩歌中，敍事詩是必須要有情節的，在這一點上，敍事詩可以和戲劇、小說攜起手來。抒情詩雖不一定要具備情節，但如果有一點單純的情節，這種具有單純情節的抒情詩，不僅是抒情詩中的一格，也可加強詩的情味，並且引人遐思。崔顥的〈長干行〉就是如此，寥寥四十個字之中，除了場景的布置、氣氛的營造之外，還有人物的刻畫和人物之間的關係的暗示，這種極爲單純的情節，自然能夠引發讀者多方面的聯想。

潛臺詞。《茶花女》的作者、法國的小仲馬說：「戲劇藝術是準備的藝術。」詩忌直露，戲劇中的臺詞也忌直露，潛臺詞，就是人物沒有直接說出來的語言，是在臺詞中含藏著的人物豐富的內心獨白，是使觀眾產生強烈反應與想像的無言之言。崔顥的〈長干行〉不也是這樣？它只寫了人物的幾句對白，情態維妙維肖，又富於暗示性。封建時代曾經有人解釋爲「倚船賣笑」、「羞澀自媒」，這固然是對作品的曲解，但是，這首詩的潛臺詞確實是豐富的，它是要表現一種漂泊異地而未泯的鄉心？還是要表現一種同是天涯淪落人的同情心？抑或是要表露一種半開放而又欲說還休的相悅之心？讀者解釋的多樣性，源於詩本身的多義性，源於詩的張力的強烈和潛臺詞的言外之意的豐富。

崔顥的〈長干行〉，是具有戲劇性的抒情詩，或者說，是抒情的袖珍獨幕劇。它千百年流傳人口，而且聲光遠播於海外。明代朝鮮許氏《蘭雪集》，就有摹擬崔顥之作的〈長干行〉，詩云：「家居長干裏，來往長干道。折花問阿郎，何如妾貌好。」「昨夜南風興，船旗指巴水。逢著北來人，知君在揚子。」——這就難怪記載上述材料的《澹園詩話》，要贊嘆「東國女郎，能解聲詩，大是可人」了。

「詩是無形畫」

——李白〈渡荊門送別〉

詩與畫，是一對孿生的姐妹，在中外文藝史上，它們都結下了不解之緣。古羅馬詩人賀拉斯說過「詩會像畫」，德國十八世紀的美學家萊辛，也認爲詩是畫的「絕不爭風吃醋的姐妹」。在我國，由於詩與畫有著互相取資的深厚傳統，因此，在畫論和詩論中更不乏關於詩畫之間的關係的精采論述。宋代蔡條《西淸詩話》就說：「丹青吟咏，妙處相資。昔人謂詩中有畫，畫中有詩者，蓋畫手能狀，詩人能言之。」同是宋代的張舜民，他在《畫墁集》中則更鮮明地提出：「詩是無形畫，畫是有形詩。」這些見解，很值得我們今天的詩作者去領會。詩與畫，作爲各自獨立的藝術樣式，自然有它們不可互相取代的獨立性，但它們確實也有許多相通之處。詩中有畫，或者說詩具有繪畫美，是我國古典詩歌一個十分寶貴的傳統藝術特色，需要今天的詩作者去繼承和發揚。

李白，是我國古典詩歌黃金時代的最傑出的歌手。他以手中的五彩生花之筆，描畫了祖國的壯麗山川，留下了一幅幅唐代社會生活的畫卷。這裏，且讓我們欣賞他青年時代寫於湖北的〈渡荆門送別〉吧：

渡遠荆門外，來從楚國游。
山隨平野盡，江入大荒流。
月下飛天鏡，雲生結海樓。
仍憐故鄉水，萬里送行舟。

開元十三年（公元七二五年），李白正當二十五歲。他離開他的家鄉四川，開始了仗劍遠游的豪邁生涯。這首頗具繪畫美的作品，是他剛剛離開蜀地和三峽之後在荆門的長江舟中寫成的。繪畫的基本藝術手段是線條、色彩和構圖，善於學習的詩人往往能够吸收繪畫藝術中於詩歌有用的手段，從而豐富詩歌語言形象描繪的功能。李白這首詩的構圖藝術就很高明，從中可以看到這位天才的詩人絕不排斥姐妹藝術的意匠經營。

從全詩來看，「荆門外」長江上的行舟是構思的「定點」，全詩就是圍繞這一中心而作橫的展開，有如國畫中的一幅山水橫幅。首聯兩句，點明了當時行舟的地點和詩人游踪的來龍去脈。「渡遠」，是自己行程的回溯，「來從」，是今後去向的說明，這兩句詩，概括了廣闊的空間和較長遠的時間。《水經》云：「江水東楚荆門、虎牙之間。荆門山在南，上合下開，若門。虎牙山在北，石壁危江間，有的類牙，故名。荆門、虎牙二山，卽楚之西塞。」荆門山，在今湖北省宜都縣西北長江南岸，與北岸虎牙山兩兩相對，自此以東，平原千里。李白這首詩頷聯兩句一寫立體的「山」，一寫平面的「江」，川東鄂西的羣山萬壑，到這裏已是尾聲，在莽莽萬重山中掙脫出來的長江，至此浩浩蕩蕩，一瀉萬里，詩中的「隨」、「盡」、「入」、「流」等字彷彿信手拈來，十分平易，但卻經過千錘百煉，頗爲傳神地表現了特定情境下地形和江流的特徵，與杜甫的「星垂平野闊，月湧大江流」有異曲同工之妙，難怪胡應麟《詩藪》贊之爲「太白壯語也」，高步瀛《唐宋詩舉要》也譽之爲「雄闊」。如果說，頷聯分寫山水，是平視的畫面，那麼，頸聯分寫雲月，則是仰觀的鏡頭了。李白是最愛寫月和雲彩的，月映江心，他比喻爲從萬里青天上飛下的一面明鏡，取其光明，一個「飛」字，是多麼富於動勢和神采，把天上人間連成一片；雲霞變幻，他想像爲海上的海市蜃樓，狀其奇特，一個「結」字，同樣是善於運用動詞的範例。最後兩句照應開頭，仍然回到全詩構思的「定點」上來，而且直接點染了作爲詩的畫面的中心的「行舟」，概括了來踪和去向，使全詩構成了一個完美的引人遐思的藝術整體。王夫之在《唐詩評選》中說：

「結二語得象外於圜中，飄然思不羣，唯此當之。」他大約也是看到了這一點吧？

李白這首詩，描繪了荊門一帶江山如畫的壯美景象，抒發了詩人樂觀豪邁青春奮發的情感，給人一種在美學上說來是「崇高美」的享受，同時，它確實也像是一幀淡墨繪就的橫幅，在詩中有畫這一詩藝課題上，也可以給後來人許多啟發。

尺水興波

——李白〈秋下荊門〉

開元十三年（公元七二五年）秋天的長江上，一船如箭，直指江漢。陽光下的三峽排列輝煌的儀仗隊，江濤鼓樂齊鳴，歡送一位年方二十五歲的青年詩人「仗劍去國，辭親遠遊」。從此，這位詩人就開始了他充滿幻想和坎坷的征程；從此，中國詩歌史就開始書寫它更爲光輝的一頁。他，就是被美稱爲「詩中之龍」的唐代大詩人李白。

壯遊途中，李白在湖北宜都縣稍事逗留。荊門山，在宜都縣西北長江南岸，與北岸的虎牙山夾江相望。它們躍入了詩人的眼簾，觸發了詩人的豪興：

霜落荊門江樹空，布帆無恙掛秋風。
此行不爲鱸魚膾，自愛名山入剡中。

這首絕句和五律〈渡荆門送別〉，就是詩人現存的出川後最早的作品。絕句，是中國古典詩苑中的一朵奇葩。它只有寥寥二十個字或二十八個字，篇幅最為短小，語言極度凝煉，要從一粒細砂中看到大千世界，要在彈丸之地中開拓出深廣的境域，要在寸簡尺幅裏給人以味之不盡的餘蘊，確實是一個難度很高的藝術試題。然而，唐代的優秀詩人都不避困難，紛紛前來應試，而明代李攀龍《唐詩選》中所讚美的「五七言絕句，實唐三百年一人」的李白，更是舉重若輕，顯示了他不凡的身手！清代劉熙載在《藝概》中指出「短篇宜紆折，不然則味薄」之後，又以為：「大起大落，大開大合，用之長篇，此如黃河之百里一曲，千里一曲一直也，然即短至絕句，亦未嘗無尺水興波之法。」「尺水興波」，這是關於絕句寫作的重要藝術見解。「尺水」，是說絕句篇幅短小，字數有限，只能描繪生活的一個片斷或剎那；「興波」，就是要講究波瀾起伏，追求妙想奇思，而不能一覽無餘，如同直頭布袋。李白的〈秋下荆門〉，就頗有「尺水興波」之妙。

「霜落荆門江樹空」，首句開門見山，點明題目中的「荆門」。這是李白絕句中最擅長的「明起」的筆法。寒霜落遍荆門，長江兩岸的樹木都搖落殆盡，七個字寫眼前節令和景色，凌紙生秋，寒意逼人，搖曳着宋玉〈九辯〉中「悲哉，秋之為氣也！蕭瑟兮草木搖落而變衰」的餘韻。人們以為青年李白的七弦琴上，也要重彈悲秋的老調了。然而，「布帆無恙掛秋風」，承接第一句，頓時波翻浪湧！《晉書．顧愷之傳》記載：大畫家顧愷之作荆州刺史殷仲堪的參軍時，告假東歸，殷借給他布帆。顧途遇大風，在給殷的信中說：「行人安穩，布帆無恙。」富於才力和學力的李白，縱橫馳騁，驅遣百家，巧妙地運用典故而使人毫不覺得他是在用典，這本來就已經是很高明的了，更重要的是，這句詩反用筆鋒，反激上文，突出地表現了青年李白那種乘長風破萬里浪的豪情勝概。第三句在絕句婉轉變化方面的重要作用，歷來爲詩家所重視。李白〈早發白帝城〉中的「兩岸猿聲啼不住」，〈客中作〉的「但使主人能醉客」，都是鋪墊蓄勢，轉折生情。這首詩也是如此，「此行不爲鱸魚膾」，不僅轉寫景爲抒情，化實爲虛，運用了西晉張翰（季鷹）秋日在洛陽思念家鄉菰菜、蒓羹與鱸魚之美而辭官不做的故事（見《世說新語．識鑑》：「張季鷹（翰）辟齊王東曹掾，在洛見秋風起，因思吳蒓菜羹、鱸魚膾，曰：『人生貴適志耳，何能數千里以要名爵？』，遂命駕便歸。」）。同時，這一句對第二句既是在「秋」這個意象上的自然承接，而且更是另起一意的轉折，「不爲」的否定句式使此中情意更爲強烈。「自愛名山入剡中」，剡中在今浙江嵊縣，多名山勝水，剡溪即是晉王徽之雪夜訪戴逵之處，難怪李白要心嚮往之了。在詩中，「自愛」呼應「不爲」，氣脈貫通，全句有如江濤澎湃而遠去，餘音不絕，引人遐思。乾隆對這首詩的評語是「運古入化，絕妙好辭」，只從活用典故着眼。明代李攀龍編

《唐詩選》，後來日本學者森大來對《唐詩選》所作的有關評釋就較乾隆眼光為高：「超絕警絕，眞高於季鷹數等。」原來，唐代許多詩人在出仕之前，常常遊歷四方，以開闊見識，獲致聲名。卽將南泛洞庭、西遊吳越的李白，他是不願走科舉出身的道路的，他也不會欣賞張翰那種狹隘的鄉土之戀。懷抱着「濟蒼生，安社稷」的建功立業的理想，開始了他的壯遊，這位「大丈夫必有四方之志」的青年詩人，是多麼渴望到人生和時代的大海上去揚波擊浪呵！

是的，〈秋下荆門〉一詩，就是李白這位詩中之龍在絕句的河床裏掀起的九級浪！

構思婉曲 別開一枝

——李白〈聞王昌齡左遷龍標遙有此寄〉

唐朝，是我國古典詩歌的黃金時代。對於唐詩的成就，魯迅早就不無偏頗地有過「我以爲一切好詩，到唐已被做完」的贊嘆。在魯迅所說的好詩中，自然應該包括抒寫友情的篇什。那些咏唱眞摯情誼的詩歌，在姹紫嫣紅開遍的唐詩百花園裏，確實是風采獨具的一枝。

李白一生留下了許多名篇。抒寫眞摯的友情，從而於一個側面反映他所處的社會和時代，是他的詩作的重要內容之一。這裏，且讓我們欣賞他的〈聞王昌齡左遷龍標遙有此寄〉：

楊花落盡子規啼，聞道龍標過五溪。
我寄愁心與明月，隨風直到夜郎西。

王昌齡，這位盛唐詩壇風華秀發的歌手，以七絕擅長，當時就有「詩家天子王江寧」的美譽。明代楊愼稱贊道：「龍標絕句，無一篇不佳。」清代王士禛更是把他和李白相提並論：「七言絕句，少伯與太白，爭勝毫厘，俱是神品。」他和李白同是才華煥發的詩人，在封建時代又同是坎坷不遇，這，大約就是他們建立深摯友誼的基礎吧。天寶八年（公元七四九年），任職江寧（今南京）的王昌齡被貶爲龍標（今湖南省懷化地區黔城鎮）尉，年近五十浪跡江南的李白聽到故人的這一消息，就寫了上述這首詩寄給他。

開篇兩句緊扣題目，點明時令，以景寄情。楊花本是飄搖無着之物，楊花已經落完，時令自然已是好景不長撩人愁思的晚春時節；子規一名杜鵑鳥，以啼聲悲切、動人愁腸而見稱，李白在〈蜀道難〉中就有過「又聞子規啼夜月，愁空山」之句。在高明的詩人筆下，景無虛設，寫景卽是寫情，他因友人被貶邊荒而引起的耽心與懸念，從中曲曲傳出。（五溪，卽今湖南省與貴州省交界處的辰溪、酉溪、巫溪、武溪、沅溪。）如果說，前面兩句的抒情還含而不露，那麼，後兩句就是詩人的直抒胸臆了。詩人遙望南荒，滿懷思念而又無由可達，於是便張開想像的彩翼，將一顆愁心寄托給明月，讓自己的心和明月一起，隨着浩浩天風，一直照耀到友人被貶謫的地方（詩中所指「夜郎」，在今湖南省沅陵縣境，由龍標縣分置而出，爲唐代三個「夜郎縣」之一，其它兩處在今貴州桐梓縣。「龍標」在沅陵縣西南，故詩云「隨風直到夜郎西」。前人因爲詩中有「夜郎」二字，妄斷爲李白晚年流竄夜郎之作，大謬。）這裏，詩人雖然點明了「愁」字，但構思卻巧妙深曲，無怪乎施補華在《峴傭說詩》中要推許這首詩「深得一『婉』字訣」了。這首詩，不僅表現了友人間的綿邈深情，惻惻動人，也反映了封建時代進步詩人的悲劇遭遇。李白在對友人的深致慰藉之中，難道不也寄寓了自己身世遭逢的深沉感喟麼？

一位尊重前賢而不數典忘祖的詩人，他必然會尊重傳統和繼承傳統，絕不至於尙不知傳統爲何物，便裝扮出一副「叛逆」的勇士的姿態，好像以前的詩歌史都是一片空白，詩運要從他開始。這種詩作者，似乎也可說「代不乏人」。但是，一位眞正尊重傳統而有才華的詩人，他必然也不會死守前人的遺產，以爲傳統是固定化的不可發展的東西，而亦步亦趨，不敢越雷池一步。在藝術上，李白這首詩除了構思婉曲之外，還突出地顯示了他既善於繼承又長於創造的藝術功力，因而它在詩國裏就可以說是別開一枝，風華獨具。「我寄愁心與明月，隨風直到夜郎西」，是匪夷所思的妙句，也是李白這首詩的靈魂，它固然是詩人強烈的摯情的結晶，同時也是繼承與創造聯姻之後的產兒。在李白之前，有許多詩人就曾寫月寫風以寄寓相思之情，曹植有「願作東北風，吹我入君懷」之句，徐幹有「將心寄明月，添影入君懷」之辭，滿腹經綸的李白，不會不熟悉他們的這些篇章。卽以離李白較近的唐初而論，有兩位詩人的有關作品也不會不給他以極大的影響，一是張若虛的〈春江花月夜〉，那「此時相望不相聞，願逐月華流照君」的詩句，一定挑動過李白敏感的心弦；一是張九齡的〈自君之出矣〉，「自君之出矣，不復理殘機。思君如滿月，夜夜減清輝」，張九齡不同凡俗的妙構，也定然征服過李白的詩心吧？從「我寄愁心與明月，隨風直到夜郎西」中，確實可以感到前人詩作對李白的啟發，我們看到即使天才如李白，也不可能割斷他和傳統的臍帶，生下來的第一聲啼哭就是一首好詩。然而，李白的詩又並不是他人的重複，也絕不是前人的回聲，而是語意一新，是充滿生機活力與藝術的新穎感的創造。

庾信〈華林園馬射賦〉中的「落花與芝蓋同飛，楊柳共春旗一色」，曾經是王勃〈滕王閣序〉中的名句「落霞與孤鶩齊飛，秋水共長天一色」的先河；王維〈藍田山石門精舍〉中的「遙愛雲木秀，初疑路不同，安知清流轉，忽與前山通」，也曾經是陸游〈遊山西村〉的「山重水複疑無路，柳暗花明又一村」的先導。在發展新詩的問題上，高談闊論要否定傳統而全盤效法西方現代派的人，不是出於無知就是出於偏見，或者無知與偏見兼而有之，而李白的既繼承傳統又勇於創新，既珍愛先輩留下的家園，又敢於開拓新的疆土，可以作我們今天詩作者的並不過時的典範。

「變態」——李白寫洞庭的詩

唐代大詩人李白，一生寫了不少歌咏錦繡山河、抒發自己懷抱的景物抒情詩。洞庭湖，這南國的名湖巨浸，自然也吸引了這位絕代歌手。他筆花飛舞，爲我們留下了許多傑句名篇。

公元七五九年，李白在流放夜郎途中遇赦放回，夏秋之交他來到巴陵，在這裡盤桓了約半年光景。這時，詩人五十九歲，已是淒涼然而壯心不已的暮年。憂國憂民卻半生落拓，萬里投荒一旦釋歸，他的心情是極爲複雜的。憤懣的火焰燒灼着他的心靈，自由的甘露平復着他的巨創，不平和歡愉，交織在他歌咏洞庭湖的篇什裏。

李白這時寫到洞庭湖的篇章，約有七題十三首之多。在這些詩篇中，不僅藝術地再現了自然美，曲折地表現了詩人對現實的批判和對理想的追求，同時，詩人對同一個洞庭湖的描繪，也是筆墨多姿，不拘一格的。善於「變態」，毫不重複，這一點，可說是李白寫洞庭的詩留給我們今天的新詩作者的寶貴藝術經驗。「樓觀岳陽盡，川廻洞庭開」（〈與夏十二登岳陽樓〉），登高眺遠，筆墨雄豪；「修蛇橫洞庭，吞象臨江島，積骨成巴陵，遺言聞楚老」（〈荊州賊亂臨洞庭言懷作〉），神話入詩，引人遐想；「淸晨登巴陵，周覽無不極，明湖映天光，澈底見秋色」（〈秋登巴陵望洞庭〉），宛如一幅水墨畫，表現了秋日洞庭的風采。上述諸作，都是寫「望」中所見的洞庭。詩人最出色的還是直接寫遨遊洞庭的詩章，如〈陪族叔刑部侍郎曄及中書賈舍人至遊洞庭〉（五首）中的三首：

洞庭西望楚江分，水盡南天不見雲。
日落長沙秋色遠，不知何處吊湘君？

南湖秋水夜無煙，耐可乘流直上天。
且就洞庭賖月色，將船買酒白雲邊。

帝子瀟湘去不還，空餘秋草洞庭間。
淡掃明湖開玉鏡，丹青畫出是君山。

李白來到巴陵時，賈至先於至德中以中書舍人貶爲岳州司馬，而李曄因貶嶺南路經巴陵，於是不期而遇的三位遷客有一夕之遊。第一首寫黃昏往遊。西望而南顧，境界開闊。「日落」點染蒼然暮色，引人遐思，結句自然無跡地化入湘水之神的傳說，撲朔迷離，神韻悠遠。賈至〈初至巴陵與李十二白同泛洞庭〉有「乘興輕舟無遠近，白雲明月吊湘娥」之句，而李白以「不知何處吊湘君」而作翻案語，在寥遠的境界中包容深沉的家國之感，內涵和藝術都超過了賈至之作，連清代的乾隆也以爲「即目傷懷，含情無限，二十八字，不減九辯之哀」。第二首寫秋夜遊湖。湖色天光交融莫辨，詩人逸興遄飛，不禁發出乘流上天的奇想。向洞庭而「賒」月色，「買」酒於天邊白雲，一「賒」一「買」，可謂平字見奇，俗字見新，言在口頭，想出天外，平添了這首詩的浪漫主義的風采，日本學者森大來在《唐詩選評釋》中有見於此，他說：「『且就洞庭賒月色』，措語頗奇，太白興到之筆，往往有之，如『白髮三千丈』亦是其類。」第三首總寫洞庭和君山。明湖有如玉鏡，丹青畫出君山，詩中有畫。前句描繪一個平面，後句勾勒一個立體，相得而益彰，一「開」一「畫」，靜中有動，化靜爲動，使得全詩更加風神搖曳。至於他的名篇〈陪侍郎叔遊洞庭醉後三首〉之三，卻又是一番天地：

剗卻君山好，平鋪湘水流。
巴陵無限酒，醉殺洞庭秋！

「剗卻」君山，讓湖水安流；一湖秋水，是一湖醉人的醇酒，這眞是匪夷所思的奇思妙想！和前詩的清新流麗不同，它的風格卻是雄奇奔放的。那昂揚激越的音調，彈奏的正是詩人憤懣的心聲。

杜甫有云：「江城含變態，一上一回新。」《蔡寬夫詩話》認爲：「乃知文章變態，初無窮盡，惟能者得之。」張戒《歲寒堂詩話》也說：「柳柳州詩，字字如珠玉，精則精矣，然不若退之之變態百出也。」所謂「變態」，就是對生活有獨到的感受和理解，而不是老調重彈；就是藝術上富於變化和創造，而不是千篇一律，不是毫不厭倦地重複別人和重複自己，讓自己的作品在時間裏生銹。俄國民主主義文學批評家別林斯基也曾經說過，眞正傑出的詩人，不僅不會重複別人，而且哪怕是在一筆線條上也不會重複自己。我以爲李白就是這種「眞正傑出的詩人」。是的，他的寫洞庭湖的詩，不就可以給我們這樣的啟發嗎？

詩中之「賦」

——賈至〈初至巴陵與李十二白、裴九同泛洞庭三首〉

詩中之「賦」，在有才能的詩人的筆下，可以閃射出耀目的光采。

賦比興，本來是古人對《詩經》的藝術表現手法的歸納。《詩經》共錄詩三〇五首，一千二百餘章，明代謝榛在《四溟詩話》中作過如下的統計：「賦，七百二十；比，三百七十；興，一百一十。」在詩三百中，運用了「賦」這一手法的篇章占二分之一以上，可見它運用的廣泛性和它所具有的積極效果。比與興，是詩歌中兩種雖然不是唯一然而卻是重要的手段，但是，並不是所有的詩篇都非用比興不可，同時，也不能因爲推崇比興，就對「賦」這種藝術手段加以貶低或揚棄。從《詩經》以來，詩歌史上有許多以賦的手法寫成的佳篇傑構，如果把它們連貫起來，也有如精光四射的百琲明珠。「不稼不穡，胡取禾三百廛兮？不狩不獵，胡瞻爾庭有懸貆兮？」這是〈伐檀〉中奴隸對奴隸主義正辭嚴的檄文；「採菊東籬下，悠然見南山；山氣日夕佳，飛鳥相與還」，這是陶淵明在〈飲酒〉詩中抒發的幽情遠意。在唐代，不少抒情詩的傑出作品，都是用賦的手法成篇的，陳子昂〈登幽州臺歌〉的豪唱，王之渙〈登鸛雀樓〉的高歌，李白的有如一支輕快奔放的樂曲的〈早發白帝城〉，杜牧的如同暮鼓晨鐘的〈泊秦淮〉等等，都是這樣。即使是刻畫人物、敍述故事而篇幅較長的敍事詩，也有一些是全用賦體，如杜甫的〈石壕吏〉和白居易的〈賣炭翁〉，就全然沒有借助比興，而是以直抒其情、眞率自然爲其特色，但並不妨礙它們成爲詩史上的名篇。

鍾嶸在《詩品》中說得好：「『思君如流水』，既是即目；『高臺多悲風』，亦惟所見；『清晨登隴首』，羌無故實；『明月照高樓』，詎出經史？觀古今勝語，多非補假，皆由直尋。」唐詩人賈至〈初至巴陵與李十二白、裴九同泛洞庭湖三首〉就是如此：

江上相逢皆舊游，湖山永望不堪愁。
明月秋風洞庭水，孤鴻落葉一扁舟。

楓岸紛紛落葉多，洞庭秋水晚來波。
乘興輕舟無遠近，白雲明月弔湘娥。

江畔楓葉初帶霜，渚邊菊花亦已黃。
輕舟落日興不盡，三湘五湖意何長。

賈至（七一八—七七二）字幼鄰，河南洛陽人。他和李白、杜甫等大詩人有較深的友誼，詩文名重當時，李、杜有好幾首詩提到他，杜甫稱他「雄筆映千古」（〈別唐十五誠因寄禮部賈侍郎〉），李白則說「聖主恩深漢文帝，憐君不遣到長沙」（〈巴陵贈賈舍人〉）。公元七五九年秋天，賈至被貶爲岳州司馬，在岳陽留滯三年，他曾將這時的詩作編爲《巴陵詩集》，這部詩集今已失傳，上述組詩當是其中之一。這三首詩，除「孤鴻落葉一扁舟」一句既是寫景也寓有比意之外，全用賦體，而以第二首爲最好，聞一多編撰《唐詩大系》，賈至的詩就正是這一首入選。賈至和李白大約在開元天寶時代曾經相識，所以是「江上相逢皆舊游」，更何況自己是貶謫南來，而李白則是在流放夜郎途中自三峽放回，當然就更是「湖山永望不堪愁」了。第二首詩，就是集中寫他們深厚的交誼，和隱藏在欣賞湖光山色的豪情之中的愁思。歷代詩人寫洞庭，很少不寫到楓的，「湛湛江水兮上有楓，目極千里兮傷春心，魂兮歸來哀江南！」這是《楚辭・招魂》定下的基調，所以賈至這首詩第一句就寫楓岸落葉，而且以「紛紛」狀落葉之多，暗寓愁思之亂，第二句寫洞庭秋水，而且特意點明晚來波浪。時令是秋天，時間是晚上，肅殺之景，淪落之人，其境可知，其情可想。詩人們泛舟湖上，對着長空的白雲，水中的明月，隨波俯仰，感懷身世，自然要發思古之幽情，追懷淒惻動人的娥皇女英的故事了。這裏，「白雲明月」是卽景，也烘染了那種高潔而縹緲的氛圍與境界，而一個「吊」字，則言在此而意在彼地寄托了詩人自己的愁懷。心有靈犀一點通，難怪李白在〈陪族叔刑部侍郎曄及中書賈舍人至游洞庭〉一詩中，也要寫下「日落長沙秋色遠，不知何處吊湘君」的詩句。李白那首詩與賈至的詩一樣，也是沒有一處用比興，但韻味也頗爲深長。

「賦」有多種含義，就藝術表現手法的角度來說，除了指反複鋪陳之外，就是指敍物言情，直言其事，它可以單獨運用，也可以和比興結合在一起共同發揮作用。當然，一首好詩，根本之點還是要有動人的詩情，清代吳雷發《說詩管蒯》說得好：「詩豈以比興爲高而賦爲下乎？如詩果佳，何論比興賦？設令不佳，而謬論比興，徒增醜態耳。」由此可見，賦比興三者本身並沒有什麼高下之分，它們作爲詩的技巧，永遠是爲動人地表現內容服務的。

煉字・構句・謀篇

——杜甫〈望岳〉

唐玄宗開元二十三年（公元七三五年），二十四歲的杜甫在洛陽參加進士考試落第之後，次年就開始了他為時四、五年的生平第二次漫遊，即後來他在〈壯游〉詩中所說的「放蕩齊（山東）、趙（河北）間，裘馬頗清狂」的生活。中國歷史上數不清的狀元，能進入第三流詩人的行列的恐怕也寥寥可數，但是，布衣李白卻登上了詩歌王國的最尊榮的寶座，杜甫不也是這樣嗎？當那些金榜題名的新貴們走馬長安，後來什麼也沒有留下來的時候，落第的杜甫就已經寫下了一些可以傳之久遠的篇章了。現存杜甫詩集的第一頁，就是從這時開始的。山東東南部曲阜之西的兗州，戰國時代楚國滅掉魯國之後，一度是楚國的勢力範圍。時近千年後杜甫往游時，他的父親杜閑正在那裏任司馬之職。年輕的杜甫寫了兩首名詩，一是〈登兗州城樓〉：「東郡趨庭日，南樓縱目初。浮雲連海岱，平野入青徐。孤嶂秦碑在，荒城魯殿餘。從來多古意，臨眺獨躊躇。」另一首，則是矗立在《杜工部集》裏，也矗立在中國詩史上的紀念碑式的作品〈望岳〉：

岱宗夫如何？齊魯青未了。
造化鍾神秀，陰陽割昏曉。
蕩胸生層雲，決眦入歸鳥。
會當凌絕頂，一覽眾山小。

杜甫之前，有陸機、謝靈運的〈泰山吟〉，杜甫之後，有李白的〈游泰山六首〉，但都不及杜甫的〈望岳〉。既然是紀念碑式的作品，千餘年來人們對它的讚美辭也是可以輯成一部評論專集的了。我這裏只想從煉字、構句、謀篇的角度，作一番匆匆的巡禮。

煉字。中國的詩人從唐代開始特別講究煉字，中國古典詩論關於煉字的論述可謂汗牛充棟，詩話中專門研究杜甫煉字的條目也累篋盈箱，隨手拈來，如葉夢得《石林詩話》說：「詩人以一字爲工，世固知之。惟老杜變化開闔，出奇無窮，殆不可以形迹捕。」如葛立方《韻語陽秋》說：「詩要煉字，字者，眼也。若老杜詩『飛星過水白，落月動沙虛』，煉中間一字。『地坼江帆隱，天清木葉聞』，煉末後一字。『紅入桃花嫩，青歸柳葉新』，煉第二字。若非用『入』、『歸』二字，則是兒童語。」在〈望岳〉中，每一個字都恰到好處，不可改動和移易。如「齊魯青未了」中的表顏色的形容詞「青」，描狀泰山的青蒼一派是必不可少的，杜甫以後寫三峽的「青惜峰巒過」，也是同一用法，不同的是，這裏的作爲形容詞的「青」，又兼攝動詞的作用，是形容詞的動詞化，表現出鬱鬱蒼蒼的泰山，從古到今而從齊至魯，連綿不斷。那活躍的動態感，廣闊的空間感和無盡的時間感，是「青惜峰巒過」所無法比幷的。當然，尤其見功力之處，是這首詩動詞的錘煉和安排，卽詩中的「錘」、「割」、「生」、「入」、「淩」五字。僅就「割」字來看，楊倫《杜詩鏡銓》就說「割字奇險」，這五字之中，確是「割」字用得最爲出色。泰山南北因日照不同而明暗判然，「割」字一般是就實物而言，往往和實體性名詞組合，如「割地」、「割麥子」之類，而「昏」與「曉」是表時間的虛有性名詞，加之以「割」，自然就虛實相生而新警不凡了。此外，還有一點值得注意的是，上述五個字的安排有一個共同之處，就是都置於每句的第三個字的位置上，在五言詩的煉字方面，這雖絕不是唯一的然而卻是常見的格式，因爲第三字處在綰上啟下的樞紐地位，常有牽一髮而動全身的作用。

煉句。積字成句，如果離開了煉句，煉字不可能有獨立存在的價值和意義，因爲字煉得再好，充其量也不過是匹夫之勇的游勇散兵而已，相反，煉句也不能離開煉字，烏合之眾成不了堂堂正正之師，沒有字法不講究而可成佳句的。中國古典詩歌，漢魏以前不可句摘，到晉宋時方有獨立的佳句可採，如陶淵明的「採菊東籬下，悠然見南山」。杜甫向來注意煉句，所謂「語不驚人死不休」，「新詩改罷自長吟」，主要是指自己寫詩時的煉句，而讚美孟浩然的「吾愛襄陽孟浩然，淸詩句句盡堪傳」，稱讚王維的「最傳秀句寰區滿」，歌頌李白的「李侯有佳句，往往似陰鏗」，不都是肯定別人的煉句嗎？就〈望岳〉來看，煉句的特色至少有三：一是煉工與拙各有其美之句。「岱宗夫如何？」這是開篇的呼問，質實無華，較爲拙樸，而「齊魯青未了」卻是精心錘煉的工句，它們各有其美，而又互相映照補充；二是煉倒裝句。「蕩胸生層雲，決眦入歸鳥」即是。按一般平順的寫法，此句應該是「望層雲之生而胸臆爲之激蕩，望歸鳥之入而目眶爲之睁裂」，果眞如此，這兩句詩也就只能是平庸凡俗的筆墨，而一經倒裝，就勁健新奇而富於張力；三是煉警句。在古典詩詞眾多的精彩警句中，「會當凌絕頂，一覽眾山小」也是名列前茅而「知名度」很高的了，至今還在爲我們不斷引用，它的警絕之處這裏不必再爲詞費。

謀篇。煉句離不開煉篇，詩有好句，好比是有戰鬪力的班、排或連、營，還不能保證是「撼山易，撼岳家軍難」的長勝之師，因此，煉字與煉句都必須服從和指向於謀篇。謀篇包括煉意，卽全詩的主旨和思想。〈望岳〉的不同凡響，不僅在於藝術地表現了高山仰止的泰山的崇高美，也由於藝術地表現了年輕詩人蓬勃向上的壯志豪情，以及那種如旭日之方升的生命的力量。謀篇也包括布局，卽全詩藝術結構的整體感。這首詩，「望」字爲通篇之眼，第一聯寫「遠望」，第二聯寫「近望」，第三聯寫「細望」，第四聯寫「極望」，全詩由此而構成一個完美的藝術整體，可稱陣法森嚴，無懈可擊。

詩，不能有字無句，也不宜有句無篇，一流的詩，必然在煉字、構句、謀篇諸方面皆爲上乘。如果說，詩，是詩人們角逐和戰鬪的疆場，那麼，杜甫就是那種不可多得的指揮千軍萬馬行軍布陣而常勝的帥才，他在青年時代所寫的〈望岳〉，就已經顯示出他的大將風度了。

意象的組合

——杜甫〈咏懷古跡・明妃村〉

王昭君和親，這個美麗而哀怨的故事，不知叩響過歷代多少作者的心弦，大約是從晉文帝時石崇的〈王昭君辭並序〉開始吧，千百年來，我國古典詩歌史上咏嘆昭君事蹟的詩篇就將近千首之多。這些詩篇格調並不一致，見解也各有不同，但就我個人的偏好說來，我還是大致同意沈德潛對於杜甫〈咏懷古跡五首〉之三的那首〈明妃村〉的看法，他在《唐詩別裁》中不無偏頗地認為歷代其它咏昭君之作「餘皆平平」之後，還是先得我心地提出了「咏昭君詩此為絕唱」的觀點。

我這篇札記，並不想捲入對王昭君這一人物作何種評價的爭論裏去，對這位薄命的紅顏或巾幗的鬚眉，歷史已經爭吵得够熱鬧的了。同時，我也不想完全重複前人對杜甫這首詩的藝術分析，我想，杜甫寫出這首詩後到現在已經一千多年，它的生命力沒有與時俱逝，總有其深刻的內在原因，而我以為，正是美妙的意象組合，使杜甫這首詩獲得了強大而持之久遠的藝術魅力。

在西方的文藝理論中，對於詩歌的意象十分重視，例如韋利就曾說「意象是詩歌的靈魂」，艾略特也十分強調詩歌中的「意之象」，他說：「表達情意的唯一藝術公式，就是找出『意之象』，即一組物象、一個情境、一連串事件；這些都會是表達該特別情意的公式。如此一來，這些訴諸感官經驗的外在事象出現時，該特別情意就馬上給喚引出來。」其實，中國古典詩歌早就有講究詩歌意象的傳統，在劉勰《文心雕龍》提出「意象」一詞之後，司空圖很早就在詩論中正式提出「意象」這一美學概念，宋代詩人所主張的「狀難寫之景如在目前，含不盡之意見於言外」（梅聖俞），實際上也是講具體創作過程中詩歌意象的創造，而在明清兩代，詩人和詩論家們對意象的探求，有着長足的進展與豐富的成果。在當代，加拿大哥倫比亞大學華人學者葉嘉瑩，在她的《迦陵談詩》中也認爲：「因爲詩歌原爲美文，美文乃是訴之於人之感性，而非訴之於人之知性的，所以能給予人一種眞切可感的意象，乃是成爲一首好詩的基本要素。」一般地說，詩歌不宜作理念的抽象的直陳，也不宜有過多的議論，而必須有鮮明的葱蘢的意象。杜甫，我國詩史上這位知性與感性並重、才華與功力兼長的大師，他非常重視詩的意象的創造，在〈明妃村〉這首詩裏，他就運用和發展了他意象組合的詩藝。所謂「意象組合」，與「意象並列」有所不同，「意象並列」是從橫的聯繫上，也就是從緯線上，將許多時空不同的意象，特別是空間意象並置在一起，構成一個完整的藝術世界，而「意象組合」則是從縱的聯繫上，也就是從經線上，圍繞歌咏的對象與題旨的指向，將時空不同的意象作縱向的組合。「千山鳥飛絕，萬徑人踪滅。孤舟蓑笠翁，獨釣寒江雪」，柳宗元的〈江雪〉是意象並列的範例，而杜甫的〈咏懷古跡·明妃村〉，則是意象組合的藝術在詩國天空所開放的一朵彩雲：

羣山萬壑赴荊門，生長明妃尚有村。
一去紫臺連朔漠，獨留青塚向黃昏。
畫圖省識春風面，環珮空歸月夜魂。
千載琵琶作胡語，分明怨恨曲中論。

詩人以蒼涼激楚的音調，彈唱了王昭君的一生遭際，並抒發了自己的感受，隱約地寄託了自己的懷抱，其中意象組合的脈絡不難尋索。在第一聯中，「生長明妃尚有村」的「尚有」，作「但有」、「還有」解，從昭君生活於此時此地到杜甫前來憑弔，概括了久遠的滄桑變幻的歷史和深沉的傷弔之情。中間兩聯，二十八個字囊括了昭君的一生，極富空靈飛動之致，絕不是那種平庸板實的筆墨所可望其項背。最後一聯以「千載」點明時間，與首聯的「尙」遙相呼應，以「怨恨」帶出題意，使全詩成爲一個天衣無縫的完美整體。

一首優秀的詩，往往有如一顆多稜形的鑽石，它閃射的絕不是單一的光彩，而是面面生輝。杜甫這首可見意象組合之妙的詩，除了從縱向上來組合詩中的意象之外，在意象組合的整體藝術構思之中，他還成功地運用了另外兩種詩的技巧，這就是郁達夫在〈談詩〉一文中曾經指出過的：「做詩的秘訣，新詩方面，我不曉得，舊詩方面……我覺得有一種法子，最爲巧妙，其一，是辭斷意連，其二，是粗細對稱。近代詩人中，唯龔定庵最擅於用這秘法。……古人之中，杜工部就是用此法而成功的一個。我們試把他的〈咏明妃村〉的一首詩舉出來一看，就可以知道。頭一句詩是何等的粗雄浩大，第二句詩卻收小得只成一個村落。第三句又是紫臺朔漠，廣大無邊，第四句的黃昏靑塚，又細小纖麗，像大建築物上的小雕刻。……我說此詩的好處，就在粗細的對稱，辭斷而意連。」（見《閑書》）郁達夫沒有再分析詩的後四句，其實，描繪有昭君肖像的畫圖之窄小，與魂魄月夜從萬里外歸來之廣漠，琵琶之小巧與千載之久遠，無一不是粗細的對舉。至於「辭斷而意連」，就是淸人方東樹在《昭昧詹言》中所說的「語不接而意接」，現代西方詩論中所說的「意象脫節」，這一點，我們留待在談溫庭筠的〈商山早行〉一詩時再去敍說吧，這裏只先行預報一聲。

楊倫《杜詩鏡詮》曾經引用陶開虞對這首詩的評論。陶說：「風流搖曳，此杜詩之極有韻致者。」而所謂「風流」與「韻致」，在某種意義上來說，正是高明的意象組合藝術的寧馨兒。

通首皆對

——杜甫〈登高〉

法國著名小說家法朗士有一句名言：「文藝批評是靈魂在傑作中的冒險。」杜甫的七律〈登高〉，是公元七六七年詩人五十六歲時在夔州（今四川奉節縣）的作品。明代胡應麟在《詩藪》中認爲：「然此詩自當爲古今七言律第一，不必爲唐人七言律第一也。」而王夫之卻不是單純從七律而是從整個詩歌創作的角度，來議論這首詩，他在《唐詩評選》中說：「盡古來今，必不可廢。」由前人對〈登高〉的評論和它在讀者中流傳之廣看來，這首詩毫無疑問可以稱得上是「傑作」。談論這首詩的文章已經盈箱積篋了，我這裏不過是遵循前人的指引，到這一傑作中去作某一方面的進一步探討而已。

關於〈登高〉的藝術成就，胡應麟《詩藪》還曾有如下一段議論：「一篇之中，句句皆律，一句之中，字字皆律，而實一意貫串，一氣呵成。驟讀之，首尾若未嘗有對者，胸腹若無意於對者；細繹之，則錙銖鈞兩，毫髮不爽，而建瓴走坂之勢，如百川東注於尾閭之窟：

……眞曠代之作也。」這就是說，律詩本來只要求中間兩聯對仗，而老杜這首詩卻是「八句皆對」或「通首皆對」的格式。通首皆對，這在律詩中是極爲罕見的，在現存老杜一百五十一首七律和六百三十幾首五律中，也可以說絕無僅有。他的七律名作〈聞官軍收河南河北〉的尾聯「卽從巴峽穿巫峽，便向襄陽向洛陽」是對句，但首聯「劍外忽傳收薊北，初聞涕淚滿衣裳」卻是散行，不像〈登高〉是從頭至尾由對句構成的一座特殊的不朽藝術殿堂。

律詩由於講求對仗，除了對仗本身的許多優點可以發揮之外，又往往易工而難化，容易流於板滯，缺乏生動流走的氣韻，所以詩人們在怎樣使頷頸兩聯整中求變方面，紛紛馳騁他們的才力，而通首皆對可以說是律詩的一種變體，更是難於在工整中求變化，因此寫作的難度更高，然而，杜甫這首詩不僅是八句都用對仗，而且縱橫如意，揮灑隨心，如天馬驤騰於雲天之上，如神龍縱游於碧海之中，作者如果沒有出羣的不凡的才思，絕不可能達到這種美學境界。這裏，我只從對仗藝術的角度，試探一下它飛騰變化的踪跡：

風急天高猿嘯哀，渚清沙白鳥飛回。
無邊落木蕭蕭下，不盡長江滾滾來。
萬里悲秋常作客，百年多病獨登臺。

艱難苦恨繁霜鬢，潦倒新停濁酒杯！

首聯不僅一開篇就出之以對起，而且首句就押韻，「哀」字不但從音調上也從意義上貫串了全篇。值得注意的是，這一聯除上下兩句相對外，還分別運用了句中對。宋人洪邁《容齋隨筆》說：「唐人詩文，或於一句中自成對偶，謂之當句對。」當句對又稱句中對，這種對句雖然在杜甫等人的詩作中多次運用，如杜甫「小院迴廊春寂寂，浴鳧飛鷺晚悠悠」、「桃花細逐楊花落，黃鳥時兼白鳥飛」等等，但它的名稱卻還是來自李商隱。在「池光不定花光亂，日氣初涵露氣乾」一聯之下，李商隱曾自注「當句有對」。在《登高》的首聯中，「風急天高」與「渚清沙白」分別句中有對而又互相映照，加之第一句著重寫聽覺形象，第二句著重寫視覺形象，如此動靜相參，更顯變化多采。

頷聯是工對。過去有人認為七言律詩每句都可以刪去兩個字，試想，這一聯開始就是「無」與「不」的否定詞的工對，如果刪去「無邊」和「不盡」，成為「落木蕭蕭下，長江滾滾來」，那還能有原來闊大的境界和悠遠的韻致呢？施補華《峴傭說詩》說：「三四無邊落木二句，有疏宕之氣。」這種「疏宕」亦即變化回旋之趣，除得力於「無邊」與「不盡」之外，還得力於詩中疊字對的「蕭蕭」與「滾滾」，如果刪去疊字，成為「無邊落木下，不

——通首皆對——

盡長江來」，難道不也是會韻味頓失嗎？此外，這一聯還注意了剛柔的對比和補充。「無邊」句造境深遠肅殺，具陰柔之美，「不盡」句造境雄渾壯闊，具陽剛之美，剛柔聯璧，使對句在相反相成中更顯得錯落有致。

第三聯名氣更響，主要特色是多用實詞成句，密度很高，容量很大，所以宋人羅大經《鶴林玉露》認爲這十四字之中包含八層意思：「萬里，地遼遠也，悲秋，時慘淒也；作客，羈旅也；常作客，久旅也；百年，暮齒也；多病，衰疾也；臺，高迥處也；獨登臺，無親朋也。」至於這一聯對句的變化，我以爲主要是注意了時空分用和巨細對比。在詩中，「萬里」指空間，「百年」指時間，時空錯綜，可見詩法之美。在「萬里」與「百年」的遼闊時空背景之下，常作客而獨登臺的詩人是多麼孤單寂寞！「萬古雲霄一羽毛」，「乾坤一腐儒」，詩人原是擅於這種巨細對比以求變化的詩藝高手呵！

尾聯是起句與落句一氣而下如水流不斷的流水對。流水對又稱「走馬對」，寓儷於散，寓散於儷，活潑流走。同時，在這一聯對句中運用了人（繁霜鬢）、物（濁酒杯）對照的結構方式，增加了詩句變化的多樣性。不獨如此，結句的小小的「濁酒杯」又與開篇闊大的「風急天高」相回應，大小相形，眞可謂句變而格奇。

「藝術要通過一種完整體向世界說話」，這是歌德的一個重要藝術見解，杜甫的〈登高〉就是一個傑出的全篇皆對而又饒多變化的藝術完整體。在當代新詩人中，艾青是擅長於「自由詩」這種體式的，但是，他寫於一九三八年的兩段體的〈手推車〉一詩，卻採取了極爲工整的對仗的形式，在艾青的全部詩作中別具一格。此外，在藝術的對仗方面，恐怕只有郭小川的作品獨承了杜甫的一脈心香。

時空交感

——杜甫〈地隅〉

時間與空間，是大千世界萬事萬物所賴以依存的條件和環境，任何樣式的文學作品，都不能脫離對時間與空間的描繪。我國古典詩歌由於具有以最精煉的語言概括深厚廣闊的社會生活的特色，講究意境的熔鑄和創造，同時，它歷來又和稱爲空間藝術的繪畫是姐妹行，從繪畫的門庭中吸收了如「經營位置」等許多表現手段，所以，我國的古典詩歌特別注意時空的藝術設計，在這方面積累了許多值得新詩吸取的經驗。清代金聖嘆曾經選批唐人律詩，他在讀劉長卿〈過賈誼故居〉中的「秋草獨尋人去後，寒林空見日斜時」寫道：「人去後輕輕縮卻數百年，日斜時茫茫據此一頃刻也。」他的這一批點，已經接觸到詩的時空設計這一藝術問題。但是，古典詩歌的時空設計的藝術經驗，畢竟有如一座含蘊豐富的寶山，至今還沒有得到廣泛的開採，還在等待著有心人前去認眞探訪。

時空設計藝術的一個重要方面，就是時空交感。杜甫「萬里悲秋常作客，百年多病獨登臺」，王昌齡「秦時明月漢時關，萬里長征人未還」，時空錯綜，境界悲壯；柳宗元「一身去國三千里，萬死投荒十二年」，韋莊「萬里只携孤劍去，十年空逐塞鴻歸」，時空分設，寄慨蒼涼。因此，所謂時空交感，就是指在一首詩中，時間與空間或互爲交揉錯綜，或互相分設對映，或二者兼而有之（參見黃永武：《中國詩學．設計篇》）。運用時空交感的藝術，有助於加深詩的思想深度，增多詩的層次，擴展詩的境界，加強詩的容量，同時，又留給讀者以聯想與想像的廣闊空間。如杜甫的五律〈地隅〉：

江漢山重阻，風雲地一隅。
年年非故物，處處是窮途。
喪亂秦公子，悲涼楚大夫。
平生心已折，行路日荒蕪。

首聯的妙處不僅在於開篇就點醒了詩題，同時更在於詩人首先爲我們展示了一個闊大而具體的空間意象：江漢之間，羣山萬壑重重阻隔，這是一個相當廣闊的空間的面；風雲變幻，客遊於地之一隅，這是廣闊的面中一個狹窄的空間的點。空間意象的大小交織，透露出詩人羈旅困窘和百憂交集的情狀。「年年非故物，處處是窮途」，頷聯時空分寫：年復一年，所歷之境與所見之景甚至包括一己之身都非故物；地復一地，到處都處境困窮，艱苦備嘗。從這裏，可見詩人多年來「支離東北風塵際，飄泊西南天地間」的流離行踪與轉徙之苦。明代王嗣奭在《杜臆》中說：「『年年』、『處處』可傷。」這一聯可傷，這固然有詩人自己桑榆晚暮的悲戚，也包含了詩人匡時憂國之志無法實現的苦悶。此處「年年」與「處處」的句首叠字的運用，加強了音韻之美，而且也有助於渲染時間的久遠和空間的遼闊，令人更覺感喟深沉。時空關係貴在變化，在時空對映之後，波瀾獨老成的詩人變換筆法，頸聯出之以時空交揉：「喪亂秦公子，悲涼楚大夫。」秦公子指建安時代的詩人王粲，謝靈運〈擬鄴中詩序〉：「王粲家本秦川貴公子孫，遭亂流寓，自傷情多。」楚大夫指屈原，〈離騷序〉：「屈原仕於懷王，爲三閭大夫。」詩人標明了秦、楚二地，楚大夫和秦公子又分別屬於遙遠的過去，因此，這一聯對句就具有空間意象與時間意象相交融的特點，這種把時間空間化和把空間時間化的寫法，大大加深了詩的歷史的縱深感，也動人地表現了詩人借古喻今、引人自況的情懷。「平生心已折，行路日荒蕪」，尾聯從歷史的時空躍到現實的空間意象的描繪，詩人平生的抱負已經付之流水了，而愈往南方，眼前的道路則愈見荒涼。結句的空間性的「行路」和開篇的空間性的「地一隅」遙相呼應，首尾環合，感慨不禁之情，見於言外，使全詩以「地隅」爲中心構成一個無懈可擊的藝術整體。

吳沆在《環溪詩話》中引張右丞對杜詩的評論說：「杜詩妙處，人罕能知。……常人作詩，但說得眼前，遠不過數十里內。杜詩一句能說數百里，能說兩軍州，能說滿天下，此其所以妙。」杜詩的境界壯闊，氣象恢宏，是與詩人的胸襟學力分不開的，但也得力於他高明的詩藝。在文學作品包括詩歌中，藝術的時間和空間是藝術形象賴以存在的基本形式，由於詩人對現實時空的審美創造，詩人才能「搬東搬西，在時間裏飛躍，教多少歲月的事蹟擠在一個時辰裏」（莎士比亞：《亨利第五》）。時空設計藝術中的時空交感，就是杜詩藝術寶藏中的一塊寶玉。

相反相成

——杜甫〈登岳陽樓〉

岳陽樓，是江南的三大名樓之一；洞庭湖，是天下聲傳的巨浸名湖。歷代不知多少詩人登臨題咏，競試歌喉，寫出過成千上萬的詩篇，組成了一闋岳陽樓的詩的大合唱。宋代詞人賀鑄曾說：「嘗登岳陽樓，左序毬門壁間，大書孟詩，右書杜詩，後人不敢復題。」森大來在評釋明代李攀龍《唐詩選》中孟浩然〈望洞庭湖贈張丞相〉一詩時認爲：「岳陽洞庭，占東南山水之壯觀，騷人墨客題咏者不一而足，然不愧爲冠冕者，實浩然此作與杜少陵之『昔聞洞庭水』一篇而已。」孟浩然的詩，確實是咏洞庭諸作中的佼佼者，他的「氣蒸雲夢澤，波撼岳陽城」一聯，氣象雄張，和杜甫的「吳楚東南坼，乾坤日夜浮」比較起來也並無多讓。不過，我以爲就思想藝術的整體來看，孟浩然〈望洞庭湖贈張丞相〉顯然不及杜甫的〈登岳陽樓〉，它們並不能同爲咏洞庭的冠冕。

杜甫這首詩，前人從思想和藝術上作過許多分析。是的，平庸的詩篇使人一覽而盡，而一首傑出的詩篇，卻吸引人們從多方面去領略它的光輝。雨果論莎士比亞不是以「說不盡的莎士比亞」爲題嗎？杜甫的說不盡的〈登岳陽樓〉也是如此：

昔聞洞庭水，今上岳陽樓。
吳楚東南坼，乾坤日夜浮。
親朋無一字，老病有孤舟。
戎馬關山北，憑軒涕泗流！

這裏，我想從「相反相成」的角度，來探索這首千古傳誦的詩章的藝術秘密。「相反皆相成也」，《漢書．藝文志》最早提出了這一觀點，以後歷代的詩人和作家都加以運用、發展和豐富。「相反」，指的是情與景，以及景的大小、遠近、高低，筆墨的虛實、巧拙、剛柔、奇平等等，處於一種對立和矛盾的狀態；「相成」，是指這種矛盾狀態的藝術描寫，常常可以更動人地表達詩作者的感情和生活的眞實，達到更高意義的美的和諧。江淹〈別賦〉的「春草碧色，春水綠波；送君南浦，傷如之何」，以駘蕩春光反襯離愁別緒，更覺傷情無限；李白〈長干行〉的「八月蝴蝶黃，雙飛西園草；感此傷妾心，坐愁紅顏老」，以蝴蝶雙飛反形少婦的空房獨守，更顯刻骨相思。相反，表面上是矛盾的；相成，實際上是統一的。那種不協調的協調，不和諧的和諧，不統一的統一，避免了藝術形象的平板、呆滯和單調，更深刻更動人地反映了生活和思想感情的複雜性和多樣性。

在〈登岳陽樓〉的首聯中，「昔聞」指已經逝去的長遠的時間，是虛筆；「今上」表現登臨時短暫的刹那，是實筆。「洞庭水」，是一個浩大開闊的面；「岳陽樓」，是一個窄小突出的點。這種時間的長與短、景物的大與小、筆墨的虛與實的相反狀態，不僅使起筆不同凡俗，內蘊包孕深厚，而且更集中地表現了詩人萬方多難此登臨時百感交集的心情，因爲「昔聞」是在開元天寶的盛唐之世，那時，年輕的詩人對洞庭湖該有多少美麗的憧憬？而「今上」則是在安史亂後干戈仍然擾攘的年頭，已經五十七歲的垂暮的詩人，該當有多少滄桑家國之感呵！前人曾或指出這一聯「開門見山，用對句起，雄厚有力」（俞陛雲《詩境淺說》），或指出其爲「倒入法」（紀昀《批瀛奎律髓》），但都似未看到杜甫的相反相成的藝術。頷聯「吳楚東南坼，乾坤日夜浮」，是咏洞庭的名句，它使得其它詩人咏洞庭的佳句如「水涵天影闊，山拔地形高」、「四顧疑無地，中流忽有山」、「鳥飛應畏墮，帆遠卻如閑」、「水將天共黑，雲與浪爭高」等等，都相形失色。對於劉長卿岳陽樓詩中的「疊浪浮元氣，中流沒太陽」，宋代詩人賀方回就說過「非不雄偉而世不傳，其它可知矣」。清代的紀昀曾批評劉長卿的這一聯詩像寫海的詩，不像寫洞庭的詩，他指出：「工部乾坤日夜浮句亦似海詩，賴吳楚句請出洞庭耳，此工部律細於隨州（指劉長卿）處。」所謂詩律之細，固然是要表現出所描繪的事物的特徵，例如同是寫水，海洋和湖泊的景象是不同的，同時，也是指筆墨要富於變化。杜詩頷聯總的是寫雄渾的大景，但前後兩句仍然大小有別而相輔相成，特別值得注意的是，頷聯景象壯闊，雄跨古今而氣壓百代，頸聯卻是寫淒苦的小景，景況蕭索，情懷黯淡。是的，杜甫確實不愧是詩中聖手，他前面愈寫湖山的壯闊無邊，就愈見後面孤舟的渺小和自己的孤苦無依，景愈壯麗而情愈悲涼；愈寫孤舟一葉和詩人書劍飄零，境闊人孤，就愈是深廣地反映了那個國破山河在的動亂時代。明代葉秉敬在《敬君詩話》中認爲有的詩「四句俱說景，似堆垛而無情味」，他贊揚杜甫「洞庭只是兩句，而下便云親朋無一字，老病有孤舟，方見變化之妙」，他的這一看法啟示了後人，清代的黃生說：「寫景如此闊大，自敍如此落寞，詩境闊狹頓異。」他看出了此中奧妙，後來浦起龍對此加以發揮：「不闊則狹處不苦，能狹則闊境愈空」（《讀杜心解》）。而沈德潛《唐詩別裁》也有大致類似的見解：「三四雄跨千古，五六寫情黯淡，看此一聯，方不板滯。」他們在藝術分析上眞可謂獨具隻眼。這兩聯詩，體現了「闊」與「狹」即「大」與「小」的兩種境界的既對立又統一的關係，不板不滯，相反相成，藝術的辯證法使抒情達意更爲深刻動人。尾聯也是如此，「戎馬關山北」是虛擬的大景，「憑軒涕泗流」是實寫的小景，兩兩反照，呼應開篇，天球不琢，閃耀着照眼的精光。

單調、貧乏，一味地「甜上加甜，鹹上加鹹，辣上加辣」，是藝術的大忌，而藝術辯證法卻可以使詩歌熠熠生輝。

以小見大 以短勝長

——杜甫〈江南逢李龜年〉

現在，常常可以聽到人們批評一些新詩不精煉，散文化，動輒百十行，缺乏令人思之不盡的情韻，這，確實是詩所普遍存在而幾乎是積重難返的弊病。要克服這種弊病，我以為學習我國古典詩歌文字簡約而內涵豐富的凝煉美，特別是繼承與發揚絕句的以小見大、以短勝長的藝術傳統，是一副行之有效的藥方。

僅僅二十字的五絕與寥寥二十八字的七絕，是唐代一種新興的詩體。儘管唐代以後不乏佳作，有些作品也可與前人爭勝，但絕句在唐代確已達到登峰造極的地步，留下了許多千百年來膾炙人口的篇章。關於絕句的藝術，劉熙載《藝概》認為：「以鳥鳴春，以蟲鳴秋，此造物之借端托寓也。絕句中之小中見大似之。」王楷蘇《騷壇八略》也說：「絕句只有四句，為地無多，須字字句句俱有意味，着不得一毫浮煙浪墨。五言絕以節短韻長，包含無窮為主；七言絕以音節婉轉，意在言外，含毫渺然，風致翩翩為主。」他們所論的絕句的特色，其實也接觸到了現代文藝理論所說的典型化問題。如杜甫的〈江南逢李龜年〉：

岐王宅裏尋常見，崔九堂前幾度聞。
正是江南好風景，落花時節又逢君！

李龜年，是當年「開元全盛日」的名滿京華的歌手。少年杜甫因爲得到前輩的提攜，經常出入於岐王李范和玄宗寵臣崔滌的宅邸，多次聽到過他的不同凡俗的歌聲。世易時移，安史亂後李龜年流落江南，杜甫晚年也在湘川飄泊。公元七七○年——詩人逝世的那一年的春末夏初，絕代歌手與絕代詩人，在潭州（今湖南長沙市）不期而遇。唐代范攄《雲溪友議》曾記載李龜年曾於湘中採訪使筵上唱王維「紅豆生南國」等詩章，而杜甫正是在長沙重又聽到了他的歌唱，撫今追昔，百感叢生，於是就寫了詩人一生中的最後一首絕句送給他。

這首詩先排後散，第一句與第二句是對偶句，這是老杜絕句中常見的句法，如「泥融飛燕子，沙暖睡鴛鴦」，如「顛狂柳絮隨風舞，輕薄桃花逐水流」，如「沙頭宿鷺聯拳靜，船尾跳魚撥剌鳴」，卽是他五、七絕中之儷語。這裏，首二句追述了幾十年前的往事，時空闊大，留下了大片供人聯想的空白，無限的世事滄桑之感，隱寓其中。第三句在絕句寫作中是十分重要的，詩人一筆從數十年前的北國勒回到眼前的江南，「正是江南好風景」，暗用了「過江諸人，每至美日，輒相邀新亭，藉卉飲宴。周侯中坐而嘆曰：『風景不殊，正自有山河之異。』」（《世說新語》）的典故，概括了廣闊的空間與長遠的時間，蘊含了深沉的歷史感。結句的「落花時節」雖是指暮春三月，但它不是前人所說的「落花乃傷春時節」（王嗣奭：《杜臆》），而是美好時光的代稱。風輕日麗，落英繽紛，春華之後孕育着秋實，這不正是對「好風景」的形象描繪和補充嗎？問題是杜甫要抒寫家國盛衰的變化和感慨，爲什麼卻要渲染與之相反的美好風物呢？這，正是他藝術上的高明之處。王夫之《薑齋詩話》中說：「以樂景寫哀，以哀景寫樂，一倍增其哀樂。」杜甫是深諳詩中三昧的，他的詩作常常運用這種相反相成的藝術辯證法，深刻獨到而不是淺薄一般地反映生活。如〈新婚別〉中的「仰觀百鳥飛，大小必雙翔。人事多錯迕，與君永相望」，以鳥的作對成雙的美景，反襯亂離中新婚夫婦的死別生離，如此更覺沉哀入骨；如〈秋興〉八首抒寫時代的巨變和國家的創痛，以及自己流離飄泊的落寞與淒涼，卻用了許多諸如「鳳凰」、「彩筆」、「蓬萊宮闕」、「織女機絲」的富麗堂皇的字樣，這樣更覺力透三札！〈江南逢李龜年〉一詩點染春風麗日，正是爲了有力地反襯家國丕變的深慨和難以排遣的憂傷。這一切，詩人當然沒有直言說出，只是情味隱於意象之中，感慨寓於文字之內，吸引讀者去尋味玩索。沈德潛《唐詩別裁》評論這首詩時，指出它「含意未伸，有案無斷」，透露的正是此中消息。對於元稹的「寥落古行宮，宮花寂寞紅。白頭宮女在，閑坐說玄宗」（〈行宮〉）一詩，潘德輿《養一齋詩話》認爲「『寥落古行宮』二十字，足賅〈連昌宮詞〉六百餘字，尤爲妙境」，不僅如此，還有人認爲這首詩的價值可以與王建的一百首宮詞相比。元稹的〈行宮〉以小見大，以短勝長，杜甫的〈江南逢李龜年〉不也正是如此嗎？

杜甫，不僅是詩家的射雕手，也是詩國的多面手。他的絕句雖曾遭到不少人貶抑，實際上，無論從題材的開拓和詩藝的創新方面，他都有自己獨到的貢獻。對〈江南逢李龜年〉這篇絕唱，即使是對杜甫絕句持否定態度的淸代管世銘，在他的《讀雪山房唐詩鈔凡例》中也不得不予以肯定，而淸代的黃生在《杜詩說》中則以爲：「此與〈劍器行〉同意。今昔盛衰之感，言外黯然欲絕。見風韻於行間，寓感慨於字裏。使龍標、供奉（李白）操筆，亦無以過。乃知公於此體，非不能爲正聲，直不屑耳。有目公七言絕句爲別調者，亦可持此解嘲矣。」我同意黃生的看法，我以爲杜甫的一百三十餘首絕句，有不少是值得今天的新詩作者觀賞的珍珠。

結句的翻疊

——劉長卿〈長沙過賈誼宅〉

結句，是一首詩的終點，它有助於使全詩成爲一個完美的藝術整體，給人以讀罷難忘的深刻印象；結句，又是讀者的欣賞這一藝術再創造的起點，它可以在讀者的想像活動中擴大詩的容量，延續詩的生命。因此，它是詩歌創作中十分重要的一環。

一首詩，如果有不凡的發端和不俗的中間部分，而沒有與全篇相稱甚至後來居上的結局，有如品嘗鮮果滿筐，到最後吃的卻是爛杏一口，有如游歷名園勝景，到出口處卻是斷瓦殘垣，那該是何等大煞風景！「鳳頭、猪腹、豹尾」，一般的文章都講究結尾藝術，何況詩歌？歷代優秀的詩人，對結尾藝術的探討付出了辛勤的勞動，而歷代詩歌評論家，也在他們的詩話詞話裏留下了許多有益的見解，這些見解雖然往往是碎玉零珠，並不系統，但對當今的詩歌創作和欣賞，仍然是有啟發的。例如，宋代嚴羽在《滄浪詩話》中慨嘆「結句好難得」之後，又指出「收拾貴在出場」，他認爲結尾就是「出場」，「出場」關係到一首詩的高下成敗。什麼叫做「出場」呢？過了近千年之久，他的呼喚在清代方東樹的《昭昧詹言》中得到了回音：「篇終出人意表，或反終篇之意，即所謂出場。」方東樹關於結句的看法，比起前代詩話論述結尾要「有餘不盡」，要「如撞洪鐘，淸音有餘」，要「如截奔馬」等等，是有創見和新的發展的。僅僅這一點，就可以說方東樹給詩歌藝術的殿堂，增添了一塊新的磚石。因爲詩貴在創造，藝術理論何嘗不也貴在創新？「篇終出人意表」與「反終篇之意」，含義不同而又互有聯繫，怎樣才能獲得這種藝術效果呢？我以爲途徑之一就是：翻疊。

且看劉長卿的兩首詩。一首是〈自夏口至鸚鵡洲夕望岳陽寄阮中丞〉：

汀洲無浪復無煙，楚客相思益渺然。
漢口夕陽斜度鳥，洞庭秋水遠連天。
孤城背嶺寒吹角，獨樹臨江夜泊船。
賈誼上書憂漢室，長沙謫去古今憐。

一首是〈長沙過賈誼宅〉：

三年謫宦此棲遲，萬古惟留楚客悲。
秋草獨尋人去後，寒林空見日斜時。
漢文有道恩猶薄，湘水無情弔豈知。
寂寂江山搖落處，憐君何事到天涯？

劉長卿（七〇九—七八〇），字文房，河間（今河北省河間縣）人，是中唐初期和錢起齊名的詩壇大將。他終於隨州刺史任上，所以世稱劉隨州，有《劉隨州集》。詩人權德輿稱他爲「五言長城」，皇甫湜也說「詩未有劉長卿一句，已呼宋玉爲老兵」，可見他名重當時。劉長卿曾兩次到湖南，一次是知岳鄂諸州之際，一次是貶潘州巴南（今廣東茂名縣）尉之時。上述第二首詩，就是他被貶炎方路過長沙時的作品。這兩首詩的結句，沈德潛《唐詩別裁集》曾經分別予以褒貶。他將前一首的結句和王維的「長沙不久留才子，賈誼何須吊屈平？」加以比較，贊賞王維之作曲折而有餘意，批評前者「直說淺露」，而對於後一首的結句，他則贊揚爲「誼之遷謫，本因被讒，今云何事而來，含情不盡」。的確，前首詩整體還是相當不錯的，可是結尾卻平平敍來，過於板直，毫無餘味；後一首則不然，它的結句有「反終篇之意」的翻疊之妙。這首詩，首聯上句追溯賈誼生時謫居長沙的三年時日，下句寫賈誼去後留給楚客的無盡傷悲。頷聯和頸聯情景分設，一聯景，景中有情，一聯情，情中有景。賈誼的身世本已引人傷感，更何況時當秋士多悲的秋天？「有道」與「無情」的對比手法，進一步把詩中的「悲」字寫得十足。現在，關鍵是結句了，如果再像前詩那樣收束，那這首詩就很可能會黯然失色而又會得到讀者的譏評了。可是，詩人沒有重蹈覆轍，他以「寂寂江山搖落處」點明空間和時間，概括全詩。在如此頓挫和蓄勢之後，又以曲折翻騰的筆法，出之以「憐君何事到天涯」的問句。前面早已寫明賈誼被謫是「恩猶薄」了，這裏用翻筆反問「何事」，翻疊全篇，出人意外。靈動的句法變平直爲拗峭警動，詩人憐人兼自憐的情懷，就因此而表現得惻惻動人，能給人以更多的回味。

趙翼在《甌北詩話》中稱道杜牧詩「多作翻案語」，吳景旭《歷代詩話》也說「牧之詩用翻案法，跌入一層，正意益醒，謝疊山所謂『死中求活』也」。所謂「翻案法」，含義之一就是翻疊。所謂「翻疊」，就是運用與原意相反的翻筆，使詩句或全篇產生新意，構成新奇警策引人思索的藝術境界。臺灣學者黃永武教授有「翻疊的美」、「翻疊的筆法」論之甚詳（見黃著《中國詩學》），使人頗受教益。他說：「翻疊是運用翻筆產生新意，使原意翻上一層，在形式上是兩個相反的意思，反復成趣。翻疊大致可分爲當句翻疊、下句翻疊上句、上半首翻疊下半首、全首交綜翻疊四種。」劉長卿〈長沙過賈誼宅〉的結句，就正是具有翻疊之妙。

詩的對比

——劉長卿〈送李中丞歸漢陽別業〉

對比，是文學藝術創作中運用得最廣泛的技巧之一，是語言藝術中一種富於表現力的修辭手段。在詩歌創作中，對比這隻智慧鳥的翅膀飛臨之處，常常可以使全詩光彩煥發。在我國的《詩經·伐檀》中，辛苦勞動的奴隸與尸位素餐的奴隸主的對比是十分鮮明的了。〈北山〉篇中的「或燕燕居息，或盡瘁事國；或偃息在床，或不已於行」，也完全是以對比的方式結撰成章。在西方，亞里斯多德在他的名著《修辭學》中認爲，修辭的三大原則之一是運用對比，他說：「相對觀念之意義，易爲人覺察；其於並列排出時，尤爲明顯。」從這裏，可以看到對比的久遠歷史和重要作用。

音樂中的旋律，有高低、輕重、緩急等方面的對比；繪畫中的構圖和色彩，有遠近、虛實、黑白、冷暖、明暗等方面的對比。在詩歌中，我們更是可以到處看到對比的妙用：征人的「昔我往矣，楊柳依依」，是反照自己的「今我來思，雨雪霏霏」；屈原的指斥蕭艾，是爲了表彰芳草，「鸞鳥鳳凰，日以遠兮。燕雀烏鵲，巢堂壇兮」，他的〈涉江〉中有許多對比鮮明的警策之句；杜甫的「朱門酒肉臭，路有凍死骨」，以正反對比揭露了封建社會中尖銳的階級對立；柳宗元的「千山鳥飛絕，萬徑人踪滅。孤舟蓑笠翁，獨釣寒江雪」，以巨細對比勾畫了千山環抱中漁翁寒江獨釣的景象；李商隱的「此日六軍齊駐馬，當時七夕笑牽牛」，以時空對比在時代背景上抒寫了帝王的悲喜劇；「可憐身上衣正單，心憂炭賤願天寒」，白居易以虛與實的對比，深刻地揭示了人物矛盾的內心世界；許裳的「學劍雖無術，吟詩似有魔」，以有無對比呈現了自己如痴如醉的詩心；羅隱的「花開花謝還如此，人去人來自不同」，以情景對比抒發了對生命如逝水流光的戀惜；「知否知否，應是綠肥紅瘦」，李清照以色彩和形態的對比，表達了那種傷時感世、珍惜韶光的情思……

中唐初期的詩人劉長卿，曾被權德輿美稱爲「五言長城」，淸人吳喬在《圍爐詩話》中也說「盛唐人無不高凝整渾，隨州五言律，始收斂氣力，歸於自然，首尾一氣，宛如面語」。他的五言律詩〈送李中丞歸漢陽別業〉，完全是以對比的藝術手段結撰它的藝術架構。現實社會中的種種矛盾和歧異，是對比藝術的源泉，而劉長卿詩中送別的人物，是一位當年戰功赫赫而今天卻已淪落不遇的將領，這個人物本身的經歷遭逢，構成了對比手法的客觀現實生活基礎。全詩如下：

流落征南將，曾驅十萬師。
罷歸無舊業，老去戀明時。
獨立三邊靜，輕生一劍知。
茫茫江漢上，日暮欲何之！

「流落征南將，曾驅十萬師」，詩人首先以雄勁的筆法倒敍將軍的盛時，在征南將這一筆概括交待之後，又以「曾驅十萬師」的具體描繪，來補寫將軍的地位之高，號令之嚴，軍威之盛，使得一位大將的形象躍然紙上。然而，「罷歸無舊業，老去戀明時」，有如江間洶湧的波浪，如果說開篇兩句就躍上巔峰，那麼，這兩句就直落波谷了。罷官而歸，故里卻沒有田園廬舍可以存依，將軍國而忘家的精神和清貧的生活由此可見。年少而從戎，功高而見黜，年華老去的將軍撫今追昔，不禁懷戀起那政治清明的時代。這兩句，不僅和前面兩句構成今昔、正反的鮮明對比，而且語含「反諷」。「反諷」一詞，首先出現在亞里斯多德的《修辭學》之中，爲現代西方的文藝批評所習用。「反諷」的技巧，在現代小說、戲劇等文學作品中隨處可見，它的特色是：作者含蓄地寫出相反相乖的具體事象，不一語道破諷刺對象的值得嘲諷和鞭撻之處，而讓讀者去思而得之。在劉長卿這首詩中，如果是「明時」，戰功卓著的老將怎麼會「罷歸」呢？詩人「反諷」之意隱然可見。劉長卿自己兩次被誣陷而遭貶謫，這位性格剛直的詩人就曾發過「長年氣尙寃」、「白首銜寃欲問天」的牢騷，因此，他對送別的將軍的同情就可想而知了。「獨立三邊靜，輕生一劍知」，再次躍上波峰，一句追述將軍使敵人不敢入侵，邊塞平靜無事的戰功，一句表彰他忠勇爲國、視死如歸的壯志，這是對首聯的補充，也是對尾聯的反照。「茫茫江漢上，日暮欲何之」，最後終於還是跌落波谷。在這裏，「日暮」一語雙關，天色已晚，將軍也已到了生命的暮年，在茫茫江漢之上，他將流落到哪裏去呢？杜甫晚年漂泊於長江與漢水時，曾寫有〈江漢〉一詩，其中有句是「落日心猶壯，秋風病欲蘇」，劉長卿詩中的「日暮」，與老杜「落日」的含意和用法大致相同，師承與發展的軌迹隱約可見。結尾的「欲何之」與開篇的「流落」遙相挽合，名與實乖，今與昔異的層層對比，構成了全詩的藝術架構。

「同樣的印象老是重複，時間一久也會使人厭倦」（雨果：《克倫威爾》序），這是符合人們審美活動的心理規律的，它也從反面說明對比根源於充滿矛盾的現實生活，在主觀上則基於心理學中所說的人的「差異覺」——對不同刺激的辨識和感覺。對比，是把兩個不同的對立事物或兩種不同的對立景象並列在一起，讓它們作尖銳的對照與鮮明的反襯，從而在兩相比較、互爲映襯中突出題意，加強形象的警動性和啟示性，給人以強烈的印象。劉長卿這首詩，可以讓我們看到對比藝術的妙用，而在新詩創作中，對比的足迹所到之處，也常常能步下生花，如向明〈妻的手〉一詩，開篇就是「琴弦」與「枯枝」的對比：「一直忙碌如琴弦的／妻的一雙手／偶一握住／粗澀的，竟是一把欲斷的枯枝。」因爲對比新鮮而富於內蘊，且置於全詩的開頭，讀者就一詩在手而欲罷不能了。

淡妝的美

——張謂〈同王徵君湘中有懷〉

在唐代詩歌的園林裏，有的詩，艷麗富貴如牡丹，有的詩，清新素淡如百合，有的詩，風姿搖曳如春蘭，有的詩，端莊高遠如秋菊，千姿百態的奇葩，裝點得唐詩的園林多彩多姿。盛唐時代張謂的詩，似乎不去刻意經營，常常淺白得有如說話，然而感情眞摯，自然蘊藉，他的優秀作品，往往達到了一般作手很難達到的語淺而情深的境界，有如詩中的百合花。

張謂，字正言，河內（今河南沁陽）人，生卒年均不詳，約唐玄宗天寶末年前後在世，大歷之後出任潭州刺史。「一樹寒梅白玉條，迥臨村路傍谿橋。不知近水花先發，疑是經冬雪未消」，卽使是他描繪南國早梅的詩，也不事藻飾，而具有一種淡妝的美。他寫於湖南的作品〈同王徵君湘中有懷〉，也是如此：

八月洞庭秋，瀟湘水北流。
還家萬里夢，爲客五更愁。
不用開書帙，偏宜上酒樓。
故人京洛滿，何日復同遊。

蘇東坡在〈飲湖上初晴後雨〉一詩中說：「欲把西湖比西子，淡妝濃抹總相宜。」具有淡妝之美的詩，在藝術表現手段上常常是平易中見深遠，在語言的驅遣上常常是樸素中見高華。陳望道的《修辭學發凡》認爲，「平淡和絢麗的區別，是由話裏所用的詞藻的多少而來」，「少用詞藻，務求淸眞，便是平淡體」，這是頗有藝術見地的。張謂這首詩就是這樣。開篇兩聯扣緊題目，對景興起。「八月洞庭秋」，着重在點明時間，筆力概括；「瀟湘水北流」，主要在抒寫眼前所見的空間景物，是特寫筆墨。在詩歌創作中，景是情中之景，寫景卽是抒情，上述詩句從表面上看來似乎沒有驚人之語，實際上卻包孕了豐富的感情內涵：秋天本是秋士多懷的季節，何況是家鄉在北方的詩人面對洞庭之秋？湘江北去本是客觀的自然景象，但多愁善感的詩人怎麼會不聯想到自己還不如江水，久久地滯留南方？因此，這兩句旣是寫景，也是抒情，自然地引發了下面的懷人念遠的「有懷」之意。頷聯直抒胸臆，不事雕飾，然而卻時空交感，對仗工整而流動。「萬里夢」點空間，魂飛萬里，極言鄉關京國之遙遠，此爲虛寫，「五更愁」點時間，竟夕縈愁，極言作客他鄉時憶念之殷深，此爲實寫。腹聯宕開一筆，用正反夾寫的句式進一步抒發自己的愁情：翻開愛讀的書籍已然無法自慰，登酒樓而醉飲或者可以忘憂？這些含意詩人並沒有明白道出，但卻使人於言外可想，同時，詩人運用了「不用」、「偏宜」這種具有否定或肯定意義的虛字斡旋其間，不僅使人情意態表達得更爲深婉有致，而且使篇章開合動宕，全詩句法靈妙流走。登樓把酒，應該有友朋相對才能逸興遄飛，然而，現在卻是詩人獨自把酒臨風，於是，卽使是「上酒樓」也無法解脫天涯寂寞之感了，這樣，結聯就逼出「有懷」的正意，把自己的愁情寫足寫透。在章法上，「京洛滿」和「水北流」相照，「同游」與「爲客」相應，細針密線，一絲不走。全詩沒有濃麗的詞藻，沒有出奇制勝的奇特聯想，甚至沒有運用一個比喻，彷彿是信筆寫來，然而卻皆成妙諦，呈現出流水行雲悠然自在的勝境。

藝術美的具體形態是多種多樣的，彼此互相獨立而不能替代。宋代郭熙、郭思父子在《林泉高致》中形容四時各異的山景說：「春山淡冶如笑，夏山蒼翠如滴，秋山明淨如妝，冬山澹澹如睡。」淡妝的美，大約相當如明淨的秋山吧？淡妝之美是詩美的一種，古代不少詩人和詩論家，都注意這種美的境界。晉代的陶淵明，唐代的柳宗元和韋應物，宋代的歐陽修和梅聖俞，都是我國古典詩史上講究淡妝之美的名家。對淡妝之美，司空圖在《二十四詩品》單獨列有「沖淡」一品，與「采采流水，蓬蓬遠春，窈窕深谷，時見美人」的「纖穠」之美相對照，他作了「飲之太和，獨鶴與飛，猶之惠風，苒苒在衣，閱音修篁，美曰載歸」的形象描繪；李白有「清水出芙蓉，天然去雕飾」的贊辭；蘇東坡有「絢爛之極，歸於平淡」的見解。由此可見，淡妝之美雖然不一定是詩美的極致，但卻是並不容易達到的美的境界。「掃除膩粉呈風骨，褪卻紅衣學淡妝」，素雅中呈風骨，清淡中見情韻，這也許就是梅聖俞所說的「作詩無古今，欲造平淡難」的原因吧？張謂在〈同王徵君湘中有懷〉中一試他的詩才，就征服了詩歌藝術上的這個難度，至今仍讓我們追想他的不平庸的身手！

白　描

——元結〈春陵行•有序〉

公元七六七年，漂泊西南天地間的杜甫流寓四川夔州已經兩載。這年自春到秋，他都是居住在夔府的瀼西（在今四川奉節縣城附近）。生活雖然暫時稍得安定，但他傷時憂世關心民生疾苦的感情波瀾，卻並沒有在心頭平息。有一天，他讀到流傳到這裏的元結作於四年前的〈春陵行〉與〈賊退示官吏〉兩首詩，十分感動和興奮，馬上寫成了〈同元使君春陵行〉一詩。從這一有些奇異的詩題，就已經表現了杜甫對元結的同聲相應、同氣相求之意，詩的序文更表露出他「不意復見比興體制，微婉頓挫之詞」的喜悅。在詩的正文中，他對元結詩的內容和價值作了很高的評價：「道州憂黎庶，詞氣浩縱橫。兩章對秋月，一字偕華星！」詩聖杜甫雖然十分謙遜，具有博採眾長、虛懷若谷的眞正大詩人的美德，但他對別人的褒揚也不是輕易出之的，要理解他對元結的這兩首詩爲什麼要那樣推許和看重，還是要同時讀元結的原作。

下面便是元結的〈春陵行・有序〉一詩：

癸卯歲，漫叟授道州刺史。道州舊四萬餘戶，經賊以來，不滿四千，大半不勝賦稅。到官未五十日，承諸使徵求符牒二百餘封，皆曰「失其限者，罪至貶削」。於戲！若悉應其命，則州縣破亂，刺史欲焉逃罪；若不應命，又卽獲罪戾，必不免也。吾將守官，靜以安人，待罪而已。此州是春陵故地，故作〈春陵行〉以達下情。

軍國多所需，切責在有司。
有司臨郡縣，刑法竟欲施。
供給豈不憂？征斂又可悲。
州小經亂亡，遺人實困疲。
大鄉無十家，大族命單羸。
朝餐是草根，暮食乃木皮。
出言氣欲絕，意速行步遲。
追呼尚不忍，況乃鞭撲之。
郵亭傳急符，來往迹相追。
更無寬大恩，但有迫促期。

欲令鬻兒女，言發恐亂隨。
悉使索其家，而又無生資。
聽彼道路言，怨傷誰復知。
去冬山賊來，殺奪幾無遺。
所願見王官，撫養以惠慈。
奈何重驅逐，不使存活爲！
安人天子命，符節我所持。
州縣忽亂亡，得罪復是誰。
逋緩違詔令，蒙責固其宜。
前賢重守分，惡以禍福移。
亦云貴守官，不愛能適時。
顧惟孱弱者，正直當不虧。
何人採國風？吾欲獻此辭。

元結（七一九—七七二），號漫郎，字次山，河南魯縣（今河南魯山縣）人。作爲中唐前期和顧況齊名的現實主義詩人，他主張詩歌要「上感於上，下化於下」（〈繫樂府序〉）他編定收錄了他和孟雲卿、沈千遠、于逖等人詩作的《篋中集》，在序文中他就曾經表示反對「拘限聲病，喜尚形似」的形式主義的靡靡詩風。他的詩作和詩歌創作主張，是杜甫的同調，也開張了白居易新樂府運動的先聲。安史之亂後，他的關心人民、批判現實的精神有了進一步發展，上述詩章，就是他在廣德元年（公元七六三年）在湖南道州作刺史時的代表作品。這一被杜甫所稱頌的詩作，在藝術上的顯著特點就是白描手法的運用。

白描，本來是中國畫所特有的傳統技法名稱，它是指用墨線勾描物象，畫面上除了線條本身的墨色之外，其餘均不着顏色，後來則泛指文學創作包括詩歌創作中典型化的一種技法。卽用簡煉樸實的筆墨，不加濃墨重彩，不作細緻的雕飾，從而刻畫出鮮明生動的形象，感人地抒發作者主觀的情思。魯迅在《南腔北調集·作文秘訣》中認爲，白描就是「有眞意，去粉飾，少做作，勿賣弄」，這是深得白描三昧的經驗之談，以之來解釋元結這首詩的藝術特色，也是恰當的。「有眞意」，是白描的基礎和靈魂，「去粉飾」，是白描手法的重要特點。〈春陵行〉第一部分着重寫人民凄慘困苦的生活情景，以「州小經亂亡，遺民實困疲。大鄉無十家，大族命單羸」加以總的概括，以「朝餐是草根，暮食乃木皮。出言氣欲絕，意速行步遲」作突出的傳神的特寫，而「追呼尙不忍，況乃鞭撲之」，不僅表現了作者的仁政愛民的思想，同時也從側面更深刻動人地反映了人民掙扎在死亡線上的慘狀，讀之令人神傷。第二部分揭露統治者一心搜刮民脂民膏，不管生靈塗炭。「郵亭傳急符，來往迹相追。更無寬大恩，但有迫促期」，「所願見王官，撫養以惠慈。奈何重驅逐，不使存活爲」，詩人以官家催逼命令的急如星火，以「無」和「有」的對比描寫，以義正辭嚴的詰問，大膽暴露和嚴厲譴責了當時的嚴刑苛政。詩的第三部分寫自己寧可違詔待罪，也要爲民請命。「逋緩違詔令，蒙責固其宜。前賢重守分，惡以禍福移……何人採國風，吾欲獻此辭」，詩人將朝廷重譴的禍患置之度外，將自己的詩作和民間創作的「國風」聯繫在一起，表現了封建時代一個正直詩人的可貴情操和懷抱。「翠綸桂餌，反所以失魚」，詩人胸有眞意，筆含眞情，全詩沒有華麗的詞藻，沒有令人目眩的賣弄，率眞、質樸、簡潔，強烈地扣動讀者的心弦，以至於杜甫讀後分外激動，而我們今天也仍然可以感受到它的嚴峻的現實主義的力量。

王安石有詩云：「看似尋常最奇崛，成如容易卻艱辛。」元結的詩雖然有時過於古樸無華，形象不夠豐滿，因而削弱了藝術的感染力，但〈舂陵行〉卻不失爲看似尋常卻不尋常的白描手法的上選之作。

詩的意境美

——錢起〈省試湘靈鼓瑟〉

長空有彩霞紅日，皓月星斗，才顯得生機勃勃；大地有羣山漠野，江湖河海，才顯得氣象萬千；詩歌有美好的豐富多彩的意境，才顯得情韻廻蕩，動人心弦。

意境，我國傳統美學的這個重要論題，是詩的藝術發展到相當成熟的階段，才從理論概括的高度提出來的。唐代是我國古典詩歌的黃金時代，古典詩歌的藝術，在唐代已攀登到喜馬拉雅山脈的珠穆朗瑪峰，所以自鍾嶸的《詩品》之後，唐代的詩歌理論也相應地得到了長足的發展。「意境」一詞，最早見於王昌齡所撰述的《詩格》。他指出「詩有三境」：一是「物境」，二是「情境」，三是「意境」，並主張詩歌創作要把「意象」與「境象」融合爲一；司空圖後來在《二十四詩品》中，又形象地描繪了詩歌的二十四種境界，並在〈與王駕評詩書〉中提出了「思與境偕，乃詩家之所尚者」的重要觀點。這些說法，得到了歷代詩人和詩論家的承認，清代王國維《人間詞話》第一條就強調詞以境界爲最上，有境界則「自成高格，自有名句」，在〈人間詞話乙稿序〉及《宋元戲曲考》中，他又多次提出「意境」之說，認爲「文學之工與不工，亦視其意境之有無，與其深淺而已。」因此，「意境說」反映了詩人和詩論家對詩歌這一文學現象的重要藝術規律的深刻認識，是從美學角度對詩歌的藝術特徵所作的精到概括。如中唐初期詩人錢起的〈省試湘靈鼓瑟〉，就是一首靈心獨絕意境幽美的詩篇：

善鼓雲和瑟，嘗聞帝子靈。
馮夷空自舞，楚客不堪聽。
苦調淒金石，清音入杳冥。
蒼梧來怨慕，白芷動芳馨。
流水傳湘浦，悲風過洞庭。
曲終人不見，江上數峰青。

錢起（七二二—七八〇），字仲文，吳興人，大曆十才子之一。他的詩，反映現實的作品不够多，偏於山水田園風物的描寫，大致上屬於王維、孟浩然一派。他曾和王維唱和，王維對他頗爲欣賞，「許以高格」（《唐才子傳》）。在藝術上，他的詩有自己的特色和相當的成就，常常以意境見勝。唐代高仲武編《中興間氣集》，就贊美他「體格新奇，理致清贍」，清代沈德潛在《唐詩別裁》中也贊許他「五言彷彿右丞，而清秀彌甚」，從這裏可見他詩風之一斑。〈湘靈鼓瑟〉一詩，是他的代表作，歷來爲人所傳誦，啟發過後代很多詩人的靈感和詩思。

意境，是以形象爲基礎的；藝術形象，是產生意境的母體。沒有鮮明的藝術形象，就無法構成意境，而只能是概念和口號的羅列，或是玄秘難明的臆想的表述。但是，平庸的落套的形象也不能構成意境，那只是缺乏才力的作者對生活表象的複製，或是對別人成功之作笨拙的摹仿；只有新鮮獨創的意蘊深遠的形象，才能使意境之花開放。意境，是作者的主觀之「意」和現實生活之「境」的辯證統一，「意」，包括「情與理」，即作者對生活獨特的感受、認識、理解和發現；「境」指事物的「形」與「神」，即經過作者提煉熔鑄出來的「這一個」的生動形象及其內在精神與本質。錢起的〈省試湘靈鼓瑟〉本是應考的試帖詩，但他寫來卻非同凡俗，而是意境幽遠。《楚辭》中的〈遠遊〉篇有「使湘靈鼓瑟兮，令海若舞馮夷」之句，這首詩的詩題就是由此而來。全詩着重表現的，是湘靈鼓瑟的不同凡調的效果和詩人獨特的審美感受。首二句點明題目之後，接下來的五韻十句緊扣題意，從各個角度渲染那哀怨動人的樂聲的神奇力量：河神馮夷聞聲起舞，被放逐楚地的遷客騷人聽來更是黯然神傷。苦調淸音，穿雲裂石，飛過了浩浩洞庭，廻蕩在千里湘江之旁，飛揚在白雲靑天之上，連九嶷山上的舜帝也爲之心碎，連屈原贊美過的白芷也吐放出更濃郁的芳香。一曲既終，伊人不見，餘音彷彿還在江水之上和峰巒之間蕩漾。全詩聽覺形象和視覺形象相交融，情景歷歷，狀溢目前，那戛戛獨造的形象中滲透了詩人審美的激情，「意」與「境」在相當的高度上達到了和諧統一。值得一提的是，那獨創性的音樂描寫，曾鼓舞了後來白居易、韓愈、李賀寫音樂的詩篇的靈感。

意境，是內情與外境、情理與形神在創造性的藝術形象中的和諧統一，同時，意境也是情景交融所構成的引人聯想和想像的藝術世界，因此，意境美還必然具有如下的一個特徵：形象的間接性和豐富性。詩歌，是最富於想像力和啟示力的藝術，談得上有意境的詩，不僅具有形象的直接性，還必須具有形象的間接性和豐富性，是實的意象和虛的聯想的交融，可以在讀者的審美活動中構成「再生性形象」或「再造性形象」。一鶴沖霄，使人起秋日勝春朝之想，幾竿翠竹，令人發勁節凌雲之思。有意境的詩作，必然會提供聯想的線索，規定想像的範圍，充分調動讀者想像的積極性，讓他們根據自己的生活經驗與審美感受去補充和豐富詩的形象，從有限中尋求無限的象外之象、景外之景、韻外之音、味外之旨。法國十九世紀的美學家夏多布里安認爲「理想的美」是「挑選和隱藏的藝術」，是「眞實與虛構的美妙的結合」，我國唐代劉禹錫論詩提出「境生於象外」，宋代陸游以爲「能追無盡景，始見不凡人」，大概也包含這個意思吧？遠古的楚地，本是流傳着許多神話的國土，而楚辭則是哺育了歷代詩人想像的搖籃。錢起這首從楚地傳說和瑰奇楚辭中取材的詩，其意境之美就具有形象的間接性和解釋的豐富性這種特色。全詩現實和幻想交織，詩人將意中含蓄和句中含蓄結合起來，具體意象之間留下大片的空白，變幻空靈，境高意遠，含蓄不盡，引人玩索，加之籠罩全篇的那種迷離撲朔的氛圍，更覺詩境幽遠，情思無限。除此之外，詩的結句也十分精采，對全詩無限性的意境的形成也具有重要的作用，歷來爲詩家們稱道，譽之爲「曲終江上之致」，如王有宗贊揚杜甫〈縛鷄行〉的結句時，就說「如江上青峰，秋波臨去，令人低廻，不能已已」，從中可見他對錢起詩的傾心。

詩的意境美是多種多樣的，就像生活本身一樣豐富多彩。但我以爲形象的鮮明性和獨創性、間接性和豐富性，是構成意境美的基本因素。同時，「意境」這一詩歌美學理論產生的時間雖然很早，是我國古典詩歌的重要美學原則，但它同樣適用於新詩，是詩歌創作和詩歌理論中一個有待不斷深入探討的美學課題。當前，有的人一味強調「用外來的美學原則改造我們的新詩」，而主張「衝破」「意境的美學原則」，這未免失之太偏。「意境說」，是我國對詩歌理論的具有世界性意義的貢獻。臺灣姚一葦在《藝術的奧秘》一書〈論境界〉一章中認爲：境界或意境是我國獨有的一個名詞，作爲藝術批評或文學批評的一個術語，在西洋美學中無同等的用語。——這可謂有識之見，我響應從海峽對岸傳來的這一聲音。

明朗與含蓄

——戴叔倫〈三閭廟〉

在唐代詩歌的歌手如雲，眾音繁會的大合唱中，大約是詩人們不能忘情於我國歷史上第一位大詩人的緣故吧，有許多禮贊屈原的歌。不同的歌手有不同的音色和音調，李白是飄逸的，杜甫是沉鬱的，韓愈是奇崛的，而戴叔倫的〈三閭廟〉，則像一闋明朗而含蓄的悲歌，扣響了讀者的心弦：

沅湘流不盡，屈子怨何深！
日暮秋風起，蕭蕭楓樹林。

戴叔倫（七三二—七八九），字幼公，潤州金壇（今江蘇金壇縣）人。從《新唐書》、《唐才子傳》等書的記載看來，他在撫州刺史和容管經略史任內，曾經有過較爲清明的政績。他的詩繼承了杜甫的現實主義精神，高出於同時代的大曆詩人之上，反映了人民在變亂流離中的痛苦生活，表現了對人民的同情，開了白居易〈秦中吟〉和「新樂府」的先聲。這樣，我們也就不難理解他對先賢屈原爲什麼如此尊仰追慕了。在詩歌藝術上，他主張詩歌要意餘象外，含蓄悠永。司空圖〈與極浦論詩書〉就曾援引過他的見解：「詩家之景，如藍田日暖，良玉生煙，可望而不可置於眉睫之前也。」李商隱〈錦瑟〉詩的「藍田日暖玉生煙」一句，也許是從戴叔倫的議論中變化而出的吧？從〈三閭廟〉這首詩，我們也可以看到此種意境。

三閭廟，是奉祀春秋時楚國三閭大夫屈原的廟宇，據《清一統志》記載，廟在長沙府湘陰縣北六十里(今汨羅縣境)。「浩浩沅湘，分流汨兮。脩路蔽幽，道遠忽兮」，屈原早在〈九章·懷沙〉中就讓沅湘之水流進了他的詩行。「屈平正道直行，竭忠盡智，以事其君，讒人間之，可謂窮矣。信而見疑，忠而被謗，能無怨乎？」司馬遷在《史記·屈原列傳》裏也頗不溫柔敦厚地標出了一個「怨」字。因此，〈三閭廟〉的開始兩句，是卽景起興同時也是比喩：沅水湘江，江流何似？有如屈子千年不盡的怨恨；屈子的怨恨像什麼？有如千年不盡的沅湘。前一句之「不盡」，寫怨之綿長，後一句之「何深」，表怨之深重。兩句都圍繞「怨」字落筆，形象明朗而包孕深厚，錯綜成文而廻環婉曲，是古典詩詞中常見的「互文」

手法。然而，屈子爲什麼怨？怨什麼？詩人自己的感情態度又是怎樣？他沒有和盤托出，而只是描繪了一幅特定的具象化的圖景，引導讀者去思索。李鍈《詩法易簡錄》認爲：「咏古人必能寫出古人之神，方不負題。此詩首二句懸空落筆，直將屈子一生忠憤寫得至今猶在，發端之妙，已稱絕調。」這是說得頗有見地的。江上秋風，楓林搖落，時歷千載而三閭廟旁的景色依然如昔，可是，屈子沉江之後，而今卻到哪裏去呼喚他魂兮歸來？「裊裊兮秋風，洞庭波兮木葉下，」「湛湛江水兮上有楓，目極千里兮傷春心。魂兮歸來哀江南！」這本是屈原的〈九歌〉和〈招魂〉中的名句，詩人撫今追昔，觸景生情，借來暗用爲「日暮秋風起，蕭蕭楓樹林」的後兩句。季節是「秋風起」的深秋，時間是「日暮」，景色是「楓樹林」，再加上「蕭蕭」這一摹聲疊詞的運用，更覺怨之不勝，情傷無限。這種寫法，稱爲「以景結情」或「以景截情」，畫面明朗而引人思索，含意深永而不晦澀難明，深遠的情思含蘊在規定的景色描繪裏，使人覺得景物如在目前而餘味曲包。試想，前面已經點明了「怨」，此處如果以直白出之，而不是將明朗和含蓄結合起來，做到空際傳神，讓人於言外可想，那將會何等令人索然寡味？這首詩的結句，歷來得到詩評家的贊譽，除李鍈在《詩法易簡錄》中贊爲「三四句但寫眼前之景，不復加以品評，格力尤高。凡咏古以寫景結，須與其人相肖，方有神致，否則流於寬泛矣」之外，鍾惺《唐詩歸》則說：「此詩豈盡三閭，如此一結，便不可測。」施補華《峴傭說詩》作了如下的評價：「並不用意而言外自有一種悲涼感慨之氣，五絕中此格最高。」而俞陛雲《詩境淺說續篇》也認為：「以秋聲楓樹為靈均傳哀怨之神，其傳神在空際。王阮亭〈題露筋祠〉詩：『門外野風開白蓮』，不着迹象，為含有懷古蒼涼之思，與此詩同意。」可以說，他們都異口同聲地肯定了這首詩的明朗中見含蓄的妙處。

詩歌，是意象的藝術，也是最富於暗示性和啟示力的藝術。詩無論古今，明朗而不含蓄，明朗就成了一眼見底的淺水沙灘；含蓄而不明朗，含蓄就成了令人不知所云的有字天書。戴叔倫的〈三閭廟〉兼得確定性與模糊性二者之長，明朗處情景接人，含蓄處使讀者的想像振翼而飛。

「無理而妙」的聯想

——戎昱〈移家別湖上亭〉

詩的聯想，是詩的想像這一花之家族的一個重要分支，而無理而妙的聯想，則是聯想之中的一朵奇葩。

人，總是生活在一定的社會環境和自然環境之中。很多人都有這樣的感受：在一個地方生活了較長一段時間，而那段時間的生活有很多地方值得留戀，那裏的山川風物甚至一草一木都彷彿和自己建立了某種難以割捨的情感，如果有一天一旦要向它們揮手告別，心頭自然難免要湧起離情別緒的波瀾。假如你是一位詩人，你也許就會要將這種情思渲泄在紙上，就像盛唐與中唐之交的詩人戎昱〈移家別湖上亭〉那樣：

好是春風湖上亭，柳條藤蔓繫離情。
黃鶯久住渾相識，欲別頻啼四五聲。

戎昱不僅將許多人共有的那種微妙的審美感情表現了出來，而且表現得情韻深遠，十分感人，我以爲那詩的秘密主要就在於「無理而妙」的出奇聯想。戎昱的故鄉大約是湖北江陵一帶，生卒年月已無法確考。他在唐代並不是很有名的，新舊《唐書》都沒有爲他立傳，只有辛文房《唐才子傳》有簡略的但不無錯舛的記載。安史之亂初平時，他曾有關心人民疾苦、反映社會喪亂的《苦哉行》五首，以後他流寓與宦游於荊南、湖南、廣西、江西、隴西一帶，也曾寫過一些比較出色的詩篇。《全唐詩》收錄他的詩作一卷，〈移家別湖上亭〉即是其中之一。

大曆四年（公元七六九年）至大曆十一年（公元七七六年）左右，戎昱流寓作客於湖南，這首詩該是他在湖南時的作品。詩的首句中的「湖上亭」點明了題目，「春風」交待了是風光明麗的春天，「好是」集中地表現了詩人對湖上亭的感情態度。詩人爲什麼對湖上亭如此情意殷殷呢？他還有一首〈玉臺體題湖上亭〉可資佐證：「湖入縣西邊，湖頭勝事偏；綠竿初長筍，紅顆未開蓮；蔽日高高樹，迎人小小船；淸風長入坐，夏日似秋天。」從詩中可以看出，這裏確實是風物宜人的勝境，難怪詩人要留連而不忍離去了。在多情的詩人眼裏，不僅湖上亭是如此令人留戀，就是亭邊的綠柳和藤蔓，也彷彿牽繫着縷縷離情。——這兩句詩固然是流麗的，但一般的手筆似乎都還可以寫出，如果沒有下面分外出色的兩句，這首詩也許就不會像現在這樣使我們動心了。在前面的鋪寫之後，詩人不再正面去寫湖亭，也不再正面去寫自己的別緒，而是掉轉筆鋒，別開妙境：那些黃鶯在這裏住得很久了，我也朝於斯而夕於斯，因此，和我相識已久的黃鶯看到我要離此而去，它們也依依惜別，在亭間樹上頻頻地啼鳴，好像在爲我送行。「渾」者，全也，「渾相識」即全相識。鶯猶如此，人何以堪？在詩人的筆下，無知的黃鶯變爲有情，從生活常理看來是「無理」的，但是，寫黃鶯之情就是更動人地抒發詩人之情，這種「無理而妙」的寫法，就遠遠比那種直白式或直線式的寫法高明。

清代詞論家賀裳在《皺水軒詞荃》中舉例說：「唐李益曰：『嫁得瞿塘賈，朝朝誤妾期。早知潮有信，嫁與弄潮兒。』子野〈一叢花〉末句云：『沉思細恨，不如桃杏，猶解嫁東風。』此皆無理而妙。」後來鄒程村對賀裳的說法加以補充：「張子野『不如桃杏，猶解嫁東風』，《詞荃》謂其無理而妙，羨門（清初詞人彭駿孫，號羨門——引者注）『落花一夜嫁東風，無情蜂蝶輕相許』，愈無理而愈妙，試與解人參之。」（《遠志齋集》）從這裏，我們可以看到「無理而妙」的聯想的作用和效果。聯想，是由生活中此一意象聯想到彼一意象活動。沒有聯想，就沒有詩，沒有才情橫溢的聯想，就沒有才情橫溢的詩。在古典詩歌中，聯想及聯想的表現形式是多種多樣的，「無理而妙」的聯想就是其中之一端。這種聯想，從表面看來是不合常情常理的，但它卻別出奇趣地表達了詩作者的實感眞情，於理不合，卻眞實而巧妙。西方文藝理論中所說的「移情作用」，就是指由物我兩忘達到物我同一的境界，使本來只有自然物理的外物也彷彿具有人的生命和情趣，這一說法，和我國古典詩論所說的「無理而妙」相通。在戎昱的詩中，只有自然物理的黃鶯也如此通達人情，這種「無理而妙」的聯想，也正是詩人的一種「移情」作用的表現。由戎昱的詩還可以體會到，「無理而妙」之所以妙，絕不是詩人故作多情向壁虛構的結果，而是建立在「眞情」甚至是情深意摯的「痴情」基礎之上的，所謂「人生自是有情痴，此恨不關風與月」是也。這樣，詩人所描寫的也許不符合表面的生活事象之理，但卻更深一層地抒發了於理相通的詩人之情，從而達到抒情詩的抒情妙境。袁枚在《隨園詩話》中也說過「詩人者，不失其赤子之心者也」，他的這一觀點的提出，比王國維《人間詞話》中的同一看法早了一百多年，他同時還贊揚了僧惟茂的「四面峰巒翠入雲，一溪流水漱山根。老僧只恐山移去，日午先教掩寺門」（〈住天台山詩〉），以及陳楚南的「美人背倚玉欄干，惆悵花容一見難。幾度喚他他不轉，痴心欲掉畫圖看」（〈題背面美人圖〉），他說：「妙在皆孩子語也。」所謂「孩子語」，就是有違事理而深合人情，有一種天眞的詩美與「別趣」。

艾青不是說過「美在天眞」嗎？戎昱上述這首詩，奇情逸發，似謬實眞，把那種美好的生活情趣表現得靈機躍動，委婉動人，洋溢着一種天眞之美。正因爲如此，就不難理解三百年後的大詩人蘇軾，爲什麼也情不自禁地循着他的藝術足跡，在〈常潤道中有懷錢塘寄述古〉一詩中，寫出「二年魚鳥渾相識，三月鶯花付與公」的詩句了。

抒情詩的細節

——于鵠〈江南曲〉

在敍事性的文學作品裏，那些精采的典型的細節光臨之後，往往能使整部作品豐滿動人，但是，細節並不是爲敍事性文學作品所獨擅的，在抒情詩中，精采的細節描寫，也可以使作品遍體生輝。

細節，是文藝作品以形象表現生活的重要藝術手段，是文藝作品中刻畫人物性格、展示情節發展、描繪社會環境和自然景物的最基本的組成單位。在這種大而化之的解釋之外，具體分析起來，細節所指的範圍是很廣泛的，人物的形體動作、聲容笑貌、手勢眼神、服裝衣飾，自然界的風雲雷電、草木蟲魚，人們生活中的各種物件等等，都可以是細節描寫的藝術對象。我們雖然不必認定細節描寫是抒情詩普遍的美的法則，但是，有些抒情詩如果有了出色的細節描寫，的確可以使全詩倍增光采。這種光采，我們早在《詩經》中就領略過了，「靜女其姝，俟我於城隅。愛而不見，搔首踟躕」（〈邶風・靜女〉），「自伯之東，首如飛蓬。豈無膏沐，誰適爲容？」（〈衛風．伯兮〉），這種生動的細節所具有的心理描寫的深度，使我們過目難忘。又如唐代詩人于鵠的〈江南曲〉：

偶向江邊採白蘋，還隨女伴賽江神。
衆中不敢分明語，暗擲金錢卜遠人。

于鵠，字、里均不詳，約生於天寶四載（公元七四五年），約卒於貞元三年（公元七八七年），《全唐詩》說他是「大曆、貞元間詩人也」。三十歲以前，他還隱居在漢陽的山中，有時往來於江漢之間，如他的〈山中自敍〉就說「三十無名客，空山獨臥秋。病多知藥性，年長倍人愁」，而絕句〈襄陽寒食〉則寫道：「煙火初銷見萬家，東風吹柳萬條斜。大堤欲上誰相伴，馬踏春泥半是花。」三十歲以後，他曾應薦歷諸府從事，出塞入塞，馳逐風沙，寫了一些邊塞詩。在他的全部作品中，我以爲〈江南曲〉是最爲出色的一首。

這首詩之所以出色，有民俗活動場面的描寫所構成的「風俗畫」固然是原因之一，但主要還在於精采的細節描寫。這首詩的主題，是寫思婦對於遠行的丈夫的懷念，這一內容在于鵠之前的古典詩歌中，就已經遠遠不是新鮮的了，在于鵠前來問津的時候，已經不知有多少詩人顯示過他們的身手了。如李益的〈寫情〉：「水紋珍簟思悠悠，千里佳期一夕休。從此無心愛良夜，任他明月下西樓。」如張潮的〈江南行〉：「茨菰葉爛別西灣，蓮子花開猶未還。妾夢不離江上水，人傳郎在鳳凰山。」前人的表演是如此高明，後來者如果沒有翻空出奇的創造，讀者就會不終篇而掩卷，觀眾也會不終場而退席。于鵠這首詩，在前人的精采表現後不僅不相形見絀，反而能在同類題材和主題的詩作中給人以深刻的印象，應該歸功於頗具特色的細節描寫。〈江南曲〉本是樂府舊題，爲《江南弄》七曲之一，多寫男女情愛，如儲光義〈江南曲〉：「日暮長江裏，相邀歸渡頭。落花如有意，來去逐船流。」于鵠詩的前二句，是民俗的描寫，環境的烘染，也是對後兩句細節描寫的預爲鋪墊：詩中的女主人公到江邊去採白蘋是「偶向」，而不是預先有意，她和女伴們去迎祭江神，祈求降福，是「還隨」而不是主動發起，表面上看來似漫不經意，事出無心，實際上卻是平日對外出的丈夫朝思暮想，早早地就想把一腔心事，付托給當時歷史條件下聊以表達情愫的迎江神的活動之中了。詩的這兩句，不是憑空虛設，有相當的心理深度，但如果沒有後兩句相應的細節描寫，全詩就可能因爲沒有後來居上的收束而流於平庸。「眾中不敢分明語，暗擲金錢卜遠人」，眞是精光四射的筆墨！年輕的女主人公在迎祭江神之時，在女伴們之中她不敢分明地說出自己的心事和祝願，而只得金錢暗擲，也許還偸偸地念念有辭，卜問在外的良人的消息。「金錢」，古人卜卦的一種工具，擲之地而觀其仰覆，以此占問行人的吉凶與歸期。這種不敢明言而暗擲金錢的細節，是多麼細緻入微地刻畫了女主人公嬌羞切盼的心態，使人物的神情心理躍然如見而又引人尋索呵！這就說明了：一個精妙典型的細節，勝過平庸的萬語千言！

詩人嚴陣五十年代有一首〈在清泉邊〉，他寫農村中一對青年男女的戀情，其中的細節描寫給人以歷久難忘的印象：「姑娘想極力裝出一副平靜的樣子，可她的棒棰卻下下都錘在青石板上。」在聞捷的成名之作〈果子溝山謠〉、〈吐魯番情歌〉之中，不也有許多令人動心的細節描寫嗎？由此可見，細節的表現與運用可以各有不同，但無論是從古典詩歌或從新詩中，我們都可以遙望近觀到細節描寫所閃耀的虹采。

語淺情深

——張籍〈湘江曲〉

宋代詩人王安石有一首〈題張司業詩〉：「蘇州司業詩名老，樂府皆言妙入神。看似尋常最奇崛，成如容易卻艱辛。」他所讚揚的蘇州司業，就是中唐後期的詩人、曾任國子監司業的張籍。

張籍（七六五——約八三〇），字文昌，原籍蘇州吳縣人，生長在和州烏江（今安徽和縣東北）。他曾得韓愈的賞識，韓愈作考官時，他以文章中第。他的五律和七絕都寫得不錯，如〈沒蕃故人〉與〈秋思〉就是其中著名的兩首：「前年伐月支，城下沒全師。蕃漢斷消息，死生長別離。無人收廢帳，歸馬識殘旗。欲祭疑君在，天涯哭此時。」「洛陽城裏見秋風，欲作歸書意萬重，復恐匆匆說不盡，行人臨發又開封。」但是，張籍畢竟是以樂府詩的寫作知名於世的，他的樂府詩約七八十首，雖然將近一半用的是古題，然而卻不是古意而是新聲，它們較爲廣闊地反映了中唐時期的社會生活，以及民生的疾苦，具有新樂府「爲時而著」、「爲事而作」的精神，如「九月匈奴殺邊將，漢軍全沒遼水上，萬里無人收白骨，家家城下招魂葬」（〈征婦怨〉），如「苗疏稅多不得食，輸入官倉化爲土。歲暮鋤犁傍空室，呼兒登山收橡實」（〈野老歌〉），如「風林關裡水東流，白草黃榆六十秋。邊將皆承主恩澤，無人解道取涼州」，等等。因此，可以認爲張籍是白居易所倡導的新樂府運動的先行者，他上承杜甫的現實主義精神，下啟元稹、白居易一派的先河。在〈讀張籍古樂府〉這首長詩中，白居易反複其言地表示了對張籍的敬佩之情：「張君何爲者？業文三十春。尤工樂府詩，舉代少其倫。爲詩意如何？六義互鋪陳。風雅比興外，未嘗著空文……。」其評價可謂推崇備至。

張籍曾宦游湖南，在〈湖南曲〉中抒寫過「瀟湘多別離，風起芙蓉洲。江上人已遠，夕陽滿中流」的情懷，在〈岳州晚景〉裏描繪過「晚景寒鴉集，秋聲旅雁歸。水光浮日去，霞采映江飛」的景像，他的〈湘江曲〉更是語淺情深，看似尋常然而奇崛的一首：

湘水無潮秋水闊，湘中月落行人發。
送人發，送人歸，白蘋茫茫鷓鴣飛。

「曲」，本來是樂府的多種體式和命題的一種，如古有〈大堤曲〉，梁代簡文帝〈烏棲曲〉等等。張籍的〈湘江曲〉，寓新意於古風，寫來淺白輕靈而富於情韻。這首詩的第一句，首先點染秋日湘江的景色。杜甫有詩云「潮平兩岸闊」，江水的波平浪靜和兩岸的開闊曠遠互相映襯，張籍的詩則是集中寫秋江本身的特色和它所引起的自己的感受：秋日的湘江，無風無浪，放眼望去，更顯得江面開闊。七個字中出現了兩個「水」字，這是詩詞中常見的「同字」手法。前一個「湘水」，點明送行的地點，後一個「秋水」，點明時令正是使離人多感的秋天，筆意輕靈而饒變化。聯繫全詩送別的情境來理解，秋江的無潮正反襯出詩人心潮的難平，秋江的開闊正反照出詩人心情的愁苦鬱結。「湘中月落行人發」，具體表明送行的時間，是玉兔已沉晨光熹微的黎明時分。這首詩第一句著重寫空間，第二句著重寫時間，而且次句開始的「湘中」和首句的「湘水」又重複了一個「湘」字，不僅加濃了地方色彩的渲染，也加強了音韻的廻環往復之美。流利自然，是樂府詩的特色之一，而在句式上多長短句，是獲得流利自然的美學效果的一個重要因素。張籍這首詩的後半首就是如此。「送人發，送人歸」，以「頂眞」格的修辭手法緊承第二句，三個「人」字，兩個「發」字，兩個「送」字，加強了詩句珠走泉流廻旋復沓的旋律，再加上「發」與「歸」的漸行漸遠的進層描寫，就對送別的意緒作了反之復之的充分渲染。如果說，前面兩句七字句彈奏的還是平和舒緩的曲調，那麼，「送人發，送人歸」，則變慢板爲快板，急管繁弦，就淒淒不似向前聲了。最後一句當是寫斯人去後的情景。「白蘋茫茫」寫江上所見，回應開篇對秋江的描寫，詩人佇立江邊遙望征帆遠去的情態，見於言外；「鷓鴣飛」是寫江邊所聞，與茫茫的白蘋動靜互映，那鷓鴣的「行不得也，哥哥」的啼鳴，彷彿正曲曲傳達出詩人內心的離愁和悵惘，這種以景結情的落句，能給人以無窮的回味。

「絕妙江南曲，淒涼怨女詩。古風無敵手，新語是人知。」這是張籍的朋友詩人姚合在《贈張籍》詩中對他的稱譽；明代徐獻忠在《唐詩品》中評價張籍的詩說：「予謂李、杜渾雄過之，而水部淒惋最勝，雖多出瘦語而俊拔獨擅，貞元以後，一人而已，其近體事平淨，固亦樂天之流也。」語淺，即明白曉暢，情深，即包孕深厚，張籍的詩，不同於同時代韓愈某些詩的奇僻，也不同於白居易某些詩的淺俗，他的優秀詩作，淺語皆有致，淡語皆有味，達到了語淺情深的美學境界，因而長久地銘刻在歷史的記憶裏。

「奇險」

——韓愈〈謁衡岳廟遂宿岳寺題門樓〉

獨創性，是高揚在詩的領地上的一面大旗。缺乏獨創性，重複前人的形象、構想和意境，人云亦云，是詩作者缺乏才華的表現，也是詩歌創作中的不治之症。英國十八世紀著名詩人愛德華·楊格《試論獨創性作品》中的一段話，我以爲對於理解文藝創作包括詩歌創作的獨創性的意義，是不無啟發的。他認爲富於獨創性的詩人的作品，「擴大了文藝之國，給它的版圖添加了新的省份。摹仿者只是將遠比它好的作品給我們複寫了一下，所增加的不過是一些書籍的殘渣」。中唐時期的韓愈，就是一位不甘平庸和重複的詩人，在盛唐詩歌高度繁榮而難以爲繼的情況之下，他敢於標新立異，走自己的道路，終於爲唐代詩歌開拓了更爲廣闊的疆土。

韓愈（七六八—八二四），字退之，祖籍昌黎，鄧州南陽（今河南孟縣）人。他是千古馳名的文章家，又是中唐詩壇一個重要流派的代表人物。在韓愈之前，盛唐的詩歌已呈現出鼎盛的局面，沒有極大的雄心和才力，就不可能指望再在唐代詩史上書寫下重要的篇頁。韓愈對李白、杜甫雖心摹力追，但李、杜已經各成大家，作品氣象萬千，只是追踪他們的足迹，就無法作出新的創造。然而，李、杜的奇險之處，還有開擴和發展的餘地。於是，這位思想家和文章家就認定奇險一途，從這裏開山劈路，決心自立門戶。由於他才力敏捷，藝術個性鮮明，加之學問廣博，終於在李、杜之外另開一派，使唐代的流派和風格更加豐富多采。

最能體現韓愈奇險豪宕的詩風的，是他的七言古詩。方東樹在《昭昧詹言》中評論說：「氣韻沉酣，筆勢馳驟，波瀾老成，意象曠達，句字奇警，獨步千古。」這並不是虛美之辭。永貞元年，詩人三十八歲。他從貶逐之地廣東的陽山轉徙湖北江陵，途經湖南，寫了不少詩篇，〈謁衡岳廟遂宿岳寺題門樓〉就是奇險橫矯之作：

五岳祭秩皆三公，四方環鎮嵩當中。
火維地荒足妖怪，天假神柄專其雄。
噴雲泄霧藏半腹，雖有絕頂誰能窮？
我來正逢秋雨節，陰氣晦昧無清風。

潛心默禱若有應，豈非正直能感通。
須臾淨掃眾峰出，仰見突兀撐青空。
紫蓋連延接天柱，石廩騰擲堆祝融。
森然動魄下馬拜，松柏一徑趨靈宮。
粉牆丹柱動光采，鬼物圖畫填青紅。
升階傴僂薦脯酒，欲以菲薄明其衷。
廟令老人識神意，睢盱偵伺能鞠躬。
手持杯珓導我擲，云此最吉餘難同。
竄逐蠻荒幸不死，衣食才足甘長終。
侯王將相望久絕，神縱欲福難爲功。
夜投佛寺上高閣，星月掩映雲朣朧。
猿鳴鐘動不知曙，杲杲寒日生於東。

這首詩，抒情而兼敘事。第一段是開篇六句，以豪氣駭人之筆，總寫南岳的崇高形象。
第二段從「我來正逢秋雨節」到「松柏一徑趨靈宮」，從五岳落筆到衡岳，正面寫衡岳的壯觀。第三段從「粉牆丹桂動光采」到「神縱欲福難爲功」，描寫廟景、祭祀而抒發牢騷，是全詩的中心。第四段是結尾四句，點明題目中的「宿岳寺」而收束全篇。全詩以「謁衡岳」之「謁」爲構想的核心，以時間的發展爲抒情線索，構成了一個波浪洶湧、變怪百出的藝術整體。

開篇四句，前人曾有「起勢雄傑」的評語。它從廣闊的空間著筆，穿插以遠古的傳說，局面闊大，領起全篇，雖然還未正面寫衡山，人們已覺山勢磅礴而奇氣襲人了。在第二段中，詩人不僅從正面寫衡山崔巍高峻的特徵，而且抒寫了自己的獨特感受。左思〈魏都賦〉說：「窮岫泄雲，日月恒翳。」泄，就是「出」的意思，韓詩中的「噴」、「泄」、「藏」三字，畫出了衡山高峻博大的風神，誰能窮絕頂之問，更以慨問之句對前句的意蘊作了補足，前實後虛，遠望之意表現得意象雄豪。「我來正逢秋雨節」四句，寫陰氣晦昧的秋雨景象，既緊承上面所寫的雲霧之句，給全詩平添了一層迷朦的氣氛，又和下面四句構成畫面明暗不同的鮮明對照。須臾雲散天開，羣峰朗朗，「突兀」一詞可能從杜甫〈青陽峽〉「突兀猶趁人」中得到過啟示，而「撐青空」則是韓愈的奇創之筆。山勢的峻險，一語畫出，難怪曾得到清詩人朱彝尊的喝采：「三語朗快！」不過，朱彝尊認爲下面兩句「用卻四峰排一聯，微覺板實」，究竟怎樣看？我認爲汪佑南《山徑草堂詩話》說得頗有道理：「是登絕頂寫實景，妙用眾峰出領起，蓋上聯虛，此聯實，虛實相生，下接森然動魄句，復虛寫四峰之高峻，的確是古詩神境。朗誦數過，但見其排蕩，化堆垛為煙雲，何板實之有？」應該補充的是，詩人寫「紫蓋峰」用「連延」，「天柱峰」用「接」，「石廩峰」用「騰擲」，「祝融峰」用「堆」，不僅用詞窮極變化，而且愈用愈奇，寫出物態特徵，道人之所未道。總之，第二段雖不是詩人本意的中心，卻是全詩最精采的部份。在第三段寫廟景、敍生平、發感慨之後，終篇四句點醒題目，照應開頭，從篇章與情調上獲得了完整的和諧感。方東樹認為「意境詞句俱奇創」，日本《山陽外史》也評論說：「此詩不僅可為詩法，且可見公之氣魄。」從這首七言古詩中，確實可以見到韓詩的本色。韓愈不愧為唐代詩國一位鑿山通道的高手。

韓愈的詩，並不專以奇險見長，作為一位詩壇的大家，他也還有一些平易清新的律詩和絕句，顯示出創作內容與藝術風格的多樣性與多變性。當然，他的以奇險名世的詩篇，因為著意在詞句上爭難鬥險，雖然姿態橫生，有時某些作品也難免留下斧鑿痕迹，而且韻味不够深長，這不能不說是與其詩的特點相伴隨的缺點。

字字如珠

——柳宗元〈江雪〉

如果說，盛唐時代詩國的天空星漢燦爛，光輝照人，後來者沒有飛光耀采的才華就會相形之下而黯然失色，那麼，柳宗元就確實不愧是盛唐之後升起的一顆閃亮的新星。

柳宗元（七七三—八一九），字子厚，河東（今山西省永濟縣）人。他的詩文集名《柳河東集》。他被貶永州司馬後遷柳州刺史，世稱柳柳州。他的散文和韓愈齊名，而在中唐前期的詩壇上，最負盛名而為人們所並稱的是韋、柳。韋，是白居易所佩服的韋應物，蘇東坡曾為此寫過「樂天長短三千首，卻愛韋郎五字詩」，柳，即詩文俱勝的柳宗元，蘇東坡曾說他的詩「在淵明之下，應物之上」，這一評論大體上還算是允當的。公元八〇五年，柳宗元三十二歲，因為參加了以王叔文為首的主張革新的政治集團，被貶為永州（今湖南省零陵縣）司馬，在那裏度過了十年流放歲月。他的詩文創作活動，主要是在永州時期進行的。作為唐宋八大家之一，他早期寫的〈梓人傳〉、〈種樹郭橐駝傳〉，顯示了他在散文寫作方面的才華，到永州後更寫出了〈捕蛇者說〉、〈永州八記〉等名篇。至於他流傳至今的一百六十三首詩章，永州之作就有一百零三首。他最善五言，七言也流暢雋妙。胡應麟《詩藪》說「柳子厚清而峭」，是對他的詩風的精當評論。這裏，我們且看他的五言絕唱〈江雪〉：

千山鳥飛絕，萬徑人蹤滅。
孤舟簑笠翁，獨釣寒江雪。

這首詩先排後散，詩人揮動他的彩筆，先以對句勾畫環境，渲染氣氛。一句寫山，從遠處和高處仰觀莽莽羣山，與山相依的飛鳥已經絕迹；一句寫徑，與路相連的行人也全然不見影踪。寥寥十個字，描繪了羣山原野所構成的闊大而凄清的環境，渲染了蕭索悲涼的氛圍，雖無一字正面寫雪，實際上卻字字寫雪，使人感到雪光照紙，寒意襲人。這是十分高明的背面敷粉的筆法。李鍈《詩法易簡錄》就說：「前二句不著一『雪』字，而確是雪景，可稱空靈，末句一點便足。」這首詩的題目是〈江雪〉，但通篇都用暗寫筆法，詩人在前面的層層描繪之後，於全詩的最後一字才將詩題自然點出，手法極爲巧妙。臺灣詩人兼學者楊牧〈唐詩舉例〉曾贊揚這首詩由大向小的反三角形的取景法，並認爲「柳宗元寫出的漁翁詩不同於其他人，端在乎他出手著力處眞正異於旁人」（見《傳統的與現代的》一書）。是的，在優秀的抒情詩中，「一切景語，皆情語也」（田同之：《西圃詞說》），寫景卽是寫人，這首詩的環境描寫也是這樣。在粉砌銀妝、周天寒徹的世界中，卻偏偏有孤舟一葉，卻偏偏有一位老翁在寒江中垂釣。如果三四兩句中的「孤」字和「獨」字，正面點染出表面是簑笠翁而實際上是詩人自己的孤獨形象，那麼，前面的環境描寫，就起著襯托他那不與世同流合污的風姿的作用了。詩人貶謫柳州近十年之後，曾經寫過一篇〈囚山賦〉，把四圍山嶺比作囚牢，悲嘆自己不能振翅奮飛，這，很可以幫助我們理解這首詩的意境。「《史》潔《騷》幽並有神，柳州高咏絕嶙峋」（淸代姚瑩：《論詩絕句》），從詩中，可以感到封建社會中進步詩人對摧殘他的環境的憤懣、抗議和找不到出路的苦悶與悲哀。總之，〈江雪〉一詩情景渾成，詩中有人，而且是獨立特行的人，所以成爲千百年來傳誦不衰的絕唱。

柳宗元是盛唐之後詩壇上風格卓異的歌者，也是唐人中學陶淵明而成名家的詩人。他的詩，善於以極簡煉峭拔的文字表現強烈的情感和豐富的內容，具有淸峭峻潔的特色。詩歌，是最精煉的語言的藝術，是十分講求語言與內涵的「密度」的藝術，它要求以最簡約的文字包含盡可能豐富的社會生活和思想感情的內容，做到文字向內凝縮，意義向外延展，激發讀者盡可能豐富的美感，而最忌諱帶水拖泥，語多意少，意已盡而語不絕。宋代張戒在《歲寒堂詩話》中說：「柳柳州字字如珠玉。」他的落落二十字的〈江雪〉，確實可以說字字珠璣，富於密度。清詩人王漁洋有〈雪後憶家兄西樵〉一首：「竹林上斜照，陋巷無車轍。千里暮相思，獨對空庭雪。」這位提倡「神韻」說而七絕寫作頗見才華的詩人，他有意模仿柳宗元的詩，但東施捧心，就難免貽笑大方了。

終點與起點

——柳宗元〈漁翁〉

詩的結句，對於詩人來說，它是一首詩的終點，但是，任何文學藝術作品特別是詩歌，它的最終完成還有賴於讀者的欣賞這一藝術再創造的活動，因此，對於欣賞者而言，結句又是一首詩的起點，讀者正是從這裏出發，憑藉他們的生活經驗與藝術修養，去聯想、補充和豐富詩的內涵，完成詩的審美藝術再創造。這樣，詩歌創作就必須藝術地處理終點與起點的關係，努力做到終點的餘韻不盡。從柳宗元寫於永州（今湖南省零陵縣）的〈漁翁〉一詩，我們就可以看到詩歌創作中這一藝術規律的作用。

零陵風景幽美，縣城四周皆山，層巒疊翠，清瀅的瀟水繞城而過，有如一條輕盈碧綠的羅帶。位於瀟水西岸的「西岩」，下臨瀟水，是一個天然的石灰岩溶洞，與縣城隔江相望。唐詩人元結經過這裏，寫有〈朝陽岩銘〉與〈游朝陽岩詩〉，所以西岩又稱朝陽岩，成了歷來的遊覽勝地。有些詩選中注釋「西岩」爲「西山」，這是錯誤的，注釋者未經實地考察，就將柳宗元〈始得西山宴遊記〉中之「西山」誤為「西岩」了（見上海古籍出版社《古代山水詩一百首》）。柳宗元貶為永州司馬時，在零陵曾度過十年歲月，寫下了〈捕蛇者說〉、〈永州八記〉等膾炙人口的篇章。這裏，讓我們吟誦他寫於當地的七言古詩〈漁翁〉：

漁翁夜傍西岩宿，曉汲清湘燃楚竹。
烟銷日出不見人，欸乃一聲山水綠。
回看天際下中流，岩上無心雲相逐。

這首詩，是題山賦水而有所寄託的作品。詩的首句，點醒題目，交代了人物和地點。因為全詩着力渲染清江晨景，所以第二句的「曉」字可說是貫串全篇。瀟水瀅澈，楚竹青翠，風物是那麼美好，在朝霧迷茫之中，漁翁的一「汲」一「燃」，正是日出而作的生活寫照。第三句寫日出煙消，伊人不見；第四句點出漁翁已駕一葉輕舟離開西岩，順流而下，只聞柔櫓一聲從遠處傳來，眼前碧綠的山光水色交融一體而莫之能辨。全詩景物如畫，聲色兼勝。同時，說詩中的漁翁在某種意義上是詩人的自況，隱隱寄寓了詩人被放逐邊荒而高潔自許的胸懷，大約也不是全無道理吧？

但是，對這首詩的結句，前人早有異議。最早提出問題的是蘇東坡，他認爲後兩句可以刪去。《詩人玉屑》記載蘇東坡談到這首詩時說：「以奇趣爲宗，反常合道爲趣，熟味之，此詩有奇趣。其尾兩句，雖不必亦可。」明代詩論家胡應麟在《詩藪》中表示同意：「子厚『漁翁夜傍西岩宿』，除去末二句自佳。」王士禎《漁洋詩話》也說：「南海程周量（可則）有詩云：『朝行青山頭，暮歇青山曲；青山不見人，猿聲聽相續。』本是古詩，餘直刪作絕句，以爲有不盡之意，程深服之。又嘗言柳子厚『漁翁夜傍西岩宿』一首，如作絕句，以『欸乃一聲山水綠』結之，便成高作，下二句眞蛇足耳。」王漁洋的詩論是主張「神韻」的，他對柳詩的看法完全可以理解，也頗有道理。後來，沈德潛也表示附議：「東坡謂刪去末二語，餘情不盡，信然。」——他們的這一共同的意見儘管也有人反對，所謂見仁見智各有不同，審美的差異性原是文學欣賞與批評中的正常現象，但我卻也是要投蘇東坡的贊同票的，何況他所採取的是「雖不必亦可」的商量而非武斷的態度。

從這裏，我們可以悟出詩歌創作的一條規律：詩歌十分講究凝煉，同時又是富於啟示力的，因此必須重視結句的錘煉。結句絕不能傾箱倒篋，詞竭意盡，言於此而意亦盡於此，而應「餘情不盡」，言盡而意不絕，充分尊重和調動讀者的想像力，讓讀者在再創造的想像活動中去補充和擴大詩的天地。柳宗元這首詩如果刪去末二句，「欸乃一聲山水綠」就成了詩的終點，這一終點可以成為讀者欣賞的更有誘發力的起點，其中的關鍵就是那個「綠」字。在王安石的名句之前，就有許多用「綠」字的佳句了，李白〈侍從宜春苑賦柳色聽新鶯百囀歌〉，就說「東風已綠瀛洲草，紫殿紅樓覺春好」，丘為〈題農父廬舍〉就說「東風何時至？已綠湖上山」，而常建〈閑齋臥雨行藥至山館稍次湖亭〉一詩中，也有「主人山門綠，水隱湖中花」的描寫，上述諸人的作品，可能啟發過博覽羣書的王安石的詩思。是的，如果說王安石的「春風又綠江南岸」，素來為人們所稱道，那麼，柳宗元詩中的「綠」字，也同樣韻味深長。如果全詩至「欸乃一聲山水綠」便戛然而止，讓那充滿生命的綠色撲入讀者的眼簾和心田，讓讀者展開豐盈的想像，那不正是以少勝多，一語百情，能留給人們更多的回味嗎？

在這篇札記行將結束的時候，我還要着重補充說明的是，柳宗元將表綠色的山水之「綠」這個具有色彩美的字倒裝在結句的最後，不僅造語新奇，形容詞兼攝動詞的作用，富於動感而且更能刺激讀者的聯想，更好的終點當然就成了更好的起點。臺灣著名詩人余光中，他的名作〈鄉愁四韻〉中有句云「給我一張海棠紅呵海棠紅／血一樣的海棠紅」，「給我一片雪花白呵雪花白／信一樣的雪花白」，也是將醒目的色彩字「紅」與「白」倒裝在詩句的最後，和柳宗元的詩異代而同調，異曲而同工。由此可見，詩體雖有新舊之別，詩心卻古今相通。

民歌的芬芳

——劉禹錫〈採菱行〉

民歌，這一道萬古不竭的長長的流水，發源自人民的心田，奔流在生活的原野。它是文學的源頭，哺育了歷代的優秀詩人，又常常在詩歌衰微的時刻賦予詩歌以新的生命。我國詩史上的第一個大詩人屈原，就曾在這一道清流中洗濯過他的詩心，他的芬芳而纏綿的〈九歌〉，就是根據民間祭神的歌曲改寫而成；長江流域的「慷慨吐清音，明轉出天然」的民歌，也曾經銘刻在大詩人李白的心上，他的作品特別是絕句從民歌中吸收了豐富的營養，他曾發出過「我有吳越曲，恨無知音賞」的嘆息。杜甫，這一位以學力見長的詩人，前人甚至稱他的詩「無一字無來歷」，但他也從巴蜀的民歌中獲得了靈感，使他的詩作更加豐美多姿。唐代的詩歌，掃盡齊梁頹靡的詩風，最突出最具有創造性的成就是近體詩，正如王漁洋〈唐人萬首絕句選序〉所說的：「唐三百年以絕句擅長，即唐三百年之樂府也。」唐詩特別是唐代絕句之花之所以開放得那麼絢麗和芬芳，重要原因之一就是民歌的清泉的滋潤。

中唐時代，一位以向民歌學習著稱並有自己的獨特風格的詩人走上了詩壇，這就是有「詩豪」之稱並被王夫之尊爲「小詩之聖」的劉禹錫（七七二——八四二）。他，字夢得，河南洛陽人，因參與王叔文的革新運動，而於公元八〇五年被貶爲朗州（今湖南省常德市）司馬，時年三十四歲。《舊唐書・劉禹錫傳》說：「禹錫在朗州十年，惟以文章吟咏，陶冶情性。蠻俗好巫，每淫辭鼓舞，必歌俚辭，禹錫或從事於其間，乃依騷人之作，爲新辭，以教巫說。故武陵谿洞間夷歌，率多禹錫之辭也。」而他自己在〈上淮南李相公啟〉中也說：「雖呡謠俚音，可儷風什。」他認爲民謠可以和文人詩作比美，應該向民歌學習。可以說，朗州十年，是劉禹錫學習民歌的起點，如〈秋詞二首〉之一的「自古逢秋悲寂寥，我言秋日勝春朝。晴空一鶴排雲上，便引詩情到碧霄」，便洋溢着剛健清新的民歌風韻。又如〈採菱行〉：

白馬湖平秋日光，紫菱如錦彩鸞翔。
蕩舟游女滿中央，採菱不顧馬上郎。
爭多逐勝紛相向，時轉蘭橈破輕浪。
長鬟弱袂動參差，釵影釧文浮蕩漾。

笑語哇咬顧晚暉，蓼花沿岸扣舷歸。
歸來共到市橋步，野蔓繫船萍滿衣。
家家竹樓臨廣陌，下有連檣多估客。
携觴荐芰夜經過，醉踏大堤相應歌。
屈平祠下沅江水，月照寒波白烟起。
一曲南音此地聞，長安北望三千里。

在這首詩的前面，詩人還寫了一個小序：「武陵俗嗜菱芰。歲秋矣，有女郎盛遊於白馬湖，薄言採之，歸以御客。古有採菱曲，罕傳其詞，故賦之以俟採詩者。」從這裏可以看到，長期的流放生涯，使詩人接觸了民間勞動羣眾生動活潑的生活以及他們的口頭創作，他勇於表現一般封建知識分子不屑於表現的題材，這已經顯示了難能可貴的「藝術家的勇氣」了，同時，這首詩在藝術上除了顯示出文人詩的高度的詞章修養之外，也明顯地可以看出詩人着意吸收了民歌剛健清新的語言和悠揚婉轉的音節，以及民歌常用的重疊迴環的手法。首四句寫秋日蓮湖的美麗景象和採蓮女初下蓮湖的情景，次四句描繪她們採蓮的熱烈情狀，中四句寫她們採罷歸來繫船「市橋步」（步，同「埠」）時的歡聲笑語，接下來的四句寫人們在晚上歡唱的場景，除結尾四句似嫌蛇足之外，全詩勾畫出一幅武陵人民的生活與風土人情的風俗畫，音韻低昂合節，自然流走，有民歌曲調的風味，而「爭多逐勝」、「笑語哇咬」的民歌語言，「蓼花沿岸扣舷歸，歸來共到市橋步」的廻環接字的手法，更平添了全詩的泥土氣息，眞是賞心悅耳的「一曲南音」！從這裏可以看到，詩人學習民歌並不等於徒事形式的模仿，而是要學習它的感情、語言、表現手法以及藝術上的單純、明朗、剛健、清新之美，同時，又要和自己的改造加工結合起來，使作品既不同於原始狀態的民歌，也與一般作者的作品有所區別，這，應該算是一條藝術經驗。

在中唐的詩壇上，劉禹錫的詩風不同於韓愈的奇崛、白居易的平易、李賀的詭異、柳宗元的精警，他着意在文人詩和民歌相結合方面開山闢路，自成一家。如果說，他在朗州的一些詩作是學習民歌的起點，那麼，他以後更好地學習了巴渝民歌等南方民歌之後，他的〈竹枝詞〉、〈浪淘沙詞〉、〈踏歌行〉、〈堤上行〉等等作品，就更是天開地闊而綺彩繽紛了。

雅俗兼美

——劉禹錫〈竹枝詞〉

雅，不是脫離羣眾的孤芳自賞，不是關在書齋裏不食人間烟火的自我表現，而是藝術上的洗練和清超所表現出來的一種美；俗，不是毫無獨創性的人人習用的陳腔濫調，不是對民間生動活潑的口語的排斥，而是充滿泥土芬芳和創造力量的一種美。雅與俗結合，就可以兼有二者的美質，如果用一個不十分準確的比喻，就像一朵花兼有春桃與秋菊的色彩和芬芳。

古典詩史上許多有成就的詩人，他們大都有比較深厚的文化修養，而且又注意從生活中提煉具有濃郁生活氣息的語言，使自己的語言通俗化、口語化而又凝煉優美，飽含情趣。「詩家不妨間用俗語，尤見工夫」（蔡絛：《西清詩話》），在有才力的詩人們的筆下，口頭語言與書面語言的融合，呈現出雅俗兼美的風貌，李白就從民歌中吸收了許多生動活潑的語匯，如他的〈橫江詞〉：「人道橫江好，儂道橫江惡。一風三日吹倒山，白浪高於瓦官閣。」杜甫也善於博採口語，如「兩個黃鸝鳴翠柳，一行白鷺上青天」、「爺娘妻子走相送，塵埃不見咸陽橋」等等，就是如此。例如像桃紅、柳綠這些被別人用熟用濫了的字眼，在李白「柳色黃金嫩，梨花白雪香」的妙語之後，杜甫還能去俗生新，寫出比李白更勝一籌的「紅入桃花嫩，青歸柳葉新」的佳句。對於白居易，王安石曾稱許他「世間俗言語，已被樂天道盡」（胡仔：《苕溪漁隱叢話》），如他的〈問劉十九〉：「綠蟻新醅酒，紅泥小火爐。晚來天欲雪，能飲一杯無？」「綠蟻」者，綠螞蟻也，而「紅泥」與「小火爐」也是唐代土俗之至的語言，而「紅」與「綠」這種字眼也不無俗氣，尤其是當它們並列在一起的時候。然而，一經才人手筆驅遣，便化流俗爲雅致，使人覺得韻味橫生，詩情雋永。劉禹錫，也是一位向人民羣眾學習的詩人，他的〈竹枝詞〉是人所熟知的了，請看其中的幾首：

白帝城頭春草生，白鹽山下蜀江清。
南人上來歌一曲，北人莫上動鄉情。

山桃紅花滿上頭，蜀江春水拍山流。

花紅易衰似郎意，水流無限似儂愁。

城西門前灧澦堆，年年波浪不能摧。

懊惱人心不如石，少時東去復西來。

瞿塘嘈嘈十二灘，人言道路古來難。

長恨人心不如水，等閑平地起波瀾。

竹枝詞，本來是巴渝一帶的民歌，山川風俗和男女情愛，是它的基本內容；語言清淺而韻味濃至，是它的基本風格。長慶二年（公元八二二年）春，劉禹錫任夔州（今四川奉節縣）刺史，歷時三年，他學習民歌寫了〈浪淘沙〉詞九首，〈竹枝詞〉十一首。除劉禹錫之外，白居易八一九年貶忠州刺史時，也寫了〈竹枝詞〉四首，影響所及，晚唐和五代時的孫光憲（見《花間集》）與皇甫松（見《尊前集》）都續有所作。對於劉禹錫的竹枝九章，宋代詩人黃山谷在〈山谷題跋〉中多所評論，其中之一是：「詞意高妙，元和間誠可獨步。道風俗而不俚，追古昔而不愧，比之子美〈夔州歌〉，所謂同工異曲也。」他還記敍他向蘇軾誦劉禹錫的〈竹枝詞〉，蘇軾聽他咏第一篇之後就讚嘆說：「此奔軼絕塵，不可追也！」兩百年以後的大詩人尚且一聽鍾情，讚嘆不置，可見劉禹錫〈竹枝詞〉的美妙。上面所引四首，各各有它們的美質，但又具有共同的特色，那就是：雅俗兼美。第一首中的「城頭」、「山下」和「南人上來」、「北人莫上」，兩兩對舉而唱嘆有情；第二首先寫山頭的桃花與蜀江的春水，三四句分別承接一二句，廻環往復而妙喻天成；第三首和第四首分別比況所愛之人的心「不如石」、「不如水」，純然是對景生情，一片天籟。從這裏可以看到，俚情野語，一經詩人鑄煉和點化，就顯得既通俗又雅致，既優美又質樸，俗中含雅，雅中含俗，詩情超越而又充滿生活氣息，做到了雅與俗的統一。

明代陸時雍在《詩鏡總論》中說：「詩有靈襟，斯無俗趣矣。有慧口，斯無俗韻矣。乃知天下無俗事，無俗情，但有俗腸與俗口耳。古歌子夜等詩，村童之所赧言，而詩人道之極韻極趣；漢鐃歌樂府，多竇人乞子兒女里巷之事，而其詩有都雅之風。」我以爲，藝術上的雅與俗各有其美，否定其中的任何一種美，或是揚此而抑彼，恐怕都是片面的。雅與俗融合起來，互相滲透和襯托，吸收彼此的長處而呈現出新的面貌，是一種值得肯定和探討的美學境界。至於以艱深晦澀而使羣眾看不懂他們的作品爲「雅」，或是有言必錄而使讀者敗壞胃口的作品爲「俗」，這種詩人與詩作古已有之，現在也還遠遠沒有絕跡。這種「雅」與「俗」

似乎是兩個極端，實際上是殊途同歸：造成對眞正的詩美的破壞。它們不是我這裏所論的詩美學意義上的雅與俗，自是不待多言。

隔句對

——白居易〈夜聞箏中彈瀟湘送神曲感舊〉

對偶，是我國古典詩歌中羽毛絢麗的一雙比翼鳥。

由於我國漢語語音多爲雙音節的這一特點，所以對偶很早就出現在人民的口頭和文學作品之中，它是漢語修辭傳統的一個重要辭格，也是我國古典詩歌語言突出的藝術特色之一。所謂對偶，也名對仗，就是用結構相同、字數相等、詞性相對、平仄相拗的兩個語言格式，來表達相反、相似或相關的意思。從《詩經》裏，我們就可以看到不少對偶的佳句，講究聲律的漢魏六朝的詩人文士們對對偶作了進一步發展，而唐宋兩代的詩人，尤其是杜甫、白居易、李商隱、蘇軾、陸游等大家和名家，他們對詩的對偶藝術更是作了許多重要的貢獻。八世紀從日本前來中國的弘法大師（遍照金剛），在他所著的《文鏡秘府論》中就列舉了二十九種對偶名稱，而隔句對，則是眾多對偶形式中別具風姿的一種。

關於隔句對，《文鏡秘府論》前後舉了五例，請看前二例：「昨夜越溪難，含悲赴上蘭；今朝逾嶺易，抱笑入長安。」「相思復相憶，夜夜淚沾衣。空悲亦空嘆，朝朝君未歸。」從這裏可以看到，所謂隔句對，就是上一聯的出句與下一聯的出句相對，上一聯的對句與下一聯的對句相對，在律詩中，往往是頷聯、頸聯的出句與出句相對，落句與落句相對，或者是單數句與單數句、雙數句與雙數句相對，總之，它們兩兩對仗的中間隔了一句，所以稱爲隔句對，又名扇對。前人爲什麼要創造出這樣一種對偶形式？主要的原因除了表達詩的內容的需要之外，還在於在整齊中求錯綜，在規矩中求變化，在一致中求不一致，避免對仗的易於板滯之弊，而獲得流動之美的美學效果。

隔句對的最早的信息，我們可以追尋到二千五百年前的《詩經》之中。〈小雅‧采薇〉中的名句有「昔我往矣，楊柳依依；今我來思，雨雪霏霏」，這四句詩，晉代的謝玄認爲是《詩經》中最好的文字，而王夫之《薑齋詩話》則以爲是「以樂景寫哀，以哀景寫樂，一倍增其哀樂」的情景反照的範例，其實，我以爲它也是詩國中隔句對這條河流的最初的源頭。無名氏的詩作者寫這幾句詩時也許是所謂天籟吧。後代的詩人卻作爲一種詩藝來自覺地探索和追求了。在唐代，杜甫的五古中就有「煖客貂鼠裘，悲管逐清瑟；勸客駝蹄羹，霜橙壓香橘」（〈自京赴奉先縣咏懷五百字〉），還有悼念他的朋友鄭虔與蘇源明的「得罪臺州去，時危棄碩儒，移官蓬閣後，谷貴沒潛夫」（〈哭鄭司戶蘇少監〉）的詩句；在宋代，蘇軾

〈鬱孤臺詩〉中的「邂逅陪車馬，尋芳謝朓洲；凄涼望鄉國，得句仲宣樓」，也是用的扇對格。對唐詩人白居易，錢鍾書《談藝錄》讚美他「白香山律詩句法多創，尤以〈寄韜光禪師詩〉極七律當句對之妙，沾溉後人不淺」，其實，白居易的詩在隔句對方面也頗多創獲，「新篇日日成，不是愛聲名；舊句時時改，無妨悅性情」（見《白居易集》卷二十三）是如此，他的〈夜聞箏中彈瀟湘送神曲感舊〉也是這樣，請看這首詩：

縹緲巫山女，歸來七八年。
殷勤湘水曲，留在十三弦。
苦調還吟出，深情咽不傳。
萬重雲水思，今夜月明前。

對於這首詩，清乾隆《唐宋詩醇》的評語是「一氣轉折，靈空縹緲，落句不減江上峰青」。我們這裏要欣賞的，是它的隔句對的妙用。公元八一九年春天，四十八歲的白居易從江州司馬任上遷忠州刺史，經湖南岳陽出洞庭湖溯長江而上，這年三月底到達忠州，沿途寫了〈登岳陽樓〉、〈夜入瞿塘峽〉等詩章。第二年夏天，他從忠州被召回長安。從上述這首詩中的「歸來七八年」的句意看來，這首詩當是時隔七八年之後，在長安的一個晚上聽到有人用箏彈「瀟湘送神曲」而寫的作品。它的隔句對，不是完全用於中間兩聯，而是用於首聯與領聯，「縹緲巫山女」和「殷勤湘水曲」隔句相對，以地名點出了地點和曲調，「歸來七八年」和「留在十三弦」隔句相對，以數字說明了時間和樂器。這樣的兩聯，是以下「苦調」與「深情」的張本，也是詩人在月明之夜被撩起萬重雲水之思的形象依據。在藝術上，這種詩句亦儷亦散，化而不板，在嚴整之中不乏參差錯落之致，在法度之中又橫生活潑搖曳的情趣。

正如長江的後浪跟踪着前浪而來，當代的新詩人要有所成就，絕不能否定古典詩歌的優良傳統，絕不能一味附和「橫的移植」而否定「縱的繼承」，而要含英咀華，更要推陳出新，如郭小川〈刻在北大荒的土地上〉的一節：

這片土地喲，頭枕邊山、面向國門，
風急路又遠呵，連古代的旅行家都難以問津；
這片土地喲，背靠林海、脚踏湖心，
水深雪又厚呵，連驛站的千里馬都不便揚塵。

郭小川五十年代後期以來的詩作，吸收了古典詩歌中流水對、句中對、隔句對的藝術而創造性地運用，用以狀物寫景，抒情言志，化入他的詩作的藝術結構之中，僅僅從上述這一節詩裏，我們也可以看到此中消息。這，不是值得我們詩歌愛好者和寫作者舉一隅而以三隅反麼？

迴環往復　情韻兼美

——元稹〈過襄陽樓呈上府主嚴司空〉

詩，和其它樣式的文學作品有其共同之處，但是，作爲如高爾基所說的「文學的最高形式」的詩歌，它畢竟是生活美和藝術美的精華。在美好的意象中含蘊着引人回味的情韻，是眞正的詩所必具的條件之一。中唐詩人元稹的〈過襄陽樓呈上府主嚴司空〉，就是一首情韻兼美的好詩：

襄陽樓下樹蔭成，荷葉如錢水面平。
拂水柳花千萬點，隔樓鶯舌兩三聲。
有時水畔看雲立，每日樓前信馬行。
早晚暫教王粲上，庾公應待月華明。

元稹，字微之，河南（今河南省洛陽市附近）人。他曾和白居易一起倡導新樂府運動，世稱「元白」，他們的詩被稱爲「元和詩體」。元和五年（公元八一〇年）春，元稹因得罪權貴被貶爲江陵士曹參軍，直到元和八年調任唐州從事，在江陵謫居四年之久。他元和八年在江陵時，作了有名的〈唐故工部員外郎杜君墓系銘並序〉，推崇杜甫「上薄風騷，下該沈宋，古傍蘇李，氣奪曹劉，掩顏謝之孤高，雜徐庾之流麗，盡得古今之體勢，而兼人人之所獨專」，而此詩題後原注「樓在江陵使宅北隅」，也可證是在江陵時作。尾聯中的「早晚暫教王粲上」，是以漢代末年流落不遇的詩人王粲自況，王粲曾作過有名的〈登樓賦〉，而「庾公應待月華明」之「庾公」，原指東晉名臣庾亮，他曾爲荊州長史，《世說新語》每以庾公稱之，並載有他夜登武昌南樓和幕下名士咏唱的逸事。這裏，元稹借以稱美元和初年爲司空、元和四年出爲荊南節度使而鎭守江陵的嚴綬，贊揚他理政勤謹，只在公餘月夜，方才登樓一遊。這首詩，如果僅止於此，那也就很難令人贊賞不置了，因爲它並未跳出舊時的歌功頌德的老套。好在它的主旨並不在於稱頌府主，而是以襄陽樓爲中心，歌咏春日的旖旎風光，並抒發自己對美好風物的審美感情。全詩唱嘆有情，情韻兼美。之所以如此，在藝術上主要得力於「同字」和「反復」手法的運用。

在古典詩詞中，一般說來要避免字詞的重複，短小的絕句與律詩尤其如此。但是，也不盡然，重複有時反倒可以獲得某種特殊的藝術效果：主旨更突出，詩情更濃烈，情味更雋永，音韻更悅耳。如李商隱的〈暮秋獨游曲江〉的「荷葉生時春恨生，荷葉枯時秋恨成，深知身在情長在，悵望江頭秋水聲」，如王安石〈遊鍾山〉的「終日看山不厭山，買山終待老山間，山花落盡山長在，山水空流山自閑」，都是如此。元稹這首詩，運用了同字的藝術技巧，並和隔離反覆的藝術手段結合起來，「樓」字與「水」字分別出現了三次，從而構成了音韻悠揚、情味深永的妙趣。從音韻上看，「樓」是平聲，「水」是仄聲，樓水夾寫，抑揚抗墜，大大加強了音韻和諧的美感。值得注意的是，在講究對仗的頷聯和頸聯之中，「樓」和「水」不僅在一定的位置上兩兩相對，而且就兩聯分別看來，它們的位置又是變化的，頷聯在每句的第二字的位置上相同，頸聯在每句的第三字的位置上重複，這樣，整齊中有錯綜，錯綜中有整齊，益增詩的珠圓玉潤、婉轉回環的音樂之美。在美學結構上，圍繞「樓」和「水」的各不相同的情態與環境的描寫，又使得情感的抒發更顯得情意濃至，切切動人。「襄陽樓下樹蔭成」，開篇卽高標出全詩描繪抒情的主體「襄陽樓」，並以成蔭的綠樹來烘托，構成一個立體的形象；「荷葉如錢水面平」，水平如鏡，荷葉初生，已宛然是春末的風光，這是一個平鋪的畫面。「拂水柳花千萬點」，依然寫水，不過已不再是從平面來着筆，而是從立體的空間來觀照，視覺形象富於流動之美；「隔樓鶯舌兩三聲」再次寫樓，詩人變化筆墨，描繪出空靈的訴之於聽覺的形象，前之「千萬點」與後之「兩三聲」，疏密相間而極饒情致。「有時水畔看雲立」又一筆寫水，直接出現抒情主人公詩人自己的形象，水畔看雲，空間闊大，頗有杜甫「水流心不競，雲在意俱遲」的情味；「每日樓前信馬行」又一筆寫樓，遙遙呼應開篇的「襄陽樓下」，並暗點題目中「過襄陽樓」的「過」字。總之，全詩樓、水分寫，反之復之，運思奇巧，布局精妙，別具高情逸韻，難怪金聖嘆在《選批唐才子詩》中要贊嘆不已：「從來文章一事，發由自己性靈，便聽縱橫鼓蕩，一受前人欺壓，終難走脫牢籠。……今乃忽然出手寫樓，忽然接手寫水，忽然順手承之再寫水，忽然順手承之再寫樓，於是連自家亦更留手不得也，因指轉筆，索性再又寫水，再又寫樓，後之讀者，乃方全然不覺，反嘆一氣渾成。由此言之，世間妙文本任世間妙手寫到，世間妙手，孰愁世間妙文寫完？」

在元稹之前，初唐沈佺期《龍池篇》中有「龍池躍龍龍已飛，龍德先天天不違。池開天漢分黃道，龍向天門入紫微」之句，四句中連用五個「龍」字，四個「天」字，遙遙地啟發了崔顥《黃鶴樓》和李白《鳳凰臺》的詩思，正如沈德潛《說詩晬語》所說：「沈雲卿龍池樂章，崔司勛黃鶴樓詩，意得象先，縱筆所到，遂擅古今之奇，所謂章法之妙，不見句法，句法之妙，不見字法者也。」在他們之後，白居易的「一山門作兩山門，兩寺原從一寺分。

東澗水流西澗水，南山雲起北山雲。前臺花發後臺見，上界鐘聲下界聞。遙想吾師行道處，天香桂子落紛紛」（〈寄韜光禪師〉），活法奇情，爲後人開無數法門，而元稹也接踵而來，以他的〈過襄陽樓呈上府主嚴司空〉一試身手。這眞是：生活的流水不盡，創造的才力不竭，詩歌的浪花無窮！

詩中有畫

——杜牧〈山行〉

在我國詩歌史上，蘇東坡稱道王維「詩中有畫」，千百年來作爲美談，並成了評論詩歌的重要美學原則之一。其實，力避抽象的概念和枯燥的說教，熔鑄鮮明動人的意象，將現實生活和思想感情圖畫化，不僅是王維同時也是唐代詩人的傑出手段。前人贊美杜甫的作品「總得畫法經營之妙」，欣賞白居易的詩作「工致入畫」，我以爲，杜牧的許多詩章也可以得到這種榮譽，如〈山行〉：

遠上寒山石徑斜，白雲生處有人家。
停車坐愛楓林晚，霜葉紅於二月花。

杜牧（八〇三—八五三），字牧之，號樊川，京兆萬年（今陝西西安）人，《樊川詩集注》以及外集、別集中共存詩四百餘首。在晚唐的詩壇上，他是蔚然成一大家而與李商隱齊名的詩人。劉熙載《藝概》曾說：「杜樊川詩雄姿英發，李樊南詩深情綿邈。」因爲有杜甫在前，所以人稱他小杜。他的詩風英爽俊逸，擅長七言律詩和七言絕句，而尤以絕句爲佳。〈山行〉一詩，就是他絕句中的上品。詩人二十五歲時曾遊湖南澧縣，雖不能斷言這首詩寫於長沙，但岳麓山的愛晚亭卻因此得名。

丹青吟咏，妙處相資。杜牧詩筆而兼畫筆，他借鑑了繪畫藝術中構圖與色彩等重要藝術手段，使得他的詩宛如大畫家揮灑成的一幅出色的「楓林秋晚」圖。清代《李調元詩話》說：「杜牧之詩，輕清秀艷，在唐賢中另是一種筆意，故學詩者不讀小杜詩必不韻。」這種「輕清秀艷」的風致，從〈山行〉一詩中也可以看出。這首詩從整體構圖來看，頗見詩人經營位置的匠心：前兩句勾畫的是高遠的背景，遠處寒山蕭索，一條石徑盤山而上，白雲繚繞的山林深處，炊煙裊裊竹籬茅舍的農家隱約可見。後兩句渲染的是一幅近景：近處的山路旁，夕照中的楓林分外紅艷，詩中人物不禁爲之停車駐足，留連欣賞而不忍離去。總之，詩人筆下，遠景與近景結合，層次分明而中心突出。杜牧對於色彩的感受力本來特別敏銳與強烈，他的詩差不多每一首都有色彩字，而如同李賀喜用「白」字，溫庭筠喜用「紅」字一樣，杜牧最喜歡用「碧」字，他的全部詩作用碧色繪彩的至少在六十處以上，而〈山行〉的畫筆點染卻又另具一格。特別引人矚目的是這首詩的色彩美。杜牧驅遣的是訴之於讀者想像的文字，不是畫家的直接訴之於觀者視覺的線條和色彩，但是，他卻充分利用了我國文字便於虛摹引人聯想的長處，在他語言的調色板上顯示了他高明的詩藝：前二句中灰色的寒山、灰白的石徑、白色的雲彩，在繪畫術語中都稱之爲「冷色」，由這些色彩構成的情調稱爲冷調子，給人以肅殺凄清的感受；後兩句筆墨頓變，以深紅重彩渲染火一般燃燒的楓林，讓這種「暖色」統御整個畫面。這樣，全詩不僅色彩鮮明，歷歷如繪，而且由於冷暖色調相反相成的對比與襯托，使得如火楓林在畫面上顯得十分突出，令人過目不忘。清代何焯《三體唐詩選評》認爲：「『白雲』，即是炊煙，已起『晚』字，『白』『紅』二字又相映發。『有人家』三字下反接『停車』，『愛』字方有力。」他也約略地看到了此中消息。

我國的詩論強調「詩中有畫」，我國的畫論則強調「畫中有詩」，並且以「氣韻生動」爲繪畫的準則。由此可見，任何藝術都必須有「詩」——鮮明獨特的形象之中，包蘊着令人動情動心的美好強烈的情感和新穎深刻的思想，何況是詩歌本身呢？因此，一首詩如果一味鋪金敷粉，只顧刻翠雕紅，儘管形象鮮明，也不過是紙花一朵。杜牧這首詩不僅「詩中有畫」，而且從「霜葉紅於二月花」這不凡的警句中，我們不是可以強烈地感受到那昂揚向上的情緒和青春奮發的生機嗎？清人吳亮吉《北江詩話》中說「小杜最喜琢製奇語」，這話固然不錯，但我以爲奇語必須以「奇情」作內涵。沈德潛在《唐詩別裁》中特地指出「牧之絕句，遠韻遠神」，詩人在〈獻詩啟〉中也自許「某苦心爲詩，本求高絕」，我想，如果〈山行〉中沒有寄寓美好高遠的情思，那也絕不會至今傳唱不衰了。

詩教與詩藝

——杜牧〈雲夢澤〉

在當前的新詩創作中，我們可以看到這樣一種現象：某些作者過低地估計了讀者的理解能力，同時對詩之所以為詩還不甚了然，於是他們寫詩不是從抒寫自己內心對生活的眞實感受出發，而是從理性和抽象的理念起步，熱衷於在詩中直陳一些人所熟知的常識和概念，或者在一些形象的描寫之後附加幾句說教，以為這樣就加強了詩的思想性，殊不知這種不通詩藝的作品，不但不能發揮教育人的作用，而且還敗壞了詩的名聲和讀者的胃口。因此，詩教與詩藝的和諧統一，實在是詩歌創作中一個值得重視的問題。

我國的古典詩歌歷來是重視詩教的。「詩可以興，可以觀，可以羣，可以怨」，孔子早在〈陽貨〉中就提出了這一影響深遠的主張。在《禮記・經解》中，又明確記載他「詩教」的觀點：「入其國，其教可知也。其為人也，溫柔敦厚，詩教也。」不管對「詩教」如何理解，對人們起潛移默化的教育作用，總是詩歌的任務之一。然而，我國古典詩歌歷來又十分重視詩藝，歷代詩歌理論家對詩藝作了細緻深入的探討，至今都是我們值得寶貴的遺產，只有「假洋鬼子」才以爲不屑一顧，而那些優秀的詩人，都必然首先以他們的詩的藝術來征服讀者。縱觀詩歌發展的歷史可以看到，既要注意詩教而又要重視詩藝，詩教與詩藝結合得好，詩教才能眞正深入人心，反之，忽視詩藝，詩不成其爲詩，也就從根本上取消了詩教。

杜牧，是晚唐的傑出詩人。他關心時政，憂國憂民，喜歡論政談兵，志在經邦濟世，詩風豪放俊爽。對他的〈赤壁〉，賀貽孫《詩筏》認爲「風華蘊藉，增人百感，此正風人巧於立言處」。關於他的〈泊秦淮〉，李鍈《詩法易簡錄》則說：「感慨最深，寄托甚微，通首音節神韻，無不入妙。」這就說明他十分注意詩教與詩藝的結合。在杜牧的作品中，咏史詩占了相當的比重，〈雲夢澤〉就是頗有史識而富於詩意之作：

> 日旗龍旆想飄揚，一索功高縛楚王。
> 直是超然五湖客，未如終始郭汾陽。

亞理斯多德認爲修辭學的三大原則之一是生動，他認爲荷馬的作品「其出色之處，端在具體生動之效果，由彼傳出」，他又說過：「文字必須將景物置諸讀者眼前。」「日旗龍旆想飄揚」，詩人一開篇就運用「具體呈現法」，生動地描畫出漢高祖往遊雲夢的煊赫景象，而避免抽象的概述和空泛的說教。在這裏，「飄揚」具有化美爲媚的流動之美，而「想」字則把讀者的思緒引入深遠的歷史回憶。「一索功高縛楚王」，第二句緊承上句卻又急轉直下。原來，劉邦傳令諸侯集會於陳，說自己將遊雲夢，這不過是由陳平設計的捉拿功臣韓信的騙局。韓信在漢弱楚強的情勢下離楚助漢，十年之中戰必勝，攻必取，眞如《史記》所說的「勞苦而功高如此」。然而，「功高」卻被栽上「謀反」之名而不免「一索」之「縛」，這種矛盾修辭（西方文藝批評稱之爲「矛盾法」、「抵觸法」或「矛盾語」）所描繪的歷史悲劇，不是千載之下還令人感慨叢生嗎？在後兩句中，詩人寫了兩個歷史人物和他們的結局，用來與韓信作比較。「直是」，作卽使、就是解，是一種假定之辭。兩句的詩意是說，卽使韓信能像范蠡那樣以輕舟浮於五湖而避禍全身，也還是比不上汾陽郡王郭子儀的榮華到頭爲好呵！這，只是作爲讀者的我們從詩中所感受到的內蘊，詩人並沒有直接說明什麼，他筆致開合拗峭而情思深永婉曲，言外不盡之意，令人玩索。由此可見，〈雲夢澤〉可以說是一篇表現了詩人的慧眼卓識和正義感的史論，但它首先還是一首雖然不是極高但卻是具有相當詩藝水平的詩，人們也首先是欣賞詩，進入詩所構成的藝術世界，然後才在審美過程中接受詩人的思想。

晚唐和杜牧同時而稍後的一位詩人名叫胡曾，曾經作〈咏史詩〉一百五十首，雖然是有感而發，意在教誡，但且不論他的教誡正確與否，詩藝卻是比較拙劣的。如他的〈雲夢〉：「漢祖聽讒不可防，僞游韓信果罹殃。十年辛苦平天下，何事生擒入帝鄉。」這首詩和杜牧之作同名，題材也一樣，但除詩情淡薄、思想平淺之外，藝術表現上也相當直露、平板，就像現在某些膚淺的抽象直說的新詩作品一樣令人厭倦。紀曉嵐就曾批評胡曾說：「議論以指點出之，神韻自遠。若但議論而乏神韻，則胡曾咏史，僅有名論矣，詩固有理足意正而不佳者。」而沈德潛在《說詩晬語》中更譏之爲「至胡曾絕句百篇，尤爲墮入惡道」。是的，詩是文學的最高形式，詩，首先必須是詩，首先必具詩的素質，然後才是別的什麼，讀杜牧的〈雲夢澤〉，我們的新詩作者不是也可以得到某些教益嗎？

清微婉約

——馬戴〈楚江懷古〉

三湘四水，古來常常是不得志的騷人文士貶謫流放之地，三閭大夫屈原行吟澤畔之後，歷代不知有多少詩人在這裏留下了他們浪遊的足迹，寫出了多少烙印著時代與個性印記的詩章。唐宣宗大中初年（公元八四八年左右），原在山西太原幕府中掌書記的詩人馬戴，因為正言被斥，被貶為龍陽（今湖南漢壽縣）尉。馬戴是華州人，唐代初年的治所在今天的華縣，武則天時期地轄今天陝西的華縣、華陽、潼關一帶。詩人從遙遠的北國來到江南，徘徊在洞庭湖畔和湘江之濱，他觸景生情，追慕前賢而感懷身世，寫下了〈楚江懷古〉五律三章，收藏在他的吟篋裏，其中尤以本文所述這一首最為突出，千百年來為人們所傳唱。

在中國古典詩歌史上大放異彩的唐代詩歌，它的晚唐時期是從敬宗寶歷元年到哀帝天佑四年，歷時八十三年之久。馬戴的地位雖然比不上杜牧、李商隱、溫庭筠等人，但仍可以說是詩人羣中的佼佼者。宋代嚴羽在《滄浪詩話》中說「馬戴在晚唐諸人之上」，自然不免有些溢美，然而，他的作品特別是五律，確實有自己的特色和成就，清代翁方綱《石洲詩話》認爲「馬戴五律，又在許丁卯（渾）之上，此直可與盛唐諸賢儕伍」，這評論大體上還是公允的。他的〈楚江懷古〉除受到翁方綱的推許之外，還得到了許多詩人和評論家的褒揚：「馬戴〈楚江懷古〉，前聯雖柳渾不足過也，晚唐有此，亦希聲乎！」（楊愼：《升庵詩話》），「神情光氣，何殊王子安（勃）」（王夫之：《唐詩評選》），「馬戴〈楚江懷古〉、〈淮上春思〉、〈落日〉、〈尋王處士〉，不似晚唐人詩」（吳喬：《圍爐詩話》）。在諸家的評贊之中，現代知名學者兪陛雲在《詩境淺說》中的一段話，更是值得注意：「唐人五律，多高華雄厚之作，此詩以清微婉約出之，如仙人乘蓮葉輕舟，凌波而下也。」他拈出「清微婉約」四字，標舉馬戴這首詩的藝術風格，並指出它在唐人五律中的特色，確實別具隻眼。這裏，且讓我們按照前人的指點，在姹紫嫣紅開遍的唐代詩歌的園林中，去領略〈楚江懷古〉這一枝素馨花的別樣風情吧：

露氣寒光集，微陽下楚丘。
猿啼洞庭樹，人在木蘭舟。
廣澤生明月，蒼山夾亂流。

雲中君不見，竟夕自悲秋！

秋風搖落的薄暮時分，詩人一舟蕩漾，浮游在湘江之上。楚地從來就本多放逐的才人，他們的坎坷遭際和怨句哀詞自然不免會喚起詩人的記憶，更何況詩人馬戴自己也滿懷身世之感，更何況他生逢國勢衰微的晚唐？「露氣寒光集，微陽下楚丘」，詩人這一聯和他的〈落日悵望〉中的「微陽下喬木，遠燒入秋山」意境相似。江上晚霧初生，楚山夕陽西下，霧影迷茫，寒意侵人，這種蕭瑟清冷的秋暮景象，深曲微婉地透露了詩人悲涼落寞的情懷。晚唐詩人的詩作中多寫夕陽，而同是寫夕陽，王之渙的筆下卻是「白日依山盡，黃河入海流」，飛揚著豪邁的情思，展現出雄放的風格，一派盛唐之音，和馬戴的詩迥異其趣，這大約是時代使之然吧？馬戴斯時斯地，入耳的是洞庭湖邊樹叢中猿猴的哀啼，照眼的是江上木蘭舟的飄流。「嫋嫋兮秋風，洞庭波兮木葉下」（〈湘夫人〉），「船容與而不進兮，淹回水而凝滯」（〈涉江〉），詩人泛游在湘江之上，對景懷人，屈原的歌聲該會越過時間的長河來叩擊他的心弦吧？「猿啼洞庭樹，人在木蘭舟」，這一聯是晚唐詩中的名句，一句寫聽覺，一句寫視覺，一句寫物，一句寫己，上句靜中有動，下句動中有靜，詩人傷秋懷遠之情遠遠沒有直接說明，他只是點染了一張淡彩的畫，氣象清遠，婉而不露，讓人們去思而得之。黃昏已盡，夜幕降臨，一輪明月從廣闊的洞庭湖上升起，深蒼的山巒間夾瀉著汩汩而下的亂流。「廣澤生明月，蒼山夾亂流」二句，描繪的雖然是比較壯闊的景象，但它的筆墨和情致還是清微婉約的，例如同是用五律寫月，張九齡有「海上生明月，天涯共此時」（〈望月懷遠〉），李白有「夢繞城邊月，心飛故國樓」（〈太原早秋〉），杜甫有「星垂平野闊，月湧大江流」（〈旅夜書懷〉），都是所謂「高華雄厚」之作，它們的風調和馬戴詩顯然不同。王夫之曾經在《唐詩評選》中將「廣澤生明月」與「乾坤日夜浮」相比較，認爲「孰正孰變，必有知音」。所謂「正變」，主要也正是指詩意相近而風格相異。馬戴詩的這一聯承上發展而來，仍然是山水分寫的寫景，但「廣澤生明月」的闊大與靜謐，曲曲反襯出詩人貶謫遐方的孤單離索之感。「蒼山夾亂流」的蒼茫和繁響，深深映照出詩人內心深處的繚亂徬徨。夜已深沉，詩人尙未歸去，俯仰於天地之間，浮沉於湘水之上，他不禁想起楚地古老的傳說和屈原的〈九歌〉中的〈雲中君〉。「屈宋魂冥寞，江山思寂寥」（〈楚江懷古〉之三），雲神無由得見，屈子也邈矣難尋，詩人自然不免感慨無端了。「雲中君不見，竟夕自悲秋」，點明題目中的「懷古」，而且以「竟夕」與「悲秋」在時間和節候上呼應開篇，使全詩在富於變化之中呈現出和諧完整之美，讓人玩味不盡。

從馬戴這首五律可以看到，清微婉約的風格的形成，在內容上是由感情的細膩低廻所決定的，在表現上則是清超而不質實，深微而不粗放，詞華淡遠而不濃妝艷抹，含蓄蘊藉而不直露奔迸。這種風格，繼承了王維、孟浩然的詩風而有所發展和創造。我可以毫不誇張地說，馬戴的〈楚江懷古〉，是晚唐詩歌園地裏一枝具有獨特芬芳和色澤的素馨花。

情景分寫

——馬戴〈落日悵望〉

情與景，是抒情詩的主要內涵，情景交融，是許多優秀抒情詩作的重要藝術手段。在詩人們的筆下，所抒發的感情和所描繪的時間、空間意象渾然一體，情景達到了水乳交融莫之能辨的程度，這樣確實可以大大增強作品的美學感染力量。但，就像我們對於生活中的現象常常不能作絕對化的理解一樣，對藝術上的一些表現手段也同樣不能絕對化，情景交融固然是一種重要的詩藝，然而有的詩作卻不是以情景交融見長，而是以情景分寫取勝的。如王之渙的〈登鸛雀樓〉，「白日依山盡，黃河入海流」，是以寫景爲主，而「欲窮千里目，更上一層樓」，則重在抒情；如杜牧的〈重送絕句〉：「絕藝如君天下少，閑人似我世間無。別後竹窗風雪夜，一燈明暗覆吳圖。」前兩句虛筆寫情，後兩句實筆寫景（「覆吳圖」句指詩人獨自在燈下按譜下棋，啟宋代趙師秀「有約不來過夜半，閑敲棋子落燈花」詩意），虛實相生，沒有一字說破，卻把對友人的懷想表達得分外婉曲動人。情景疊敘的例子在絕句中很多，在律詩中也不爲少見，卽以馬戴的作品而論，他的五律〈送柳秀才往連州看弟〉就是情景雙疊：「離人非逆旅，有弟謫連州。楚雨沾猿暮，湘雲拂雁秋。蒹葭行廣澤，星月棹寒流。何處江關鎖？風濤阻客愁。」首尾兩聯寫人情，中間兩聯寫景物，情景貫通而饒有變化。在有才華的詩人的筆下，情景的藝術處理本來可以風雨分飛，魚龍百變。

對於馬戴的作品，歷代許多詩論家都給予了相當高的評價。辛文房《唐才子傳》說：「戴詩壯麗，在晚唐諸公之上，優游不迫，沉着痛快，兩不相傷，佳作也。」沈德潛《唐詩別裁》在〈落日悵望〉一詩之下的評語則是：「意格俱好，在晚唐中可雲軒鶴立鷄羣矣。」沈德潛所說的「意」，是指這首詩的思想感情，全詩抒寫的是中國古典詩歌傳統的鄉愁這一主題，曲折地表現了詩人自己的坎坷不遇，然而並不顯得衰颯；而所謂「格」，除了品格、風格之外，涵意之一當是指謀篇布局方面的藝術技巧。卽一般所說的格局。馬戴這首詩藝術上最突出的特色，我以爲就是「情景分寫」。這是馬戴在流寓異地的秋天落日時分，以他的短笛所吹奏的情景兼勝的望鄉之曲：

孤雲與歸鳥，千里片時間。
念我何留滯，辭家久未還。

微陽下喬木，遠燒入秋山。
臨水不敢照，恐驚平昔顏！

大中初年，馬戴被太原李司空辟掌書記，後以正言斥爲龍陽尉。詩人有史可查的就是這一次貶逐，從全詩特定的情景來看，〈落日悵望〉與〈楚江懷古〉一樣，當也是寫於他作龍陽尉的時候。傷離念遠，這本來是人之常情，更何況是冷落的清秋時節還羈旅他鄉呢？詩人在黃昏月落的時分，滿懷惆悵地遙望鄉關，首先躍入眼簾的是仰望時所見的景物：「孤雲與歸鳥，千里片時間。」孤雲飛逝，宿鳥歸巢，這是眼前的實景，然而詩人也可能是潛意識裏受到前輩如李白的以景寄情的詩句的啟示吧？「眾鳥高飛盡，孤雲獨去閑」(〈獨坐敬亭山〉)，「玉階空佇立，宿鳥歸飛急」〈菩薩蠻〉，詩心，原是可以穿越時間和空間而相通的。晚雲孤飛於天際，歸鳥投宿於林間，憑着它們有形和無形的羽翼，雖有「千里」之遠也「片時可達」。「千里江陵」而「一日還」，李白以空間的遼遠和時間的短暫作對比，寫出船行之速及自己的歡快之情，馬戴則以「千里」與「片時」的映照，寫出雲、鳥飛行之速及自己的惆悵之情，出自同一機杼而又各呈其妙。首聯所描繪的景物是詩人「悵望」所見，已經不是純客觀的景物描寫了，而且這種景物又是觸發詩人情思的契機和媒介：「念我何留滯，辭家久未還。」頷聯由外界景物的描繪自然地轉入內心感情的直接抒發，詩人久別故里而留滯異鄉，與「孤雲」「歸鳥」的自由來去形成鮮明的反照，不言惆悵而滿紙生愁！因此，俞陛雲《詩境淺說》贊之為「筆勢超拔，在晚唐詩中，可稱傑出」。「日暮鄉關何處是」？詩人在沉思冥想之中擡起頭來，繼續極目眺望：「微陽下喬木，遠燒入秋山。」頸聯的景物描寫不但切合詩人眼前的情境，而且由近到遠，層次分明。夕陽從近處的樹梢往下沉落，它的餘光燃燒在遠遠的秋山之上，漸漸地隱沒在山的後面，「入」字寫出夕照的逐漸暗淡，也表明了詩人佇望之久，憶念之殷。「日暮客愁新」，詩人的鄉關之思呢？自然也隨着夕陽的沉落而飛馳到遙遠的天邊了。然而，詩人雖然神思飛越，但他畢竟還是身在異鄉呵！他終於又從遠望遐思之中回到了現實：「臨水不敢照，恐驚平昔顏！」尾聯又以抒情之筆出之，家鄉難歸，年華老去，全詩就在感慨生情中收束，留下了裊裊的餘音。

馬戴這首詩，一聯與三聯寫景，二聯與四聯抒情，採取的是情景夾寫的方式中的一種。岑參的〈使君席送嚴河南赴長水〉也是同一章法：「嬌歌急管雜青絲，銀燭金杯映翠眉。使君地主能相送，河尹天明坐莫辭。春城月出人皆醉，野戍花深馬去遲。寄聲報爾山翁道，今日河南勝昔時。」在詩中，景是實的，情是虛的，情景夾寫、虛實相間的結果，景使抽象的無形的情有了憑藉，使得情具體可觸而富於韻味，情使景有了靈魂，不致成為沒有生命的拙劣圖片，如此相輔相成，化抽象爲具體，變無情爲有情，愈覺景色宛然，情思無限。同時，這種情景分設的寫法，轉接靈活，流動自然，加強了詩的變化之美與流動之美，沒有那種全篇寫景或全篇抒情所易犯的堆砌與枯澀的弊病，而且還常常能熔鑄出令人動心的警句。杜甫〈蜀相〉的結句「出師未捷身先死，長使英雄淚滿襟」，就是在景物的描寫後以議論出之，大呂洪鐘，令人驚心動魄！

仇兆鰲在《杜詩詳注》中，早就指出杜詩有所謂「景到之語」和「情到之語」，有「一句說景，一句說情者」，有「一景一情兩層疊敍者」。李重華《貞一齋詩說》也認爲：「詩有情有景，且以律詩淺言之，四句兩聯，必須情景互換，方不複沓」他所說的「情景互換」，就是「情景分寫」。當然，這種分寫絕不是分割，而是情中有景，景中有情，彼此獨立而又互相滲透，共同構成詩的永不凋敝的美。馬戴這一支望鄉之曲就是這樣，它超過一千多年的歷史長河遙遙傳來，仍然能挑動我們心的弦索。

詩的倒裝

——溫庭筠〈碧澗驛曉思〉

詩的倒裝，有如三峽中倒流的波濤，有如大野中變向的回風，是詩歌語言藝術中一種變常爲奇的藝術。

詩中的倒裝，是指變化語言的常態性的秩序，或顚倒詩句中文字的先後，或顚倒詩篇中詩句的次第，或顚倒全詩的時間順序結構，總之，由詞序、句序、結構順序的倒裝而形成「錯位」，它能够化常爲奇，化板爲活，化平淡爲勁健，強化詩的氣勢，聳動讀者的耳目，獲得一種特殊的美學效果。

在我國最早的第一部詩歌總集《詩經》中，就已經出現了倒裝，如〈鄭風·褰裳〉中的「子不我思，豈無它人？狂童之狂也且」，「子不我思」就是「子不思我」，是語法中動賓關係的倒置，但是，這種倒裝如同《論語·子罕》中的「吾誰欺？欺天乎」一樣，在先秦文學中是由當時所通行的語法所決定的，並不具有後代的修辭學或語言技巧的意義。從修辭或構思藝術上來認識倒裝，並積累許多今天仍然值得新詩作者吸取的經驗，那至少是先秦以後的詩人文士努力的結果。

先看字詞的倒裝，即句法中詞序的顚倒。杜甫〈望岳〉中的「蕩胸生層雲，決眦入歸鳥」寫極目遠望，因爲句法的奇特，宋代的劉辰翁甚至認爲「蕩胸句不必可解，登高意豁，自見其趣」。其實，詩人這裏正是運用了「字的倒裝」的技巧。詩人本來的意思是「望層雲之生而胸爲之蕩，望歸鳥之入而眦爲之裂」（吳瞻泰：《杜詩提要》），然而，如果這樣按常規的說法寫來，雖然順達卻較平庸，缺乏奇創之趣，現在將「蕩胸」與「決眦」分別倒裝在一句之首，語用倒挽，便使人覺得筆力勁健，語勢曲折。這種把一句中本來在後面的字倒裝在前面的例子，在杜甫詩中還很多，黃生《杜詩說》談到杜甫〈秋興八首〉第七首的三、四句「織女機絲虛夜月，石鯨鱗甲動秋風」時說：「並倒押句，順之則『夜月虛織女機絲，秋風動石鯨鱗甲』也，句法既奇，字法亦復工極。」他稱「倒裝」爲「倒押」。李東陽在《懷麓堂詩話》中也說：「詩用倒字倒句法，乃覺勁健。如杜詩『風窗展書卷』，『風鶯藏近渚』，風字皆倒用。至『風江颯颯亂帆秋』，尤爲警策。」杜甫的「香稻啄餘鸚鵡粒，碧梧棲老鳳凰枝」、「露從今夜白，月是故鄉明」、「名豈文章著，官應老病休」等等，都無一不是避免了語言的平直，而獲得了新奇峻健的藝術效果。但是，在一句之中把本來在前面的字放到後面去，也是用字倒裝之一法，如唐詩人陳羽〈從軍行〉的結句「橫笛聞聲不見人，紅旗直上天山雪」，本來是紅旗直上大雪覆蓋的天山，現在一經倒用，便使紅旗之紅與白雪之白構成極爲鮮明警動的對照性意象。唐代女詩人薛濤〈籌邊樓〉的「平臨雲鳥入窗秋」也是這樣，本來說秋光秋色映進窗來，如此倒用之後，不僅避免了平鋪直敍的弊病，而且使得名詞性的「秋」兼有了動詞的意味和動態感，和杜甫的「秋帆亂」倒裝爲「亂帆秋」，有異曲同工之妙。

再說句的倒裝。洪亮吉在《北江詩話》中指出了倒句法的奇妙的效果：「詩家例用倒句法，方覺奇峭生動。」如對李白〈贈汪倫〉中「桃花潭水深千尺，不及汪倫送我情」，一般只是指出這首詩妙用比喻，而很少談到它的倒裝。沈德潛在《唐詩別裁》中則認爲：「若說汪倫之情，比於潭水千尺，便是凡語，妙境只在一轉換間。」他所說的「轉換」，其實也就是倒裝。的確，詩句一經倒裝之後，便彷彿神話中的魔杖那麼一揮，便出現了一個不同凡俗的美的境界。至於王維〈觀獵〉的起聯「風勁角弓鳴，將軍獵渭城」，韓愈〈雉帶箭〉的結句「將軍大笑官吏賀，五色離披馬前墮」，李商隱〈馬嵬〉的頸聯「此日六軍同駐馬，當時七夕笑牽牛」，都是在上下句之間一用倒說便頓然換境的筆墨。

不過，人們平常所注意的多是詞序和句式的顚倒，很少有人從全詩的藝術構思整體上去探討倒裝的藝術。只有在談到杜甫的〈野人送朱櫻〉詩時，施補華《峴傭說詩》曾獨到地指出：「意中先有昔爲朝官與賜櫻桃之事，然使即從當時與賜說起，轉到野人之送，以寄凄涼，便是直筆俗筆。少陵卻作倒裝，『西蜀櫻桃也自紅』，只『也自紅』三字，已含下半首矣。」我以爲，溫庭筠的〈碧澗驛曉思〉，也正是從整體藝術構思上提供了一個倒裝的範例：

香燈伴殘夢，楚國在天涯。
月落子規歇，滿庭山杏花。

溫庭筠，本名岐，字飛卿，山西太原人，是晚唐的詩家兼詞家，他才思敏捷，「八叉手而成八韻」，所以時人稱之爲「溫八叉」或「溫八吟」，詩和李商隱齊名，世稱「溫李」。他又是唐代第一個大量塡詞的詞家，與韋莊並稱，影響深遠，歷來都認爲他是「花間詞派」的開山祖。徐商鎭守湖北襄陽時，仕途很不得意的已經四十多歲的溫庭筠曾去依附他，被署爲巡官之職。他的〈碧澗驛曉思〉和其它一些作品，就是羈遊於湖北時所寫的。

按照時間的發展順序，這首詩應該寫成：「月落子規歇，滿庭山杏花。香燈伴殘夢，楚國在天涯。」詩人黎明時分醒來之後，在碧澗驛的庭院中閑步，他擡頭四望，夜月已經西沉，曾經挑動他滿懷離情別緒的杜鵑鳥，也已經停歇了它們帶血的啼囀，環顧周圍，滿庭的山杏花送來陣陣清芬，而室內桌上的燈光還在黎明前的昏黑中搖曳，斯時斯境，詩人不禁回想起昨夜的夢境，並清醒地意識到自己現在原來是遠在他鄉，置身於遠在天涯的楚國！——假若這樣先景後情地順序說來，自然也無不可，但總覺得有些平淺和熟套。而且以「楚國在天涯」收束，作爲一首短小的絕句來說，也缺乏深長的餘蘊。現在，雖然全詩沒有更換任何字句，但卻去熟生新，化板爲峻，獲得了迥然不同的意趣。這裏的藝術秘密，就在於不沿陳法、變換常序的倒裝。請看，詩人將重在抒情的兩句移在詩的前面，他雖然沒有也不必去具體說明「夢」的內容，但卻富有意蘊的暗示性和豐富性。然後，詩人將寫景的兩句倒裝在詩的後面，這種詩藝叫做「以景截情」或是「以景結情」。就是在抒情句之後以寫景句去截斷或承接，這樣，就使得前面的情深深地滲透到後面的景物之中，在讀者的想像活動中擴大了詩的容量，同時，語用倒挽，見曲折，見張力，平添了一番新奇雋永的情味。試想，如果順序成章地以「香燈伴殘夢，楚國在天涯」作結，那等待着讀者的，不就是平直與乏味這一枚苦澀的果實嗎？

宋代陳善在《捫虱新話》中記載，王安石曾把杜荀鶴〈雪〉詩中的「江湖不見飛禽影，岩谷惟聞折竹聲」，改爲「禽飛影」與「竹折聲」，把王仲至〈試館職〉詩中的「月斜奏罷長楊賦」，改爲「月斜奏賦長楊罷」。陳善認爲王安石的修改「如此乃健」，這是有道理的。在新詩創作中，根據詩的情境運用倒裝，也同樣能化平板爲勁健悠永。臺灣著名詩人鄭愁予的「趁夜色／我傳下悲戚的『將軍令』／自琴弦」即是，臺灣詩人楊牧在〈鄭愁予傳奇〉中曾說：「倒裝句法的使用，造成懸疑落合的效果。」

讓我們的新詩創作中也有些大江的漩流和原野的回風吧！

「意象脫節」

——溫庭筠〈商山早行〉

在中國古典詩歌意象藝術中，有一種極爲高明的同時也是富於民族藝術傳統特色的詩藝，就是清代方東樹在《昭昧詹言》中所說的「語不接而意接」，西方詩論所說的「意象脫節」。

倡導「脫節」譯法的，是美國加利福尼亞大學華裔學者、詩人葉維廉，他認爲杜審言〈和晉陵陸丞早春遊望〉中的「雲霞出海曙，梅柳渡江春」，可以有兩種譯法，一是「雲和霧在黎明時走向大海，梅和柳在春天越過了大江」，一是「雲和霧／向大海／黎明／梅和柳／渡過江／春」，他認爲後一種譯法較前一種譯法爲佳，因爲他覺得「缺失的環節一補足，詩就散文化了」。其實，開創意象脫節翻譯法的先例的，是英美意象派詩歌的祭酒龐德。對於李白〈古風〉第六與第十四中的「驚沙亂海日」和「荒城空大漠」兩句，他是這樣翻譯的：「驚奇。沙漠的混亂。大海的太陽。」「荒涼的城堡。天空。廣袤的沙漠。」龐德從翻譯中見識了我們的唐詩之後，他從中領悟到意象脫節這樣一種奇妙的技巧，並化用到他的創作之中去，如《詩章》第四十九：「雨；空曠的河，一個旅人。秋月；山臨湖而起。」而他的名作〈地鐵站臺〉發表時是如此分行排列的：

人羣中　出現的　那些臉龐
潮濕黝黑　樹枝上的　花瓣

對於他的這一作品，人們認爲他是在自覺地追求中國方塊字的意象脫節的藝術效果。西方的碧眼黃髯兒尚且飄洋過海來朝拜我們的唐詩，我們當代的詩人難道還可以「藏金於室而自甘凍餓」嗎？

這裏，且讓我們越過一千多年的時間的長河，去聽聽晚唐詩人溫庭筠在清晨的商山道上的吟唱：

晨起動征鐸，客行悲故鄉。
鷄聲茅店月，人跡板橋霜。
槲葉落山路，枳花明驛牆。

因思杜陵夢，鳧雁滿回塘。

商山，在今陝西省東南部的商縣之南，原名楚山，旁有楚水，今叫劉家峪水，流入丹江。這裏遠古時也是楚國的發祥地之一。溫庭筠這首〈商山早行〉從整體來看固然是不錯的，但它之所以如此聲名遠揚，主要還是由於第二聯：「鷄聲茅店月，人跡板橋霜。」關於這一聯，除了頗有見地的詩評家薛雪在《一瓢詩話》中一時失手，竟然批評它是「村店門前對子」之外，歷來得到人們的贊賞。例如一代文宗的歐陽修，不僅在《六一詩話》中譽之爲「道路辛苦，羈旅愁思，豈不見於言外乎」，而且還仿作了並沒有出藍之美的兩句：「鳥聲梅店月，野色柳橋春。」明代李東陽的評論則不但是從詩的意象着眼，同時還初步接觸到了溫詩的意象組合詩藝的特色，比歐陽修大大深入了一步，他說：「鷄聲茅店月，人跡板橋霜。人但知其能道羈愁野況於言意之表，不知二句中，不用一、二閑字，止提掇出緊關物色字樣，而音韻鏗鏘，意象具足，始爲難得。」（《麓堂詩話》）溫庭筠這一聯，只是生活和他的心靈交會所發出的詩的閃光，他也許並沒有自覺地意識到他是運用了何種技巧，然而，這並不妨礙詩論家們上升到理論的高度，稱之爲「語不接而意接」，或曰「意象脫節」。

意象脫節的詩藝的特徵，就是根據漢字的象形和一字一意的特點，在詩句的組織構造上，努力省略介詞、連詞、語氣詞等虛詞，而只讓實詞特別是其中的名詞組合在一起構成詩的意象。這是語法標記十分明確的印歐系語言所無法做到的，因爲在漢族文字裏，關係詞的有無可以有很大的伸縮性，而印歐語系非有關係詞的地方則不能省略。在溫庭筠之前，杜甫已經探索了此種詩藝的奧妙，他曾經點化庾信的「終封三尺劍，長捲一戎衣」爲〈風塵三尺劍，社稷一戎衣」，他在湖南衡陽送人去廣州的詩中也有「日月籠中鳥，乾坤水上萍」之句。此外，「西山白雪三城戍，南浦清江萬里橋」、「水落魚龍夜，山空鳥鼠秋」、「風煙巫峽遠，臺榭楚宮虛」、「白狗黃牛峽，朝雲暮雨祠」、「細草微風岸，危檣獨夜舟」、「水闊蒼梧野，天高白帝秋」等等，都是意象脫節的範例。早在宋代，吳沆在《環溪詩話》中就曾引張右丞的話，論及老杜的這種詩藝，他說：「杜詩妙處，人罕能知，凡人作詩，一句只說一件事物，多說得兩件，杜詩一句能說得三件、四件、五件事物。……如『重露成涓滴，稀星乍有無』，然『露』與『星』只是一件事；如『孤城返照紅將斂，近市浮煙翠且重』，然有『孤城』，也有『返照』，卽是兩件事，又如『鼉吼風奔浪，魚跳日映沙』，有『鼉』也，『風』也，『浪』也，卽是一句說三件事；如『絕壁過雲開錦繡，疏松夾水奏笙簧』，卽是一句說了四件事；至於『旌旗日暖龍蛇動，宮殿風微燕雀高』，卽是一句說五件事。惟其實，是以健，若一字虛，卽一字弱矣。」到了清代，黃生在《杜詩說》中談到杜甫〈雨夜更題〉中「直怕巫山雨，眞傷白帝秋。羣公蒼玉佩，天子翠雲裘」這兩聯時說：「下聯句中不用虛字，謂之實裝句。蒼玉佩，翠雲裘，點簇濃至，與三四寥落之景返照，此古文中寫照傳神之妙。」溫庭筠繼承了老杜的「實字句」的詩藝，「鷄聲茅店月，人跡板橋霜」每句全是用三個實體性的名詞組合，省略了其中關聯詞語，意象極爲鮮明突出，從這裏可以看到意象脫節的詩藝遣詞造句的特點。

意象脫節的詩藝，能極大地增強詩的意象密度，以及詩句的勁健的力度，同時，因爲意象與意象之間省略了那些關聯的成份，語雖不接而意蘊若斷若續，所以就提供了廣闊的讓讀者聯想和想像的天地。在溫庭筠的詩中，「鷄聲茅店月，人跡板橋霜」十個字表六件事物，密度極高，力度極強。寫他鄉郊野的旅況，時間是從五更時分到天色微明，景物是聽覺形象與視覺形象相交織，人物的內心情感完全融化在所描繪的周遭景色之中。六個名詞，像六盞聚光燈的照耀，具有極爲強烈集中的效果；又像江上流雲掩映的數座青峰，讓人們去遐想和補充峯巒之間的空白。與溫庭筠同時的詩人李商隱經過湖南長沙時，他的〈潭州〉詩中也有「陶公戰艦空灘雨，賈傅承塵破廟風」之句，在溫庭筠之後，黃山谷〈次元明韻寄子由〉中的「春風春雨花經眼，江北江南水拍天」，陸游〈書憤〉中的「樓船夜雪瓜州渡，鐵馬秋風大散關」，元遺山〈甲辰秋留別丹陽〉中的「嚴城鐘鼓月淸曉，老馬風沙人白頭」，馬致遠

〈天淨沙·秋思〉中的「枯藤老樹昏鴉，小橋流水人家，古道西風瘦馬」，虞集〈風入松〉中的「爲報先生歸也，杏花春雨江南」，都是出自同樣的機杼和詩心。

我國古典詩歌中這種「語不接而意接」或稱「意象脫節」的藝術，雖然早就爲西方的詩人所借鑑，但卻似乎未得到當代詩人更多的垂青，賀敬之〈放聲歌唱〉中的名句，似乎還是空谷足音：「春風。秋雨。晨霧。夕陽。轟轟的車輪聲，踏踏的馬蹄響。」「五月——麥浪。八月——海浪。桃花——南方。雪花——北方。」這些詩句，強烈地刺激讀者的想像，去補充意象與意象之間的那一大片空白，在似斷實連的意象間架起聯想的彩虹。正是在這裏我們可以看到，對於沒有眼力和才華的詩作者，古典詩歌的黃金之門對於他們當然是關閉的，而在尊重傳統而又力求豐富、發展甚至突破傳統的詩人面前，古典詩歌則是一座用之不竭的閃閃發光的金礦。

胸有寄托 筆有遠情

——李商隱〈夢澤〉

詠史懷古詩這一枝風姿特異的花，於六朝時出現在我國詩歌園林中，西晉左思的〈詠史〉八首，可以說是這枝花的最初的蓓蕾。其後不久，東晉陶淵明的〈詠三良〉、〈詠荊軻〉等篇章，就是奇葩初放。在唐宋兩代，這一枝花的家族也繁盛起來，李白的〈越中覽古〉，杜甫的〈詠懷古跡〉，劉禹錫的〈西塞山懷古〉，杜牧的〈泊秦淮〉，辛棄疾的〈南鄉子・登京口北固亭有懷〉等等，爭奇鬭艷，裝點得古典詩歌的園林更加絢麗多姿。

在詠史懷古詩的創作方面，李商隱不僅是數量多而且是質量也高的詩人。在李商隱登上詩壇之前，唐代的詩歌已經耀彩飛光，出現過李（白）杜（甫）詩和韓（愈）白（居易）詩兩次大的高潮，如果還想充當詩壇的「弄潮兒向濤頭立」的角色，非有不凡的才力和身手不可。然而，晚唐的李商隱卻以他別有天地的詠史詩、無題詩和愛情詩，以及興寄深微、婉曲含蓄的獨特風格，爲自己在唐代詩史上贏得了相當重要的地位。才華如鑽石面面生輝，李商隱的詩是各體兼長的，但最能體現他「沉博絕麗」的富於象徵暗示特色的詩，還是他的七律和七絕，〈夢澤〉就是其中出色的一首：

夢澤悲風動白茅，楚王喪盡滿城嬌。
未知歌舞能多少，虛減宮廚爲細腰。

大中元年五月至大中二年二月，李商隱在桂州刺史、桂管觀察史鄭亞幕府中作了將近一年的幕僚，因鄭亞被貶，李商隱三、四月間從桂林啟行，五月至潭州，夏秋之交從江陵改陸路去長安，北歸的行程時間共達半年之久。〈夢澤〉一詩，就是詩人寫於這一時期的作品。關於咏史懷古詩的寫作，前人有許多議論：如「懷古必切時地」，「己有懷抱，借古人事以抒寫之，斯爲千古絕唱」（沈德潛：《說詩晬語》），「咏史以不着議論爲工」（薛雪：《一瓢詩話》）等等。現在，且看李商隱是如何施展他的才情的吧！

雲夢澤，是楚國的故地，古時楚國每年要向周王室貢獻包茅。敏感而博學的詩人經過這裏，自然要喚起他的回想，何況眼前是悲風陣陣，白茅蕭蕭。然而，楚國的歷史相當長久，可寫的事情太多，詩人從什麼角度着眼又從什麼方面下筆呢？我們看到，他的筆鋒指向了有名的荒淫君主楚靈王。《韓非子·二柄》：「楚王好細腰，而國中多餓人。」《後漢書·馬廖傳》：「傳曰：楚王好細腰，宮中多餓死。」詩人擷取了這一歷史故實而予以集中的特寫：「楚王喪盡滿城嬌」！這樣，前面的悲風白茅的描寫，就不僅僅是引發詩人聯想的契機，而且也是對那一悲劇故事的氣氛渲染和環境烘托了。詩的前兩句寫的是一派荒涼肅殺的景象，詩的後兩句卻回溯那輕歌曼舞的昔日：楚王爲了宮女們在跳舞時能翩若驚鴻，步步生花，以滿足自己貪得無厭的享受，便命令宮廚減少她們的飲食。而宮女們呢，或是迫於淫威，或是爲了邀寵，也紛紛節食以瘦損自己的腰肢，這樣，楚腰纖細了，生命也斷送了。這首懷古詩，直接揭露的是歷史上反動統治者的糜爛腐朽。但是，它的形象整體還有着更廣闊的概括意義，它借古諷今，告誡當時的統治者要吸取楚國亡國的教訓。同時，它不僅抒發了一種深沉的「興亡」之感，也悲憫楚國宮人們的悲劇命運，字裏行間，似乎還表現出對那些爭名於朝、爭利於市的士人的嘲諷。是的，一首眞正的好詩，它的內涵從來不是簡單的三言兩語可以說盡的，它總是具有內蘊的豐富性和啟示的多樣性，〈夢澤〉一詩也是如此。清代紀曉嵐對李商隱詩的評價本是頗多貶抑和偏頗的，但他評點此詩時卻曾說：「繁華易盡，從爭寵者一邊落筆，便不落弔古窠臼」（三色印本《李義山詩集》）。屈復《玉溪生詩意》也說：「制藝取士，何以異此，可嘆！」而劉逸生在《唐詩小札》中卻聯繫李商隱的生平遭遇，認爲這首詩也許還有「自嘲」的意義。眞是所謂仁者見仁，智者見智。而其它讀者在欣賞——藝術再創造的過程中，不妨還可以得到自己的合理解釋。這就充分說明，李商隱的詩寄托遙深，含意悠永，在擴大詩的信息量和展拓詩的意境方面，作出了他的獨到的貢獻，對詩歌藝術的發展，起了他不可忽視的作用。

詩，不可羅列和堆砌生活現象，不要寫得太直太露，而要努力讓讀者通過詩的形象聯想到更多更深遠的東西，咏史懷古詩的寫作也是這樣，「湘波如淚色漻漻，楚厲迷魂逐恨遙。楓樹夜猿愁自斷，女蘿山鬼語相邀。空歸腐敗猶難復，更困腥臊豈易招？但使故鄉三戶在，彩絲誰惜懼長蛟。」李商隱寫於同一時期的〈楚宮〉，也具有這種美學素質。但是，要使作品獲得這樣的藝術效果，詩人就必須：胸有寄托，筆有遠情。

以虛比實

——雍陶〈峽中行〉〈題君山〉

詩歌需要比喻，有如飛鳥需要奮翮萬里長天的翅膀，有如花枝需要動人的色澤和芬芳。比喻，就是「借彼喻此」，它建立在心理學的利用舊經驗引起新經驗的「類化作用」的基礎之上。比喻的基本意義，就在於形象地說明與形容，它可以把艱難深奧的道理說得明白易知，把意義抽象的事理說得淺顯具體，對所描繪的事物妙極形容，給人以鮮明深刻的美的印象。因爲比喻有如上所敍的多方面的作用，所以不但科學文章與哲學作品對它頗爲看重，常常給它一席之地，而且更得到作家和詩人們的青眼。我國古籍論及比喻的，大約以墨子〈小取〉篇爲最早：「辟也者，舉也物而以明之也。」「辟」，就是比喻，「也物」，就是他物。稍後的荀子的〈非相〉篇談到「談話之術」，也說過「分別比喻之，譬稱以明之」的類似看法。以後，劉勰《文心雕龍．比興》對比喻的涵義和方法作了許多論述，而宋代陳騤在《文則》中不僅將比喻分爲十種，而且還大聲疾呼：「文之作也，可無喻乎？」在西方，關於比喻的理論說明也出現得相當早，兩千多年前的希臘哲人亞理斯多德在他的名著《修辭學》中，不僅認爲「詩與文之中，比喩之爲用大矣哉」，而且還將比喩和生動、對比並列在一起，作爲修辭的三大原則，他還慨嘆道：「世間唯比喩大師最不易得，諸事皆可學，獨作比喩之事不可學，蓋此乃天才之標誌也。」而美國當代學者勃魯克斯與華倫合著的《現代修辭學》也說：「比喩是首要的表達手法。用比喩往往是述說某一事物的唯一方式。」從中外文論的有關論述和文學創作的實踐，我們可以看到比喩在文學創作特別是詩歌創作中的地位與作用。

詩歌中比喩的運用，忌諱以實比實，因爲引實比實常常不容易靈動和引人聯想，即使高手如白居易，他的〈長恨歌〉中的「芙蓉如面柳如眉」，也不免有些平板拘束。詩中比喩，除了必須具備比喩之所以成爲比喩的其它條件之外，還貴在虛實相比，或以實比虛，或以虛比實。以實比虛的，如李商隱的「春蠶到死絲方盡，蠟炬成灰淚始乾」，如李後主的「問君能有幾多愁，恰似一江春水向東流」，賀方回的「試問閑愁都幾許？一川煙草，滿城飛絮，梅子黃時雨」，都是以具體的實物比況那抽象的愁思。以虛比實的，如晚唐詩人雍陶的〈峽中行〉與〈題君山〉：

兩崖開盡水回環，一葉才通石隙間。

楚客莫言山勢險，世人心更險於山！

煙波不動影沉沉，碧色全無翠色深。
疑是水仙梳洗處，一螺青黛水中心。

雍陶，生於公元八〇五年，卒年不詳，字國均，成都人。他生活在唐王朝末世，身逢喪亂，足迹遍及大半個中國，有一些反映社會動亂的作品和不少旅遊之作，有相當的社會意義與藝術價值。他的作品共有一百三十一首，七言絕句就有七十九首之多。他的朋友殷堯藩在〈酬雍秀才二首〉中對他的評價是：「興來聊賦咏，清婉逼陰何。」他的詩，受到南朝謝朓、陰鏗、何遜等人詩風的影響，在藝術上具有「清婉」的特色，清新、婉曲而含蓄，從上述兩首絕句的比喻運用來看，也顯示了這樣的特點。〈峽中行〉，是他離開家鄉船行三峽時之作，其中的「楚客莫言山勢險，世人心更險於山」的感喟，既是卽景抒情，也是以虛比實的妙喻，對三峽山勢的險峻，不知有多少詩人比喩過了，如「峽坼雲霾龍虎臥」（杜甫），「石劍相劈斫，石波怒蛟虬」（孟郊），「大石如刀劍，小石如牙齒」（白居易），「一水截奔猊，雙峰舞鬪鷄」（趙熙）等等，這些比喩，都各有特色，但都是以實比實，不免令人感到有些板滯，而雍陶卻在前兩句的景物描繪之後，在第三句故作頓挫，逼出第四句的人心險惡甚於三峽險峻的比喻。三峽是實，人心是虛，這一以虛比實的比喻，是雍陶所獨創的，毫不與前人重複，同時又是空靈的，它讓人們聯想到雍陶所處的社會的黑暗，現實的污濁，以及詩人的憤世嫉俗之情。〈題君山〉也是這樣。劉禹錫有一首〈望洞庭〉：「湖光秋月兩相和，潭面無風鏡未磨。遙望洞庭山翠色，白銀盤裏一青螺。」這首詩是相當精彩的了，而雍陶將君山比為青螺，可以看出這位比劉禹錫小三十三歲的詩人，是曾經誦習過先行者的大作的，但是，我以為雍陶的詩有出藍之美，原因就在於雖然同是比喻，雖然他有師承劉禹錫的痕迹，但劉禹錫詩中的比喻是以白銀盤比月夜的湖面，以青螺比君山，全是以實的「喻依」去比實的「喻體」。「疑是水仙梳洗處，一螺青黛鏡中心」，而雍陶卻引進古代的神話傳說，而且巧妙地故作疑問之辭，「喻體」是實，「喻依」是虛，言之鑿鑿卻渺渺難尋，使得全詩似眞似幻，意象也頓然空靈超雋，能引發讀者無盡的聯想。從這裏可以看出，虛實相比較之以實比實更富於詩味，而畫影描風的好手，自然比那種寸步不遺的雕刻匠高明多了。

英國詩人雪萊曾說：「詩的語言的基礎是比喻性。詩的語言揭示的，是還沒有任何人覺察的事物的關係，並使其為人永記不忘。」而虛實相比的比喻，它的色澤芬芳常常能使讀者永記不忘，它的一雙翅翼常常能載負讀者在想像的天空飛翔。

詩的角度

——張固〈獨秀山〉及其它

正如同一個國家的許多民族既有獨立的民情風俗又互相影響一樣，文學藝術的各個門類雖有自己獨立的門庭，但它們又屬於同一個血統的大家族，自然也就有或親或疏的親戚關係，因而也就有或多或少的往來。寫詩，原本是要講究角度的，但「角度」一詞，大約還是詩的近親之一——攝影藝術所擅長的吧？

要拍攝一張出色的照片，攝取一個動人的鏡頭，除了「工欲善其事，必先利其器」之外，攝影家還必須有相當的藝術修養，善於選擇角度卽是其一。由於攝影家受到客觀景物的地理條件和光線強弱等的嚴格限制，他不能像畫家那樣有構圖的廣闊自由的天地，所以他們必須高度重視角度的選擇，力求構圖的完美和表現的新穎。在攝影藝術中，角度，指拍攝點與相機角度的俯仰高低及左右這兩層意思，具體包括前後、左右、高低、遠近八大類，以及在這八大類的大角度之中的細小的千變萬化。我這裏所說的詩的角度，和攝影藝術所說的角度同而不同，同，就是卽使在沒有照相機和攝影術的古代，詩人們在描繪景物時，都不外乎選取遠觀、近察、仰望、俯視、前瞻、後顧、左眄、右盼八種角度，這是和攝影藝術的一脈相通之處。不同，則有兩個方面，一是詩的角度可以是運動的，綜合式的，它可以靈活地包容無限廣闊深遠的立體的時空，而不像攝影的角度只能是固定的、單一的，拍攝一經完成，照片上只是一個平面的有限的空間；二是詩的角度不僅指取景的位置及其變化的技巧，也包括思想性上的意義，也就是從什麼樣的思想角度去切入和照亮題材，賦予作品以新穎的深刻的含義，從這一方面來說，所謂詩的角度，就是詩人觀察、認識和表現生活的着眼點。攝影藝術家雖然也講究作品的思想和主題，但他們在這一方面卻沒有詩人那麼大的客觀所許可的自由與能動性。上述這種差別，我們只要將同類題材的攝影作品與詩歌作品一比較，例如將有關登岳陽樓遊覽的照片與杜甫的〈登岳陽樓〉詩一比較，就一目了然了。

確實，詩的角度是詩歌藝術中的一個重要題目，中外著名詩人和理論家都曾有過論述。據蒙古族作家瑪拉沁夫回憶，詩人郭小川曾多次談過他自己在創作中最費時間思考的，就是如何選準角度。一九七三年六月，郭小川在給筆者的一封信中也說：「詩的角度，這在詩歌創作中是很重要的。」德國大詩人歌德也說：「爲了使樹變成畫，我要繞樹走一遭。當我找到了最美的地方時，我還要後退相當遠的距離來更好地觀察它，等待最好的光線。」萊辛在

《拉奥孔》中也認為：「詩所選擇的那一種特徵應該能使人從詩所用的那一個角度，看到那一物體的最生動的形象。」桂林山水，自從杜甫在成都草堂裏都心嚮往之地寫過「五嶺皆炎熱，宜人獨桂林」之後，就成了歷代的歌者爭相吟咏的對象，桂林市內的獨秀峰當然更是如此，請看下面兩首詩：

孤峯不與衆山儔，直入青冥勢未休。
會得乾坤融結意，擎天一柱在南州！
——張固：〈獨秀山〉

來龍去脈絕無有，突然一峰插南斗。
桂林山形奇八九，獨秀峰尤冠其首。
三百六級登其巔，一城煙火來眼前。
青山尚且直如弦，人生孤立何傷焉？
——袁枚：〈登獨秀峰〉

唐詩人張固的絕句，兩句寫情，兩句寫景。在「孤峰不與衆山儔」的贊嘆之後，「直入青冥勢未休」是一個仰觀的拔地塞天的大特寫鏡頭，使前一句不致落空無依，也使獨秀峰的氣勢巍然紙上，後面兩句將攝取點後退，採取的是前瞻的廣角鏡式的鏡頭，這樣就使畫面具有了空間的縱深感和立體感。這首詩，是表現自然美的風景詩，詩人對審美對象的抒寫是出色的，這已經能給我們以美的享受了，詩中還似乎表現了對某種人格和力量的贊美，但這卻是無法坐實的，因爲詩的思想已經完全自然無痕地融化到詩的藝術圖景之中去了。淸詩人袁枚的詩，前四句從仰視的角度寫，「來龍去脈絕無有，突然一峰插南斗」，詩的起句破空而來，眞有「平地一聲雷」之妙，五六句從俯察的鳥瞰角度寫，與張固的詩遠距離的前瞻不同，特別是最後兩句的升華很妙，顯示了詩人思想角度的新頴、銳敏和深刻，使這首詩在同類題材的許多詩作中閃射出眩目的異彩。「青山尙且直如弦，人生孤立何傷焉？」由物及人，由青山的「孤立」想到人可能會有的某種「孤立」：作爲無生命的自然物的獨秀峰尙且直似弓弦，一個人由於正直特立而遭到孤立甚至打擊，有什麼可傷的呢！從這裏可以看到，一首風景詩，做到出色地寫景也許不是很困難的，寫景出色，同時又能自然地而不是牽強地提煉出某種新頴深刻的思想，並且始終與對形象的美的描寫融結在一起，那就顯得難能可貴了。

寫獨秀峰的詩還有不少，足够編一部「獨秀峰詩詞大全」，近似於張固那首詩的，有明代袁宗煥的〈咏獨秀峰〉：「玉笋瑤簪裏，茲山獨出羣。南天撑一柱，其上有青雲。」近似於袁枚那首詩的，有清代汪爲霖的〈薄暮登獨秀峰〉：「拔地參天起一峰，當空高揷碧芙蓉。絕無依倚成孤立，紬繹磨崖識舊封。躡級數登三百六，羣山遙列幾千重。我來頂上憑欄望，萬戶炊煙暮靄濃。」袁宗煥的詩落想不俗，而汪爲霖的詩雖然文從字順，平仄調諧，但却顯得平庸，缺乏文學作品所可寶貴的新意。原因何在呢？重要原因之一就是：缺乏新穎而深刻的藝術角度與思想角度。

不卽不離　由此及彼

——李群玉〈放魚〉

晚唐詩人李羣玉，字文山，並不是一位知名度很高的詩人，他的作品歷來也沒有引起人們很大的注意，但是，這位出生於湖南澧縣的境況坎坷不遇的作者，在《全唐詩》錄存的他的三卷詩裏，卻還是有些頗值得一讀的作品，如〈臨水薔薇〉：「堪愛復堪傷，無情不久長。浪搖千臉濕，風舞一身香。似濯文君錦，如窺漢女妝，所思雲雨外，何處寄馨香。」如〈漢陽太白樓〉：「江上晴樓翠靄間，滿簾春水滿窗山。青楓綠草將愁去，遠入吳雲暝不還。」如〈引水行〉：「一條寒玉走秋泉，引出深蘿洞口煙。十里暗聲流不斷，行人頭上過潺湲。」他的五絕〈放魚〉，是咏物詩中一首富於哲理的佳作，篇幅短小而意味雋永，在唐代詩歌的百花園裏，宛如一朵小小的米蘭花：

早覓爲龍去，江湖莫漫游。

須知香餌下，觸口是銛鉤！

屈原的〈橘頌〉，是我國咏物詩的開山之作，在思想和藝術上給後代的咏物詩開了無數法門。但是，古典咏物詩咏嘆得最多的植物是松竹梅以及春蘭和秋菊，動物則除了馬之外，就算是燕雁蟬蝶了。在我國古典詩歌史上，咏魚的詩是不多見的，最早的寫魚的詩句見於《詩經・衛風》中的〈碩人〉篇。「施罛濊濊，鱣鮪發發」，詩人以水和魚的動態描寫比喻莊姜的隨從之盛，「魚」在詩中還只是一個隨手拈來的陪襯角色，並不是詩篇描寫的主要對象。「枯魚過河泣，何時悔復及！作書與魴鱮，相教愼出入」，漢魏六朝樂府詩中的〈枯魚過河泣〉，則是以魚爲抒寫對象的完整的全篇，而且是古典詩史上第一首咏魚的咏物詩，那象徵性的構思和隱喻的含義，說明了詩歌藝術的長足的進步。在古典詩歌的黃金時代的唐代，咏物詩眾多而題材廣泛，但寫魚的專篇卻仍然不多，因此，李群玉的〈放魚〉就更是獨具一格的難能可貴之作。

對咏物詩的主要寫作手法，淸代劉熙載在《藝概・詞曲概》中作了相當精當的概括：「不離不卽。」這，可以說是咏物詩創作的普遍藝術規律。所謂「不離」，就是詩人的描繪不能脫離所咏之物的特徵，詩人的寄托不能遠離所咏之物的情境之外，成爲外在的強加的束西；所謂「不即」，就是不能只對所咏之物作形貌不遺的描寫，斤斤拘泥於物的本身，而要能生發開去，述志言情，有所寓意和寄托，正如陶明浚《說詩札記》所指出的：「咏物之作，非專求用典也，必求其婉言而諷，小中見大，因此及彼，生人妙悟，乃爲上乘也。」總之，只有將所咏之物與所托之意水乳般交融起來，做到「物」「意」兩諧而不是強爲比附，這才是咏物詩的勝境。

李群玉這首詩題材獨特，角度新穎，他既入乎其內，深入地體察了魚的習性、情態和生活環境，作了準確的而不是泛泛的描寫，然而又出乎其外，由尺寸之魚聯想到廣闊的社會人生，言在此而意在彼，讓讀者受到詩中寓意的暗示和啟發。這首詩從題目上看，是寫詩人在將魚放生時對魚的囑咐，全詩以呼告式結撰成章。「早覓爲龍去」，一開始就運用了一個和魚有關的典故，妙合自然。《水經》：「鱣鯉出鞏穴，三月則上度龍門，得度者爲龍，否則點額而還。」在我國古代富於浪漫色彩的神話傳說中，龍是一種有鱗有鬚能興風作浪而又能騰飛九天的神異動物，因此，爲龍或化龍歷來就象徵着飛黃騰達。李群玉運用這一典故卻另有新意，他是希望所放生之魚能尋覓到一個廣闊自由的沒有機心的世界，一個「早」字，更顯示了詩人企望之殷切。「江湖莫漫游」，次句順承而下，「江湖」仍然扣緊魚所生活的特定環境，「漫游」也是爲魚所獨有的生活習性，在這裏，「漫游」和「早覓」的矛盾逆折的句法，既氣機流暢又相摩相盪，既補足了首句之意，又讓讀者產生強烈的懸念：爲什麼希望魚兒要早覓爲龍而莫漫游於江湖之中呢？這句詩作爲過脈，自然無跡地引發了下文：「須知香餌下，觸口是銛鈎！」「香餌」與「銛鈎」仍然是和魚的生活與命運緊密相關的事物，這兩句詩一氣奔注，分外醒人耳目。銛，是鋒利之意，「銛鈎」與「香餌」相對成文又對比尖銳，那觸目驚心的形象可以激發人們許多聯想，而「須知」使詩人告誡的聲口更加懇切動人，「觸口」則更描摹出那環生的險象，傳神地表現出詩作者對魚的憐惜、擔心的內心情態。總之，寥寥二十字，處處切定題目「放魚」來寫，處處寫的是魚，詩句看似平易，其實詩人運筆十分靈動而巧妙。

這首五言絕句，單從「放魚」上理解也已經是情采斐然頗爲動人的了，但是，寄托是咏物的靈魂，它的妙處畢竟是在於有寄托，寫放魚又不止於放魚。說它寫放魚，因爲詩人抒寫的是放魚入水的題材，他處處從這一題材規定的情境着筆，說它又不止於寫放魚，是因爲詩人的目光絕沒有停留在題材的表面，而是在具體的特定事物的描繪中，寄寓了自己對生活的某種體驗和認識，使讀者從所寫之物，聯想到內蘊的所寄之意。李群玉還有一首詩題爲〈釣魚〉：「七尺青竿一丈絲，菰蒲葉裏逐風吹。幾回舉手拋芳餌，驚起沙灘水鴨兒。」這首詩是寫另一種生活情境，也可反證〈放魚〉詩的別有寄托。〈放魚〉一詩寄托的特色一是小中見大地展開，二是由此及彼地暗示。它寫的是具體的尺寸之魚，所咏的對象可謂小矣，但它由魚而社會而人生，以小見大，小以喻大，所抒發的何嘗不是封建社會中善良的人們對於險惡社會生活的一種普遍感受？它處處切定「魚」的習性和情態來寫，所寫的是魚而絕不是別的什麼東西，但詩人卻手揮五弦，目送飛鴻，因而音流弦外，餘響無窮，富於暗示性，它何嘗不也能使人聯想到詩人自己和許多正直的人們的遭際與嚮往？

蘇東坡說：「作詩必此詩，定知非詩人。」別的題材和樣式的詩歌的寫作尚且如此，何況是咏物詩？李群玉的〈放魚〉狀物形象，含蘊深遠，花蕾雖小卻香氣襲人，確實是咏物詩中別開生面的上選之作。

虛實疊用

——崔塗〈春夕旅懷〉

虛與實，是中國美學思想的一個重要範疇，也是詩歌藝術中一個値得深入探討的題目。就如同一座勝景層見疊出的名山，你每去遊歷一次，就會有一番不同的感受，有一些意外的發現。

在前面談到初唐詩人張說的〈送梁六自洞庭山作〉的時候，我們曾欣賞過他詩中「虛實相生」的藝術。對於虛與實，我只是從總的原則上探問了它們的含義，簡略地說，「實」，就是對生活具體眞實的形象的描繪，卽形象的直接性；「虛」，就是給讀者留下的聯想和想像的藝術再創造的天地，卽形象的間接性。但是在具體的藝術描寫上，虛與實究竟包含哪些主要內容呢？古典詩論家囿於傳統的印象式批評方法與評點式文字，在他們的詩論或詞論裏對此都語焉不詳，我認爲，虛實至少應該包括情景、今昔、時空、有無等四個重要的方面。

在情景這一對範疇中，情爲虛，景爲實，「星垂平野闊，月湧大江流。名豈文章著，官應老病休」（杜甫），一景一情，「客子光陰詩卷裏，杏花消息雨聲中」（陳與義），一情一景；在今昔這一對範疇中，今爲實，昔爲虛，「人世幾回傷往事，山形依舊枕寒流」（劉禹錫），前虛後實，「此日六軍齊駐馬，當時七夕笑牽牛」（李商隱），前實後虛；在時空這一對範疇中，時間爲虛，空間爲實，「故國三千里，深宮二十年」（張祜），一實一虛，「詩酒一年談笑隔，江山千里夢魂通」（黃山谷），一虛一實；在有無這一對範疇中，有爲實，無爲虛，「花開堪折直須折，莫待無花空折枝」（杜秋娘），先實後虛，「身無彩鳳雙飛翼，心有靈犀一點通」（李義山），先虛後實。對上述這四個方面的虛實分別，只是大略言之，在詩歌創作中，情與景、今與昔、時與空、有與無常常是互相滲透彼此交織，而不是像油與水那樣地分離的。同時，詩人在一首詩作中處理虛實關係的時候，可以將這些方面綜合疊用，或者疊用其中的幾項，這要看表達內容的需要而定，沒有一定之規。這裏，我們舉述一個善於錯綜疊用的例子，這就是唐代詩人崔塗的〈春夕旅懷〉：

水流花謝兩無情，送盡東風過楚城。
蝴蝶夢中家萬里，子規枝上月三更。

故園書動經年絶，華髮春惟滿鏡生。
自是不歸歸便得，五湖烟景有誰爭？

崔塗，字禮山，江南人，生卒年均不詳，光啟四年（公元八八八年）進士，約唐昭宗天覆初前後在世。羈旅窮年，所以他的作品中多懷人念遠之作，《全唐詩》有詩一卷。他的一首題爲〈孤雁〉的詩很有名：「幾行歸去盡，片影獨何之。」（又作「幾行歸塞盡，念爾獨何之？」）暮雨相呼失，寒塘獨下遲。渚雲低暗度，關月冷相隨。未必逢矰繳，孤飛自可疑。」人們因此稱他爲「崔孤雁」，宋代詞人張炎的名作〈解連環．孤雁〉詞，語言和意境都明顯地受過崔詩的影響。崔塗曾遊歷湖北和湖南，有詩作〈湘中秋懷遷客〉、〈赤壁懷古〉、〈初過漢江〉等二十餘首，如〈鸚鵡洲春望〉就是頗見功力之作：「悵望春襟鬱未開，重臨鸚鵡益堪哀。曹公尙不能容物，黃祖因何反愛才。幽島曖聞燕雁去，曉江晴覺蜀波來。誰人正得風濤便，一點輕帆萬里回。」

上述〈春夕旅懷〉這首詩，在虛實的運用上明其正變，善其錯綜，在交綜疊用上很可以見出詩人的匠心。「水流花謝兩無情，送盡東風過楚城」，水的流逝和花的凋謝這兩個意象，點明時令已是暮春時節，這主要是以虛筆寫時間，「楚城」這一實詞，說明詩人春日羈旅的地方，這主要是以實筆寫空間，但是，詩人同時又運用了虛實烘托的手法，對「水流花謝」的實景，以「兩無情」的虛境烘托之，對「楚城」的實境，以「送盡東風」的虛筆烘托之，這樣，就顯得實而不空，虛而不幻，虛與實互相滲透而又彼此生發。此時此地，浪跡天涯的詩人自然按捺不住自已無盡的鄉愁了：「萬里」本是屬於空間的實寫，但詩人化用了《莊子》中莊周夢蝶的典故，冠之以「蝴蝶夢中」，這就給他的虛象的思鄉夢以輕倩的實象，也激發了讀者的美的聯想，同時，「蝴蝶夢中家萬里」當然是詩人在夢境中重溫在家鄉的昔日，因此，這一句的整體形象又可以說是虛境；「三更」本是屬於時間的虛寫，然而詩人卻不僅點出了「月」的形象，而且輔之以「子規枝上」的具體描摹，而「子規枝上月三更」又完全是詩人好夢初回時眼前的景物，因此，這一句就藝術整體說來可謂是實境。於是，詩人在實寫之後，接以化實爲虛的虛筆：「故園書動經年絕。」詩人飄泊異鄉，家園早已音書斷絕，不是幾天幾月，而是以年來作計算單位了，這既是說過去，也是說空無。在如此虛寫之後，詩人又繼之以化虛爲實的實寫：「華髮春唯滿鏡生。」詩人本已早生華髮，更何況他經年覊旅，春來對鏡，竟然是華髮滿頭，這，既是說現在，也是說實有。「自是不歸歸便得，五湖烟景有誰爭？」最後一聯說自已懷念故鄉卻未能歸去，如能歸鄉就如願以償了，那五湖烟景雖然美好，卻是人們都可以欣賞享受的自然風物，有誰會來和我爭奪呢？仍然是一句寫時間，一句寫空間，一句寫情，一句寫景，這種虛實上的飛躍和轉化，和全詩取得一種美學上的統一與和諧。

崔塗的〈春夕旅懷〉成功地運用了虛實疊用的藝術。所謂疊用，就是將構成虛實關係的多方面的因素疊加運用，使詩句豐富而不單調，錯綜而不呆板，充分地顯示出詩法之美。

反常合道　奇趣橫生

——唐溫如〈題龍陽縣青草湖〉

我們在欣賞詩歌時常常有這樣的經驗：有的詩，不僅以它美的內容使你感到一種生活的喜悅，而且以它美的藝術使你一見傾心；相反，有的詩不僅不能給你以思想的啟示和激情的感染，在藝術上也因為毫無特色而使你覺得厭倦。前一種詩之所以一經入目就永誌不忘，就像藝術的雕刀把那些詩句鏤刻在你的心扉上，原因也許是多方面的，但一個不可缺少的重要條件就是：它有着巧妙的構思。

「詩無傑思知才盡」（陸游），構思，是詩歌創作中極為重要的一環，甚至可以說，有沒有巧妙的構思，是一首詩作平庸與傑出的關鍵。生活是五彩紛呈的，詩人的藝術個性又因人而異，題材也千差萬別，因此，構思當然也不可能有一個一成不變的模式，雖然如此，我們還是可以從優秀的詩作中，去深入探求構思的一些藝術規律。蘇東坡曾經提出詩應「以奇趣為宗，反常合道為趣」（《詩人玉屑》卷十），這是深得詩家三昧之談。「趣」就是詩趣、詩味，「奇趣」，就是出奇的不同尋常的詩的意趣與韻味，而詩歌創作，就是應該着意追求那種與平庸乏味背道而馳的奇特的詩味。是的，如果一首詩沒有詩所特具的詩味，那種詩作就如同淡而又淡的白開水，完全缺乏詩的素質，那將會是何等令人興味索然！然而，怎樣獲得並不是所有寫詩的人都能够得到的「詩趣」呢？蘇東坡爲我們指出了一條藝術途徑：「反常合道。」什麼是「反常合道」？讓我們看看晚唐詩人唐溫如的〈題龍陽縣青草湖〉：

西風吹老洞庭波，一夜湘君白髮多。
醉後不知天在水，滿船清夢壓星河！

龍陽縣，就是今天湖南省的漢壽縣。縣境的青草湖卽洞庭湖，因爲洞庭湖南部水涯多青草，所以這一部分別名青草湖。青草湖，從南北朝陳代陰鏗〈渡青草湖〉的「洞庭春溜滿，平湖錦帆張」開始，歷代都有不少詩人題咏。但是，唐溫如這位名不見經傳的詩人卻不甘與他人雷同，他揮毫落筆就洗盡俗套，不同流俗：在楚國古老的傳說和屈原的作品裏，「湘君」是湘水之神，從來還沒有人把它與洞庭相比擬，但湘水是流入洞庭的，在詩人的出奇想像中，洞庭湖自然也可以是湘君的象徵了。湖水本無所謂「老」或「不老」，但是，詩人卻可以由滿湖白浪而想到人的白髮，由白髮而想到洞庭，由洞庭而想到湘君，於是，洞庭雖然無知，西風竟然「吹老」了湖水，因爲西風掀動的銀濤雪浪，宛如湘君的滿頭白髮！這是奇妙的未經人道的比喩，是無理而妙的聯想，同時也是反常合道的變形描寫，這正如雪萊在《詩辨》中所說的：「詩使它觸及的一切變形。」而別林斯基在《萊蒙托夫詩集》一文中也說：「詩並不依樣畫葫蘆地描寫花園裏含葩怒放的玫瑰花，卻捨棄它的粗俗的實體，僅僅取其芬芳馥郁的香味，奇譎變幻的色彩，用這些東西來做成一朶自己的玫瑰花，比實物的玫瑰花更好，更華美。」唐溫如這首詩的前兩句，傳神地表現了西風洞庭的特有景象，抒寫了詩人自己獨特的絕不一般化的藝術感受，也顯示了這位無可查考的傑出詩人的藝術膽識。在表現風日洞庭的動態美之後，詩人再寫星夜洞庭靜態的美，構成鮮明而和諧的藝術對照。耿耿星河在上，闊而且長，一葉輕舟在下，而且清夢縹緲無形，說星河居高臨下地籠罩小船則合情理，而說滿船清夢「壓」住了天上星河，這未免有些不合常理常情，然而，浪靜風平之夜，滿天星斗確實可以倒映湖中。杜甫以前在〈小寒食舟中作〉不是寫過「春水船如天上坐，老年花似霧中看」嗎？范仲淹以後在〈岳陽樓記〉中不是寫過洞庭湖「靜影沉璧」的美景嗎？何況是心靈敏感的詩人「醉後」的感受！在寫這首詩以前，唐溫如也許從前人如杜甫的作品中得到過藝術的啟示，但是，這種似幻似實的通感性的形象，把洞庭秋色、詩人秋思和遠古傳說融合在一起，畢竟仍然表現了詩人對生活獨具的感受和發現，包孕了一般化的形象所不可能具有的妙趣奇思。

從唐溫如的這首詩可以看出，詩歌的「反常」，就是在內容上不盡符合人們習以爲常的常情、常理和常事，在藝術上違反陳陳相因人所習用的構思與表現方法，而採取表現生活和主觀情思的獨特而大膽的詩的方式；所謂「合道」，就是這種「反常」絕不是毫無生活與感情根據的炫奇立異，絕不是反理性主義的想入非非，它雖不一定合於生活的邏輯，卻一定合於感情的邏輯，能更深刻動人地表現詩作者對生活的獨特感受和發現。「反常合道」的詩作，能讓讀者產生一種藝術上的新奇之美的美感，正如伏爾泰在《論美》中所說的：「要用『美』這個詞來稱呼一件東西，這件東西就須引起你的驚讚和快樂。」這裏應該特別提到的是，唐溫如是一位聲名不彰的詩人，他的事跡已無從考索，《全唐詩》僅僅收錄了他這一首詩，而且這首詩似乎沒有被人道及過。文學評論與研究的領域內也不是沒有遺珠之嘆的，但是，對一位作家或詩人來說，重要的永遠是作品的藝術質量，藝術品並不因爲多多益善而能夠以量取勝。我以爲：詩海的明珠，哪怕是只有一顆，其價値也遠遠勝過沙灘上那成千上萬的平凡貝殼！

同字

——歐陽修〈春日西湖寄謝法曹歌〉

在古典詩詞中，我們可以看到古代優秀詩人不僅講究章法和句法，在這方面有許多今天仍然值得學習的經驗，而且他們也很講究字法，一字多次再現的「同字」，即字法技巧之一。

歐陽修（一〇〇七—一〇七二），字永叔，自號醉翁，又號六一居士，他在散文、詩、詞等文學領域內都有卓異的成就，是宋代文壇乃至中國古典文學史上全面發展的大家。他是唐宋八大家之一，如〈醉翁亭記〉、〈秋聲賦〉等，都是膾炙人口的散文名篇；他的詞名《六一詞》，如「淚眼問花花不語，亂紅飛過秋千去」，如「弄筆偎人久，描花試筆初，等閑妨了綉工夫，笑問『鴛鴦雙字怎生書』？」與他爲人的風骨峻肅相比，風格卻是以流麗柔媚而雋永見稱的。作爲宋詩革新運動的領袖，他反對宋初西崑體的浮華綺靡的流弊，善爲古風和七絕，奇縱清俊處像李白，雄健蒼勁處如韓愈，有所師承而又自成一家。例如他的〈春日西湖寄謝法曹歌〉，就另有一番新的情思和韻調：

西湖春色歸，春水綠于染。羣芳爛不收，東風落如糝（西湖者，許昌勝地也）。參軍春思亂如雲，白髮題詩愁送春（謝君有「多情未老已白髮，野思到春如亂雲」之句）。遙知湖上一樽酒，能憶天涯萬里人。萬里思春尚有情，忽逢春至客心驚。雪消門外千山綠，花發江邊二月晴。少年把酒逢春色，今日逢春頭已白。異鄉物態與人殊，惟有東風舊相識。

這首詩在字法上的突出特色，就是運用了「同字」的藝術技巧。在唐宋以來的文人詩作中，最早最自覺地運用這種技巧的，恐怕還是張若虛的歌行〈春江花月夜〉和沈佺期的律詩〈龍池篇〉。張作大家都是熟悉的，沈詩的前四句寫道：「龍池躍龍龍已飛，龍德先天天不違，池開天漢分黃道，龍向天門入紫微」，五個「龍」字，四個「天」字，在字法上不僅「同字」，而且還運用「頂眞」格的修辭手段。以後，崔顥〈黃鶴樓〉的「昔人已乘黃鶴去，此地空餘黃鶴樓。黃鶴一去不復返，白雲千載空悠悠」，二「空」字，三「黃鶴」；李白〈鸚鵡洲〉的「鸚鵡來過吳江水，江上洲傳鸚鵡名。鸚鵡西飛隴山去，芳洲之草何青青」，二「洲」字，三「鸚鵡」，〈登金陵鳳凰臺〉的「鳳凰臺上鳳凰游，鳳去臺空江自流」，二用「鳳凰」，而「鳳」、「臺」兩字又分開疊用，他們都從張若虛和沈佺期的作品中得到過藝術的啟廸。金聖嘆看到了這種藝術現象，他在談到蘇頲〈奉和春日幸望春宮詩〉中「春望望春春可憐」之句時說：「七字中，凡下二望字，二春字……想來唐人每欲以此爲能也。」唐人之後，辛棄疾的「舊恨春江流不盡，新恨雲山千疊」，李清照的「一種相思，兩處閑愁，此情無計可消除，才下眉頭，卻上心頭」，王沂孫的「如今處處生芳草，縱憑高不見天涯，更消他幾度東風，幾度飛花」，都是宋詞中可見同字之妙的名句。歐陽修的〈春日西湖寄謝法曹歌〉，也是在字法上師承前代而又獨出機杼。景佑三年（公元一〇三六年）五月，歐陽修被貶爲夷陵（今湖北宜昌）縣令，他於初冬到達，在那裏生活了約有大半年時間。上述這首詩，寫於景佑四年二月，根據詩人自己的《六一詩話》的記載，是對他在許昌任法曹參軍的朋友謝伯初贈詩的奉答。

在這首詩中的「雪消門外千山綠，花發江邊二月晴」，直到現在都還常常爲人們所徵引，它寫景的工麗獨至和洋溢其中的生命的活力，確實能給人以久遠的美的享受。我這裏所要特別稱道的，是它的同字的妙用。「終日看山不厭山，買山終待老山間。山花落盡山長在，水自空流山自閑」，王安石的〈遊鍾山詩〉，四句中「山」字出現了八次，歐陽修的這首〈春日西湖寄謝法曹歌〉是一首歌行體的詩，共十六句，其中的「春」字也是重出了八次。據清人王晫的《西湖考》說，全國以西湖爲名的湖至少有三十一處之多。歐陽修此詩中的西湖，是指許昌的西湖。詩人首先從遠在西湖的對方落筆，前四個「春」字分別點染「春色」、「春水」、「春思」、「送春」，然後，詩人回轉筆鋒，寫夷陵春色和自己的感受，後四個「春」字先後狀寫「思春」、「春至」、「春色」、「逢春」，雖都是同字的運用卻又各有側重，在筆姿上毫不板滯而錯綜成文。細心的讀者還會發現，全詩前一半篇幅（八句）寫春日西湖及所寄友人，後一半篇幅（八句）寫夷陵春色及自己的感懷，不僅如此，全詩八個「春」字也是以前後各半的方式安排的，而且都是安置在第二、三句和第五、六兩句之中，中間各分別間隔了兩句。這完全是出於人工呢？還是包含了天籟呢？總之這種同字的運用，既突出了詩意的重點，又加強了詩的和諧悅耳的音樂性和旋律美，因爲音樂形象的特點之一是高度集中，它常常運用重複或反複的手法，不斷深化同一音樂形象，同時，運用這種技巧，也有助於獲得一種清新剛健的歌謠風味。事實上，歐陽修是注意向民歌學習的，他詞作中寫作最多的詞牌〈漁家傲〉，就是來自民間的新腔，而他還效法流傳於鄉間、市井的鼓子詞，以〈漁家傲〉的詞牌寫作〈十二月鼓子詞〉。這，就難怪他上述詩作之中，也流溢着一種民歌的馨香了。

劉勰在《文心雕龍》中談到煉字時早就指出：「重出者，同字相犯者也。」同字，也就是「重出」。錢鍾書在《宋詩選注》中論歐陽修時認爲：「梅堯臣和蘇舜欽對他起了啟蒙的作用，可是他對語言的把握，對字句和音節的感性，都在他們之上。」歐陽修詩作的這種特色，我們從上述這首詩中的同字妙用也可窺見一斑。

檃　括❶

——蘇軾〈水調歌頭〉及其它

我國古代詩人多種多樣的驅遣語言的技巧，頗能給今天的新詩作者以有益的啟發。其中有兩種特殊的功夫，一種是「回文」，這是修辭學中的一種辭格，用回文的手法寫成的回文詩，並不能都簡單地視爲一種文字遊戲，至少可以鍛煉得心應手地運用語言的能力，因此，卽使是像蘇軾、王安石這樣的大詩人，也並不以爲它是雕蟲小技而不屑一試。另一種功夫，則是「檃括」。

「檃括」，原來是指一種器具，能矯揉彎曲的竹木使之平直或成形。劉勰在《文心雕龍．鎔裁》中說：「蹊要所司，職在鎔裁；檃括清理，矯揉文采也。」他所說的檃括，是指對構成作品的素材之剪裁組織功夫。檃括作爲語言藝術的一種特殊手段，是起於宋代富有才情和創造精神的蘇軾，請看他於元祐二年（公元一〇八七年）寫的一首〈水調歌頭〉：

---

❶ 檃（音隱）括，指依據某種文體原有的內容、詞句改寫成另一種體裁的手法。

歐陽文忠公嘗問余：「琴詩何者最善？」答以退之聽穎師琴詩，公曰：「此詩固奇麗，然非聽琴，乃聽琵琶也。」余深然之，建安章質夫家善琵琶者，乞爲歌詞。余久不作，特取退之詞，稍加隱括，使就聲律以遺之云。

昵昵兒女語，燈火夜微明。恩怨爾汝來去，彈指淚和聲。忽變軒昂勇士，一鼓塡然作氣，千里不留行。回首暮雲遠，飛絮攪青冥！　衆禽裏，眞彩鳳，獨不鳴。躋攀寸步千險，一落百尋輕。煩子指間風雨，置我腸中冰炭，起坐不能平，推手從歸去，無淚與君傾！

在我國詩歌史上，對音樂的形象化描寫是源遠流長的。在唐代，李頎的〈聽董大彈胡笳兼寄語房給事〉、白居易的〈琵琶行〉、韓愈的〈聽穎師琴詩〉和李賀的〈李憑箜篌引〉，同爲描寫音樂的名篇。韓愈全詩如下：「昵昵兒女語，恩怨相爾汝。劃然變軒昂，勇士赴敵場。浮雲柳絮無根蒂，天地闊遠隨飛揚。喧啾百鳥羣，忽見孤鳳凰。躋攀分寸不可上，失勢一落千丈強。嗟余有兩耳，未省聽絲篁。自聞穎師彈，起坐在一旁。推手遽止之，濕衣淚滂滂。穎乎爾誠能，無以冰炭置我腸！」蘇軾上述作品，隱括韓愈的詩句和詩意入詞，成爲詞中咏音樂的佳構，它光彩不減原作而又仍然揮灑自如，令人不能不嘆服他高超的藝術腕力。

其實，蘇軾早在五年之前就寫過一首〈哨遍〉，他以為陶淵明的〈歸去來辭〉「有其詞而無其聲」，於是，他「乃取〈歸去來辭〉，稍加櫽括，使就聲律」。喜歡模仿蘇東坡的黃山谷，曾經櫽括〈醉翁亭記〉，又將〈漁父詞〉改作為〈鷓鴣天〉，而周邦彥也極喜翻詩入詞。由此可見，把詩和文章櫽括入詞，是始自北宋詞壇這位才情橫溢的大師之手。其後辛棄疾也學習了這種手法，他的一首〈水龍吟〉就曾用李延年歌、淳於髡語，又如他寫飛將軍李廣的〈八聲甘州〉，「夜讀〈李廣傳〉，不能寐，因念晁楚老、楊民瞻約同居山間，戲用李廣事，賦以寄之」，上闋化用司馬遷《史記．李廣傳》中的語意，下闋主要是融化杜甫的詩〈曲江三章〉入詞。他的〈哨遍〉，也是總括莊子〈秋水篇〉的大意結撰成章。總之，辛棄疾這位既才華秀發又富於學力的詩人，不僅在櫽括時隨手拈來，縱橫如意，而且自創新詞，另有寄託，絕不是對前人的簡單重複，或亦步亦趨的摹仿。

在古典詞章中，運用櫽括手段而寫成的作品雖然不多，但從上面簡略的敍述中可以看到：櫽括，就是運用前人的詩作或文章入詞，將舊作的內容和詞語改寫或縮寫成另一種體裁的作品，可以增損原文，但不改變原意。一方面，它把詩或散文的內容與句式引入詞體，擴大和豐富了詞的表現能力，一方面，它要求經過作者的匠心經營，變得語語如同己出，這就需要駕馭語言的高度功力。在南宋詞人中，繼承了蘇軾、辛棄疾的這種藝術而又十分熱衷的要數林正大，他字敬之，號隨庵，永嘉人，著有《風雅遺音》。《全宋詞》收錄他的詞四十一首，而「檃括」而成的作品就有三十九首之多，可稱「檃括專家」。對范仲淹的名作〈岳陽樓記〉，他也敢於縮龍成寸，寫了一首〈括水調歌〉：

欲狀巴陵勝，千古岳之陽。洞庭在目，遠銜山色俯長江。浩浩橫無涯際，爽氣北通巫峽，南極望瀟湘。騷人與遷客，覽物興尤長。錦鱗游，汀蘭郁，水鷗翔。波瀾萬頃，碧色上下一天光。皓月浮金千里，把酒登樓對景，喜極自洋洋。憂樂有誰會，寵辱兩俱忘。

林正大的這首詞雖不如原作遠矣，但基本上還是忠實於原作的，他能把三百六十八字的抒情散文〈岳陽樓記〉，改寫和壓縮在寥寥九十四字之中，而且飽含感情，形象鮮明，琅琅可誦，入樂能唱，也可算詞圃中一朵別緻的花。我們的新詩作者，似乎也可以從檃括中得到關於藝術功力的啟示。

詩不厭改

——蘇軾〈念奴嬌・赤壁懷古〉

在中國詩歌史上，一揮而就文不加點的優秀作品雖然並不罕見，但更多的出色篇章卻都是旬鍛月煉再三鎔鑄而成的。詩的修改，就像鐵匠在鐵砧上錘打剛從爐膛裏出來的坯件，去掉它的雜質，就像工藝美術家揮動他的雕刀，在一塊玉石或象牙上捨棄多餘的部分，雕鏤出完美的藝術品。

古典詩史記載着許多詩人修改作品的佳話。一種是轉益多師，虛心聽取別人的意見或請別人修改自己的作品。例如「一字師」的故事，最早恐怕就出自《十國春秋》所載的〈僧齊己傳〉，它記敍齊己聽取了詩人鄭谷的意見，修改自己的「自封修藥院，別下着僧床」爲「自封修藥院，別掃着僧床」之後，還記敍了下述有名的例子：「又齊己有〈早梅〉詩，中云：『昨夜數枝開』，谷爲點定曰：『數枝非早，不若一枝佳耳。』人以谷爲齊己『一字師』。」元代詩人薩天錫也有類似的故事：「元薩天錫詩有：『地濕厭聞天竺雨，月明來聽景陽鐘。』，山東一叟易『聞』字爲『看』字。公俯首稱爲一字師。」除此之外，另一種情況是以高度的責任感，精心地反復地修改自己的詩作。宋代詩人張耒就「嘗於洛中一士人家，見白公（白居易）詩草數紙，點竄塗抹，及其成篇，殆與初作不侔」（《詩人玉屑》卷八），《呂氏童蒙訓》也記載歐陽修作詩時，先將草稿貼在壁上，時常加以修改，「有終篇不留一字者」，而黃庭堅也常在多年後改定自己以前的作品，至於王安石的名句「春風又綠江南岸」的改成，則更是爲讀者所熟知而不須贅述的範例了。

蘇東坡，這位文學史上多才多藝的大家，在詞國裏開疆拓土高舉革新大旗的人物，正如他自己所說的「敢將詩律鬭深嚴」，創作態度也是極爲嚴肅的。宋人何薳《春渚紀聞》就曾經記載：「余嘗於文忠公（按：指歐陽修）諸孫望之處，得東坡先生數詩稿，其和歐叔弼詩：『淵明爲小邑』，繼圈去『爲』字，改作『求』字，又連塗『小邑』二字，作『縣令』二字，凡三改乃成今句。至『胡椒銖兩多，安用八百斛』，初云『胡椒亦安用，乃貯八百斛』。若如初語，未免後人疵議。又知雖大手筆，不以一時筆快爲定，而憚於屢改也。」又如他的代表作之一的〈念奴嬌・赤壁懷古〉：

大江東去，浪淘盡，千古風流人物。故壘西邊，人道是，三國周郎赤壁。亂石穿空，驚濤拍岸，捲起千堆雪。江山如畫，一時多少豪傑！　遙想公瑾當年，小喬初嫁了，雄姿英發。羽扇綸巾，談笑間，強虜灰飛烟滅。故國神游，多情應笑我，早生華髮。人生如夢，一樽還酹江月！

元豐二年（公元一〇七九年）十二月，蘇軾因烏臺詩案被貶爲黃州團練副使，於次年二月一日到達黃州。元豐五年的七月和十月，他兩次往遊附近的赤壁，寫下了前後〈赤壁賦〉和上述這首蒼涼悲壯的千古絕唱。關於這首詞，宋代洪邁《容齋隨筆．續筆》卷八「詩詞改字」這一條目下的一段話，對我們今天的新詩作者也還是不無啟發的：「向巨源云：元不伐家有魯直所書東坡〈念奴嬌〉，與今人歌不同者數處：如『浪淘盡』爲『浪聲沉』，『周郎赤壁』爲『孫吳赤壁』，『多情應笑我，早生華髮』，爲『多情應是笑，早生華髮』，『亂石穿空』，爲『崩雲』，『驚濤拍岸』，爲『掠岸』，『人生如夢』，爲『如寄』，不知此本今何在也。」洪邁離蘇軾的時代很近，學問淵博，著述繁富，他說別人見過黃庭堅所書蘇軾的〈赤壁懷古〉，是應該可信的，同時，黃庭堅不僅是蘇軾的同時代人，又和張耒、秦觀、晁補之同游於蘇軾之門，被稱爲「蘇門四學士」，他所書寫的當是蘇軾最早的未定草，而後世流傳的則是定稿。

從洪邁的記載中，可以看到後來的幾處修改較之原作確有超越之處。「浪淘盡」既是寫實，又是象徵，既承接「大江東去」，又貫通「千古風流人物」，感慨萬千，形神兼備，富於動勢動感，如作「浪聲沉」，就無法獲得這種藝術效果。「周郎」當然也比「孫吳」為佳，因為下面寫的人物主要就是周瑜，他是赤壁之戰的主將，如此寫來，方才切合時地與人物而不浮泛，同時，「周郎」這個專指名詞也比「孫吳」一詞顯得風流蘊藉。「亂石穿空」寫赤壁山巒的雄奇聳峙，極為傳神，「崩雲」則不太好理解，劉逸生見解與文筆俱勝的《宋詞小札》釋為「亂石像崩墜的雲」，似乎也嫌不够準確，亂石是固定的，雲是流動的，亂石怎麼像雲，雲又怎麼「崩墜」呢？「拍岸」有聲有形而且有勢，同時也啟下句之形象描繪「捲起千堆雪」（承李煜〈漁父〉詞「浪花有意千重雪」句意而有所新創），「掠岸」自然就遜色多了。「多情應笑我，早生華髮」，按語言的常態性寫法應作「應笑我多情」，現在一經倒裝，便覺筆力勁健，而且突出了抒情主人公「我」；更換軟弱的虛字「是」而改為「我」，不僅隱曲地表露了詩人的坎坷遭遇和壯志不酬的愁情，而且也和周郎的早建功業形成鮮明的對照，因為赤壁之戰時周瑜年方三十四歲，而蘇軾來憑吊時已經四十七歲了。最後一句的「如夢」比「如寄」的內涵要寬廣深厚，它固然表現了蘇軾思想中消極的一面，同時也顯示了他對黑暗現實的失望與不滿之情。

據說拜倫寫詩是文不加點的，他曾說：「我不能修改，我不能，而且也不願意。不論修改多少，都沒有人能修改得好。」他的後一句話未免說得太絕對。而反復修改，所謂「有得忌輕出，微瑕須細評」（陸游語），倒是古今中外許多大詩人登上藝術峰頂的石級。聞一多〈也許〉的第二節是：「不許陽光撥你的眼簾，不許清風刷上你的眉，無論誰都不能驚醒你，撐一傘松蔭庇護你睡。」在詩中，「撥」字原作「攢」，「能」原作「許」」，第四句原作「我吩咐山靈保護你睡」，這種改動就是新詩創作中苦心修改的範例。詩是藝術，是一種非凡的藝術，讓我們拾級而上，不畏艱辛地攀登詩藝的峰巒，不要誤以粗制濫造爲多才，以連篇累牘爲富有吧！

實感與空靈

——蘇軾〈浣溪沙・游蘄水清泉寺〉

質實與空靈結合，既有現實場景的描繪，富於生活氣息，不是空中樓閣，不是純主觀的玄想，令人感到眞實可信，同時，又有高遠情思的抒寫，使人思想升華，聯想到超越字面的更加深遠的思想藝術世界，不是堆砌事象，不是言於此而意亦盡於此，我以爲是構成一首好詩的重要條件。

南宋的詞作名家張炎在他的《詞源》中提出：「詞要清空，不要質實；清空則古雅峭拔，質實則凝澀晦昧。」他的主張雖然有偏狹的弊病，如對清空的理解主要是用詞疏快，融化故典，而對質實則一味貶抑，然而，他的見解也不無合理的因素，如認爲詩詞不要寫得太實太死，也不要流於板滯晦澀。清代「常州派」詞學理論家周濟的《介存齋論詞雜著》，也談到「空」與「實」的問題，在理論闡述上就比張炎有所發展，也比張炎的觀點辯證而準確，他說：「初學詞求空，空則靈氣往來，既成格調求實，實則精力彌滿。」我以爲，詩歌中的「空」，不是空無所有，也不是空泛無依，而是在具體描繪的基礎上提高作品的思想藝術境界，極大地刺激讀者想像的積極性，使讀者獲得讀一首好詩所必不可少的參與共同創作的美的享受；所謂「實」，不是密不透風，寸步不移，而是抓住事物的特徵，對生活作富於實感的描繪，使讀者如歷其境，產生一種具象感與眞實感。蘇軾的〈浣溪沙．游蘄水清泉寺〉，就是這樣一首實感與空靈兼而有之的作品，詞前小序與全詞如下：

游蘄水清泉寺，寺臨蘭溪，溪水西流。

山下蘭芽短浸溪，松間沙路淨無泥。蕭蕭暮雨子規啼。誰道人生無再少？門前流水尚能西！休將白髮唱黃雞。

蘇軾於元豐三年二月一日到達黃州貶所，雖然這是他政治上失意時期的開始，卻迎來了他創作上得意的黃金季節。在黃州謫居的五年，他在詩、詞、賦以及散文方面都寫了許多優秀作品，成爲他的創作最重要的組成部分，上述這首詞就是其中之一。蘄水，在黃州之東，今湖北浠水縣。蘇軾來黃州兩年之後，於元豐五年五月去蔴橋請醫生龐安常治臂疾，「疾愈，與之同游清泉寺，寺在蘄水郭門外二里許，有王逸少（注：卽王羲之）洗筆泉，水極甘，下臨蘭溪，溪水西流。」（《東坡志林》），可見這首詞就是與龐安常往游後所寫。

詞的上片，以輕快細膩的筆觸寫蘭溪及其附近的景色，為我們描繪了一幅逼眞的圖畫。蘭芽，指蘭草初生時的嫩芽，在春日的溪邊，初生的短短的蘭芽浸泡在溪水裏，從這種描寫中可見詩人藝術感受的敏銳與觀察的細緻，接着，詩人轉筆寫溪旁松間的沙路。杜甫曾有詩云：「碧澗雖多雨，秋沙先少泥。」白居易〈三月三日祓禊洛濱〉也曾寫過：「柳橋晴有絮，沙路潤無泥。」前人就曾將白居易的「沙路潤無泥」與蘇軾的「松間沙路淨無泥」加以比較，認為「『淨』、『潤』兩字，當有能辨之者」，可見詩人體物之深細。詞的上片，形象如繪，很有實感，加之詩人又點染出瀟瀟暮雨中傳來的山林裏子規鳥的啼鳴，更覺聲色並陳，富於生活情趣。在前人的詩詞中，一寫到子規總不免要抒發一種愁情悲慨，如果蘇軾也是如此寫法，就難免不落人窠臼了。然而，他不愧是大詩人大手筆，能從流俗中拔起，詞的下片，落想空靈，別開勝境。古諺說：「花有重開日，人無再少年。」詩人一反其意，「誰道人生無再少？」一句喝起，力能扛鼎，然後即景抒情，以「門前流水尚能西」作答，包孕着積極進取的豪情與警闢的人生哲理，使全詩在前面實寫的基礎上向精神的闊大境界飛騰，煥發出美的光彩。白居易〈醉歌妓人商玲瓏〉寫道：「誰道使君不解歌，聽唱黃鷄與白日。黃鷄催曉丑時鳴，白日催年酉時沒。腰間紅綬繫未穩，鏡裏朱顏看已失。玲瓏玲瓏奈老何，使君歌了汝更歌。」蘇軾這首詞以否定語的「休將白髮唱黃鷄」收束，語勢有力如虎，在詞意上和上兩句連貫起來，具有豐富而深遠的內涵，給讀者提供了廣闊的聯想和想像的天地，格調比白居易的上述詩作高出不止一籌。

詩歌只有注意實感，才能避免抽象化和概念化，不致流於玄秘或空洞，詩歌也只有追求空靈，才符合詩歌本身的富於想像力與啟示力的藝術規律，使讀者產生味之彌長的美感，正如十六、十七世紀之交的英國作家培根所說：「讀史使人明智，讀詩使人靈秀。」在當前的新詩創作中，有的作者無分析地信奉西方現代派創作教義，熱衷於所謂文學的本質和目的就完全是「自我表現」，於是，他們遠離時代生活，與人民羣眾的感情隔絕，一味顧影自憐，製造出一些詩的謎語而又片面責怪羣眾的文化水平不高，另一方面，有的作者不善於將生活昇華爲詩，他們總是拘泥於生活的表象，在作品中堆垛一些生活的現象和場景，言長意短，淺薄直露，沒有屬於自己獨特的感受，缺乏詩所必不可少的空靈美。上述這兩種情況，都值得注意。是的，富於生活實感而意象葱蘢，靈思風發而味之不盡，是詩歌前行的兩個車輪，也是詩歌飛翔的一雙羽翼。

「加一倍」寫法

——黃庭堅〈雨中登岳陽樓望君山二首〉

我國古典詩歌的藝術，有如一座遠遠沒有得到完全開發的寶山，只要你肯去探勝尋幽，定然會有一些意想不到的收穫。古典詩藝中的「加一倍寫法」，就是這座寶山中的一塊閃亮的礦石。

最早發現這「加一倍寫法」的，應該是淸代的詩論家施補華。他在《峴傭說詩》中指出：「『感時花濺淚，恨別鳥驚心』、『無風雲出塞，不夜月臨關』，是律句中『加一倍』寫法。」按照一般的常情，花香鳥語，是能夠引起人們的愉悅之感的，杜甫就曾有「黃四娘家花滿蹊，千朵萬朵壓枝低。流連戲蝶時時舞，自在嬌鶯恰恰啼」的絕句。他寫花，花枝照眼，他寫鳥，鳥語多情。但是，在〈春望〉裏，詩人對春花而落淚，聽鳥語而驚心，不言悲痛，卻更加突出地表現了詩人悲之深，痛之切，這就是「加一倍」寫法。〈秦州雜詩〉也是如此，無風之際雲也出塞，不夜之時月也臨關，這就更傳神地寫出了邊塞之地秦州的地形之高峻和險要，透過一層表現了詩人對國事與邊防的深切關注與隱憂。

宋代的黃庭堅（一〇四五—一一〇五），也善於運用這種「加一倍」寫法。他字魯直，自號山谷老人，晚號涪翁，洪州分寧（今江西修水縣）人。他的書法是宋朝四大家（餘爲蘇軾、米芾、蔡襄）之一，他的詩詞更是名重一時。他雖然名居「蘇門四學士」之列，但詩與東坡齊名，號蘇黃，詞與秦少游比美，號秦七、黃九。他是江西詩派這一詩歌流派的開山大師，由於堅信「隨人作計終後人」、「文章切忌隨人後」，他在宋代的詩壇以「生澀瘦硬、奇僻拗拙」獨標一格——使宋代及以後的不少詩家都受到他的影響。前人多稱道他的古體詩和律詩，忽視他的絕句，甚至有人曾說絕句「乃山谷之玷」，然而，我覺得他的律詩和古體詩常常奇峭瘦硬太過，雖說是對西崑體的反動，但有時未免矯枉過正，而足以代表他在藝術上的最高成就的，還是那些清新活躍的抒情小詩，如「四顧山光接水光，憑欄十里芰荷香。清風明月無人管，併作南樓一味涼」（〈鄂州南樓書事〉），「山色江聲相與清，捲簾待得月華生。可憐一曲並船笛，說盡故人離別情」（〈奉答李和甫代簡〉），「聞君寺後野花發，香蜜染成宮樣黃。不擬折來遮老眼，欲知春色到池塘」（〈張仲謀乞蠟梅〉），等等。從他的〈雨中登岳陽樓望君山二首〉，我們更可以看到那種高明的「加一倍」寫法：

投荒萬死鬢毛斑，生出瞿塘灩澦關。
未到江南先一笑，岳陽樓上對君山！

滿川風雨獨憑欄，綰結湘娥十二鬟。
可惜不當湖水面，銀山堆裏看青山！

在黃庭堅所處的時代，由於王安石實行新法，革新派與守舊派的鬪爭十分激烈，詩人最後死於廣西宜州（今宜山）貶所。紹聖二年（公元一〇九五年），黃庭堅貶官涪州（今四川涪陵）別駕，黔州（今四川彭水）安置（居住），後來又轉徙到戎州（今四川宜賓），這些地方在唐代都是邊荒之地，他在那裏度過了整整六年時光。一一〇〇年五月，黃庭堅得赦放還，次年正月乞知太平州（今安徽當塗）。一一〇三年正月他從荊州出發，路經巴陵，在連綿數日的陰雨中獨上岳陽樓，寫了上述兩首詩。

第一首詩的前兩句時空交感，「萬死」和「生出」概括了爲時六年的流放生涯，「投荒」和「瞿塘灩澦關」，從空間上概括了由西而東的長遠行程，而今遠謫和脫險歸來，興奮之情當可想見。未到江南，已先一「笑」，那麼，到江南之後，喜當更爲如何？詩人沒有正面寫自己的欣幸之情，更沒有對將來到江南後的喜悅着一筆想像之詞，他只寫自己登岳陽樓而對君山時的感受，而那些言外之意卻盡在不言之中了。第二首寫雨，寫雨中登岳陽樓望君山。前兩句是實寫，表現了詩人在特定環境中的獨特感受。前人寫君山的詩很多，但黃庭堅卻毫不落人窠臼：君山的山形有如十二個螺髻，詩人想像爲湘娥的霧鬟雲鬟，尤其在風雨陣之中，更別有一種朦朧縹緲的意象之美。後兩句又是「加一倍」寫法，詩人說：可惜是在樓上居高臨下地遠望君山，如果是站在湖邊，正對着白浪如山的湖面，那該又是多麼別有風情的景象！這種透過一層的筆墨，已經是包孕豐富令人遐想的了，加上「銀山」與「青山」的色彩鮮明具有對照之美的疊字在句中重複，使人更覺風神綽約，韻味無窮。

「加一倍」寫法，就是詩藝上的一種進層和強調，它是和句法的烹煉分不開的，而變幻百出的琢句手法，正是黃庭堅詩的特點之一。如上述兩首都是在關鍵的第三句上特別下功夫，「未到」與「可惜」，都是欲進先退，先頓挫一筆蓄勢，然後淋漓酣暢地抒情，對所抒之情起了一種強調作用。葉夢得《避暑錄話》記載：「魯直舊有詩千餘篇，中歲焚三之二，存者無幾，故名焦尾集。其後稍自喜，以爲可傳，復名《敝帚集》。」詩人自己也有詩自道甘苦：「十度欲言九度休，萬人叢中一人曉。」後一句雖不甚可取，但前一句卻是值得稱道的。從這裏，也可以看到任何有成就的詩人，他們在創作上嚴於律己的嚴肅性。

辭情兼勝

——秦觀〈踏莎行・郴州旅舍〉

在詩歌創作中我們可以看到這樣兩種情況：有的詩作者很注意文辭的推敲和錘煉，在語言上表現出相當的功夫，但詩的感情卻顯得淡薄，總的傾向是辭勝於情，有如一朵紙花或塑料花，雖然色彩鮮艷，可是卻沒有眞正的花所特有的芬芳；有的詩作者有眞實而強烈的情感，可是語言藝術的修養不够，不能將那種內在的審美情感通過鮮明的藝術形象表現出來，偏於抽象的直白式的抒發，人們稱之爲情勝於辭，有如一朵眞花，雖然也有它的芬芳，卻沒有動人的形態和色澤。眞正具有魅力的詩作，必然是情辭兼勝的，也就是情感豐富，文字優美，思想感情和藝術形象和諧地融合在一起。

秦觀（一〇四九——一一〇九）就是獲得了「情辭兼勝」這一光榮的冠冕的詞人。他字少游，一字太虛，揚州高郵（今江蘇高郵）人，是「蘇門四學士」（餘爲黃庭堅、晁無咎、張耒）之一，詞集名《淮海詞》，又名《淮海居士長短句》。在北宋詞壇，自晏殊、晏幾道父子至歐陽修，他們共同開創了婉約詞派，秦觀的詞風更是集婉約派之大成。在詞人濟濟高手如林的北宋，陳后山說：「當代詞手，秦七黃九（庭堅）而已。」可見時人推崇之高。因秦觀〈滿庭芳〉詞中有「山抹微雲，天涯芳草」的名句，對他頗爲賞識並以爲有屈宋之才的蘇東坡，曾經戲稱「『山抹微雲』，秦學士，『露華倒影』柳屯田」，而王安石也說他詞意清新，有如鮑照和謝靈運。清人沈雄《古今詞話》引蔡伯世的評說是：「子瞻辭勝乎情，耆卿情勝乎辭，辭情相稱者，唯少游一人而已。」如他的〈踏莎行·郴州旅舍〉：

霧失樓臺，月迷津渡，桃源望斷無尋處。可堪孤館閉春寒，杜鵑聲裏斜陽暮。驛寄梅花，魚傳尺素，砌成此恨無重數。郴江幸自繞郴山，爲誰流下瀟湘去？

郴州，古代是遷客騷人放逐之地。在北宋維護與反對新法的政治鬪爭中，秦觀站在屬於舊黨的蘇軾一邊，因而在新黨掌權之時，他在政治上屢遭貶謫。上述這首詞，就是他在紹聖四年（公元一〇九七年）遠徙在郴州時的作品。他的詞，在未流放前和流放之後有顯着的不同，流放前的作品，如「鶯嘴啄花紅溜，燕尾點波綠皺」（〈憶仙姿〉），「柔情似水，佳期如夢，忍顧鵲橋歸路，兩情若是久長時，又豈在朝朝暮暮？」（〈鵲橋仙〉），綺麗而輕柔，詞筆細膩，秀句如綉。流放之後，他的清麗而幽倩的琴弦上，就往往彈奏出封建社會中失意的知識份子淒婉感傷的曲調。

〈踏莎行・郴州旅舍〉這首詞，辭情哀苦，詞境悲涼，不勝天涯謫戍之感。「霧失樓臺」三句，寫詩人於黃昏月出時的愁思：理想中的桃花源本來就渺茫難尋，何況霧陣如雲，籠罩了眼前的樓臺？何況月色朦朧，迷失了遠處的渡口？開篇這對偶成文的八個字，爲「桃源望斷無尋處」的更爲直接的抒情，作了動人的氣氛烘染與形象鋪墊。「可堪」兩句寫詞人黃昏時分的內心感受：遠謫他鄉，本來已是愁情難遣，何況在春寒料峭之時獨居客館？又何況在夕陽西下的時刻？更何況這裏那裏傳來一聲聲杜鵑的「不如歸去」的啼聲？這首詞，詩人在上闋從兩個特定的時間角度，以淒婉的文辭抒發自己被貶謫南荒的哀怨，因此，王國維在《人間詞話》中說「少游詞境最淒婉。至『可堪孤館閉春寒，杜鵑聲裏斜陽暮』，則變爲淒厲矣」，就是有見於此。下闋前三句由近及遠：朋友們從遠方寄來書信，本來是想慰藉游子的心，可是謫居炎方，有家歸未得，有志也難伸，只能更增加我的愁恨。在詞中，一個「砌」字，一個「無重數」，化無形爲有形，化抽象爲具體，使得抽象的難以言喻的「恨」，變爲觸手可及的具象，最後兩句，詩人遐想的翅膀由遠方飛回到眼前的現實境界中來，以不自由的自己和自由的郴江對比，對郴江發出了癡情的詰問，詩句的內涵雖不很確定，具有解釋的多樣性，但總不免使人感到黯然神傷。據說蘇東坡很喜歡這一結句，將它寫在扇面上，他在爲秦觀所作的悼詞中還說：「少游已矣！雖萬人何贖？高山流水之悲，千載而下，令人腹痛！」（《詞林紀事》卷六）

李清照曾說秦觀的詞「專主情致」，《四庫全書提要》也說他的詞「情韻兼勝」，而他的情致或情韻，儘管偏於消極傷感，氣格不高，但他卻不是訴之於概念的說明，而是以清純的詞筆寫具有一定社會意義的眞摯感情，追求文字的清華和形象的超遠，做到辭情兼勝，這一藝術經驗和成就仍然值得我們吸取與肯定。

想像的創造性

——韓駒〈題湖南清絕圖〉

想像，特別是創造性的想像，能使一首詩熠熠生輝，就像綠葉使樹木春意葱蘢，就像早霞使黎明絢麗多彩。

想像，對於文學藝術的所有部類都是重要的。詩歌，則由於它在所有的文學門類中是一種最富於想像力和啟示力的藝術，想像豐富更是它突出的藝術特徵之一，所以它不但在構思過程中要求有豐富的想像，而且要求詩人將對生活的感受凝結爲藝術品之後，也要能刺激、啟發和調動讀者的想像力，積極地對作品進行藝術的再創造。因此，普希金曾說：「想像力，只有你是我的報酬。」英國著名詩人雪萊也認爲：「詩是想像的表現。」莎士比亞在他的《仲夏夜之夢》裏曾有如下一段臺詞：「瘋子、情人和詩人都是滿腦子結結實實的想像。……詩人轉動着眼睛，眼睛裏帶着精妙的瘋狂，從天上看到地下，地下看到天上。他的想像爲從來沒人知道的東西構成形體，他筆下又描出它們的狀貌，使虛無杳渺的東西有了確切的寄寓和名目。」我國的古典詩論，則更是一貫強調好詩必須要有超拔脫俗的想像，留下了許多有關的精闢見解。

在文學藝術中，人們十分厭惡那陳陳相因的構思，人云亦云的語言，似曾相識的形象；對詩歌來說，就更是如此。「眞正的創造就是藝術想像的活動」（黑格爾語），藝術想像和創造本來就是密切相關的，所謂想像的創造性，就是不依據原有現成的描述而獨立地創造出新的形象的心理過程。創造想像不同於再造想像，雖然再造想像也不乏創造的成份；創造想像更不同於一般的想像，因爲一般的想像大都不具有創造性的特質。在西方的現代心理學中，有一種「創見性思維」的理論，這種理論主張思維中有「創見意象」，這種意象是對一個客體的主觀體驗，而這個客體對於經受這種體驗的人來說，從沒有作爲一個刺激實物而存在過，它是一種想像出來的客體。我們這裏所說的想像的創造性，也可以說是一種創見性思維，它以新穎、獨創、奇特爲其本質特徵。在詩歌創作中，最美好的想像是植根於生活和激情的創造性想像，只有那種新穎獨特既在人意中又出人意外的想像，才能使人耳目一新，給人以眞正的藝術享受：

故人來從天柱峰，手提石廩與祝融。

兩山坡陀幾百里，安得置之行李中？
下有瀟湘水清瀉，平沙側岸搖丹楓。
魚舟已入浦溆宿，客帆日暮猶爭風。
我方騎馬大梁下，怪此物象不與常時同。
故人謂我乃絹素，粉墨精妙煩良工。
都將湖南萬古愁，與我頃刻開心胸。
詩成畫往默惆悵，老眼復厭京塵紅。

這是北宋詩人韓駒（?—一一三五）的〈題湖南清絕圖〉。韓駒，字子蒼，四川陵陽仙井監人，有《陵陽集》傳世。他曾經向蘇轍學習，蘇轍贊許他的詩像唐代的儲光羲。他早年詩學蘇軾，後來又受到黃庭堅的影響，黃稱道他的詩「超逸絕塵」，而他對自己被呂本中列入江西詩派並不高興，說：「學古人尚恐不至，況學今人哉？」可見他善於吸取別人的長處，又強調創作的獨立性和獨創性，因此，在呂本中編的「江西詩社宗派圖」所列二十五個詩人之中，韓駒的成就是比較大的，這一點從〈題湖南清絕圖〉可見一斑。

這是一首題畫詩，題畫詩這種特殊樣式，雖然不是唐代大詩人杜甫所首創，然而他卻有展拓之功，他的題畫詩，可以作爲詩學中一個專題來研究。題畫詩這種樣式，到宋代就更加發達。韓駒當時是在河南的開封，所題的是一位朋友從湖南帶來的湖南山水圖。我們且領略詩人的想像吧：他不是對這幅形神並妙的畫作平板的複寫，就像我們所看到的許多平庸的題畫詩那樣，而是發語不凡，開筆就落想天外，雲煙滿紙。石廩與祝融是衡山七十二峰的最高最大的山峰了，畫家把它描摹在畫幅之上，並把這幅畫放在行囊裏，從江南帶到了北方，韓駒倘若只是寫他描繪生動，那就太平庸了，因爲如果僅是這樣，人們還不如去看畫，何必還要讀詩？於是詩人出之以奇想：如此高大的兩座山峰，畫家雖然雙手提走，它們方圓幾百里，怎麼竟能放進小小的行囊之中去呢？詩篇寫山之後又寫水：山下瀟湘之水清碧，兩岸紅楓如火，漁船日暮時分已經歸來，客舟卻還在乘風急駛。詩人以動態的筆墨表現靜態的形象，化美爲媚，想像飛動。如此描繪之後還嫌不足，又進一步點染自己迷離恍惚的內心感受：我在北方的開封城騎馬行走，這眼前的景象怎麼和平常接觸的不同呢？朋友告訴我，這原來是一幅畫，是出自高明的畫師的毛筆呵！這畫是那樣地令我留連玩賞，朋友把畫拿走了，我的詩也做成了，回想畫中所見湖南清絕的山水，這京城裏的紅塵是多麼令人厭憎！——全詩着想清超，不落窠臼，想像極富創造性，師承了杜甫題畫詩的傳統而又有所發展，宛如一支引人遐思的幻夢曲。在詩歌史上，那多得不可勝數的平庸的題畫詩都被人忘記了，而韓駒的這一類想像新奇的題畫詩卻銘刻在人們的記憶裏。讀韓駒這首詩，我不禁想到清代不太知名的詩人高鳳翰，他有一首題畫詩〈石梁飛瀑〉，畫是描繪浙江天台山飛瀑奇觀的，詩卻贊美畫：「懸溜曾看走玉虹，香爐峰下駕天風。到今心眼留餘響，才一開圖耳欲聾。」這首詩，如果沒有後兩句的奇想，充其量也是平平之作，而有了後兩句聲色並作頗不一般化的妙句，全詩就大放光彩了。

陸游爲韓駒的《陵陽詩抄》作跋時說：「先生詩擅天下，然反複塗乙……既已予人，久或累月，遠或千里，復追取更定，無毫髮恨乃止。」由此可見，創造性想像的花朵不僅植根於生活的沃土，也要經詩人心血的澆灌才能盛開。

通感之美

——孔武仲〈乘風過洞庭〉

詩歌中有一種奇妙的藝術技巧，或者又名修辭手法，就是通感。的確，通感在西方詩文裏出現得很早，亞理斯多德在《心靈論》裏早就提到過通感，荷馬也有「像知了坐在森林中一棵樹上，傾瀉下百合花也似的聲音」（《伊利亞特》）的名句，而在十九世紀末以來象徵主義詩人的作品中，通感更是被大量地運用，然而，通感並不像有的評論者所說的那樣純粹是西方傳進中國來的，我們中國也古已有之。古老的《禮記．樂記》就有視覺與聽覺相交通的描述，韓愈在〈謁衡岳廟詩〉中也說「潛心默禱若有應，豈非正直能感通」，「感通」者，卽通感也。

人們都有五官感覺，卽聽覺、視覺、嗅覺、味覺、觸覺，在一般情況下，它們各自獨立而各司其職，但是，它們也可以在一定的主客觀條件下彼此聯繫而互相溝通。在詩人們的筆下，爲了更動人地抒情，更美妙地表現出事物的情態，創造出不一般化的形象和意境，獲得奇妙的藝術效果，常常運用通感的技巧，讓五官感覺溝通起來，有無之間架起橋梁，彼此互相生發。在中國古典詩歌史上，以「鬧」字入詩詞的不少，如晏幾道〈臨江仙〉的「風吹梅蕊鬧，雨細杏花香」，毛滂〈浣溪沙〉的「水北煙寒雪似梅，水南梅鬧雪千堆」，陸游入川途中經湖北公安時，詩中有「船窗簾捲螢火鬧」之句，然而，宋祁的「紅杏枝頭春意鬧」，卻是爲人們所最熟知的，因爲上述其它詩句雖然都是由視覺形象轉化爲聽覺形象，但宋祁的「紅杏」色彩更鮮明，「春意」更引人聯想，經過由視覺到意覺再到聽覺的多重通感的作用，所以才「着一『鬧』字而境界全出」（王國維語）。又如唐詩人郎士元的〈聽鄰家吹笙〉：「風吹聲如隔彩霞，不知牆外是誰家？重門深鎖無尋處，疑有碧桃無數花。」詩人用碧桃之艷寫笙聲之幽美，這是以色寫聲，使人在視覺裏獲得聽覺的感受，這也是通感的妙用。又如宋代詩人孔武仲的七絕〈乘風過洞庭〉，詩前有小序爲「五鼓乘風過洞庭，日高，已至廟下」：

半掩船篷天淡明，飛帆已背岳陽城。
飄然一葉乘空度，臥聽銀潢瀉月聲。

孔武仲，字常文（一〇四一左右—一〇九七左右），臨江（今江西省）新喻人。當時，人們把他和哥哥文仲、弟弟平仲與蘇軾、蘇轍並稱爲「二蘇三孔」，有《清江三孔集》行不世，清代吳之振在《宋詩抄》中稱譽他們「皆文章之雄也」。孔武仲曾宦游湖南，留下了少詩章，如寫洞庭的「天外微茫二湖合，波心縹緲一峰青」（〈湖山亭〉），寫湘江衡岳的「風颺湘波天影動，雲來衡岳雨聲長」（〈湘潭〉），寫湖湘景物的「平野幾枯殘歲草，綠波猶浸舊時天」（〈湘上〉），都可以說是清辭麗句。上述〈乘風過洞庭〉一詩，是孔武仲詩作中的極富特色之作，也是咏洞庭的如林詩作中穎異不凡的作品。

這首詩，寫詩人在天色微明時，自岳陽城邊乘船過洞庭而到君山，前兩句重在寫實，後兩句重在想像。船篷半掩，天將破曉，船帆吸飽了風，船離開岳陽城向君山飛駛。——這兩句並不是什麼出奇的筆墨，它只是交代了時間，點明了船速，爲下文作了情境上的鋪墊，形象地表現了自注中的「五鼓乘風過洞庭」。下面兩句特別是最後一句，卻是全詩的神來之筆。「飄然一葉乘空度」，一方面寫出湖天之空闊與扁舟之窄小，一方面表現出月光皎皎湖天一色之中詩人那種凌虛御空的獨特感受，但是，如果沒有最後一句，全詩還是無法不同凡響的，而有了最後這樣一句，就有如夜空中閃亮的焰火，立刻使全詩大放光明了。湖南人民出版社《岳陽樓詩詞選》中說：「臥在船艙，聽到船行水響，像銀河從月宮瀉下的聲音。」

這是值得商榷的。我國古典詩文從未有「銀河從月宮瀉下」之說，這種解釋顯得於詩意不合而比較牽強。實際上，詩人這裏運用的正是通感：銀河的光芒與月光本來是訴之於視覺的視覺形象，但是，在頗富現代手法和色彩感覺的李賀的詩句裏，「銀浦」的流雲都可以「學水聲」，視覺與聽覺溝通，何況是給人以流動之感的「銀潢」本身呢？生活中早有「月光如水」的用語，明代阮大鋮有「視聽一歸月，幽喧莫辨心」的詩句，「看月」而兼「聽月」，超越了視覺而具有聽覺的印象，因此，從視覺到聽覺，本來是相近的視覺形象而且交織在一起的銀河之「光」與月華之「色」，也就具有了流瀉之「聲」！這種「聲」固然是船行水流所觸發的聯想，也與現實生活中的船行水響交織成一片而天上人間莫之能辨了。正因爲有了這種運用通感的以耳爲目的奇妙結句，所以顯得句法新奇，而且全詩也別饒情味。

在新詩創作中，可以看到類似孔武仲這首詩中的通感的運用：「我送你一個雷峰塔影，明月瀉影在眠熟的波心」，這是徐志摩〈月下雷峰塔影〉中的詩句，在他的筆下，「月色」不但有「瀉」的形態，彷彿也有流瀉的音響；「夜雨驟歇／窗外有月／月光傳下伐木的叮噹」這是臺灣著名詩人洛夫〈蟋蟀之歌〉中的詩句，月中吳剛伐桂的視覺形象，竟然轉位爲「伐木的叮噹」的聽覺形象，這正是通感這一聯覺想像的結果。

通感，是中外詩歌中運用得相當廣泛的一種藝術技巧，但通感的運用卻又不是一個單純的技巧問題，而有其主客觀的條件和依據。大千世界的萬事萬物在一定的條件下彼此聯繫、互相溝通，這是產生通感的客觀基礎，心理學上所謂的「聯覺現象」，即從一種感覺轉換爲另一種感覺，是人的大腦皮層各區之間互相聯繫作用的結果，這是通感所由產生的主觀心理基礎。西方現代派有些詩人脫離生活與規定情境濫用通感，這並不可取，當前我們某些作者單純在文字上故弄玄虛，也只能視爲對通感的曲解。讀孔武仲的〈乘風過洞庭〉，我們可以看到，通感，是生活的燧石與詩人的藝術敏感撞擊所閃耀的火花。

意象的示現

——張舜民〈賣花聲・題岳陽樓〉

沒有雜花生樹、羣鶯亂飛的美景，就不成其爲江南的暮春三月；沒有霜林紅葉、遍地黃花的勝狀，就不成其爲秋日重陽；沒有鮮明生動引人聯想的意象，也就沒有詩歌。

古今詩歌發展的歷史啟示我們，詩與文是不同體的：詩，訴之於意象和情感，優秀的詩歌，總是首先以它飽含感情的意象去叩開讀者的心扉；文，訴之於議論和思辨，雄辯的論文，總是首先以眞切而透闢的說理去征服人的理智。論文中有時也有形象的描寫，但那只是作爲一種論辯的補充，目的在於增強議論的說服力和感染力；詩歌中有時也有精到的議論，但那也只是意象的引申或升華，目的還是加強詩歌從思想感情上打動人啟示人的力量。一般說來，詩歌是忌諱抽象的議論的，所以概念往往是詩歌的不治之症。文用直說，詩用圖畫，詩歌，講究意象的描狀和示現。在詩的國土上，永遠歡迎意象的花朵盛開。如宋代詞人張舜民的〈賣花聲・題岳陽樓〉：

木葉下君山，空水漫漫，十分斟酒斂芳顏。不是渭城西去客，休唱陽關。醉袖撫危欄，天淡雲閑。何人此路得生還？回首夕陽紅盡處，應是長安。

張舜民，生卒年不詳，字芸叟，號浮休居士，邠州（今陝西省邠縣）人，有《畫墁集》和《畫墁詞》（僅存四首）傳世。他是詩人陳師道的姐夫，而陳師道和蘇門四學士一起加上李薦，稱爲「蘇門六君子」。除了這一層關係之外，他和蘇軾的私交頗深，政治觀點接近。宋神宗元豐四年（公元一〇八一年），張舜民目睹進攻西夏的宋兵久屯失利的情況，寫有「靈州城下千枝柳，總被官軍斫作薪」及「白骨似沙沙似雪」等詩句，於一〇八三年被貶監郴州（今湖南郴州市）酒稅。

上述這首詞，就是他貶謫途中經岳陽時所作。從思想內容上看，張舜民的其它詩作曾表現了對勞苦人民的同情，如〈打麥〉中就有「豐歲自少凶歲多，田家辛苦可奈何」之句，而〈題岳陽樓〉一詞抒發的卻不過是遷客騷人一般的牢愁哀怨。但是，它畢竟可以使我們看到封建社會統治階級內部矛盾中失意的知識分子的坎坷遭遇，不無社會意義。同時，我們主要是借鑒它的意象示現的藝術。意象，是詩人主觀的情意和客觀的外景相交會、相融合，而通過精妙的文字表現出來的圖景。意象在沒有用文字描繪之先，本來就是客觀存在的，詩人在生活中觸景生情、融情入景而意象聯翩之後，就需要「示現」而不是論說，也就是以生動的文字來刻畫形容，作逼眞的使讀者如同親歷其境的描繪。有些藝術的高手，不僅不笨拙地赤裸裸地渲泄自己的主觀情感，求助於抽象的概念和直線式的說明，而且在意象的示現上能夠達到「狀難寫之景如在目前，含不盡之意見於言外」的境界。張舜民的這首詞就是如此。他首先化用了《楚辭．湘夫人》中「嫋嫋兮秋風，洞庭波兮木葉下」的成句，描畫了湖天曠遠的景象，而天涯落寞之感就不言而自在其中。上闋結束處的兩句似乎是偏於直說，實際上卻是意象的疊映和深化，因爲人們讀到這裏，腦海中自然會浮現出王維〈送元二使安西〉一詩的情境。詩人在岳陽樓上對景抒情的畫面與王維詩所描繪的畫面，像兩個不同時空的蒙太奇鏡頭疊映在一起，加強了意象的鮮明性和內蘊的豐富性。同時，家在陝西的張舜民在這裏又是故爲曲筆，表面上說自己是南去而不是西行，可以「休唱陽關」，實際上是怕離歌更加撩人鄉愁，這正是所謂「反言愈切」，句意逆折，情致深婉不盡。在下闋中，詩人刻畫了「醉袖撫危欄」的自我形象，以「天淡雲閑」的悠然高遠的景色反襯出自己貶逐南荒的孤苦。在「何人此路得生還」的抒情問句之後，結煞處又以景結情，令人回味不盡。白居易貶四川忠州途中經過巴陵，〈題岳陽樓〉詩有云：「春岸綠時連夢澤，夕陽紅處是長安。」張詞的結句從白居易的詩中化出，借指宋朝的汴京，但出之以含蓄的設問，更覺情態淒婉，意象超妙。

清代詩論家方東樹《昭昧詹言》說：「意象大小遠近皆令逼眞。」而示現，就是用文字來抒情狀物，獲得狀溢目前的逼眞感，使讀者身歷其境，感到情景接人。從張舜民這首詞可以看到，善於描繪和示現意象，正是詩作者藝術上的基本功，而意象的獨特與奇妙，那就是詩才之有無與大小的試金石了。

點化

——周邦彥〈西河·金陵懷古〉

做一個優秀的詩人，不僅要有出眾的才華，而且要有廣博的知識。在詩的領域裏，正如同西方神話中的巨人安泰離不開大地母親一樣，任何天才的詩人都離不開前人創造的成果。他們或融匯貫通，呈現出新的面貌，或含英咀華，表現出新的生機，他們繼承與創新的手段之一，就是「點化」。

點化，不是原封不動地照抄，也不是亦步亦趨地模仿，它雖然着重借鑑了前人的作品，或者還保留了前人作品的某些語言形式，但它卻是在新的生活與新的構思之基礎上予故典以改造，煥發出新意，有如一顆陳年的明珠，拂拭了昔日的塵封，經過新的日光的照耀，更顯得光輝耀眼。以文章而論，初唐四傑的冠軍王勃，他的〈滕王閣序〉中的「落霞與孤鶩齊飛，秋水共長天一色」可以說是盡人皆知的了，然而，它也不全是出自這位早殤的才子的錦心繡口，而是庾信〈華林園馬射賦〉中的「落花與芝蓋同飛，楊柳共春旗一色」的推陳出新；四傑中名列第四的駱賓王，他的〈爲徐敬業討武曌檄〉中的「喑嗚則山岳崩頹，叱咤則風雲變色。以此制敵，何敵不摧？以此圖功，何功不克？」，可說是口口相傳的了，然而，它卻本自祖君彥〈爲李密討煬帝檄〉中的「呼吸則河渭絕流，叱咤則嵩華自拔。以此攻城，何城不陷？以此擊陣，何陣不克？」，眞是襲故而彌新。詩歌也是這樣，陸游〈游山西村〉中的「山重水複疑無路，柳暗花明又一村」，千百年來膾炙人口，就是點化前人而自鑄新辭並且自出新意的。宋代周煇《清波雜志》載強彥文的詩，就有「遠山初見疑無路，曲徑徐行漸有村」之句，而王維〈藍田白石精舍〉也有「遙愛雲木秀，初疑路不同，安知清流轉，忽與前山通」的描寫。杜甫寫過「焉得并州快剪刀，剪取吳松半江水」（〈戲題王宰畫山水圖歌〉）與「七星在北戶，河漢聲西流」（〈同諸公登慈恩寺塔〉），李賀也有「欲剪湘中一尺天，吳娥莫道吳刀澀」（〈羅浮山人與葛篇〉）以及「天河夜轉漂回星，銀浦流雲學水聲」（〈天上謠〉），我們暫且不論李賀是否有出藍之譽，可以肯定的是，這位號稱「鬼才」的詩人，他也還是從人間汲取詩情的，他也曾經到成都草堂去當過詩聖的成績出眾的學生。

在中國詩歌史上，點化，有詩語入詩、詩語入詞、詞語入曲等幾種情況。在古典詞人中，善於點化前人成句或詩篇的，北宋末期的周邦彥就是出色的一位。周邦彥生於一〇五五年，一一二一年逝世，字美成，錢塘（今浙江杭州）人，他自號清眞居士，詞集名《片玉詞》，又名《清眞詞》。他被一些人推崇爲「詞家之冠」，「詞中的老杜」，未免過於溢美，但他確實是一位集大成的詞人：徽宗時提舉大晟樂府，對詞調的搜求、考正和審定，有集成與創制的功績；他的詞派被稱爲「格律詞派」，他的詞風融匯了柳永的鋪敍、賀鑄的艷麗、秦觀的柔婉、晏殊父子和歐陽修的典雅，集諸家之長而成爲北宋當之無愧的殿軍。周邦彥的詩藝特色之一，就是善於點化前人詩句，自然無迹而賦予新意。他三十多歲時客游荆州（今湖北江陵），〈玉樓春〉詞的起句「大堤花艷驚郎目，秀色穠華看不足」，就是點化樂府中清商曲的〈襄陽樂〉：「朝發襄陽城，暮至大堤宿。大堤諸女兒，花艷驚郎目。」他離開荆州留別時曾有一詞，其中的「畫舸亭亭浮澹碧，臨分何以祝深情，只有別愁三萬斛」，也是化自鄭文寶的〈闕題〉：「亭亭畫舸繫寒潭，只待行人酒半酣。不管煙波與風雨，載將離恨過江南。」因此，詞家和詞評家張炎說：「清眞最長處，在善融化詩句，如自己出。」是的，周邦彥最喜翻詩入詞，如劉禹錫有「武昌春柳似腰肢」之句，他翻爲「腰勝武昌官柳」。據統計，他的詞有三十句出於李白，一百七十八句出於杜甫，四十句出於李賀，十八句出於蘇軾，八句出於王安石，六句出於歐陽修，點化翻用白居易、劉禹錫、韓愈、杜牧、李商隱的詩至少在十句以上。我們還不妨把他和前人以及後人同是寫金陵的名作加以比較：

登臨送目，正故國晚秋，天氣初肅。千里澄江似練，翠峯如簇。征帆去棹殘陽裏，背西風、酒旗斜矗。彩舟雲淡，星河鷺起，畫圖難足。念往昔、繁華竟逐。嘆門外樓頭，悲恨相續。千古憑高對此，漫嗟榮辱。六朝舊事隨流水，但寒煙衰草凝綠。至今商女，時時猶唱，後庭遺曲。

——王安石：〈桂枝香〉

佳麗地，南朝盛事誰記？山圍故國繞清江，髻鬟對起。怒濤寂寞打孤城，風檣遙度天際。斷崖樹，猶倒倚，莫愁艇子曾繫。空餘舊迹鬱蒼蒼，霧沉半壘。夜深月過女牆來，傷心東望淮水。酒旗戲鼓甚處市？想依稀，王謝鄰里。燕子不知何世，入尋常巷陌人家相對，如說興亡，斜陽裏。

——周邦彥：〈西河·金陵懷古〉

石頭城上，望天低吳楚，眼空無物。指點六朝形勝地，唯有青山如壁。蔽日旌旗，連雲檣艣，白骨紛如雪。一江南北，消磨多少豪傑。寂寞避暑離宮，東風輦路，芳草年年發。落日無人松徑裏，鬼火高低明滅。歌舞尊前，繁華鏡裏，暗換青青髮。傷心千古，秦淮一片明月。

——薩都剌：〈百字令．登石頭城〉

王安石的詞，融化了謝脁〈晚登三山還望京邑〉中的「澄江靜如練」，杜牧〈臺城曲〉中的「門外韓擒虎，樓頭張麗華」，李商隱〈夜泊秦淮〉中的「商女不知亡國恨，隔江猶唱後庭花」。薩都剌的詞雖沒有明顯地點化前人多少詩句，但它卻是步和蘇軾赤壁詞的原韻，在有嚴格限制的天地裏，他健筆馳騁，構成了這首風格豪宕的詩篇。周邦彥的詞不僅點化前人之句，而且融化前人之篇，這就是劉禹錫的「山圍故國周遭在，潮打空城寂寞回。淮水東邊舊時月，夜深還過女牆來」（〈石頭城〉），「朱雀橋邊野草花，烏衣巷口夕陽斜。舊時王謝堂前燕，飛入尋常百姓家」（〈烏衣巷〉），以及南朝樂府民歌〈莫愁樂〉的「莫愁在何處？莫愁石城西。艇子打兩槳，催送莫愁來」。周邦彥的這種點化，可貴的是：一是自然，如鹽入水，融化無痕，二是將前人詩句或篇什融化在自己的作品的整體藝術構思之中，內容上有新意，詞句熔煉上有新的創造。除了善於點化，周邦彥還有許多「空依傍、獨出心裁之作，因此，清代陳世祥在《詞壇叢話》中就曾經指出：「美成詞熔化成句，工煉無比，然不借此見長，此老自有眞面目，不以掇拾爲能也。」

由此可見，寫詩雖不全靠學問，但沒有學養難以寫出具有民族感和傳統感的好詩。好詩，是思想、感情、才華、學識聯姻之後才會呱呱墜地的驕子！

詩貴創新

——李清照〈武陵春〉

很久以前，讀與賈島齊名而號稱「姚賈」的姚合的一首詩，留下了深刻的印象，詩題名爲〈送薛十二郎中赴婺州〉：「我住浙江西，君去浙江東。日日心來往，不畏浙江風！」這首詩，二十個字之中三次重複了「浙江」，頗具民歌風調，清新雋永，在晚唐詩歌中稱得上是佳作。我讀後不忘還有另外一個原因，就是姚合送人去的「婺州」，即今天的浙江省金華市，那是當代著名詩人艾青的故里，也是歷代許多詩人留下了足迹與歌聲的地方，南宋女詞人李清照，就是其中之一。

紹興四年（公元一一三四年），金人再次南侵，攻城掠地，苟安於臨安（今浙江杭州）的宋高宗的小朝廷又一次爲之震恐。這時，由北方南來流離轉徙在杭州的李清照，已經五十一歲，她有如在時代的淒風苦雨中的一葉孤帆，不得不溯富春江而上，飄過嚴灘，停泊在金華城下雙溪的岸邊。李清照，在金華大約羈留了一、兩年，她登上南朝沈約登臨賦詩的樓閣，寫下了有名的〈題八咏樓〉詩：「千古風流八咏樓，江山留與後人愁。水通南國三千里，氣壓江城十四州。」在李清照的詩詞中，這首詩與「天接雲濤連曉霧，星河欲轉千帆舞」那首〈漁家傲〉一樣，都是豪氣干雲的陽剛之作。不過，這些豪放的詩詞好像是李清照偶爾用左手寫出來的，她右手所揮寫的，則是那些表現了她婉約的主導風格的詞章。如同是寫於金華的〈武陵春〉：

> 風住塵香花已盡，日晚倦梳頭。物是人非事事休，欲語淚先流。　聞說雙溪春尚好，也擬泛輕舟。只恐雙溪舴艋舟，載不動許多愁！

我不想對這首詞作繁瑣的解說，因爲作爲審美主體的讀者，自然會從作爲審美客體的這首詞中得到多方面的美的發現，我只想就詞的結句談談詩貴創新的問題。一般地說，一首出色的詩篇，總是要在內容上給人以思想的某種啟廸，在藝術上給人以新穎的感受，這兩者可以同時並至，也可以側重於一方。相反，某些作品之所以使人感到味同嚼蠟，令人過目卽忘，或者使人剛一接觸就不是產生審美的愉悅，而是油然而生一種厭惡之感，根本原因之一就是在思想上人云亦云，對生活沒有任何新的體驗和發現，藝術上陳陳相因，或重複前人，或重複自己，缺乏藝術品之所以是藝術品的所必不可少的新意和創造。中外詩論都毫無二致地指出創新的重要性，薛雪《一瓢詩話》認爲：「詩文家最忌雷同。」「忌雷同」，似乎相當於修辭學中的「消極修辭」，而列夫．托爾斯泰的看法則相當於修辭學中的「積極修辭」了，他說：「愈是詩的，愈是創造的。」是的，變化無盡、層出不窮的創造力，是一個詩人的最可寶貴的素質，沒有強大的持續不斷的創造力，詩人耕耘的土地，收穫的將不會是豐美的果實，而只能是一片灰色的荒涼。特殊地說，藝術品不是一個抽象的而是一個具體的存在，一首好詩寫的都不是抽象的而是具體的情境，詩的創新，就表現在這種情境的獨特性或獨創性，也就是說，詩人究竟從何種新穎的角度，以何種新穎的構思，運用了何種新穎的語言與表現方法，來表現他獨特的主觀審美感受，以及他獨到地體驗的客觀生活。

李清照的〈武陵春〉所着重抒發的，是屬於詩人自己的也是屬於她那個動亂時代的愁情，她的愁情，自然帶上女詩人自己的低迴淒其的個性色彩，帶上了她的喪夫之痛和流離之悲。但是，呼吸着亂離時代的空氣，在艱難輾轉中目擊了人民的苦難生涯，傷時念亂，她的愁情自然也烙印着時代的印記，總之，李清照這首詞中所抒發的愁情的特殊性與普遍性，絕不是她的同時代詩人的同類感情的重複，同時，在藝術表現上她也有新創之處，這特別集中表現在詞的結句上。有如音樂中的重錘，如同繪畫中的異彩，這首詞的最動人之處在結句，它集中地表現了詞人的藝術創新。大約是所謂「歡愉之辭難工，愁苦之言易好」吧，從《詩經》中的「憂心悄悄」、「知我者謂我心憂」以來，古典詩人們寫愁情的名句實在太多，在李清照之前的詩詞中，隨手拈來就有白居易的「欲識愁多少，高於灩澦堆」，李後主的「問君能有幾多愁，恰似一江春水向東流」、「剪不斷，理還亂，是離愁，別是一番滋味在心頭」，秦觀的「落紅萬點愁如海」，賀方回的「試問閒愁都幾許？一川煙草，滿城飛絮，梅子黃時雨」等等，他們或狀愁情之高，或喻愁情之長，或寫愁情之亂，或比愁情之廣，或傳愁情之象，都十分動人，然而，李清照卻沒有重複他們，她在參觀了前人的作品展覽會之後，毅然掉頭不顧，開闢出另一條通向藝術獨創的目標的道路：「只恐雙溪舴艋舟，載不動許多愁！」切合她也擬雙溪泛舟的情境，不僅以比喻使無形的愁情有了可觸的形狀，也通過「通感」的手法，使它具有了訴之於觸覺的可以稱量的重量，眞可以說是靈心獨造的絕妙好辭。李清照不但不重複他人，也不重複自己，在承平時日和趙明誠新婚乍別，她曾寫過「花自飄零水自流，一種相思，兩處閒愁。此情無計可消除，才下眉頭，卻上心頭」（〈一剪梅〉），以後相別時也曾寫過「惟有樓前流水，應念我，終日凝眸。凝眸處，從今又添，一段新愁」（〈鳳凰臺上憶吹簫〉），這些雖不失爲佳作，但她的愁情當時畢竟是淺淺的「閒愁」和「一段新愁」，而上述晚年之作，在內涵與藝術上都有了進一步的豐富和發展，它更形象，更獨特，更創新，也更具有心理表現的深度和無可排遣的沉重感。正因爲如此，它在同類作品之林中才顯得這樣一枝獨秀。

當然，我們贊美李清照的獨創，並不是說她沒有借鑒前人，在前篇一文章中所引的鄭文寶（又作張耒）的〈闕題〉，博覽羣書的李清照，想也讀過，但她畢竟以她弱女子之手，在詩國開闢了一條強者的道路。又如余光中的〈碧潭〉詩的前兩節：

十六柄桂槳敲碎青琉璃
幾則羅曼史躲在陽傘下
我的，沒帶來，我的羅曼史
在河的下游

如果碧潭再玻璃些
就可以照我憂傷的側影
如果舴艋舟再舴艋些
我的憂傷就滅頂

很明顯，余光中對李清照是有所繼承的，但他也有自己新的創造。獨創性，是詩的桂冠上閃亮的寶石！

詞家射雕手

——張孝祥〈六州歌頭〉

在宋代詩詞的國土上，蘇軾和辛棄疾是豪放派的代表人物，他們就像拔地而起的兩座奇峯，時隔百年而南北相望。在兩峯之間，還有廣濶的原野，趙鼎、胡銓、岳飛、張元幹、張孝祥等人，繼承了蘇軾壯詞的傳統，胸中激蕩着南渡以後的時代風雲，曾在其間彎弓盤馬，往來馳騁，而張孝祥，更可以說是他們之中的詞家射雕手。

出生於一一三二年的張孝祥，字安國，號于湖，歷陽烏江（今安徽和縣）人。宋王朝南渡之初，主戰派與主和派鬬爭激烈，他是堅定的主戰派。然而，在他所處的那個艱難時世裏，他的政治抱負是注定得不到實現的。他幾度受到排擠，先後出守桂林、長沙、荆州諸地，卒時年僅三十九歲。他是文章家，有《于湖居士文集》四十卷，此外，還有《于湖詞》行世。他的詞，以《全宋詞》輯錄最爲完備，共二百二十三首。

在詞史上，張孝祥是上承蘇軾下啟辛棄疾的重要橋樑。他十分推崇蘇軾，曾經問門下的賓客：「我比東坡何如？」謝堯仁回答說：「若在他人，縱讀書百年，不易比東坡，以公子才氣縱橫，再讀十年，當可推倒此老。」可惜在內憂外患身心交瘁之中，張孝祥只活了三十九歲，現存詞二百多首，還來不及有本來應該有的更大的建樹。說他以後可以壓倒蘇軾，我們已經無法得知，但「才氣縱橫」四字他的確可以當之無愧。試看他的〈六州歌頭〉：

長淮望斷，關塞莽然平。征塵暗，霜風勁，悄邊聲。黯銷凝！追想當年事，殆天數，非人力。洙泗上，弦歌地，亦羶腥。隔水氈鄉，落日牛羊下，區脫縱橫。看名王宵獵，騎火一川明，笳鼓悲鳴，遣人驚。念腰間箭，匣中劍，空埃蠹，竟何成！時易失，心徒壯，歲將零，渺神京。干羽方懷遠，靜烽燧，且休兵。冠蓋使，紛馳鶩，若爲情？聞道中原遺老，常南望，翠葆霓旌。使行人到此，忠憤氣填膺，有淚如傾！

這首詞大約寫於宋孝宗隆興二年（公元一一六四年）。一一六一年冬，虞允文在采石磯擊敗金主完顏亮率領的南侵大軍，不久，完顏亮本人也被部下殺死。當時，鎮守在江西撫州的張孝祥聽說這次南渡後罕有的大捷，十分振奮，在〈水調歌頭・聞采石戰勝〉一詞裏，他曾抒發滿懷喜悅之情：「剩喜燃犀處，駭浪與天浮！」但是，他同時也對權奸當道國事難以收拾表示了他的隱憂：「赤壁磯頭落照，淝水橋邊衰草，渺渺喚人愁！」詩人眞是不幸而言中了，隆興元年（公元一一六三年），主戰派張浚出師江淮，先收復宿州，但後來由於種種原因在符離（今安徽宿縣符離集）潰敗，主和派因此又重新得勢，次年冬達成和議，宋、金以淮河爲界。據《歷代詩餘》所引《朝野遺記》的記載，張浚此時都督江淮軍馬，開府建康（南京），張孝祥爲都督府參贊軍事，並領建康留守。張浚召集山東、河北抗金志士於建康上書反對和議，張孝祥卽席賦此〈六州歌頭〉一詞，張浚爲之「罷席而入」。八百年後我們來讀此詞，仍可想見當時詩人「筆酣興健，頃刻卽成」的豪壯風采和不凡身手。

「長淮望斷，關塞莽然平」，詞的起句卽大氣包舉，籠罩全闋。從全篇的詞意看，其中的「望」字，不僅說明詩人在登高眺遠，而且是竟夕凝眸，蒼茫景物奔來眼底，萬千感慨齊上心頭；從全詞的章法而言，這個「望」字高踞題頂，是上闋的詞眼，直貫下面的十餘句，此之謂「筆所未到氣已呑」，實非高手不辦。極目長淮，淮河岸邊的茂林荒草已長得和關塞一樣高了，可見戍守無人，戰備不修。在如此大寫一筆之後，詩人又以節短音強的三字短句予以補足，征塵之「暗」，有色，霜風之「勁」，有聲，它們和無聲之「悄」動靜互映，相反相成，渲染了昔日風物繁華而今竟成邊地的淮河兩岸肅殺的環境和氣氛，也隱隱透露出詩人心中的淒涼和悲慨。「黯銷凝」是詞中頓筆，跌宕生情，魂消意奪的詩人在略作頓挫之後，又以「追想」領起下文，由眼前的實景而轉入對往昔和更遼闊的空間的描繪：公元一一二七年靖康之難，中原易手，這大約是天意而非人力吧？北中國文化昌明之地早已彌漫着一片膻腥之氣了。正言若反，虛籠實寫，詩人對賣國求和的當道者的憤激之情，曲曲傳出。憑高佇望，詩人的思緒不禁從遙遠的時空又回到眼前的現實，他一筆兜回，以「看」字點明和貫串上下幾句：夕陽殘照裏，淮河北岸遍布敵人的氈帳和哨所，夜幕降臨後，金人的將帥在領兵行軍。這裏，「笳鼓悲鳴」、「騎火通明」與「悄邊聲」構成了鮮明強烈的對照，敵人的活動如此頻繁與猖獗，南宋一方卻邊備廢馳，這是多麼令人觸目而驚心呵！這首詞，上闋以寫景爲主，景中見情。在寫景的技法上，有三點值得稱道：一是有鳥瞰式的角度。「望」是觀察的定點和視角，詩人正是從這一視點出發展開描繪；二是有鮮明的線索。從「關塞莽然平」到「落日牛羊下」，再到「看名王宵獵」，一條時間線索連貫其間，細針密線，一絲不走；三是有錯綜變化。近景與遠景，概括之景與特寫之景，白天之景與夜晚之景，紛然雜呈而又井然有序，這樣，上闋的景物描寫就構成了一幅有層次有深度而又飽含情韻的圖畫。

下闋以寫情爲主，情中有景。與上闋的「望」遙相呼應，詩人在這裏用一個「念」字統領下文，直貫結句。在下闋中，又可見詩人化平直爲矯健、于奔注中見從容的詞筆之妙。「腰間箭」與「匣中劍」本是效武於沙場的利器，在兩個直述式的短句之後，詩人特筆頓住：「空埃蠹，竟何成！」百感交集，見於言外，筆勢奔湧而又波瀾橫生。接筆仍是如風雨驟至的三字句，由外部器物的刻畫而轉入內心世界的直接抒寫：「時易失，心徒壯，歲將零，渺神京。」詩人匡時報國恢復中原的壯心不已，可是時機空逝，歲月將盡，這是多麼無法解決的矛盾和多麼深重的悲哀！造成這種時代悲劇的原因何在呢？詩人接着宕開一筆，由近及遠：北方淪陷區的父老是「遺民淚盡胡塵裏，南望王師又一年」，可是朝廷的君臣權要們施行的卻是投降路線，他們對金妥協，以求苟安，奉命求和的使臣往來不絕，奔走於途。兩種情境一經集中對照，便顯得婉而多諷，句法的繁音促節，更令人蕩氣迴腸。全詞縱筆直書，激越奔放，結尾以轉折作收，神完氣足：「使行人到此，忠憤氣塡膺。有淚如傾！」「到此」與「長淮」遙相挽合，「忠憤」二字點明和突出了全詞的主旋律，「有淚如傾」如同詩人幾年後在荊州寫的「一尊濁酒戍樓東，酒闌揮淚向悲風」一樣，在這裏完成了這一闋「悲愴奏鳴曲」的最後的樂章。

張孝祥的詞，有蘇軾的清超豪放，也有辛棄疾的雄奇悲壯。清代陳廷焯《白雨齋詞話》評論〈六州歌頭〉一詞時說：「淋漓痛快，筆飽墨酣，讀之令人起舞。」的確，這首詞的那種如鷹隼臨空飛旋而下的境界，在宋詞中是並不多見的，在宋代的詞壇上，張孝祥，確實是一位天不假年而遠遠未盡其才的射雕手！

言近旨遠

——張孝祥〈西江月・題溧陽三塔寺〉

宋代是以詞名世的，而南宋的詞則是宋詞的極盛階段，有如大江東去，一出三峽更加波瀾壯闊，氣象萬千；好似耀眼春光，一到暮春三月便是羣鶯亂飛，雜花生樹。在南宋初年的詞壇上，張孝祥以他慷慨悲壯的歌聲獨樹一幟，但是，正如同貝多芬既有〈英雄交響曲〉同時也有〈月光奏鳴曲〉一樣，張孝祥在氣酣興健時固多豪氣逼人之作，但他的琴弦上也時有清新委婉的言近旨遠的變奏。

張孝祥，這位有強烈的愛國主義精神的詩人，他把難酬的壯志和滿腔的忠憤都化爲傳之後世的詞章。他的同時代人謝堯仁在〈于湖居士文集序〉中說：「自渡江以來，將近百年，唯先生文章翰墨，爲當代獨步。」查禮在《銅鼓書堂遺稿》中則認爲：「于湖詞聲律宏邁，音節振拔，氣雄而調雅，意緩而語峭。」這確是相當準確的評價，我們前面從他的〈六州歌頭〉已經讀其詞而想見其爲人了，然而，如果僅止於此，我們還不能全面地認識張孝祥和他的詞，他的〈西江月・題溧陽三塔寺〉，就是他的詞作中別調獨彈的一首：

問訊湖邊春色，重來又是三年。東風吹我過湖船，楊柳絲絲拂面。世路如今已慣，此心到處悠然。寒光亭下水連天，飛起沙鷗一片。

南宋王朝南渡之初，主戰派與主和派鬭爭激烈，作為主戰派的張孝祥，曾經備受排擠打擊。隆興元年（公元一一六三年），他任建康留守，不久卽因倡言抗金落職。一一六五年，他被起用為廣南西路經略史，第二年又以言論得罪去職。〈西江月・題溧陽三塔寺〉當是寫於一一六七年春日。溧陽，卽今之江蘇省溧陽縣，宋屬建康路，三塔寺在溧陽縣西七十里之三塔湖（又名縣城湖），岳珂《玉楮集》說：「三塔寺寒光亭張于湖書詞于柱。」當就是指這首詞。「西江月」又名「步虛詞」，五十字，上下闋分別各為四句，共六韵，屬於詞中的短調，卽小令。將詩與詞比較，長調如詩中的歌行，氣勢闊大，大開大合，宜於表現豪邁慷慨的感情。短調相當於詩中的絕句，情韻悠長，一唱三嘆，宜於表現婉轉纏綿或委婉悠永的情感。田同之《西圃詞說》認為小令「字句雖少，音節雖短，而風情神韻，正自悠長，作者須有一唱三嘆之致。淡而艷，淺而深，近而遠，方是勝場」，張孝祥這首小令，正是情韻悠長、言近旨遠之作。

「問訊湖邊春色，重來又是三年」，玩味「重來」句及全篇詞意，初來似在任建康留守時，重來則是從廣南西路罷任返籍途中。詩人一開筆，就點明了來游的時間、地點以及自己的遭際和心情。「問訊」一詞，落筆空靈，把無知無覺的春色寫得極富人情意態，開拓了物我交會而情中有景的妙境，「三年」一語，概括了並不短暫的時間，又含蓄地透露出詩人舊地重遊的喜悅和意在言外的諸多感慨。接筆化美爲媚，對湖上春遊作了進一步的具體描寫，使得這一境界意象豐盈而富於動態之美：一舟容與，蕩槳湖中，有情的東風趕來吹送過湖的船隻；岸柳低垂，柔條拂面，它們彷彿也在歡迎久別之後乘興而來的詩人。這首詞，上闋情景分寫，前兩句重在寫情，情中有景，後兩句重在寫景，景中有情，景物不是一些客觀主義的缺乏感情的形象的堆積，而是浸透了詩人那種輕快愉悅的感情的圖畫。在《于湖集》中，還收錄了幾首與三塔寺有關的律詩，其中有「不妨留滯好，且道夕陽紅」、「涼風撼楊柳，晴日麗荷花」之句，可以與這首詞互參。下闋還是情景分寫，雖各有側重，但仍然是情中見景，景內含情。「世路如今已慣，此心到處悠然」，這一偏於議論的偶句，是連接上下闋詞意的橋樑。詩人也許是由眼前風光的明麗而聯想到世道的坎坷吧？年少氣銳的詩人空懷着匡時報國的雄圖，迭經挫折，在經過多年的宦海浮沉和飽嘗過炎涼的世態之後，撫時感事，對景生情，自然不禁要感慨叢生了。說「已慣」，這是眞實的寫照，說「悠然」，這恐怕是以平和的語言表現出來的憤激之辭。「寒光亭下水連天，飛起沙鷗一片」，在直抒胸臆之後，繼之以寫景收束，不僅使這首寫景抒懷的詞具有完整的和諧之美，而且以景截情，水天一色、沙鷗羣飛的空闊悠然的景物描繪，更襯托出詩人表面「悠然」而實在並不平靜的心境，使人味之不盡。我們雖不必強求詞中的寄托，人爲地拔高作品的思想性，然而，如果以爲這首詞只是純粹的留連山水之作，或者是在抒發一種消極避世回返自然的感情，我卻以爲是貶低了這一作品。這首詞，深入淺出，語言清新流暢，沒有任何晦澀或故作艱深之處，像那些淺入深出之作一樣，但是，它卻仍然是一個未能忘情於時代的英雄的心曲，在一看卽懂的語言裏，蘊藏着讓讀者去有會於心的深情遠意。

張孝祥的〈西江月・題溧陽三塔寺〉，風格清遠，和他自己大多數作品雄奇傑特的風格很不相同。但是，一個憂國憂民的詩人暫時留連風物的「悠然」，只是暴風雨中片刻的晴霽，一角藍天還有並未遠去的雷聲。「霜日明霄水蘸空，鳴鞘聲裏繡旗紅，澹煙衰草有無中。萬里中原烽火北，一尊濁酒戍樓東，酒闌揮淚向悲風。」一一六八年，三十七歲的張孝祥被任爲荆南荆湖北路安撫使，駐節於南宋國防前線的荆州（今湖北江陵縣），荆州城頭，鼓鼙聲裏，戎裝英概的詩人把酒臨風，在〈浣溪沙・荆州約馬舉先登城樓觀塞〉這首詞中，他又重新鳴奏時代的巨管大弦了。

移　情

——陳與義〈襄邑道中〉〈中年道中〉

移情作用，是詩歌創作中的值得十分注意的美學現象。彷彿是《阿里巴巴和四十大盜》中一聲「芝麻，開門吧」，就立即石壁中開奇景出現一樣，由於有了移情作用，詩歌也常常呈現出一番動人的景象。

在唐詩中，「相看兩不厭，只有敬亭山」，自然是李白的妙句了，敬亭山不僅具有物態，而且有了人情，但是，「春風不相識，何事入羅帷」，不也是出自同一顆詩心？它深刻地揭示了天眞的少婦思夫的心理。「感時花濺淚，恨別鳥驚心」，自然是杜甫被人們所經常引用的佳作了，景隨情移，連花鳥無情之物都爲動亂的時代淚濺心驚，然而，「所向無空闊，眞堪托死生。驍騰有如此，萬里可橫行」，這不也是出自同一機杼？詩人筆下的馬竟具有了可共生死的義膽忠魂。在宋詞裏，「昨夜松邊醉倒，問松我醉何如？只疑松動要來扶，以手推之曰：『去』」，辛棄疾寫自己的愁情醉意，無知的松樹竟然也和詩人進行了感情的交流。「差池欲住，試入歸巢相並，還相雕樑藻井，又軟語商量不定」，史達祖寫閨中少婦的愁懷，用樑間燕子卿卿我我的軟語商量來反襯，寫情入微，寫景生動。宋代詩人陳與義的兩首絕句也是這樣：

飛花兩岸照船紅，百里榆堤半日風。
臥看滿天雲不動，不知雲與我俱東。

——〈襄邑道中〉

楊柳招人不待媒，蜻蜓近馬忽相猜。
如何得與涼風約，不共塵沙一並來！

——〈中牟道中〉

附 陳與義（一〇九〇——一一三八），字去非，號簡齋，河南洛陽人，有《簡齋集》傳世，〈無住詞〉十八首。在北宋與南宋之交，他是一位最優秀的詩人。劉克莊《後村詩話》對他的評價，還是比較精當的：「元佑後，詩人迭起，不出蘇黃二體。及簡齋，始以老杜爲師，建炎間避地胡嶠，行萬里路，詩益奇壯，造次不忘憂愛，以簡嚴掃繁縟，以雄渾代尖巧，第其品格，當在諸家之上。」陳與義少年時向崔德符學詩，崔告訴他說：「工拙所未論，大要忘俗而已。」（徐度：〈卻掃篇〉）陳與義後來的成就，與試筆之初老師的引導有方分不開。他的古體詩清迥絕俗，近體詩洗煉雄渾，近體詩中的絕句和他的小詞一樣，寫得十分清純拔俗，顯示出詩人長於短寫的才華。如〈秋夜〉：「中庭淡月照三更，白露洗空河漢明。莫遣西風吹葉盡，卻愁無處着秋聲。」如〈出山〉：「山空樵斧響，隔嶺有人家。日落渾照樹，川明風動花。」上述兩首寫於河南的絕句也是一樣清新可喜。「襄邑」，秦時所置縣，治所在今河南睢縣，惠濟河流經縣境；「中牟」，縣名，在河南省中部，黃河南岸。這兩首絕句是風景抒情詩，詩人描繪的是北方景物，而能寫得如此清麗而富於情趣，主要實在是由於移情作用，或者說運用了移情的手法。

「移情論」，這是十九世紀德國費肖爾父子為首的新黑格爾派所創立的學說，這一學說的重要代表李普斯主張從由我及物的「觀念聯想」來解釋移情作用，而谷魯斯則着重從由物及我的所謂「內摹仿」方面來解釋移情作用，不論這一學說的不同流派的觀點如何，移情，在藝術創作中，就是審美者對客觀事物作主觀審美觀照時，將自己的生命和感情也移注到審美對象之中，在審美心理上達到物我同一之境，使無生命的或只具物理的外物也具有人的靈性與情感。在風景抒情詩中，移情作用則多表現爲大自然的人格化或擬人化。西方的這種「移情」論，過去有些人將它完全視爲唯心主義觀點，恐怕有欠公允和客觀，我國劉勰在《文心雕龍》中所說的「登山則情滿於山，觀海則意溢於海」，鍾嶸在《詩品》中所說「一葉且或迫意，蟲聲有足引心。……是以詩人感物，聯類不窮；流連萬象之際，沉吟視聽之區」，王國維在《人間詞話》中所說的「有我之境，以我觀物，故物皆着我之色彩」，不是也觸及到文學創作中的移情現象麼？因此，可以說移情是審美心理活動的一條規律，移情作用作爲一種審美的方式，可以有助於將生活美化爲藝術美。陳與義的上述兩首詩不就是這樣嗎？〈襄邑道中〉寫春日舟行的情景，船駛雲行，都是朝東方作相向運動，詩人原來奇怪雲爲什麼竟久久不動，後來才知道白雲有意，和他一道東行，如果沒有最後一句的移情描寫，全詩輕快悠閑的情趣就要大爲減色了。〈中牟道中〉更是這樣，前兩句都是移情寫法，但又同而不同，犯中見避。楊柳之不待媒介而拂面迎人，有心相親，是多麼輕倩，蜻蜓飛近後忽生疑忌而又一舉遠颺，又是多麼精靈！詩人不僅傳神地寫出了外物的特徵和情態，表現了大自然中這些事物的審美屬性與自己審美情感的默契，而且很有詩情意趣，不同板俗之筆，結句之與涼風相約，不僅在章法上是宕開一筆，而且也是由人及物的移情之辭，無情無知的涼風變爲有情有意的美的對象，這樣，就更平添了這首詩活潑雋永的情味，豐富了作品的審美價值。宋代胡仔在《苕溪漁隱叢話》中，稱贊陳與義的詞「清婉綺麗」，他的小詩也可以當之無愧。陳與義在〈雨晴〉一詩中有句說：「盡取微涼供穩睡，急搜奇句報新晴。」他在創作上不喜歡無所作為的平庸，他把出奇制勝作爲詩歌創作的美學目標之一。這位詩人的詩在南渡以後還有長足的發展，而〈襄邑道中〉和〈中牟道中〉則寫於遠古時的楚地之北，這些移情作用的奇句佳篇，也透露了詩人後來創作的春消息。

常字新用

——陳與義〈巴丘書事〉

文學，是語言的藝術，而在所有的文學樣式中，詩歌應該是最精妙的難度最大的語言藝術。「常字新用」，就是詩歌語言藝術花樹上耀眼的一枝。

我國古典詩歌歷來就是很講究語言藝術的，但唐代以前還不注重煉字，而從古典詩歌的黃金時代的唐詩開始，詩人們才十分注意既要有完整美妙的全篇，又要錘煉出堪稱爲「詩眼」的字，這，大約是詩的繁榮期和成熟期所必然出現的積極現象。對於詩人們的煉字，詩論家們從不同角度作過許多藝術分析，如「秋蔬擁霜露，豈敢惜凋殘」，這是杜甫〈廢畦〉中的起句，清代的黃白山說：「風霜曰纏，日月曰夾，霜露曰擁，常字新用，俱出意外。」他提出的「常字新用」這一煉字技巧，頗有見地。淺俗之語，一般總是富於生活氣息，如果詩人獨運靈思，點化出新，往往就能創造出質而文、俗而雅、平易而新奇的境界，給人一種清新的美感。「白」與「青」，是人所習用的常字了，「日落江湖白，潮來天地青」，一經王維用來描繪自然風物，就使人頓覺耳目一新；「窄」與「寬」，是人們常見的俗字了，「鄉夢窄，水天寬」，一入吳文英的詞章來表現思鄉念遠的情懷，就令人深感道前人之所未道。是的，一首詩如果立意不凡，妙句如珠，而又能一字見工，那確實能使通篇更加光采。

北宋與南宋之交的詩人陳與義，曾被人認爲是南渡後的第一大詩人。靖康之難時，他自河南陳留南奔，經湖北、湖南，轉徙廣東、福建，最後到達臨安。空前的國難與遠道的流亡，使他的詩風發生了很大的變化，後期的詩感懷家國，悲壯沉鬱。「客子光陰詩卷裏，杏花消息雨聲中」，這是宋高宗十分贊賞的他的一聯名句，這一聯詩句確也寫得清新拔俗，但是，「但恨平生意，輕了杜陵詩」，「草草檀公策，茫茫杜老詩」，他後期則自覺地以杜甫爲師。除了繼承杜甫的現實主義詩風之外，他在藝術上也注意向杜甫學習，「常字新用」的煉字藝術就是其中之一。如〈巴丘書事〉：

三分書裏識巴丘，臨老避胡初一遊。
晚木聲酣洞庭野，晴天影抱岳陽樓。
四年風露侵遊子，十月江湖吐亂洲。

未必上流須魯肅，腐儒空白九分頭！

建元二年（公元一一二八年）秋天，詩人從北方輾轉流離到岳陽，在這裏逗留了約一年之久，寫了許多抒發家國之痛與流連洞庭風物的詩章，〈巴丘書事〉就是此期間的力作之一。《四庫提要》說：「與義在南渡詩人之中，最爲顯達，然皆非其傑構。至於湖南流落之餘，汴京板蕩以後，感時撫事，慷慨激越，寄托遙深，乃往往突過古人。」這一點，從〈巴丘書事〉的尾聯可以鮮明地感受到，「未必上流須魯肅，腐儒空白九分頭」，在表面上的「反諷」之辭裏，我們實在可以看到詩人對國事的憂慮，和自己青春浪擲而壯志不酬的悲哀。

現在，還是讓我們回到「常字新用」的題目上來吧。這首詩，開篇首句寫得頗有風致，得力於「識」字不少。「識」就是認識，一般是對人或事物而言，而且往往是在生活中直接接觸的結果。對某一地方，一般是說去過或未去過，熟悉或不熟悉，而不說識或不識。可是，初到岳陽的陳與義卻說他早就認識了巴陵，而且是從《三國志》這一歷史典籍中認識的，這就使得「識」這個平凡的字眼獲得了不平凡的效果，有俗字生新之妙。當代詩人公劉五十年代曾有詩名爲〈致黃浦江〉，其中有句是「在小學的地理課本上，我就認識了你，黃

「浦江」，和陳與義這句詩異曲而同工，只是一爲新詩，一爲古典詩歌。我曾問過公劉，他說當時沒有讀過陳與義這首詩。思接千載，古今通郵，這大約是心有靈犀一點通吧！這首詩的頸聯，高步瀛在《唐宋詩舉要》中贊之爲「雄秀」，我以爲「酣」與「抱」這兩字起了很大的作用。「酣」字本很尋常，其中一義是濃烈和盛大，在陳與義之前，王安石〈題西太一宮壁〉詩曾有「柳葉鳴蜩綠暗，荷花落日紅酣」之句，而陳與義以「酣」字來形容洞庭漠野的蕭蕭落木之聲，不僅是前人未見的創格，而且能平字見奇，樸字見色。唐詩中，李賀曾有「芙蓉抱香死」之句，杜甫也寫過「清江一曲抱村流」，而陳與義的「晴天影抱岳陽樓」之「抱」，寫盡麗日晴天之下岳陽樓的壯觀，用淺俗之語，發清新之思，正是這個俗而又俗的字，更平添了全詩雄邁的氣韻。如果說，頸聯中的「侵」字詩中屢見，那麼，「吐」字就下語不凡了。杜甫曾有「四更山吐月，殘夜水明樓」的秀句，頗得蘇東坡贊譽，宋代詩人梅堯臣〈夜行憶山中〉也有「低迷薄雲開，心喜淡月吐」的筆墨，而陳與義師承前人並有所發展的這句詩，也得到了高步瀛的激賞：「言水落而洲出也，吐字下得奇警。」「吐」字本來是平淺的，前人妙語多是從山與月、雲與月的關係來用這個字，但陳與義用來寫湖與洲以及自己獨特的感受，切合情境，出人意外又在人意中，所以一字爲工而神韻全出，如果用「出」、「見」等字，那就神氣索然了。後來，清人查愼行有一聯妙句「滿城鐘磬初生月，隔水簾櫳漸吐燈」（〈移寓道院納涼〉），鄭板橋有一首詩是「霧裏山疑失，雷鳴雨未休。夕陽開一半，吐出望江樓，」（〈江晴〉），就都是從杜甫和陳與義的詩中得到啟示的。

「如果你安排得巧妙，家喻戶曉的字便會取得新義，表達就能盡善盡美。」（賀拉斯：《詩藝》）煉字，並不是要追求生僻奇奧的字，而是要從煉意的前提出發，使常用的字表現出新奇的意趣，從而更動人地抒情和表現生活。在有識見有才力的詩人的筆下，這正是：尋常景物口頭語，便是詩家絕妙辭。

口語入詩

——楊萬里〈過百家渡四絕句〉

古代優秀的詩人，總是努力提煉生活中的口語入詩而使自己的作品活色生香，就像花苞上含着黎明的露水，就像綠葉上閃耀着春日的陽光。

李後主雖然貴爲帝王，但他的詩詞多用白描，好爲口語。如〈一斛珠〉中的「一曲清歌，暫引櫻桃破」，其中的「破」字本來很俗，但李後主用來形容大周后清歌一曲，小巧的朱唇如櫻桃初破，卻十分新雅，形象如見。對於他〈浣溪沙〉中的「酒惡時拈花蕊嗅，別殿遙聞簫鼓奏」，宋人趙德麟在《侯鯖錄》中說：「金陵人謂中酒曰『酒惡』，則知後主詞曰『酒惡時拈花蕊嗅』，用鄉人語也。」李清照雖出身於書香門第，但她也很喜歡用白話入詞，如「肥」字本是日常的口語，如果不是靈心妙手，很容易用得庸俗，然而她〈如夢令〉中的「知否？知否？應是綠肥紅瘦」，卻摹景傳情，化俗爲雅；〈聲聲慢〉一開始的「尋尋覓覓，冷冷清清，淒淒慘慘戚戚」，連用十四個疊字，家常言語，卻如珠走玉盤，而結尾的

「守着窗兒，獨自怎生得黑？」」，更是深曲地表現出他內心深處的哀思怨緒，搖曳着民間謠曲的風韻，後來辛棄疾寫〈醜奴兒近〉一詞，自注「效李易安體」，也是學習她用歌謠式的白話。詩聖杜甫，喜歡博采口語，吸收大量唐代的民間語言進入詩的殿堂，白居易的詩風更是平易通俗，據說他寫詩力求「老嫗能解」，陳輔之《詩話》曾援引王安石的話，說「世間俗言語，已被樂天道盡」。由此可見，以口語入詩，增強作品的生活氣息和動人情味，許多詩壇大家都是十分注意的。

南宋的楊萬里（一一二七—一二〇六），字廷秀，號誠齋，江西吉州人，和尤袤、范成大、陸游並稱爲南宋四大家，或稱「中興四大詩人」。他很崇拜白居易，在〈讀白氏長慶集〉中曾說過「每讀樂天詩，一讀一回妙」，直到晚年，他還寫了〈端午病中止酒〉一詩：「病是無聊費掃除，節中不飲更愁予。偶然一讀香山集，不但無愁病亦無。」因爲他繼承了白居易的詩風而有新的發展，前人也稱他爲「白話詩人」，如他的早期詩作〈過百家渡四絕句〉：

出得城來事事幽，涉湘半濟值漁舟。
也知漁父趁魚急，——翻着春衫不裹頭！

園花落盡路花開，白白紅紅各自媒。
莫問早行奇絕處，——四方八面野香來。

柳子祠前春已殘，新晴特地卻春寒。
疏籬不與花爲護，只爲蛛絲作網竿。

一晴一雨路乾濕，半淡半濃山疊重。
遠草平中見牛背，新秧疏處有人踪。

楊萬里在公元一一五四年中進士，時年二十八歲，不久從贛州司戶調零陵縣丞，在永州生活了好幾年，直至一一六二年秋天離開這裏。上述四絕句，就是他在零陵出遊時的作品。楊萬里的詩，通俗、靈活而富有奇趣，前人對此頗多美辭。他的朋友張鎡就在《南湖集》中說：「造化精神無盡期，跳騰踔厲即時追。目前言句知多少，罕有先生活法詩。」而陳訏在《宋十五家詩選》中卻說：「然未免過於擺脫，不但洗淨鉛華，且粗服亂頭。」無論是正面的評價或反面的批評，我們都可以看到既通俗而又具有奇趣和雅趣，正是楊萬里詩的特點之一，而這，又是和他善於運用口語，做到如他自己所說的「以俗爲雅」分不開的。〈過百家渡四絕句〉，不掉書袋，不搬典故，平易自然，多用口語，寫得新鮮潑辣，一片天機雲錦，一派活法奇情。第一首的語言就已經是活潑的口白了，下面的幾首更可見俚語的妙趣。在第二首中，「園花」與「路花」本來通俗易懂，但兩個「花」字在一句中重複出現，這就吸收了律詩「句中對」的藝術技巧，加之一「落」一「開」，就自然地引發了下句。「白」與「紅」本用口語，何況連用民歌中常見的疊字成爲「白白紅紅」，更是妙語天成，寫出了春天的迷人美景，令人追想李賀的「小白長紅」之語。如果說，前面兩句着重寫「色」，那麼，後面兩句則着重寫「香」，而「四方八面」的口語，更是有力地表現了野香的濃郁芬芳，流溢在春日的廣闊原野。第三首也是明白如話的，詩人擷取的是一個富於生活情趣的小小的鏡頭，第四首則渲染了一幅比較闊大而變幻多姿的畫面：前兩句中的「濃」、「淡」、「乾」、「濕」、「疊重」都是口語，本來就富於生活氣息，詩人將它們分別組織在句中對和上下兩句連貫而下的流水對裏，又將「一」字和「半」字隔字重複運用，就顯得通俗而雅緻，——在這平面的與立體的背景的勾勒之後，詩人又分別從遠近兩個角度，點染了兩幀頗富生活色彩的小幅。通俗而又脫俗，用淺俗之語，發清新之思，眞所謂「詩家不妨間用俗語，尤見功夫」（蔡條《西淸詩話》），「口頭言語，俱可入詩，用得合拍，便成佳句。」

（錢泳：《履園談詩》）。

在新詩創作中，一些詩人創造性地提煉口語入詩，構成了樸素自然而凝煉優美的語言風格，如郭小川〈林區三唱〉中的「舊話說，當一天的烏龜，馱一天的石碑；咱們說，佔三尺地位，放萬丈光輝！舊話說，跑一天的腿，張一天的嘴；咱們說，喝三瓢雪水，放萬朶花蕾！」如臺灣詩人余光中的「小時候／鄉愁是一枚小小的郵票／我在這頭／母親在那頭／長大後／鄉愁是一張窄窄的船票／我在這頭／新娘在那頭／後來呵／鄉愁是一方矮矮的墳墓／我在外頭／母親呵在裏頭／而現在／鄉愁是一灣淺淺的海峽／我在這頭／大陸在那頭」（〈鄉愁〉）。都是活色生香的詩。但是，有些詩作者卻只會將一些人所熟用的書面語言搬來搬去，而不注意將活人的唇舌作爲源泉，因而作品顯得乾澀陳套，缺乏生活氣息與新鮮感，讀素有「活法奇情」之譽的楊萬里的詩，我們也許可以提高藝術的鑒賞力和表現力。

詩與創造

——楊萬里〈重九後二日同徐克章登萬花川谷月下傳觴〉

創造，是藝術的也是詩歌的生命。古希臘文中的「詩」本意就是「創造」，中國古典詩論也很早就提出了「詩以獨創爲貴」的主張。一年之季在於春，春天，是創造的季節，柳眼桃腮，報道早春姹紫嫣紅的花信，給人以生機盎然之感，富於創造性的詩歌，卽使經歷千年百載的時間的塵封，一旦展現在當代讀者的面前，也會激起讀者如臨早春般的喜悅。南宋詩人楊萬里的七古〈重九後二日同徐克章登萬花川谷月下傳觴〉，就是這樣一首富於創意而歷久彌新的作品：

老夫渴急月更急，酒落杯中月先入。領取青天幷入來，和月和天都蘸濕。天旣愛酒自古傳，月不解飲眞浪言；擧杯將月一口吞，擧頭見月猶在天！老夫大笑問客道：「月是一團還兩團？」酒入詩腸風火發，月入詩腸冰雪潑；一杯未盡詩已成，誦詩向天天亦驚。焉知萬古一骸骨，酌酒更吞一團月！

詩的創造，既包括詩人對生活新的審美體驗，感人之所未感，見人之所未見，也包括對新的審美體驗作新的藝術表現，不與前人和同時代人雷同，努力別開蹊徑，力求獲得如西方文學批評所說的「陌生化」的效果。因爲過於熟悉則往往缺乏審美的新異的刺激力，而一定程度的「陌生」，卻可以構成讀者不卽不離的審美心理距離，讓讀者懷着期待與探求的心理而進入詩的世界去尋幽探勝。從題材的角度來看，詩人的創造大體表現爲兩個方面：一是抒寫新的題材和新的藝術感受，因爲不斷開拓題材領域，是詩人的藝術生命力的重要標誌之一；一是抒寫舊的題材而有新的藝術感受和新的開拓，也就是說，有才華的詩人敢於寫別人寫過一千次的題材，因爲他能够作一千零一次新的藝術表現。楊萬里的這首詩屬於後者，可以說是老題材的新創造。

碧海青天的明月，早就光臨於我國的神話傳說之中了，大約成書於戰國時代的《山海經·大荒西經》中，就有「帝俊妻常羲生月十有二」的說法。「月出皎兮，佼人僚兮」，而在我國古典詩歌中，一輪明月也早在詩經的〈陳風·月出〉篇中冉冉升起，照耀着中國詩史的章章節節，流瀉着它萬古不滅令詩人們心慕手追的清輝。的確，明月成了中國古典詩歌吟咏不絕的美的對象，沒有寫過月的詩人大約是不多的。在楊萬里之前，從〈古詩十九首〉的「明月何皎皎」到曹植〈七哀詩〉的「明月照高樓」，從張若虛〈春江花月夜〉的「春江潮水連海平，海上明月共潮生」，到李後主〈虞美人〉的「小樓昨夜又東風，故國不堪回首月明中」，從晏殊〈蝶戀花〉的「明月不諳離恨苦，斜光到曉穿朱戶」，到辛棄疾〈西江月〉的「明月別枝驚鵲，清風半夜鳴蟬」，歷代詩人寫月之作，匯成了一個千姿萬態的月世界。楊萬里在前人許多寫月的名作之後再來嘗試這一古老的題材，如果想使讀者開顏而不是皺眉，就非別裁妙想而另開天地不可。在楊萬里現存四千多首作品中，寫到月的不少，但我以爲冠軍之作理所當然地應該是本文賞析的這一首。這一作品，即使置於古代寫月的佳作之林中，它也一枝特秀，和最擅於寫月的李白的諸多作品相比，也絕無遜色。李白愛月，他的作品有四分之一寫了月亮，名篇俊句至今使人餘香滿口。羅大經是楊萬里的同鄉晚輩，他在《鶴林玉露》中記載，他十餘歲時聽到楊萬里吟誦這首作品，並說「老夫此作，自謂彷彿李太白」。楊萬里在宋代就有「小李白」之稱，他對這一作品的自詡，也可看到他向李白挑戰而力求創造的藝術的勇氣。

這首詩的創造，首先就在於詩人對月這一「原型意象」賦予了新的美感內涵。西方現代重要的文藝批評流派和方法之一，是原型派文學批評。加拿大批評家弗萊是原型批評學派的權威人物，他認爲原型就是「典型的反複出現的意象」，它們的相同之處就在於表現了一種普遍的基本的型式。可以說，「月」，在中國古典詩歌中也是一個原型意象，在楊萬里之前，不同詩人筆下的月大約可以歸納成爲如下幾種型式：一是月與美人融爲一體，從詩經中的〈陳風．月出〉到李商隱〈霜月〉的「青女素娥俱耐冷，月中霜裏鬥嬋娟」，就是如此；二是表現一種淒清哀怨的情境，如杜甫〈夢李白〉的「落月滿屋梁，猶疑照顏色」就是這樣；三是表現一種懷鄉思親的情懷，如李白的〈靜夜思〉和蘇東坡的〈水調歌頭．丙辰中秋，歡飲達旦，大醉。作此篇，兼懷子由〉，可爲代表；四是由明月之永恒與人生之短暫的對照，抒寫關於人生和宇宙的哲理，李白的〈把酒問月〉與蘇東坡的〈中秋月〉，也堪稱典型。「狂歌謫仙詞，三杯通大道」，楊萬里是一位師法前賢的詩人，更是一位崇拜創造的歌者，他說「筆下何知有前輩」（〈迓使客夜歸〉），他說「春花秋月多冰雪，不聽陳言只聽天」（〈讀張文潛詩〉），於是，他的這首月詩便有了不同於他人的面貌，便有了自己鮮明的個性。「老夫渴急月更急，酒落杯中月先入；領取青天並入來，和月和天都蘸濕」——詩一開始，就鮮活地刻畫了月的心急嗜飲和浪漫不羈的形象，這是前人未曾如此寫過的。月比渴急的詩人更急，酒落杯中詩人尚未沾唇，它就一頭栽了進去，不僅自己如此，它還領着青天一道而來，以至使自己和青天都被酒蘸得濕漉漉的了。月不僅解飮，而且善解人意，可助詩情：「酒入詩腸風火發，月入詩腸冰雪潑；一杯未盡詩已成，誦詩向天天亦驚！」如此曠達豪放頗具傳奇浪漫色彩的月意象，使讀者在此之前見所未見，耳目爲之一新，這正是創造性藝術思維的結晶。

這首詩引起讀者審美驚喜的還有想像的新創。楊萬里此作有意追踪李白，李白具有超凡脫俗的藝術想像力，他寫月的詩數量多，質量高，如果要在古代詩人中專題評選，冠軍自然非他莫屬，連寫月同樣出手不凡的杜甫，也要遜讓三分。楊萬里儘管雄心勃勃，大約還不敢和李白全面較量，但他卻決心在一首詩中和前賢一較短長，取勝之道就是避免藝術思維的求同性，發揮藝術思維的求異性，力求想像的新創，而他果然就是在這一方面獲得了成功。「老夫渴急月更急，酒落杯中月先入」，審美的移情作用不僅使本來無生命的月具有活潑潑的生命，而且使詩人的想像鼓翼而飛：「領取青天並入來，和月和天都蘸濕。」本來是青天明月倒映在酒杯之中，現在卻被詩人想像爲青天是被好事的明月領來的。「月」與「天」原來都是視覺意象，但在詩人奇妙的想像中，卻有了「蘸濕」的觸手可及的觸覺，現代新詩中所艷稱的「通感」，在古代楊萬里的詩中原來早已有令人驚喜的演出了。李白〈月下獨酌〉詩說：「舉杯邀明月，對影成三人；月既不解飲，影徒隨我身。」富於獨創精神的楊萬里卻不怕唐突詩仙，爲明月代言：「天既愛酒自古傳，月不解飲眞浪言。」這不正是創造性思維中的逆向思維的表現嗎？前人寫月，張九齡說：「不堪盈手贈，還寢夢佳期。」（〈望月懷遠〉），唐詩人于良史說：「掬水月在手，弄花香滿衣。」他們只說掬月或是捧月，連心高氣盛的李白也只能把月作爲朋友：「舉杯邀明月，對影成三人。」而楊萬里卻憑藉豪情和酒興，竟然「大放厥辭」：「舉杯將月一口吞」、「月入詩腸風火發」、「酌酒更吞一團月」！這種勝概豪情與奇特新創的想像，如果李白地下有知，也許會要一躍而起，拍拍楊萬里的肩膀表示贊嘆吧。

舊詩一讀一回新。天海上每夜升起的，是萬古如斯而光景常新的月亮，楊萬里的〈重九後二日同徐克章登萬花川谷月下傳觴〉，寫於詩人退休家居之後，時年七十，老詩人寫出的這一富於獨創性和青春活力的作品，也閃耀着千古常新的光芒。

大開大合

——袁去華〈水調歌頭‧定王臺〉

一馬平川固然氣派闊大，而千山萬壑似乎更有它引人入勝的風光，一泓秋水雖然別有風姿，而九曲黃河似乎更有它動人心魄的魅力。文章之道，開合有致，我國古典詩文都講究行文的章法。如果說詩中的絕句和詞中的小令都可以「尺水興波」，那麼，詩中的歌行和詞中的長調在章法上就更注意相摩相蕩，講求奇正、虛實、抑揚、開合等藝術辯證法，使得詩篇舒卷自如，靈活多變，蒼莽波瀾與嚴整警飭兼而有之，從而做到更有力地表達詩人的思想感情，更動人地反映現實生活，避免詩歌寫作中那種易犯的平板單調一眼見底的弊病。

南宋詞壇袁去華的〈水調歌頭‧定王臺〉，就有那種開合動蕩氣勢磅礴的特色：

雄跨洞庭野，楚望古湘州。何王臺榭？危崖百尺自西劉。尚想霓旌千騎，依約入雲歌吹，屈指幾經秋！嘆息繁華地，興廢兩悠悠。　登臨處，喬木老，大江流。書生極目天地，空白九分頭。一夜寒生關塞，萬里雲埋天闕，耿耿恨難休！徒倚霜風裏，落日伴人愁。

袁去華的生卒年已無可查考，我們只知道他是江西新奉（一作豫章）人，字宣卿，紹興十五年（公元一一四五年）進士，死於湖北石首縣任上，約公元一一六二年前後去世。《四印齋刊宋元三十一家詞》中收有他的「宣卿詞」一卷。也許是文壇上只重名家的積習由來已久吧，過去有關宋詞的論著差不多都沒有提到過他的名字和作品。袁去華雖然不是名家，但是從他的詞章多次表示的建功立業的願望裏，我們可以看到有如烈火般的愛國主義情感，在這位傷時憤世的詩人心中燃燒，同時，他的詞風豪爽飛揚，和辛棄疾接近，曾經得到豪放派詞人張孝祥的稱讚，因此，我們完全可以說他是和稼軒並時的一位高手。「漢家經略中原，上游眷此喉衿地。風行雷動，無前偉績，伊誰揚厲？」（〈水龍吟〉），「記當年，携長劍，覓封侯，而今憔悴長安，客裏嘆淹留」（〈水調歌頭〉），這些詩句裏，跳動着詩人的報國雄心，洋溢着他壯志不酬的悲哀。

長沙定王臺，古代有不少詩人曾經登臨咏唱，袁去華之後，姜夔的〈一萼紅〉中也有「野老林泉，故王臺榭，呼喚登臨」之句。但是，袁去華的這首詞不僅是他所有作品中的冠冕，也是咏定王臺的眾多作品中最好的篇章。這首詞的詞牌是〈水調歌頭〉，它共九十五字，是詞中的長調。萬紅友《詞律》共收六百五十九調，一千七百七十三體。不同的詞調具有不同的特點和性質，而〈水調歌頭〉這種詞調，最宜於描寫登山臨水的題材，抒發懷古撫今、激昂慷慨的情感，章法結構上也講究開合動蕩。「雄跨洞庭野，楚望古湘州」，這首詞開筆第一組兩句五言就氣勢開張，切定定王臺所在的地點和形勝，並籠罩全闋；第二組的四言「何王臺榭」一句設問，七言「危基百尺自西劉」一句正面點明定王臺，描寫地勢與臺榭之高峻，以及歷史的悠久，和開篇兩句相得益彰，互相補充生發。第三組一聯由現實的描繪而轉入對千年往事的追溯，「霓旌千騎」、「入雲歌吹」，上天下地，有色有聲，突現了過去的繁華鼎盛。到此為止，詩人已經把定王臺的形勢和它過去顯赫光耀的歷史，作了一番筆酣墨飽的渲染，也為下闋的感慨生情作了必要的舖墊。「嘆息繁華地，興廢兩悠悠」，過拍一聯承上啟下，筆力千鈞，就像正當鮮花着錦之盛的時候，忽然百草凋零，這首詞也就由銅鉦的高響轉入簫管的低吟了。總之，上闋主要是吊古，時空闊大遼遠，是大開之筆。換頭三句三言，「登臨處」是全詞借以展開的詩人登高憑眺的定點，喬木之「老」與大江之「流」，更深一層地反襯出詩人年華逝水、壯志不酬的感喟。接下去的五句，一以寫詩人傷時憂世的自我形象，一以寫國家的殘破和國難的深重，豪宕悲涼，一腔血淚。「書生極目天地，空白九分頭」之句，令人想起和他差不多同時的陳與義在岳陽寫的「未必上游須魯肅，腐儒空白九分頭」的悲嘆。收束兩句回歸本題，以「霜風」、「落日」這種富於象徵意義的特定景色，照應開篇，進一步烘托了詩人的滿懷愁情。可以看出，下闋主要是傷今，在上闋的生發之後逐步收結，是大合之筆。

開合，在詩詞與繪圖中是屬於謀篇布局的一種技巧。所謂「開」，就是領起、放縱或生發，所謂「合」，含意正好與之相反，就是結束、收攏或收拾。用一個形象的比喻，就好像漁民打魚時的撒網與收網。「文章之道，有開有合」，袁去華這首詞，闔闢縱橫，變幻超忽，上闋開，下闋合，上闋開中有合，下闋合中有開，深得開合之妙，這樣，不僅有幅度有力度地表現了詩人的思想感情和客觀現實生活，而且全詞不平不板，而是波瀾起伏，跌宕多姿，具有一種錯綜之美與多樣之美。

沉雄悲壯　詩法精嚴

——陸游〈塔子磯〉

公元一一七〇年九月九日夜，明月高懸，照耀着溯江遠來的停泊在湖北石首縣境塔子磯的一艘小船。九月九日是重陽佳節，默默無聞的塔子磯寫下了它歷史上光彩的一頁——迎候了宋代大詩人陸游的光臨，並且聽到了詩人以它爲題的歌唱。

陸游（一一二五—一二一〇），字務觀，自號放翁，越州山陽縣（今浙江省紹興市）人，詩集名《劍南詩稿》，現存詩約九千二百首。他是南宋時的絕代歌手，我國古典詩史上的偉大愛國主義詩人。由於北方金人南侵，宋王朝屈膝求和，他生活在一個內憂外患災難深重的時代而壯志難酬。詩人在四十二歲那年被罷官，在山陽故里閑居近五年之後，四十六歲時去夔州（今四川省奉節縣）任通判之職。他沿江西上，留連風物，傷離念亂，在湖北境內寫了四十餘首詩章。根據陸游的〈入蜀記〉記載，他重陽節掛帆江行三十里，泊於石首縣境江邊大山的塔子磯旁，從江邊人家求得數枝菊花，並作了一首題爲〈重陽〉的詩：「照江丹葉一林霜，折得黃花更斷腸。商略此時須痛飲，細腰宮畔過重陽。」也許是白天意猶未盡吧，在重陽節明月朗照的晚上，他還寫了一首七律〈塔子磯〉：

塔子磯頭艇子橫，一窗秋月爲誰明？
青山不減年年恨，白髮無端日日生。
七澤蒼茫非故國，九歌哀怨有遺聲。
古來撥亂非無策，夜半潮平意未平！

開頭兩句點明題目和行踪，渲染了秋江月明的典型情境。山河破碎已然像風飄飛絮，何況是遠去夔州等於「遷流」？在撩人愁思的月夜裏，詩人怎禁得住百感交集？頷聯一寫青山，一寫白髮，本來，嫵媚青山，在太平時節更會惹人憐愛，何況陸游是一位熱愛大自然的「衣上征塵染酒痕，遠遊無處不消魂」的詩人？可是，江北的大好河山早已淪於敵手，年復一年，朝廷當權者卻只圖苟且偷安，而自己收復失地的雄圖仍然無法實現，這怎麼不令人悲憤填膺！這裏的「恨」是正寫，既有對敵人的痛恨，也有對賣國朝廷的憎恨，然而，詩人對此不直接說出，而托之以擬人化的青山，形象生動而含意蘊藉。陸游曾說：「一寸丹心空許國，滿頭白髮卻緣詩。」這裏的「無端」是正言反說，說無端正是有因，從上句的「恨」字就可見端倪，只是需要人們去玩味尋索罷了。在寫這首詩的前一天，陸游船過荆州地界，位於這裏的「郢」，春秋戰國時是楚國的都城，詩人觸景生情，曾仿屈原詩的題目作〈哀郢二首〉，其中就有「離騷未盡靈均恨，志士千秋淚滿裳」，以及「淋漓痛飲長亭暮，慷慨悲歌白髮新」之句，都提到了「恨」與「白髮」。在〈塔子磯〉一詩中，「青山」與「白髮」相照，「年年」與「日日」相對，形象警動而興寄遙深。在頷聯中；詩人的情思進一步生發開去，飛翔在廣闊的空間和長遠的歷史的時間裏。古傳楚有七澤，漢代文人司馬相如曾說七澤只見其一，卽雲夢澤。是的，在古代，楚國的國土北抵黃河南岸，東到東海之濱，地域廣大，國勢強盛，當年頗有一統天下之勢，然而時過境遷，當陸游來時，茫茫的七澤已不復再是昔日強盛的楚國的領土了。詩人舟臨古來曾經是楚國的中心的湖北，撫今追昔，不禁發出江山依舊而國事日非的嘆息。「欲就騷人乞棄遺」，陸游的詩中，本來就有屈原賦的遺響，何況塔子磯還有屈原的遺迹，此時此境，詩人聯想到忠心愛國反受謗逐的屈原，當然就要引起強烈的共鳴了。陸游的詩友楊萬里在〈跋陸務觀劍南詩稿二首〉中說他「重尋子美行程舊，盡拾靈均怨句新」，正是看到了這一點。詩人吊古傷今，在尾聯中寫下了「夜半潮平意未平」的振起全篇而又言盡意不絕的結句。「夜半」照應開頭的「一窗秋月」，說明詩人痛思之久，感喟之深，「潮平」與「意未平」對舉成文，相映成趣，詩人那永難平息的心潮，彷彿奔騰澎湃於字裏行間！梁啟超〈讀陸放翁集〉說：「辜負胸中十萬兵，百無聊賴以詩鳴。誰憐愛國千行淚？說到胡塵意不平！」正可看作這首詩的結句的注腳。

陸游擅長七律。王漁洋論宋代的七律，只推許陸游一人；沈德潛《說詩晬語》說他「七言律對仗工整，使事慰貼，當時無與比埒」；舒位《瓶水齋詩話》更認為他「專工此體而集其成」。這首詩也是如此，對仗工穩，意象渾融，詩律入微，音調鏗鏘，嚴整之美與流動之趣兼而有之。這裏，僅從時間與空間的角度對這首詩的構思略加分析。塔子磯頭的扁舟一葉，是全詩構思的「定點」，全詩時空交錯，但又各有側重。一、二句寫空間，出句景低而對句景高，三、四句寫時間，出句景大而對句景小，五、六句時空交揉，出句景大而遠，對句景小而近，七、八句虛實相生，呼應開頭，收束全篇成為一個有機的藝術整體。由於詩人在時空上精心結撰，河山的遼闊，歷史的回溯，現實的感喟，悲壯的情懷，就一齊包容在鮮明而雄渾的形象之中，全詩也呈現出沉鬱而雄放的風格。

陸游的創作道路大概可分為早、中、晚三個階段，初喜藻繪，中務宏大，晚歸清麗。他的〈次韻和楊伯子主簿見贈〉一詩說：「文章最忌百家衣，火龍黼黻世不知。誰能養氣塞天地，吐出自足成虹霓。」由此可見，他沉雄悲壯的詩風，與他的生活和品格是不可分的。他四十二歲以前的詩今天僅存百餘首，而入蜀後近十年豐富豪壯的戎馬生涯，使他寫出了許多思想性和藝術性都很高的詩篇，成爲《劍南詩稿》的最重要的組成部份。如果說，他入蜀後那些力作是一闋宏大的交響曲，那麼，〈塔子磯〉就可說是前奏中一個傳揚到今天的美妙音符。

多樣統一

——陸游〈臨江仙・離果州作〉

在中國古代的詩穹，陸游，是一顆光華四射的星斗。

在詩歌史上凡是可稱爲大家的詩人，他們的作品必然都具有多樣而統一的特徵。這一特徵表現在題材、形式和風格上，就是他們的作品既鳴奏着時代生活的主旋律，又反映了生活的眾多側面而有動人的變奏，既以出色地駕馭一兩種形式見長，又能得心應手地驅遣其它形式；既具有鮮明突出的與眾不同的主導風格，又呈現出多種多樣不斷發展變化的風姿。我國的詩歌開山祖屈原，雖然在他之前還沒有足够的典範之作以資學習，但他卻以曠世的天才，以他題材、形式和風格有許多不同的〈離騷〉、〈九章〉和〈九歌〉，奠定了他不可搖撼的大詩人的地位。在屈原之後，可以和屈原作忘年之交並肩而立的，當然是李白和杜甫。這兩位大詩人的作品，同樣具有多樣而統一的特徵。

陸游，在詩史上地位雖然不及屈原、李白和杜甫，但他在詩國中足跡所到的有些地方，卻也是他的先行者所未曾到過的。如果古典詩人們排列成一支行進的大軍，屈原、李白、杜甫是走在隊伍前面的旗手和護旗手，那麼，陸游就是行進在最前列的詩人之一，陸游，他以一般詩人難以企及的廣度和深度，以多樣而統一的藝術，表現了他所處的時代生活以及時代的心理。他的詩是這樣，他的詞的成就雖不如詩，但也具有如上所述的特色。和他時代相近的劉克莊在《後村大全集·詩話續集》中說：「放翁長短句……其激昂感慨者，稼軒不能過；飄逸高妙者，與陳簡齋、朱希眞相頡頏；流麗綿密者，欲出晏叔原、賀方回之上」。明代的楊愼也有類似的看法，他認爲陸游的詞「纖麗處似淮海（秦觀），雄慨處似東坡（蘇軾）。其感舊〈鵲橋仙〉一首『華燈縱博，雕鞍馳射，誰記當年豪舉？酒徒一半取封侯，獨去作江邊漁父。輕舟八尺，低蓬三扇，占斷蘋洲煙雨。鏡湖原自屬閑人，又何必官家賜與！』英氣可掬，流落亦可惜矣！其『墜鞭京洛』，『解珮瀟湘』，『欲歸時，司空笑問；漸近處，丞相嗔狂』，眞不減少游」（《詞品》）。陸游的詞風確實是多樣化的。如果說，〈夜游宮·記夢寄師伯渾〉的「鐵騎無聲望似水，想關河，雁門西，青海際」，〈訴衷情〉的「胡未滅，鬢先秋，淚空流。此生誰料，心在天山，身老滄州」，是豪情噴湧、怒瀾飛空之作，那麼，〈臨江仙·離果州作〉就另是一番風情，有如早霧中的春花，或黃昏時的落霞了。

乾道八年（一一七二），陸游時年四十八歲。他在任夔州（今四川奉節）通判已滿三年之後，接受了主持西北軍民事務的四川宣撫使、主戰派的重要人物王炎的聘請，前往抗戰前線的南鄭（今陝西省西南部，漢中之東），從此揭開了他詩歌創作輝煌的篇頁。果州在宋代又稱爲南充郡，卽今之四川南充縣。當年楚國國勢最盛時，也是楚國的勢力範圍。「記得晴明果州路，半天高柳小青樓」（〈柳林酒家小樓〉），陸游去南鄭，正月從夔州啟行，取道萬州、廣安、岳池，途中在果州稍事逗留，寫了一些作品，〈臨江仙・離果州作〉就是他離開南充時所寫的一首詞：

鳩雨催成新綠，燕泥啄盡殘紅。春光還與美人同。論心空眷眷，分袂卻匆匆。
只道眞情易寫，那知怨句難工。水流雲散各西東。半廊花院月，一帽柳橋風。

這首詞，意象空靈，含蓄蘊情，達到了活色生香、令人玩味不盡的境界，在他的詩詞中是別具一格的作品。

〈臨江仙〉上下闋可分爲三個句組。上闋的第一句組是兩句六言，「鳩雨催成新綠，燕泥啄盡殘紅」，對仗工整，設色鮮明，以「鳩雨」與「燕泥」相對，似是以雙禽起興寫春日風情而及於情愛，加之「新綠」與「殘紅」在色彩上又構成強烈的映照，就更加濃重地渲染了春日的旖旎風光，第二句組「春光還與美人同」是比喻而兼過渡，它把春光和美人合二爲一，把實寫與寓意交融在一起，在這裏，主要是寫如美人一般的春光，但他是否還兼寫如春光一般的美人呢？抑或是春光與美人兼寫呢？「美人」在古典詩文中是有多種含意的，陸游這首詞究竟純然是寫景色還是兼寫友情或愛情？似乎很難坐實。朦朦朧朧，若有若無，詩人並不挑明道破，這大約就是前人所說的「離卽之間」——也就是不卽不離之間，所以才「難知亦難言」吧？不過，有些優秀詩詞作品，其特點和優點之一就是由於內涵的豐富和不十分確定，因而才具有解釋的多樣性與豐富性。它有些朦朧，但絕不晦澀；它尊尙暗示，然而卻可以使人獲得多種但仍然合理的解釋。例如李商隱的某些作品就是如此。陸游這首詞的第三句組，又是一聯工整而耐人尋索的對句：「論心空眷眷，分袂卻匆匆」。前面已經有「燕泥啄盡殘紅」的暗示，好景不長，伊人已去，加之分手的時候是如此匆促，對春色，對美人，詩人當空懷着一腔多麼深沉的眷戀之情啊！這裏，詩人「分袂」的對象卽使只是果州美好的春日風物，這種擬人的移情描寫，也已經是很高明而動人的了。「眷眷」與「匆匆」兩句中分用疊詞，而且彼此在一定的位置上相對，聲由情出，情在聲中，有如音樂中的和聲，不僅增強了詞的珠圓玉潤之美，而且也加強了以聲傳情，聲情相切的效果。「落花人獨立，微雨燕雙飛」，晏幾道〈臨江仙〉中的這兩句用五代翁宏的詩句入詞，成爲一聯膾炙人口的詞中對仗名句，陸游這首詞中的對句與之相較，並無多遜色。

「只道眞情易寫，那知怨句難工。」下闋的第一句組仍然是對偶句，不過因爲是活潑而不板滯的流水對，加之以「只道」、「那知」的虛字斡旋其間，就平添了一番流水行雲的美感，曲曲傳出詩人的深而且婉的惆悵之情。第二句組的「水流雲散各西東」，再次照應上闋中的「分袂卻匆匆」，而且對沒有來得及點染的分袂時的情態，補充以水流雲散的形象描繪，更覺情景接人，意象淒婉。「半廊花院月，一帽柳橋風」，第三句組仍然是一聯精彩的對句，上句着重寫月，下句着重寫風，又分別以「半廊花院」、「一帽柳橋」的環境來渲染和烘托，點染「分袂」的地點與時間，意象華美輕倩，令人思之不盡，古典詞論家說過，「臨江仙」這種詞體對句兩兩作結，句法更見挺拔，如清代劉體仁《詞釋》就認爲「詞中對句正是難處」，而人稱「古人好對偶被放翁用盡」（劉克莊語）的陸游，這首詞對偶的運用也變化多方，極盡其妙，充分顯示了他多樣化的詩才。

法國現代詩人保羅·梵樂希說：「我的詩，甘願讓一個讀者讀一千遍，而不願讓一千個讀者只讀一遍。」陸游這首詞，當然遠不止一千個讀者，但卻具有讓所有的讀者讀一千遍的耐人尋味的藝術魅力。

詩的幻想

——陸游〈夜游宮・記夢寄師伯渾〉

在中國文學史上，陸游是一位能够左右開弓的射雕手。他的散文成就我們暫且不論，作爲詩人，他產量極爲豐富，詩作共九千二百多首，在當時就贏得了「小李白」的美譽；作爲詞人，他雖然在詩外以餘力爲詞，只存詞約一百三十首，稱《放翁詞》，又稱《渭南詞》，但他大大地開拓了詞的表現生活的領域，豐富了詞的表現手段，長期以來就「辛陸」並稱。在這裏，我只想就他的〈夜游宮・記夢寄師伯渾〉一詞中詩的幻想，寫一則未必能使他滿意的學習札記：

雪曉清笳亂起，夢遊處，不知何地。鐵騎無聲望似水。想關河，雁門西，青海際。

睡覺寒燈裏，漏聲斷，月斜窗紙。自許封侯在萬里，有誰知，鬢雖殘，心未死！

公元一一七二年春末，四十八歲的陸游抵達興元府的南鄭（今陝西省漢中地區的南鄭縣）；至次年春改任成都府安撫使司參議官爲止，他在抗戰前線從戎將近一年，詩風大變，多言征伐恢復之事，豪宕悲壯，卓然自成一家。〈夜游宮・記夢寄師伯渾〉這首詞也是如此。師伯渾名渾甫，四川眉山人，陸游四十九歲時從南鄭前線調到成都之後，在眉山和他認識。師伯渾是一位才能未展的隱士，宣撫使王炎想起用他而因忌者所阻未成。陸游和他常有詩文往還，後來在〈師伯渾文集序〉中還說「乾道癸巳，予自成都適犍爲，識隱士師伯渾於眉山，一見知其爲天下偉人，予既行，伯渾餞予於青衣江上，酒酣浩歌，聲搖江山，水鳥皆驚起」，可見他們是志趣相投的。這首詞，當是乾道九年陸游四十九歲以後的作品，閃耀着詩的幻想的虹彩。

黑格爾在《美學》中說：「如果談到本領，最傑出的藝術本領就是想像。……想像是創造的。」詩的幻想，是詩的想像中的一種，是創造性想像的一種特殊形式，是一種表現個人與社會的願望的指向未來而並不一定實有其境的想像，它以時空幅度闊大、不受一般邏輯性的常情常境的羈束爲其特色。寫夢，大概是詩的幻想的表現形態之一吧？李白的〈夢游天姥吟留別〉，就是通過幻想的夢境描寫，創造了一個激電驚飆浪漫宏肆的神靈世界，表現了他對黑暗現實的強烈不滿，和對自由與光明的渴望。杜甫的〈夢李白〉二首，也是通過夢境的幻想描寫，來表達他對李白深摯的懷想之情，在他前後贈李白的十四首詩中，我以爲這是尤其動人的兩首。在陸游的詩詞中，據清人趙翼的統計，記夢之作共有九十九首之多。直到他蟄居山陰的八十二歲那年，仍以〈記夢〉爲題，寫出了「征人忽入夜來夢，意氣尙如年少時。絕塞但驚天似水，流年不記鬢成絲」的悲壯詩句。他的記夢，有的是寫實，有的則是假托，但不論是哪種情況，實際上都是詩的幻想的一種特殊表現形態，都從不同的側面反映了他所處的那一內憂外患災難深重的時代，表現了一代有志之士收復失地的雄圖和壯志不酬的悲憤。

〈夜游宮・記夢寄師伯渾〉上闋記夢中情景，抒寫對南鄭軍中生活的懷念。詞的起筆就突兀不凡，不僅是以「夢游處」三字點醒了題目，點明了夢境，而且將邊地情景寫得有聲有色：在一個冬日的早晨，原野上雪光四照，而從四面八方傳來了胡笳悲壯的鳴聲。首句中的「亂」字爲詩家所常用，如「亂入池中看不見」（王昌齡）、「桃花亂落如紅雨」（李賀）等等，陸游這裏的「亂」字也用得十分出色，旣顯出了胡笳聲的急切而雜亂，也表現出詩人胸中洶湧着何其起伏難平的心潮！接筆描繪大軍出師的情景，「鐵騎無聲望似水」，「無聲」極言軍令森嚴，且和「亂起」的淸笳聲動靜對照，「望似水」描狀軍容整肅而浩蕩，《詩經・大雅・常武》篇狀寫軍容之盛，就曾有「如川之流」的比喻。「想關河，雁門西，青海際」，是寫大軍進軍的方向，也是抒發詩人浪漫主義的激情，一個「想」字，是上闋的「詞眼」，詩人神思飛揚，也將讀者的幻想帶向了更爲遼闊無窮的遠方。下闋寫夢醒後的情懷，抒發詩人百折而不已的報國壯心，是對上闋幻境的反襯與深化。「睡覺寒燈裏」的「覺」是動詞，「醒來」之意，「睡覺」與上闋的「夢游」互相呼應，開合有致。在上闋中，愈是寫軍威之壯，愈能對比和反襯出下闋中所表現的詩人心境的悲涼。燈寒漏盡，寒月淒迷，正是詞中的以景寫情之筆，詩人夢醒後百感叢生的思緒，都含蘊在那特定的景物描寫之中，同時，一覺醒來已經「月斜窗紙」，詩人的這個夢做得是多麼久長而快心趁意啊！最後幾句直抒胸臆，它之所以精警動人，在人們的心上撞擊出轟然不絕的回音，就是因爲它以矛盾語抒寫了崇高理想和黑暗現實的矛盾所造成的悲劇，也反映出詩人夢境成空的悲哀。陸游詩詞中如「此生誰料，心在天山，身老滄洲」（〈訴衷情〉），如「雙鬢多年作雪，寸心至死如丹」（〈感事六言〉），都是運用這種逆折翻騰的筆法的妙句。在這首詞裏，「鬢雖殘，心未死！」逆折一筆，又以問句出之，顯示出烈士暮年壯心不已，不僅使前面的幻境有令人信服的心理與生活的依據，更令人感到沉鬱悲涼，其情無限！

今天的陝西省的漢中地區，原來也曾經是楚國的故地，那裏的閱盡人世滄桑的山川，也許至今還記得陸游高歌豪唱，縱馬馳驅！〈夜游宮・記夢寄師伯渾〉，就是他的一闋慷慨悲歌的「幻想曲」。

婉曲迴環

——陸游〈楚城〉

公元一一七八年，陸游正當五十四歲，在四川度過九年戎馬倥傯然而壯志不酬的歲月之後，奉召東歸，他沿着九年前的來路，順江東下，於春末夏初時經過歸州（今湖北秭歸縣。）秭歸，在西陵峽西段，高臨大江，這座楚國的歷史名城，是三閭大夫屈原的故里，而根據陸游〈入蜀記〉記載，楚王城在歸州境長江南岸，從陸游這首詩的題目和詩中的描寫看來，他所說的「荒城」當指楚王城。雖然事隔一千五百多年，然而那裏還保留着楚國的許多遺蹟，傳揚着屈原許多可歌可泣的故事。陸游在這裏流連憑弔，觸景傷情，寫下了三首七言絕句，〈楚城〉是其中最出色的一首：

江上荒城猿鳥悲，隔江便是屈原祠。
一千五百年間事，只有灘聲似舊時！

前人評這首詩時，曾說它「不是尋常章法」。到底怎麼「不尋常」，卻未說出究竟。我想，七絕只有寥寥二十八字，要在有限的篇幅中蘊含盡可能深廣的社會生活與思想感情的容量，要憑藉極爲簡約的文字而使人們尋繹不盡，重要藝術手段之一就是婉曲廻環。其它的文學作品如小說和戲劇都要講究波瀾曲折，一眼見底毫無餘蘊是它們在藝術上的大忌，何況是言短意長的絕句？因此，沈德潛《說詩晬語》曾說：「七言絕句，以語近情遙，含吐不露爲主。只眼前景，口頭語，而有弦外音，昧外味，使人神遠。」陸游的這首詩正是如此。它前兩句實寫，着重從空間上描繪。第一句勾勒的是一幅平面的圖畫：江邊，一座楚國的故城，景象荒涼，只聽到猿鳥的悲鳴。這裏，「猿鳥悲」補足了「荒城」之「荒」，一「荒」一「悲」，烘托了淒清悲苦的特定環境，渲染了國破民傷的時代氣氛，抒發了詩人內心的哀思愁緒。同時，荒城之靜與猿鳥悲鳴之動互相映襯，使得那種悲苦的氣氛更加濃烈，那種落寞的情懷更加惻惻動人。第二句掉轉一筆，空間縮小，從「荒城」這個面縮小到「屈原祠」這個點，屈原祠，是這首詩的形象的焦點，是後兩句中詩人感物咏懷的具體依據，也是使得全詩思想昇華和意境深遠的重要元素。在前面兩句的鋪寫之後，詩的後面就愈轉愈深，別開新境了。詩的後兩句是虛寫，着重從時間上落筆。這裏，涉及到絕句寫作中一個帶規律性的技巧，這一技巧對於構成絕句的婉曲廻環的妙趣具有十分重要的作用。前人論絕句寫作時特別強調第三句的重要性，如田雯《古歡堂集》就說「轉換之妙，全在第三句，若第三句用力，則末句易工」。施補華《峴傭說詩》也指出：「七絕用意宜在第三句，第四句只作推宕，或作指點，則神韻自出。若用意在第四句，便易盡矣。」「故第三句是轉柁處；求之古人，雖不盡合，然法莫善於此也。」而王楷蘇在《騷壇八略》中則說「譬之如射，三句如開弓，四句如放箭也」。陸游這首詩正是這樣，詩人由屈原祠而想到往昔沉江殉國的屈原，一句「一千五百年間事」，就像電影中一連串連續性的蒙太奇鏡頭，從眼前的現實拉回到遙遠的過去，七個字，概括了長遠的時間和豐富的內涵，而且爲結句作了飽和的蓄勢與有力的鋪墊。第四句大筆如椽，一筆從往昔勒回到現在，回應前面兩次點出的「江」。詩人巧妙地擷取了「灘聲」這一訴之於人們的聽覺的形象，它一語雙關地說明一千多年的時光像流水般逝去了，化抽象爲具體，同時，它又把古往今來聯繫起來：灘聲雖然依舊，世事卻已全非。我們再聯想到陸游所處的那個艱難時世，聯想到他那至死不衰的報國壯心，那就不難看到這種言盡意不絕的結句，是多麼深刻而又富於情韻地抒發了詩人無限的國家盛衰之感。全詩婉曲廻環，味之不盡，沒有費力不討好地去正面敍寫那些重大的歷史事件和宏偉的生活圖景，沒有唯恐人們不懂的多餘說明，也沒有使人們百思不解的玄秘，明朗而含蓄，單純而豐富，曲徑通幽，搖曳生情，那八百多年前揉碎了陸游的心的灘聲，也撥響了今天的讀者的心弦。

在宋代詩壇上，陸游的七律是獨步一時的。前人曾讚美他「詩家之能事畢，而七律之能事亦畢」（洪亮吉：《北江詩話》），王漁洋評論宋代的七律，甚至只推許陸游一人。如果說前人讚美過唐人的絕句「多轉」，而批評宋人的絕句「多直下」，那麼，陸游的大多數絕句則沒有直露的弊病，而有婉轉的風姿，寫得十分清新雋永多采多姿。清代田雯的《古歡堂集》就詳細地論列了他的風韻各別的絕句，潘德輿在《養一齋詩話》裏，也極力稱讚他的七絕，譽爲「詩之正聲」，並在一連舉述他十餘首絕句之後，說這些絕句「聲情氣息」和唐人相差無幾。從這首〈楚城〉以及〈沈園〉、〈示兒〉等等如精金美玉般的絕句來看，這些評價並非過譽。陸游，這位南宋時的絕代歌手，不愧是我國古典詩歌史上具有多方面成就的才華橫溢的大家。

情韻和議論

——陸游〈小雨極凉，舟中熟睡至夕〉〈再賦一絕〉

詩主抒情，好詩必具情韻美，使人一唱三嘆，欲罷不能，使人如飲醇醪，其味深長，那種缺乏情韻美的「僞情」或「濫情」之作，根本不配稱爲詩的；詩，不能淪爲給某種哲理作注解的玄言，也不能降格爲圖解政治概念的標語口號，但是，詩不僅不排斥議論，有些好詩也因精采的議論而燃燒起燦爛的光輝。

「萬里客經三峽路，千篇詩費十年功」，陸游在四川度過近十年戎馬生涯，創作上獲得巨大豐收而收復失地的報國雄圖卻無法實現。公元一一七八年二月，孝宗趙眘召他東歸，他離開四川順長江東下。也許是岳陽樓的盛名在詩人心中縈廻已久，而萬方多難此登臨也是詩人早欲一償的夙願吧，他在湖北公安附近所寫的〈劉郎浦夜賦〉中，就興奮地說自己「來作巴陵客」。時當初夏，洞庭湖和岳陽樓驚喜地接待了這位遠道來訪的詩人。他前後寫了四首詩，爲芙蓉國的詩史書寫了光彩的一頁。這位被前代詩評家稱爲幾乎無體不備而無體不工的詩人，四篇詩就運用了三種體式。〈岳陽樓〉是七言古詩，他寫樓：「雄樓岌嶪鎮吳楚，我來舉手捫天星」，一「鎮」一「捫」，高樓形象巍然紙上，詩人豪情洋溢行間；他寫湖：「鼋鼉出沒蛟鰐橫，浪花遮盡君山青」，極摹大湖的浩蕩雄渾，如果前一句一般人還可以道出，那麼，後一句想像之奇和映襯之妙，就非陸游這樣的大手筆莫辦了。〈乘大風發巴陵〉是五言古詩，從「衡湘清絕地，恨不從此游」之句，可以看到詩人本想一遊衡湘，但因爲急於東歸而未能成行。在這首詩中，詩人再次描摹了洞庭湖的壯觀：「雪濺浪方作，翠颭山欲浮，奇哉萬頃湖，着我十丈舟。」第一句寫巨浪初起，捲起千堆雪，第二句寫湖中君山，彷彿隨着巨浪的起伏而飄浮不定，山之欲浮反襯出風濤呼嘯澎湃的聲威，傳神地寫出了風日洞庭之「奇」。這裏，值得特別一提的是兩首絕句：

舟中一雨掃飛蠅，半脫綸巾臥翠藤。
清夢初回窗日晚，數聲柔櫓下巴陵。

——〈小雨極涼，舟中熟睡至夕〉

江風吹雨濯征塵，百尺欄杆爽氣新。

不向岳陽樓上醉，定知未可作詩人。

——〈再賦一絶〉

詩人在當時就有「小李白」的美譽，大約是和他擅長絕句分不開的。他的絕句，師承唐代絕句而又有新的發展，其特點是既有一唱三嘆的情韻，又往往有富於情味的議論，從上述兩首詩就可以分別看出這一特色。前一首，前人稱爲「情境逼眞」，並不是如有的注者所說的「舟過岳陽時作」，而是將近岳陽時的作品。前兩句點染了時令的特點和詩人瀟灑的形象，後兩句點明清夢初回，夕陽照窗，在柔和的櫓聲中，巴陵已遙遙在望。《唐宋詩醇》盧世㴶的評語說這首詩「只末一句，有多少蘊含在」，就是看到了這首詩的結句之妙，而田雯在《古歡堂集》中也特別提出「數聲柔櫓下巴陵」這一句來予以讚美，有過舟行生活經驗的人，更能體味此中情趣。第二首絕句，除了表現出昔聞今上的喜悅之外，還生發出引人思索的議論。前人曾有「不到瀟湘未有詩」之句，而陸游爲什麼說不上岳陽樓就未可作詩人呢？詩人和美好的湖光山色有不解之緣，岳陽樓更是歷代詩家吟詠之處，這固然是一個原因，同時，也恐怕是獨上名樓，就聯想到他素所尊崇的與洞庭有密切關係的詩人屈原、李白和杜甫吧？陸游在他的詩作中，曾多次表示過對這些先賢愛國憂民的品格的讚美。他詠嘆李白是

「才名塞天地，身世老風塵」；他歌頌屈原是「離騷未盡靈均恨，志士千秋淚滿裳」；他讚揚杜甫是「文章垂世自一事，忠義凛凛令人思」。他認爲「學不通天人，行不能無愧於俯仰，果可言詩乎？」（《渭南文集》）在學問和品格方面，屈、李、杜都是詩人效法的楷模，因此，他登上岳陽樓，緬懷詩國的前賢而生發出上述的感慨，就是很自然的了。

詩要講求情韻，所謂唱嘆有情，韻味無窮等等，都是指的一首好詩從感情上與詩意上打動人的藝術魅力；詩也允許有議論，那些與形象結合的飽含感情的精闢議論，不僅可以動人以情，也可以昭人以理，它們往往以警句的形式在詩中出現，給人以深刻的美的印象。情韻，只有和獨到的感受與新穎的發現結合在一起，才能眞正動人心弦；議論，只有與情韻交融並訴之於形象，才不致枯燥乏味。我想，從陸游的上述兩首絕句中，我們今天也還可以窺見古典詩藝的一些門徑。

豪　放

——辛棄疾〈沁園春・靈山齊庵賦，時築偃湖未成〉

風格豪放的作品，是詩詞中的偉丈夫。

唐代司空圖著《二十四詩品》，以詩的語言形象地描述了詩歌的二十四種風格。「天風浪浪，海山蒼蒼。眞力彌滿，萬象在旁」——他以天風海山的形象，比況那種熱情激蕩、氣象雄渾的「豪放」詩風。風格，是一個作家的藝術個性在作品中的集中體現，是作品在內容和形式的統一體中所顯示的基本特徵。辛棄疾，這位南宋詩壇的主將，在整個古典詞史上也是一顆閃亮的巨星。他發展了蘇東坡的豪放派詞風，內容上更加開拓了題材的疆土，藝術上也有許多新的創造。劉克莊在〈辛稼軒集序〉中說：「公所作大聲鞺鞳，小聲鏗鍧，橫絕六合，掃空萬古，自有蒼生所未見。」下語雖然不免略有誇張，但確實是對辛棄疾的詞風作了一個絕妙的寫照。與辛棄疾同時的陳亮、劉過，稍後的劉克莊等人，都集合在他的詞的旗幟之下，以後的文天祥、劉辰翁、元好問以及明清的一些詞家，都不同程度地繼承了他的流風餘韻。

辛棄疾（一一四〇—一二〇七），字幼安，號稼軒居士，山東歷城（今濟南）人。他二十一歲在北方參加起義隊伍後的戎馬生涯，渡江南來後因堅持抗金主張而屢遭打擊的坎坷遭遇，離亂時代的風風雨雨，報國無門的悲壯情懷，這一切都凝鑄在他的六百二十多首詞章中，他的詞也因而呈現出豪放沉雄的風格。由於庸君佞臣的打擊和排擠，從淳熙四年（公元一一八二年）起，辛棄疾投閑置散於江西信州（今上饒）將近二十年之久。他在上饒北城外修築了「帶湖新居」，後來又在鉛山縣東北期思渡之旁修築了一個「瓢泉別墅」，近二十年中寫了將近三百五十首詞。〈沁園春・靈山齊庵賦，時築偃湖未成〉，就是其中之一，詩人時年五十七歲左右。全詞是——

疊嶂西馳，萬馬廻旋，衆山欲東。正驚湍直下，跳珠倒濺；小橋橫截，缺月初弓。老合投閑，天教多事，檢校長身十萬松。吾廬小，在龍蛇影外，風雨聲中。

爭先見面重重，看爽氣朝來三數峰。似謝家子弟，衣冠磊落；相如庭戶，車騎雍容。我覺其間，雄深雅健，如對文章太史公。新堤路，問偃湖何日，煙水濛濛？

靈山，即鎭山，在今江西上饒城北七十里，方圓一百餘里，高一千餘丈，山勢巍峨，山上多松。辛棄疾〈歸朝歡〉一詞的小序開始，就曾說「靈山齊庵菖蒲港，皆長松茂林」。上面這首詞，雖然是詩人老去之作，卻仍然英氣逼人，充分地顯示了詩人作品的豪放風格。詞的上闋開始三句，運用的完全是化美爲媚以動寫靜的藝術手段，總寫靈山的壯觀，躍動如生，大氣包舉，不僅表現了山的雄奇之神，也抒發了詩人對自然美的獨特審美感受，洋溢着一種運動之美和崇高之美。在妙筆寫水之後，詩人以反諷的筆調說，年華老去，本應閑居，但卻「天教多事」，來查核、察看十萬長松（辛棄疾〈淸平樂〉詞題：「檢校山園，書所見」）。這一石數鳥之筆，旣有壯志不酬的自嘲，也有對投降誤國的南宋統治集團的他嘲，同時又以長松高樹表現了靈山景物的特徵，進一步加強了全詩豪放的氣勢。如此還嫌不足，詩人還說他廬屋雖小，但四周卻有松林的龍蛇舞影，而澎湃的松濤則如驟雨烈風。詞的上闋，依次點染了山、水、松三種景物，筆力遒勁，魄力開張，確非大手筆莫辦。下闋集中筆力寫山，運用詩詞比喻中的「博喩」（在西方，因莎士比亞形容同一事物而比喩層出不窮，故名之爲「莎士比亞式比喩」）。在詩人的審美感情的主觀外射之中，山峰如晉代謝家子弟一樣英俊雄偉，如司馬相如的車騎般威儀大方，如太史公的文章那樣雄奇而深遠，秀逸而壯美，詩人在這裏是驅遣典故，也是以典故爲比喩，這種特殊的用典和比喩，與全詞的豪放風格是一致的，也顯示了詩人不凡的才力。因此，楊愼在《詞品》中才說：「且說松而及謝家、相如、太史公，自非脫落故常者，未易闖其堂奧。」

有人以爲「豪放」就是音樂中的高音部，高調子，繪畫中的粗線條，大寫意，文章中的直述式，壯語錄，這其實是一種片面的看法。如果一味粗豪放縱，就必然走向單調，就會流於浮囂與直露。眞正豪放的作品，必然注意或以沉鬱、或以嫵媚、或以淸幽來調節，同時在筆法上又注意在矯健奔放之中力求變幻多姿，既突出主調而又不致流於單調。辛棄疾這首詞就是如此，在開篇的驚雷驟電之後，忽然繼之以「跳珠倒濺，小橋橫截，缺月初弓」的細雨輕風；在「老合投閑」及「吾廬小」的提頓之後，又繼之以「檢校長松十萬身」與「在龍蛇影外，風雨聲中」的力度很強的豪句。下闋寫羣松疊嶂，雖然仍重在闊大雄健的氣勢，但比喩和筆致也仍然變幻不窮，眞所謂「雄深雅健」。近人王易在《詞曲史》中說得好：「其爲詞激昂排宕，不可一世；而瀟灑飄逸，旖旎風光，亦各極其能事。東坡有其胸襟，無其才氣；淸眞有其情韻，無其風骨。效之者或得其粗豪，而遺其精密；步其揮灑，而忘其胎息焉。」

淸代王鵬運曾有詩說：「曉風殘月可人憐，婀娜新詞競管弦。何似三郞催羯鼓，夙膻餘穢一時捐！」（〈校勘稼軒詞後題句〉）這種對辛詞的評價，當然是頗有見地的。但是，就風格而言，我們可以提倡某種風格，卻不可揚此而抑彼，將不同的藝術風格區分等第高下；同時，一個傑出的可以稱爲大家的詩人，他的成就必然是多方面的，卽以風格而論，他除了主導風格之外，還必然有表現出其它風格之作。豪放，是辛詞的主導風格，但他也有不少悱惻纏綿、清新明麗或幽默諧趣的作品。這樣，辛棄疾的詞才不是一支銅號的獨奏，儘管銅號的音調是高昂的，而是一闋宏大壯麗的交響曲。

詩的暗示

——辛棄疾〈摸魚兒・淳熙己亥，自湖北漕移湖南，同官王正之置酒小山亭，為賦〉

詩的藝術規律之一就是暗示，是意在言外的暗示而不是意盡言中的說明，是刺激和調動讀者的想像力，而不是堵塞和窒息讀者的想像力，是啟發讀者的思索，而不是像說明文和議論文一樣把情況和結論和盤端給讀者。一般說來，詩的暗示是好詩所必須具備的條件之一。

辛棄疾，這位學識豐富、生活經歷不凡而又才情俊發的愛國詞人，是南宋詞壇的旗手。在我國詩歌史上，蘇軾首創壯詞一派，至辛棄疾而蔚成大觀，成爲我國詞史上一個最富於活力也最有積極意義的流派。「軒稼詞以激揚奮厲爲工」，沈謙《塡詞雜說》就曾經這樣標舉過辛棄疾的詞風。但是，在他的詞章裏，儘管激盪着時代的風雨，燃燒着火一樣的激情，飛揚着高亢的音調，但是，他的詞畢竟不是張貼在牆上的檄文，不是一覽無餘的布告，不是記錄他所見所感的說明書。現存的六百餘首辛詞，其中大部份都是動人以情啟人思索的眞正的詩。是的，辛棄疾是將詩作爲詩來寫的，而不像有的人形式上寫的是詩，而素質上卻離詩的距離還十分遙遠。如他的〈摸魚兒．淳熙己亥，自湖北漕移湖南，同官王正之置酒小山亭，爲賦〉：

更能消幾番風雨，匆匆春又歸去。惜春長恨花開早，何況落紅無數。春且住！見說道，天涯芳草無歸路。怨春不語，算只有殷勤，畫檐蛛網，盡日惹飛絮。

長門事，准擬佳期又誤。蛾眉曾有人妒。千金縱買相如賦，脈脈此情誰訴？君莫舞，君不見，玉環飛燕皆塵土。閑愁最苦。休去倚危欄，斜陽正在，煙柳斷腸處。

公元一一七九年，辛棄疾從湖北轉運副使調任湖南轉運副使，他的同事兼老朋友王正之爲他在衙門裏的小山亭置酒送行，辛棄疾作了這首詞。這一年，辛棄疾已經四十歲，從北方南歸已經有十七年之久，在這漫長的歲月裏，他匡復失地的壯志不僅未能實現，而且總是受到主和的權臣們的排擠與打擊，「言未脫口而禍不旋踵」，就是他的處境的寫照，同時，漕司只是掌管一路財經的機關而已，從湖北調往湖南，更遠離了詩人所欲效命的抗戰前線，因此，詩人的愁苦和憤懣就是可想而知的了。《藝衡館詞選》記載了梁啟超對這首詞的評論：

「廻腸蕩氣，至於此極，前無古人，後無來者。」辛棄疾這首詞引起了立志改革而終歸失敗的梁啟超如此強烈的共鳴，那是很自然的，至於這首詞的廻腸蕩氣的力量，除了內容的作用之外，在藝術上恐怕主要是得力於暗示。在上片中，「惜春長恨花開早，何況落紅無數」是「惜春」，「春且住，見說道，天涯芳草無歸路」是「留春」，而「怨春不語」則是「怨春」了。這三層意思及其翻騰旋折是很明顯的，而且詩人之所以「惜」、「留」、「怨」，則是因爲開篇所說的「更能消幾番風雨」的「風雨」，然而，「春」和「風雨」究竟是指什麼？詩人爲什麼會有這樣複雜的感情和態度？詩人卻無一字明言，更沒有一語道破。「春」是指自然的節候嗎？是指自己原來想有所作爲的少壯年華嗎？是指當時的國家形勢嗎？「風雨」是說自然景況又寓小人撥亂嗎？好像這些意緒都含蘊在詞中，使人於言外可想卻又很難一一坐實。下片首先用了兩個切合詞中情境的人所熟知的典故。運用典故的好處，一是由於典故本身固有的內涵，可以加強詩的容量，一是詩人可以化陳爲新，賦予新意。辛詞中所運用的這兩個典故，似乎是人我分指，但他還是沒有直白式地說明，他還是通過暗示去讓人們思索。在最後四句中，那斷腸煙柳和斜陽又是比況或暗寓什麼呢？歷來都有許多近似而又不同的解說，而解釋的多樣性並不是一首詩的缺點，而往往是一首詩的優點，雖然有些好詩的含意是確定而明朗的，並無歧義。提供聯想的線索，規定想像的範圍，具有讓讀者解釋的多樣性，比慷慨悲歌直抒胸臆有時更富彈性，這正是詩的暗示而絕非詩的謎語的美學效果。

我國古典文藝理論與詩歌理論是重視作品的暗示性的。劉勰《文心雕龍》的〈隱秀〉篇就專門探討了這個問題，他強調「隱也者，文外之重旨者也」，「隱以複意爲工」，「隱之爲體，義生文外；深文隱蔚，餘味曲包」，他所說的「複意」與「重旨」，不僅包含了文意內涵的多解性，也兼指多重意義的暗示性。以後，我國傳統的詩歌美學從司空圖起提出「不着一字，盡得風流」，僧皎然在《詩式》中提出「兩重意」，歷代詩家都主張弦外之音，言外之意，象外之旨，味外之味，說法雖小有不同，其核心就是強調象外所指的暗示，強調詩的文字之外的意義的含蓄性與延展性，這正是尊重詩歌獨特藝術規律的具有強大生命力的美學思想。關於詩的暗示，法國象徵派詩人馬拉美說「詩是謎語」，這固然不足取，但西方現代文藝批評自威廉·燕卜生的《模稜七型》一書問世之後，「模稜語」、「曖昧語」便成爲新批評派的重要理論依據，而威瑞特以爲「模稜」、「曖昧」的名聲不好，改稱之爲「多義語」，這些說法，可供我們參考。美國華人學者劉若愚就曾撰文題爲〈李商隱詩中的模稜〉，臺灣學者梅祖麟也曾寫過〈文法和詩中的模稜〉的專論，他們吸收西方現代文藝理論中的積極成果，用以研究中國的古典文學，確有一些新的發現。從上述這首辛詞可以看到，詩的暗示，符合詩這一獨特的文學樣式本身的特點，也符合讀者審美活動中的心理規律，是通向柳暗花明的美妙詩境的一條幽徑。

幾副筆墨

——劉過〈唐多令·重過武昌〉

在大自然的園林裏，不僅有春蘭秋菊，而且有冬梅夏荷，不僅有花雅香幽的玉蘭，而且有玲瓏俏麗的石竹，不僅有雲蒸霞蔚的桃花林，而且有知時舒卷的合歡樹……這樣才能構成百花齊放，四時不謝的風光。在詩歌史上，凡是有比較突出的成就的詩人，他們的題材、風格、手法也往往是多樣化的，在藝術上往往有幾副筆墨，多彩而不單調。

蘇軾，在北宋詞壇舉起革新的旗幟，他的詞以清雄豪放的風格著稱於世，但他的「花褪殘紅青杏小」的〈蝶戀花〉卻別是一番風韻；辛棄疾，是繼承蘇軾的風格而加以創造性發展的詞人，他的詞，以豪邁奔放、雄奇恣肆爲其基本風貌，但又兼有婉約、清麗、諧趣等種種風采；李清照把婉約派的詞章發展到最成熟的境界，但是，對她那首氣象恢宏的〈漁家傲·天接雲濤連海霧〉一詞，梁啟超就曾說：「此蘇辛派，不類《漱玉集》中語。」讀上述大詞家的作品，人們不禁驚嘆：在同一株樹上，卻開出了色彩芬芳各異的花朵！

南宋詞壇與辛棄疾同時的詞人劉過，他的〈唐多令・重過武昌〉一詞，也能啟發我們認識關於幾副筆墨的藝術道理：

蘆葉滿汀洲，寒沙帶淺流。二十年重過南樓。柳下繫船猶未穩，能幾日，又中秋。　黃鶴斷磯頭，故人曾到否？舊江山渾是新愁。欲買桂花同載酒，終不似，少年遊。

劉過（一一五四—一二〇六），字改之，號龍州道人，吉州泰和（今江西泰和縣）人，終身不仕，流寓兩湖和安徽、江蘇、浙江一帶，毛晉〈龍州詞跋〉引宋子虛的話，稱他為「天下奇男子，平生以氣義撼當世」。劉過積極主張收復中原，具有強烈的愛國熱情，曾經作過辛棄疾的幕客，詞風也着意學習辛棄疾，因而成為辛派的重要詞家之一，對推動豪放派詞風的發展作出了貢獻。如「今日樓臺鼎鼎，明朝帶礪山河。大家齊唱〈大風歌〉，不日四方來賀。」（〈西湖・賀詞〉），如「便塵沙出塞，封侯萬里，印金如斗，未愜平生。拂拭腰間，吹毛箭在，不斬樓蘭心不平」（〈沁園春・張路分秋閱〉），都是意可干雲、聲可裂竹之作，因此，詩人陳亮就推許他「劉郎吟詩如飲酒，淋漓醉墨龍蛇走。笑鞭列缺起豐隆，變化風雷一揮手」，比劉過年長近三十歲的陸游也贊揚他「胸中九淵蛟龍蟠，筆底六月冰雹寒。……放翁七十病欲死，相逢尙能刮目看」。然而，這位詞家並不是一味地豪放飛揚，上述〈唐多令〉就是出自他的手筆的含蓄委婉之作。

這首詞上片首二句「洲」、「水」分寫，蘆葉寒沙，一派寂寥的深秋景象。在抒寫了所見的空間景物之後，詩人不禁從時間興起了今昔之思：二十年前，詩人懷抱着匡時救國的壯志，辭別建立在武昌黃鶴山上的南樓（卽安遠樓）去臨安赴試，如今書生老去，一事無成，而國勢日非，江河日下，舊地重遊自然饒多感慨，何況是在行色匆匆之中，更何況是斯時斯地迎候那卽將來臨的中秋明月？下片緊承上片的時間意脈，以「故人曾到否」的問句轉入直接的抒情。「舊江山渾是新愁」，是全詩的關鍵句，聳動讀者的耳目而包舉深厚。在這一句中，「新」與「舊」兩相對舉，半壁河山依舊，而不可收拾的國事及自己的遲暮只能令人平添許多新愁，如此相摩相盪，構成一股巨大的衝突力，日本濱田正秀《文藝學概論》中所謂的「矛盾法」或「抵觸法」，在劉過的詞中早就運用了。結尾三句又回應「二十年」和「中秋」：本來想再邀集故人泛舟中流，把酒賞月，然而，卽使這樣，也畢竟不同於二十年前的少年之遊了。如此作結，有如一闋「悲愴奏鳴曲」的最後的樂音，沉痛低廻，餘音不絕。

劉過這首詞，沉哀宛轉，別是一種筆墨，其感人力量並不亞於他的那些激揚奮厲之作。

南宋末年劉辰翁「丙子中秋前，聞歌此詞」，就用原韵追和了七首之多，周密因爲詞中有「重過南樓」一語，就改這首詞的詞牌爲「南樓令」，而元代蔣子正《山房隨筆》還記載說：「劉此詞，楚中至今歌者競唱之。」而明末淸初的愛國志士李天植，還追和劉作的原韻寫了一首〈唐多令〉，以寄寓他的易代之悲：「新綠滿滄洲，孤帆帶遠流，更甚人同倚南樓。一片傷心烟雨裏，猶記似，別時秋。　華髮漸蒙頭，相思如舊不？怪江山不管離愁。二十年前曾載酒，都作了，夢中遊。」可見劉詞影響的深遠。從這裏可以體會到，多掌握幾副筆墨，在表現生活和抒發感情時，就不致於單調，而音樂中的獨弦琴，畢竟不如七弦琴音調豐富多采。

婉約

——姜夔〈念奴嬌〉

風格，是個性的表現。「風格卽人」，這是法國十八世紀著名評論家布封《風格論》中的名句。如果說，「滿天梅雨是蘇州」，「流將春夢過杭州」，「二分無賴是揚州」、「黃雲畫角見幷州」、「澹烟喬木隔綿州」、「曠野見秦州」、「白日瞻幽州」，「風聲壯岳州」這些詩句，分別表現了不同地域的風物特徵，顯示了它們各各不同的風采，那麼，是否具有鮮明的風格，就更是一個作家成熟與否的標誌。

在我國古典詩歌史上，詞的極盛時代是兩宋。宋代的詞壇雖然異彩紛呈，但大略可分爲豪放派和婉約派。這一爲後代所沿襲的說法，起於明代的張世文，他說：「詞體大略有二，一『婉約』，一『豪放』，蓋詞情蘊藉，氣象恢宏之謂也。然亦存乎其人，如少游多婉約，東坡多豪放。」（見張刻《淮海集》）張世文認爲婉約派詞風的特徵是「詞情蘊藉」，這只是就大體而言，實際上具體到每一個婉約派的詞家，他們的風格又因人而異，並不是千人一面的。例如同屬北宋婉約詞派的陣營，秦觀則主情致，周邦彥則善鋪敍，同是南宋婉約派的大家，蔣捷偏於纖巧，吳文英流於典麗，而比辛棄疾小十五歲的姜夔，則顯示出清空典雅的風姿，因此又有人稱姜夔爲風雅詞派的領袖。如他的〈念奴嬌〉：

余客武陵，湖北憲治在焉。古城野水，喬木參天，余與二三友，日蕩舟其間，薄荷花而飲。意象幽閑，不類人境。秋水且涸，荷葉出地尋丈。因列坐其下。上不見日，清風徐來，綠雲自動。間於疏處，窺見遊人畫船，亦一樂也。揭來吳興，數得相羊荷花中。又夜泛西湖，光景奇絕。故以此句寫之。

鬧紅一舸，記來時嘗與鴛鴦爲侶。三十六陂人未到，水佩風裳無數。翠葉吹涼，玉容消酒，更灑菰蒲雨。嫣然搖動，冷香飛上詩句。　日暮，青蓋亭亭，情人不見，爭忍凌波去？只恐舞衣寒易落，愁入西風南浦。高柳垂陰，老魚吹浪，留我花間住。田田多少，幾回沙際歸路？

姜夔（一一五五？—一二二一？）字堯章，江西鄱陽人，號白石道人。他是一個多才多藝的藝術家，精通書法和音樂，楊萬里曾稱他的詩有「裁雲縫霧之妙思，敲金戛玉之奇聲」。他以詞名世，現存詞八十首左右，名爲《白石道人歌曲》。姜夔大約三十歲左右時認識了詩人蕭德藻，蕭爲湖北參議時，官署在武陵（今湖南常德），姜夔和他過從甚密。數年後姜來到湖州和杭州，回想武陵之遊，寫下了上述這首詞。

姜白石的詞多有小序，文筆優美，有人稱爲小品文的模範。這首詞的序風致姸然，詞的本身更是風神婉約，典雅清空。在開篇概寫泛舟來賞荷花之後，以「水佩風裳無數」寫荷花盛開的情景，以「翠葉吹涼」三句狀寫荷花的姿容，更以「嫣然搖動，冷香飛上詩句」描摹荷花的神韻。「臥看花梢搖動一支支」（〈虞美人〉），本是姜夔的秀句，此處的「嫣然搖動」，似覺更爲風神搖曳，加之以「冷香飛上詩句」的由此及彼的妙想，更令人感到意象清超，格調高遠。「日暮，青蓋亭亭，情人不見，爭忍淩波去？」——是咏花，還是咏人？詩人通過藝術聯想的飛翔，將花與人融爲一體，創造出一種綽約而韻遠情深的意境。「只恐」以下五句，由眼前的盛景想到秋來的搖落，以高柳、老魚殷勤留客的擬人化描寫，表達了對美好風物的珍惜和留戀。結尾的「田田多少」，照應開篇的「三十六陂人未到」，全詞因此而構成一個天衣無縫的藝術整體，也進一步顯示出那種「野雲孤飛，去留無跡」（張炎：《詞源》）的高遠清華的風格。清代劉熙載在《藝概》中說：「姜白石詞幽韻冷香，令人挹之無盡。擬諸形容，在樂則琴，在花則梅也。」這是他對姜詞恰切而形象化的總的品評。

風格的形成，有時代的、文學傳統的、個人的諸多複雜的因素。無庸諱言，在反映生活的深度和廣度方面，姜詞遠不及蘇辛詞，但是，姑且不論姜詞中也有一些反映了時代生活和人民情感的篇章，即使僅從風格的多樣化的角度來看，作爲詞壇上一個頗有影響的重要流派的代表，姜夔詞也值得我們重視。辛棄疾比姜夔年長，詞風大不相同，但據南宋詞人周密《齊東野語》記載，他也「深服其長短句」。作爲詞壇大家又是豪放派的主將的辛棄疾，他不是「以宮笑角，以白詆青」，抱有礙於藝術發展的門戶之見，他也不去貶低他人的與自己差別很大的藝術風格，反而表示應有的尊重，這，至少顯示了一種恢宏的胸襟與闊大的藝術氣度，我以爲此中消息，值得深思。

陰柔之美

——姜夔〈翠樓吟〉

萌芽於隋代的詞，經過唐朝三百年的開疆擴土，到宋代便已天高地廣，蔚爲大觀。關於宋詞的藝術風格，大略可分爲「豪放」和「婉約」兩派。首先提出這一說法的是明代的張世文，同是明代人的徐師曾在《文體明辨》中也說：「詞有『婉約』者，有『豪放』者。婉約者欲其詞情蘊藉，豪放者欲其氣象恢宏。」就詩美的形態來說，豪放近於陽剛之美，婉約近於陰柔之美。在南宋詞壇，辛棄疾是發展了蘇東坡豪放詞風的主將，而姜夔，則是繼承了周邦彥餘緒的婉約派的領袖。

姜夔是擅於寫詩的詞壇勝手，又是精通音律的藝術家。他幼時隨作宦的父親流寓在湖北漢陽一帶，二十二歲以後的十年客遊江淮湖湘。公元一一八六年冬，他離開漢陽前往浙江湖州，途徑武昌，和友人一起往遊新建成的安遠樓，寫了具有陰柔之美的〈翠樓吟〉詞：

月冷龍沙，塵清虎落，今年漢酺初賜。新翻胡部曲，聽氈幕元戎歌吹。層樓高峙，看檻曲縈紅，檐牙飛翠。人姝麗，粉香吹下，夜寒風細。　此地宜有詞仙，擁素雲黃鶴，與君遊戲。玉梯凝望久，嘆芳草萋萋千里。天涯情味，仗酒祓清愁，花銷英氣。西山外，晚來還卷，一簾秋霽。

梁代的劉勰，早在《文心雕龍》中提出了「然文之有勢，勢有剛柔」的觀點；「猶之惠風，苒苒在衣。閱音修篁，美曰載歸」，唐代司空圖的《二十四詩品》也以不少篇幅描繪過陰柔之美，而明代姚鼐在〈復魯絜非書〉中更是妙極形容：「其得於陰與柔之美者，則其文如升初日，如清風，如雲，如霞，如煙，如幽林曲澗，如淪如漾，如珠玉之輝，如鴻鵠之鳴而入寥廓。」我以爲，陰柔美，在內容與形式的對應中表現爲一種神韻的美，感情細膩低廻，境界清新精緻，風格婉約含蓄，同時，與陽剛美的詩多用剛筆和陽剛性的詞匯不同，陰柔美的詩多用柔筆及陰柔性的詞匯，陽剛美的主要藝術效果是使人驚心動魄，令人鼓舞，催人奮發，陰柔美的主要藝術效果是使人賞心悅目，讓人愉悅，啟人沉思。陰柔美的特徵及其與陽剛美的區別，從姜夔的〈翠樓吟〉詞可以看出。詞前有小序云：「淳熙丙午冬，武昌安遠樓成，與劉去非諸友落之，度曲見志。予去武昌十年，故人有泊舟鸚鵡洲者，聞小姬歌此詞，問之，頗能道其事。還吳，爲予言之。興懷昔遊，且傷今之離索也。」姜夔這篇小序作於寓居越中的一一九六年，離詞的寫作時間已有十年之久。「興懷昔遊，且傷今之離索也」，序中這句話，可作爲探索這首詞的情境的線索。

〈翠樓吟〉是姜夔自製的十七個曲調之一。詞的上片，着重寫景。「龍沙」泛指漠北，「虎落」指邊防設施，「酺」本是一種祭祀，秦代禁止民眾聚飲，有慶祝典禮時方才「賜酺」，「賜酺」在這裏引申爲飲酒作樂。前五句寫宋金言和，北疆一派和平景象，甚至南宋帥府裏演奏的曲調，都是流行於北方的胡樂。從「層樓高峙」到「夜寒風細」七句，緊扣安遠樓，正面鋪寫樓的高大壯麗和宴會上人們的歌舞昇平。——詩人爲什麼要這樣落筆和點染？這種描寫，後面是否還有較深的寓意？許昂霄似乎心領神會，他在《詞綜偶評》中說：「『月冷龍沙』五句，題前一層，卽爲題後鋪敍，手法最高。」所謂題前爲題後鋪敍，就是說上片所描繪的形象之中暗含諷諭之意，而且上片的描寫爲下片的抒情預作渲染和鋪墊。試想，帥府歌吹的竟然是胡樂，國步艱危時安遠樓上仍然在徵歌選舞，詞中的寓意是什麼，人們不是可以在言外得之嗎？同時，這首詞雖然寫的是高樓，但它使人產生的審美感情卻仍然不是陽剛而是陰柔，這就是因爲詩人的感情狀態是委婉低廻而不是激昂奮厲的，他的筆致也輕柔嫵媚，楚楚動人，流漾着一種幽婉的情調。

詞的下片，着重抒情。前三句提出一個問題：如此江山勝境，難道沒有出色的人才？中五句宕開一筆，頗饒頓挫之趣，正如《詞綜偶評》所說：「『玉梯凝望久』五句，淒婉悲壯，何減王粲《登樓賦》。」登樓望遠，滿目淒涼，只得借酒和花來澆愁，來消磨英銳之氣，這是何等悲哀！我以爲這首詞淒婉與悲涼則有之，壯則未必。詞的落句，以景截情，化用王勃《滕王閣》詩中的「珠簾暮捲西山雨」之句，和全詞一樣，都是力度輕柔、辭華秀潤的陰柔性詞匯組合成句，在柔情如水之中，又令人感到有欲說還休的含蓄不盡之意。陳廷焯《白雨齋詞話》說：「後半闋一縱一操，筆如游龍，意味深厚，是白石最高之作。此詞應有所刺，特不敢穿鑿求之。」他感到姜夔這首詞非止於流連風景而已，而是弦外有音，但他卻又不願去牽強附會，這固然說明他審美欣賞的能力與實事求是的態度，同時也說明姜夔的詞重意象的示現而不尙詞旨的直露。我以爲，這首詞在藝術上描寫細膩，風致妍然，情韻幽遠，在內涵上至少可以說是感懷家國，俯仰世情，因此，它應該可以看作姜詞中的上品。

姜夔詞的思想內容，自然遠不及辛棄疾，但他也有傷離念亂的「自胡馬窺江去後，廢池喬木，猶厭言兵」的《揚州慢》，以及托古諷今的「卻笑英雄無好手，一篙春水走曹瞞」的《滿江紅》等篇章。特別是在詞的藝術上，他集婉約派之大成而有新的發展，成爲南宋婉約派的宗師，在發展詩美學的陰柔美方面，作出了新的貢獻。比他大十五歲而詞風迥異的辛棄疾，甚至也「深服其長短句」，這一藝術現象，不是發人深省的嗎？

詩的色彩學

——趙師俠〈鳳凰閣・己酉歸舟衡陽作〉

聞一多，是一位在新詩藝術上作過刻苦追求並作出了重要貢獻的詩人。他曾經說過：「美的靈魂若不附麗於美的形體，便失去它的美了。」（〈評本學年周刊裏的新詩〉）因此，在詩藝上他提出了詩歌要有「建築的美」、「繪畫的美」、「音樂的美」的主張，並以自己的詩集《死水》和《紅燭》去實踐他的理論。我以爲他的這種詩歌「三美」的見解，是對我國源遠流長的古典詩歌藝術的理論概括，也是對我國古典詩論、畫論中的有關理論的發展。

在我國文學藝術的園林裏，詩和畫是兩枝最親近的姐妹花。它們雖然是兩種各立門戶的獨立藝術，詩是語言藝術，長於抒情，畫是空間藝術，長於顯現。詩善於傳情寫意，以詩入畫，可以使畫具有含蓄深遠的情境，但是，畫善於繪影圖形，吸收繪畫藝術中於詩歌有利的因素，可以使詩有鮮明突出的形象，構成具體可感的畫面，因此，在我國千百年來的藝術發展的過程中，由於詩人與畫師的互相取資，甚至詩人而兼畫家，畫家而兼詩人，詩和畫就攜手同行，結下了不解之緣。「當世謬詞客，前身應畫師。不能捨餘習，偶被世人知」，王維這首題為〈偶然作〉的談自己創作經驗的詩，不僅對於我們欣賞古典詩詞，就是對於我們學習新詩創作，恐怕也是不無啟示的吧？

色彩，是繪畫藝術的重要手段，色彩美，是詩的「繪畫的美」的一個重要方面。作為語言藝術的詩，不可能像繪畫藝術直接以色彩描繪客觀事物，而只能以表示或暗示色彩的文字的虛摹，在心理上引起讀者對於色彩的美感的聯想。《色彩論》的作者、美國的魯道夫・阿恩海姆說：「嚴格地說，所有的視覺現象都是由色彩和明度造成的。規定形狀的界限來自眼睛對屬於不同的明度和顏色的面積進行區分的能力。」詩的色彩學，就是力求以語言的描摹在人們的想像中構成視覺現象，就是以色彩抒寫作者的審美情感。蘇軾的「黑雲翻墨未遮山，白雨跳珠亂入船」，每句開頭的一個字是顏色字「黑」與「白」，又分別以「墨」和「珠」這些能引起光度和形態的感覺的字，置於各句之中，於是就構成了鮮明的具象和彼此映襯和對比的色調；杜甫的「江碧鳥愈白，山青花欲燃」，明寫鳥白，暗點花紅，又分別以碧水映襯白鳥，以青山烘托花紅，難怪前人要稱贊他「使筆如畫」。宋代詞人趙師俠，字介之，公元一一八八年曾在湖南作江華郡丞，他有《坦庵長短句》，摹寫風景，體狀物態，精巧而明艷，收入《宋六十家詞》。

下面是他的具有色彩美的〈鳳凰閣・己酉歸舟衡陽作〉：

正薰風初扇，雨細梅黃暑溽，並搖雙槳去程速。那更黃流浩淼，白浪如屋。動歸思，離愁萬斛。　平生奇觀，頗快江山寓目。日斜風定晚風熟，白鷺飛來，點破一川明綠。展十幅，瀟湘畫軸。

色彩，不僅是對客觀事物的描摹，而且能有力地表達感情，即色彩學中所謂「色彩的表情」。趙師俠這首詞在鋪彩設色上頗見功夫。上闋所寫的「梅黃」，是在畫面上渲染的叢叢點點的黃色，而「黃流浩淼」，則是彌漫於畫面上的主色，這兩種黃色，不僅有形態及大小的不同，而且有深淺濃淡的層次之別。同時，詩人又注意色彩間的搭配，以「白浪如屋」的白色與「梅黃」、「黃流」彼此映襯。——這種暖色和中性色彩的安排，不僅是寫實，而且那種迷濛蒼茫的境界，也恰切地表現了詩人「離愁萬斛」的情懷。上闋，寫的是白天歸舟初發時的景象，下闋，則是寫傍晚時分瀟湘明麗的風物。「日斜風定晚風熟」（「熟」字用得何其新奇，顯然是詩人奇創的筆墨！）這一句，雖不像詩人寫泛舟瀟湘的另一首詞中的「平林遠岫渾如畫，更漁村，返照斜紅」那樣色彩鮮明，但「日斜」卻仍然可以引起人們「返照斜紅」的想像，特別是「白鷺飛來，點破一川明綠」，更有以詞筆爲畫筆之妙，綠是一川，而且在斜陽的映照下是分外明亮的綠。綠，是下闋畫幅的主色，但如果僅止於此，還不免有些單調，詩人繼之以「白鷺」之白這種亮色來點染，而且因爲文字畢竟長於敍寫過程，所以飛來的白鷺就使靜止的畫面彷彿具有了動態的美。詩人這樣色分主賓，以賓襯主，使得「綠」這一主色更加鮮明突出，抒寫了詩人平靜愉悅的心境。值得一提的是，上下兩闋不僅各自色彩鮮明，而且又構成了鮮明的映照和對比，和諧之中有錯綜，統一之中有變化，如果用美術理論的術語，可稱之爲「色彩構圖的文法」。

兩千多年前，《莊子》所引連叔的一句話說得頗有道理：「瞽者無以與乎文章之觀。」希臘詩人西蒙內底斯也認爲：「詩是有聲的畫，畫是無聲的詩。」藝術的各個門類常常有許多相通之處，歷代不少詩人同時又兼畫家，或者對繪畫有相當的素養，因而使他們的詩作生輝，我想，新詩作者何妨也有自己的語言調色板？

點　染

——侯寘〈水調歌頭・題岳麓華法臺〉

在詩詞中，點染是一種常見的藝術技巧。如果把作品比作一道江流，在陽光的照耀下，江流應該溢彩流金，浪花千疊，如果把作品比作一株樹木，在沃土的滋育下，樹木應該繁花競放，枝葉扶疏。有「點」而無「染」的作品，就有如無葉無花的樹木，就好似無波無浪的河床。

點染，本來是我國傳統繪畫中的專門用語，最早見於梁、隋之交的顏之推《顏氏家訓・雜藝》：「武烈太子偏能寫眞，座上賓客隨宜點染，即成數人，以問童孺，皆知姓名矣。」點與染在中國畫中是兩種基本的筆法，點，即用中鋒把筆端如蜻蜓點水般落到紙上，染，是同時用一支色筆和一支水筆，先着色筆，然後用水筆把顏色由濃至淡地染開。在我國，詩畫素來稱爲姐妹藝術，詩人們也往往跋涉在繪畫的國土上，去尋珠採寶，歸來光耀自己的門楣。點染，就是詩人們從繪畫領域中吸取的藝術經驗之一。清代末年的學者兼文藝批評家劉熙載看到了這一點，他在《藝概．詞曲概》中說：「詞有點，有染。柳耆卿〈雨霖鈴〉云：『多情自古傷離別，更那堪冷落清秋節。今宵酒醒何處，楊柳岸曉風殘月。』上二句點出離別冷落，『今宵』二句乃就上二句意染之。點染之間，不得有他語相隔，隔則警句亦成死灰矣。」從這裏可以看到，柳詞前二句偏於情事的點明和交代，後兩句著重從環境和景物的描繪角度，對情事予以渲染和表現。「點」，是對於「染」的必要的說明與敍述，「染」，是「點」的形象化與詩意化。有點而無染，詩可能與枯燥的說明書混同起來，流於概念化和抽象化，缺乏詩所應有的藝術魅力，有染而無點，就可能導致脈絡不清，情事不明，使染無所附麗，無所指歸，沒有明確的方向性和目的性。

南宋初期的詞人侯寘，字彥周，東武（今山東諸城）人。南渡之後他流寓長沙，作過耒陽縣令，有《懶窟詞》傳世。他的〈水調歌頭．題岳麓華法臺〉，就是一首運用了點染技法的作品：

曉霧散晴渚，秋色滿湘山。青鞋黃帽，堪與名士共躋攀。窈窕深林幽谷，詰曲危亭飛觀，俯首視塵寰。長嘯望天末，餘響下雲端。　白鶴去，荒井在，汲清寒。醒然毛骨，浮丘召我御風還。拂拭蒼崖苔蘚，一寫胸中豪氣，渺渺洞庭寬。山鬼善呵護，千載照層巒。

這是一篇記遊之作。記遊的作品，要寫出所遊之地的與它處不同的地方特色，不能流於浮泛，所謂「詞貴得本地風光」（《藝概．詞曲概》），就是這個意思。同時，記遊之作還要借景抒情，以景烘情，發抒作者遊歷中的獨特的感受。侯寘這首詞，上片寫直登山頂，下片着重寫半山的白鶴泉。一開篇，詩人就點明所遊的地點是秋日的「湘山」（即岳麓山），自己是懷着喜悅的心情去「躋攀」的。「窈窕」以下，就按照攀援而上和由山頂而山腰的路徑，多角度地抒寫「湘山」的景物與環境，渲染、烘托湘山秋色和自己的喜悅之情。「深林幽谷」、「蒼崖苔蘚」繪色，「詰曲危亭飛觀」、「渺渺洞庭寬」狀形，「長嘯望天末，餘響下雲端」有聲，聲色並作，形象如畫，而清寒荒井，渺渺洞庭，又都是切定於岳麓山所見所望着筆，不可移易於它處。結尾的「山鬼善呵護，千載照層巒」，不僅與開篇相呼應，首尾環合，而且巧妙自然地運用了屈原〈九歌．山鬼〉中的故典，進一步渲染了氛圍，抒發了詩人頂禮名山的眞切而豪放的情感。

一點染一

點染的運用當然不限於詞，詩中也很常見。王昌齡〈閨怨〉的「閨中少婦不知愁，春日凝妝上翠樓。忽見陌頭楊柳色，悔教夫婿覓封侯」，先點明少婦的「不知愁」，然後再從景色和環境着筆，來渲染少婦的刻骨的愁情，這是先點而後染；李白〈靜夜思〉的「床前明月光，疑是地上霜，舉頭望明月，低頭思故鄉」，描繪月夜的客中景況，烘染出遊子的思鄉之情，這是先染而後點。此外，還有隨點隨染、夾點夾染的，卽使如上述這首詞，也不是沒有這種筆墨。清代詞人兼學者江順怡在《詞學集成》中說：「案點與染分開說，而引詞以證之，閱者無不點首。得畫家三昧，亦得詞家三昧。」我以為，詩詞一理，點染正是詩詞的一種共同的藝術技巧和規律。在新詩創作中，我們也可以看到它的踪迹，聽到古老詩藝的新的消息。

蒙太奇與細節描寫

——趙師秀〈約客〉

宋代詩歌發展到南宋的陸游，有如一條山系最後峙起的高峰，鬱鬱葱葱，風光壯麗，後來者再也難乎爲繼，只有一些丘陵餘脈蜿蜒，南宋後期的「永嘉四靈」，就是以這樣的姿態進入了我們的視野。

「永嘉四靈」的共同主張是反江西詩派，標榜晚唐賈島、姚合的詩，共同特點是以淸苦爲工，多爲近體，題材與格局都不够寬廣。除此之外，這一專有名稱的由來，可以說是一種歷史的巧合，因爲徐璣號靈淵，徐照號靈暉，翁卷號靈舒，趙師秀號靈秀，他們都是浙江永嘉人，所以後人以「永嘉四靈」相稱。在中國古典詩歌史上，他們以自己的努力和成績，爭得了遠不是顯赫重要但卻也不可一概抹煞的地位。

趙師秀字紫芝，生卒年不詳，約公元一二〇四年前後在世，名居四靈之末，成就爲四靈之首。《梅磵詩話》記載：「杜小山問句法於師秀，答曰但能飽吃梅花數斗，胸次玲瓏，自解作詩。」可見他的作品比較淸新圓潤。他自己也曾說過「莫因饒楚思，詞體失和平」，又以「詩篇老漸圓」自許。他的「微雨過時松路黑，野螢飛出照靑苔」，「遠愛柳林霜後色，一如春至欲黃時」，「數日秋風欺病夫，吹盡黃葉下庭蕪。林疏放得遠山出，又被雲遮一半無」，就是他的好句佳篇。至於絕句〈約客〉，更是他的最「秀」之作，有如靈珠一顆，後世的許多詩選本尤其是絕句的選本，似乎都不敢遺落它的光芒：

黃梅時節家家雨，
青草池塘處處蛙。
有約不來過夜半，
閒敲棋子落燈花。

《四庫提要》評論趙師秀的詩說：「專以煉句爲工，而句法又以煉字爲要。」我這裏不想重複前人的足迹，而只想從蒙太奇結構和細節描寫兩個方面，和讀者一起去探索和觀賞這首詩的佳勝。

蒙太奇，是法語建築學中的名詞譯音，原意是裝配構成。電影藝術從建築學的門庭內借用了這一術語，引申爲剪輯和組合，成爲電影構成形式和構成方法的總稱。然而，文學藝術的各個門類常有其通似性，蒙太奇也不是電影所獨有的手法，在我國古典詩歌的表現藝術中，就有和蒙太奇手法的不謀而合之處，例如電影經常把一些跳躍幅度較大的時空不同的畫面，按照藝術的邏輯並列組接起來，構成並列式蒙太奇，從而渲染作品的氛圍，表達作品的某種寓意。從這種蒙太奇來衡量，趙師秀這首詩有異曲同工之妙。江南地區，立夏以後有一個連綿匝月的多雨季節，名之爲「黃梅天」，雨則稱「黃梅雨」。「黃梅時節家家雨」，詩人首先推出了一個時間與空間比較闊遠的畫面，概括性很強，「雨」不但有形而且有聲，所以這個畫面刺激讀者的視聽感官，既訴之於視覺也訴之於聽覺，同時，這種雨不是匆匆過客式的驟雨，也不是大肆揮霍的豪雨，而是淫雨霏霏，連月不開的黃梅雨。這種雨在詩中，既烘染了那種惱人的凄苦氣氛，也可以說是詩人心境寂寥而切盼友人前來的主觀心理的外射。此外，家家阻雨，也爲客人久候不至埋下了伏筆。「青草池塘處處蛙」，這個畫面的時空較前一個畫面的時空爲小，它是由視覺形象特別是聽覺形象所構成的。南北朝時的謝靈運，在〈登池上樓〉中有「池塘生春草，園柳變鳴禽」的名句，趙師秀的「青草池塘」化用謝靈運的「池塘生春草」而不落痕迹，也更爲濃縮，但具備一定的詩歌知識的讀者卻可以由此而聯想到許多，這種化用故典而加深其歷史和藝術內涵的藝術形態，英美現代詩人兼批評家艾略特稱之爲「同存結構」，因爲讀者的想像由此不致停留在絕緣的平面，而可以馳入歷史的縱深。如果說，前面兩個鏡頭還是戶外自然之景，那麼，「有約不來過夜半，閒敲棋子落燈花」，就是由戶外而室內的人物之景了。從詩的整體來看，這三個鏡頭的組接關係是平行式的，然而，從前面兩個鏡頭和第三個鏡頭的關係來看，則可以理出先後發展的時間線索，這種由遠而近、由外而內地發展的鏡頭，可稱爲「前進式的蒙太奇句子」。同時，從畫面上看，前面兩個鏡頭較爲闊大，是遠景、全景，後一個鏡頭較爲細小，是近景、小景，相當於電影中的「特寫」。在這一特寫鏡頭中，只見主人失望而仍然不無期待地頻頻敲着桌上的棋子，燈花開了又落，而客人則期期不至。一「敲」一「落」，表現時間之久，憶念之深，企盼之殷，而室外的雨聲、蛙聲，室內的敲棋聲與燈花開落聲，聲聲入耳，這種強動態的聽覺描寫，正深層次地表白了主人公內心的孤寂，把那種「客有可人期不來」的情緒與氛圍，表現得分外動人。

細節描寫，也是這首詩的值得稱道之處。細節描寫，並不是敍事性文學作品之所獨擅，在抒情詩中，細節描寫雖然不是普遍的美的法則，許多優秀的抒情詩就並沒有細節描寫，但是，精彩的細節描寫在抒情詩中確實有它的英雄用武之地，有的抒情詩就是因爲精妙的一筆而使整體生輝。「南州溽暑如醉酒，隱几熟眠開北牖。日午獨覺無餘聲，山童隔竹敲茶臼」，這是柳宗元的〈夏晝偶作〉，這首詩，不是由於最後一句的細節描寫而倍增光采嗎？在趙師秀的〈有約〉裏，「閒敲棋子落燈花」的一「敲」一「落」的細節描寫，也有如前所述的一石數鳥之功，如果沒有抒情主人公「敲」的外形動作和燈花「落」的動態呈現，那麼，這首詩就會減色不少。同是將晚上下棋與友情作綜合抒寫的，有杜牧的絕句〈重送〉：「絕藝如君天下少，閑人似我世間無。別後竹窗風雪夜，一燈明暗覆吳圖。」前面兩句是人我分敍，是寫事抒情的虛筆，後兩句是寫景的實筆。「覆吳圖」，意卽一人在棋枰上按照棋譜下棋，因爲友人已別而無法對弈了，這樣，棋聲所敲響的是心境的寂寞和雪夜的孤寒。趙師秀的後兩句，表現一種審美期待心理，杜牧詩後兩句表現審美追懷心理，其細節描寫有異曲同工之妙，在對比參照中，自然可以領略到更多的詩的妙趣。

親愛的讀者，趙師秀的〈有約〉敲響了寂寞，是否也敲響了你心的弦索？

陽剛之美

——戴復古〈水調歌頭・題李季允侍郎鄂州呑雲樓〉

詩美是多種多樣的。嫵媚是美，有如月上柳梢；華麗是美，有如芙蓉麗日；淡遠是美，有如秋水遠山；奇矯是美，有如鷹飛岳峙；婉約是美，好似曲澗幽泉，小橋流水；豪放是美，如同長江大河，海雨天風……。在多種多樣的詩美之中，婉約美與豪放美是兩種主要的詩美，或者說是美的兩種主要的形態。在西方文藝批評史上，沒有「陽剛」與「陰柔」這種用語，西方美學理論稱前者為「雄偉」或「崇高」，稱後者為「秀美」或「優美」，公元三世紀雅典的朗吉努斯，主要從修辭學的角度論述過崇高，而首先眞正將崇高與美作為一對審美範疇而詳加論說的，是著有《崇高與美兩種觀念的根源》一書的十八世紀英國美學家博克（又譯柏克），隨後，德國的康德也曾撰寫《論秀美與雄偉的感覺》、《美感的評判》等著作，對此作了進一步的闡述。在我國，南北朝時梁代的劉勰早在《文心雕龍》中就指出「剛柔以立本，變通以趨時」、「剛柔雖殊，必隨時而適用」，接觸這一問題比西方早了許多年。「具備萬物，橫絕太空。荒荒油雲，寥寥長風」，以後，司空圖的《二十四詩品》不僅對陽剛之美作了形象的描繪，而且將「雄渾」一品列於二十四種詩品的首位。明代的張世文，提出宋詞大略可分「豪放」與「婉約」兩派，姚姬傳在〈覆魯絜非書〉中也曾討論剛柔之美，他對得於陽與剛之美的詩文，作了如下形象化的描畫：「如霆，如電，如長風之出谷，如崇山峻崖，如決大川，如奔騏驥。」具有陽與剛之美的詩，發揚蹈厲，眞力噴薄，的確有別的詩美所不能代替的強烈的鼓舞人心的力量。

南宋詩人戴復古的詞〈水調歌頭·題李季允侍郎鄂州呑雲樓〉，就是一篇煥發着陽剛之美的作品：

> 輪奐半天上，勝概壓南樓。籌邊獨坐，豈欲登臨豁雙眸？浪說胸呑雲夢，直把氣呑胡虜，西北望神州。百載好機會，人事恨悠悠！　騎黃鶴，賦鸚鵡，漫風流。岳王祠畔，楊柳煙鎖古今愁。整頓乾坤手段，指授英雄方略，雅志若爲酬？杯酒不在手，雙鬢恐驚秋！

這位江湖流落而以詩名世的詩人，字式之，號石屛，天台黃岩（今浙江黃岩縣）人，生於公元一一六七年，約卒於公元一二四八年。今存《石屏集》、《石屏詞》。他的詞作雖然不多，只有四十餘首，風格卻豪邁奔放，繼承了他的老師陸游的流風餘韻。如他的名作〈滿江紅・赤壁懷古〉：「赤壁磯頭，一番過一番懷古。想當年周郎年少，氣吞區宇。萬騎臨江貔虎噪，千艘烈炬魚龍怒。捲長波，一鼓困曹瞞，今如許。　江上渡，江邊路，形勝地，興亡處。覽遺踪，勝讀詩書言語。幾度東風催世換，千年往事隨潮去。問道旁楊柳為誰春，搖金縷。」氣象雄張，感慨深沉，難怪《四庫全書提要》要稱贊它「豪情壯釆」。一二二一年，南宋軍隊在黃州（今湖北黃岡縣）與蘄州（今湖北蘄春縣）一再擊敗入侵的金兵，民心振奮，一度造成了「百載好機會」的有利形勢。在這一年，李季允出任沿江制置副使，即邊防軍事副長官，掌管邊防軍務，兼鄂州（今湖北武昌）知府。他修建了目的在於瀏覽風光的吞雲樓，戴復古來到武昌之後，登高樓而覽勝，寫下了這首與名樓媲美的詞章。

詩文的陽剛之美的形成，主觀上是由於作者所抒發的情感是雄渾的而不是柔弱的，客觀上是由於作者所表現的題材是壯闊的而不是纖細的，同時，它還和與內容相適應的藝術表現手段以及語詞的色彩有關。正如同浩浩蕩蕩的江流，必須有闊大的河床容納一樣，不同的詞調有不同的特點，〈水調歌頭〉共九十五字，是詞中的長調，最適宜於抒寫登臨，抒發豪情。戴復古這首詞採用了這一詞牌，在章法上大開大闔，相摩相蕩，從而形成了全詞波瀾起伏、氣勢磅礴的特色。起句兩句五言就筆力勁健，氣勢開張。「美輪美奐」，讚美樓的華麗，「半天上」，極言樓的高大。在正面稱美樓的華麗高大，並從側面以東晉庾亮建築在武昌黃鶴山上的南樓烘托之後，又以「籌邊獨坐」爲一篇之綱領，以「豈欲」的問句一筆宕開，「西北」和「百載」概括了廣闊的空間與長遠的時間，既婉而多諷，又從中寄托了詩人自己的「一片憂國丹心」（〈大江西上曲〉）。上闋從整體來說，已經是闔捭縱橫的了，其中的「浪說」、「直把」的襯字運用，更使詞章開合有勢，頓挫生情。下闋從往事的回顧一筆兜回到眼前，切定武漢事迹揮寫。崔顥的詩，禰衡的賦，使名山勝水生色，但現在並非流連風景之時，君不見岳王祠邊的楊柳，在煙籠霧罩之中還深鎖着古今同慨的憂愁嗎？此處的「愁」和上闋結句的「恨」，遠承近接，一脈貫穿。「整頓乾坤手段，指授英雄方略」，詩人由眼前景物生發議論，在豪氣逼人的對偶句之後又繼之以問句，合中有開，開中有合，筆勢矯健，發人深省。結句推開一筆，「杯酒不在手」喻手無權力，「雙鬢恐驚秋」喻年華老去，有人解釋說「沒有酒澆愁，鬢髮怕會被秋風吹白了」，是不確切的。這兩句，詩人寫自己縱有整軍經武、勵精圖治的雄心，恐怕也只能付之流水。如此結束，才可謂手揮五弦，目送飛鴻，言在此而意在彼，既照應開頭，又感喟深沉，有餘不盡，讀來令人蕩氣廻腸。

除了筆勢縱橫馳騁、開合有致之外，陽剛之美的形成還得力於陽剛性的詞匯。所謂陽剛性詞匯，就是那種辭釆豪壯、力度很強的詞匯。戴復古這首詞中的「胸吞雲夢」、「氣吞胡虜」等等，字字雄健有力，語語慨當以慷。「層樓高峙，看檻曲縈紅，檐牙飛翠。人姝麗，粉香吹下，夜寒風細」，這是婉約派詞人姜夔《翠樓吟》中寫武昌南樓之句，雖然寫的也是高樓，但卻另是一番韻味，在詞語運用上和豪放派詞人也迥異其趣。

「駿馬秋風冀北，杏花春雨江南」，朱光潛《文藝心理學》曾集古典詩詞名句，分別比況陽剛之美與陰柔之美。徐悲鴻手書的一副對聯，寫作「白馬秋風塞上，杏花春雨江南」。是的，陽剛美在內容與形式的相對應中表現爲一種力量的美，感情奔放昂揚，氣魄剛健雄渾，境界闊大高遠；在藝術風格上呈現出壯美的風姿；在藝術效果上主要不是令人賞心悅目，快性怡情，而是使人驚心動魄，令人鼓舞，催人奮發。讓我們摒棄詩歌中的「假、大、空」而頂禮眞正的陽剛之美，讓我們聽到更多的激勵鬬志的秋風駿馬之聲吧！

提筆與頓筆

——陳人傑〈沁園春〉

詞有詞調，詞調有短調與長調的分別。「令」就是短調，又名「小令」，短調講究言短意長，韻味悠遠，如一泓春日的山泉；「慢」就是長調，又可分爲中調與長調二種，長調講求縱橫排宕，筆力夭矯，如一湖浩蕩的波瀾。

長調在尺幅之內而波翻浪湧，除了在內容上是由於詩人那激越而動蕩幅度很大的感情所決定的之外，還由於在篇章結構上注意與感情的律動相一致，講究筆法與筆姿的抑揚頓挫。提筆與頓筆，就是詞的筆法特別是長調詞之筆法中的一種。如南宋詞人陳人傑的〈沁園春〉：

> 予弱冠之年，隨牒江東漕闈，嘗與友人命酒層樓。不惟鍾阜、石城之勝，斑斑在目，而平淮如席，亦橫陳樽俎間。既而北歷淮山，自齊安溯江泛湖，薄遊巴陵，又得登岳陽樓，以盡荊州之偉觀，孫劉虎視遺迹依然，山川草木，差強人意。洎回京師，日詣豐樂樓以觀西湖，因誦友人「東南嫵媚，雌了男兒」之句，嘆息者久之，酒酣，大書東壁，以寫胸中之勃鬱。時嘉熙庚子秋季下浣也。

記上層樓，與岳陽樓，釃酒賦詩。望長山遠水，荆州形勝；夕陽枯木，六代興衰。扶起仲謀，喚回玄德，笑殺景升豚犬兒。歸來也，對西湖嘆息，是夢耶非？
諸君傅粉塗脂，問南北戰爭都不知。恨孤山霜重，梅凋老葉；平堤雨急，柳泣殘絲。玉壘騰煙，珠淮飛浪，萬里腥風送鼓鼙。原夫輩，算事今如此，安用毛錐？

陳人傑，又名經國，號龜峰，福建長樂人，是南宋後期一位頗具才華而天不假年的青年愛國歌手。他空懷報國的雄心而又請纓無路，二十歲以後以幕僚身份浪遊兩淮荆湘等地，終年僅二十五、六歲。他有《龜峰詞》一卷，多爲他逝世前幾年旅食臨安時的作品，共三十一首，全部用的是適宜於表達豪情勝概的〈沁園春〉詞調，詞風悲涼慷慨，直逼辛稼軒的藩籬。如「說和說戰都難，算未必江沱堪宴安。嘆封侯心在，鱣鯨失水；平戎策就，虎豹當關」，如「平子詩中，庾生賦里，滿目江山無限愁。關情處，是聞鷄半夜，擊楫中流」，好似一闋「英雄變奏曲」，訴說着時代的苦難，渲泄着詩人心海上難以平靜的風濤。上述這首詞同樣如此，在筆法上，詩人運用了提筆與頓筆，使得詞篇變化莫測而不平直，波濤橫生而不板滯。提筆與頓筆，本是書法藝術中的術語。在詞中，提筆，就是篇中之起，它筆所未到而氣已吞，提綱挈領，籠罩下文；頓筆，就是篇中的停頓轉折，它的作用是欲盡未盡，使筆勢回旋，言外有意。善於運用提頓，有助於意境深沉悠遠，餘味曲包，文勢峭勁多姿，波瀾老成，音韻如快板與慢板的交會，鏗鏘悅耳。

關於起筆，古代詞論家有許多論述，如「詩重發端，惟詞亦然，長調尤重。有單起之調，貴突兀籠罩，如東坡『大江東去』」（沈祥龍：《論詞隨筆》），「近人作詞，起處多用景語虛引，往往第二韻方約略到題，此非法也。起處不宜泛寫景，宜實不宜虛，便當籠罩全闋，它題便挪移不得」（況周頤：《蕙風詞話》）。陳人傑這首詞的起筆頗有氣勢，「記上層樓，與岳陽樓，釃酒賦詩」，詞的開始，就像拔地而起的奇峰總攬羣山，一個「記」字帶起對往事的回憶，標舉「層樓」與「岳陽樓」，湖天空闊，眼界開張，使得下文的「望」字有了立足放眼的定點。在如此大筆提起之後，詩人略作小頓，接筆並沒有去寫釃酒賦詩的情況，而是以「長山遠水，荆州形勝」寫空間，以「夕陽枯木，六代興衰」寫時間，時空分寫，包舉深厚，然後將英雄與庸才對照，深沉的感喟見於言外。回首歷史上出色的與凡庸的人物，詩人並沒有就此多所發揮，而是筆勢一頓：「笑殺景升豚犬兒」！像高明的馭手將疾馳的戰馬一繮帶住，隨後宕開一筆：「歸來也，對西湖嘆息，是夢耶非？」這一句，是全詞承上啟下的過脈，斡旋於上下闋之間，又以問句出之，尤見錯綜跌宕，詞論中所說的「前結如奔馬收繮，尚存後面地步，有住而不住之勢」，陳人傑的詞正體現了這一藝術法則。下闋的「諸君傅粉塗脂，問南北戰爭都不知」，是另意另起的提筆，着重眼前現實的描繪。詩人在這樣一句喝起之後，又略作頓挫，以一個「恨」字統領下文，先之以狀景物而抒愁情，繼之以寫時事而發悲慨，好似繁弦急管，有如苦雨淒風，但是，至「萬里腥風送鼓鼙」一句，詩人又一筆頓住：「原夫輩，算事今如此，安用毛錐？」王定保《唐摭言》載：「賈島不善程式，每自疊一幅，巡鋪告人曰：『原夫之輩，乞一聯！乞一聯！』」「原夫」，係指程式律賦中之起轉語助詞，「原夫輩」，引申爲泛指文墨之士。陳人傑這首詞的結句是說：天下事既然已經如此不可收拾，讀書人還有什麼用呢？全詞以問句收束，既筆力飛騰又頓挫作勢，在波瀾不盡之中寄寓了無窮的感慨，更覺富於力度。詞論中說「後結如泉流歸海，回環通首源流，有盡而不盡之意，方能使通體靈活，無重複堆垛之病」，陳人傑此詞的結筆之妙，正如斯言。

陳人傑這首詞，開篇突然而起，中間虎擲龍騰，結尾以轉折作收，全詞提、頓交錯，運筆矯健，從中可以窺見這位在詞史上聲名不彰但卻身手不凡的青年詩人的強勁腕力。不但在文學史上，而且在詩詞史的專著中，陳人傑及其作品都似乎未見提到過，一般的詞學研究文章，似乎也還來不及去喚醒七百年前這位早夭的詩人，然而，他畢竟是一位肝腸似火而又極具才華的青年愛國歌手，於是，我就潛游於詞的海洋裏，向讀者捧出這顆沉埋已久的珍珠！

詩的才情

——葛長庚〈念奴嬌・武昌懷古〉

人從事任何一項工作並想取得成就，都需要才能。《史記・項羽本紀》不就說「籍長八尺餘，力能扛鼎，才氣過人」，李商隱〈賈生〉詩不也說「宣室求賢訪逐臣，賈生才調更無倫」嗎？如果你邀請繆斯和你的生命結伴同行，並且希望她能對你投以青眼，那你就必須具備一種特殊的詩的才情。

唐代，是中國古典詩歌的黃金時代，也是優秀的詩人最集中的時代。老詩人賀知章在長安的紫極宮一見到文采風流的李白，就驚呼他爲「謫仙」，這就是後來杜甫詩中所說的「四明有狂客，號爾謫仙人」；七絕聖手王昌齡，當時就榮獲「詩家×子王江寧」的稱號，儘管究竟是「天子」還是「夫子」，到現在還聚訟紛紜，莫衷一是；對於劉禹錫、白居易推許爲「詩豪」，而和白居易齊名而號稱「元白」的元稹，則有「宮中呼爲『元才子』」（《新唐書・元稹傳》）的記載；李商隱，不僅自己才情秀發，而且也以此來讚許別人。〈宋玉〉詩中不就說「何事荆臺百萬家，誰教宋玉擅才華」嗎？言外之意，在芸芸眾生之中，詩的才華並不是可以人人得而有之的。在西方，希臘的詩神阿波羅同時也是青春之神，英國華滋華斯的優秀作品，大都是在三十七歲以前完成的，四十五歲以後，他就和中國南朝的江淹一樣「江郎才盡」了。西方詩人中，時至老年仍然綺思無窮的，似乎遠不如中國古典詩人之多。如詩聖杜甫，雖自云「憶在潼關詩興多」，但他在飄泊湖湘的晚年，仍才情不減，寫出了一些第一流的作品，可以說是老樹着花；八十五歲的陸游，臨終時的一曲〈示兒〉，也是千百年來傳唱不衰的絕唱。——我如此掛一漏萬地數說了一番，無非是要說明，詩，是一種需要特殊的才情的事業，飛光耀采的詩的才情，是進入詩的國境所必須先行出示的身份證。

然而，詩的才情究竟是什麼呢？或者說，詩的才情究竟包括一些什麼內容呢？我只能說，詩的才情至少包括兩個方面，即對生活的詩之熱情和對語言的詩之敏感。詩是偏於主觀抒情的，詩是一種心靈開放的文學樣式，詩人較之小說家、戲劇家、散文家應該有一顆更熱烈的敏於感受的心靈。優秀的詩人，他們不僅對時代生活具有一種異乎常人的熱情，同時，對於將生活以及自己的感受具象化的語言，也有一種非凡的藝術感受力，即所謂敏銳的「語感」。只有後者而沒有前者，作品將是一朵沒有生命力的假花，只有前者而沒有後者，對生活抽象的流動的情思，也無法凝固為具形的藝術品，而只有二者俱備並和諧統一，有如伸展了左右兩邊的翅膀，詩才可能如大鵬騰空而起，越過時間的長河甚至國家的邊界，作千年與萬里的時空逍遙遊。

長江，是我國最大的河流，從《楚辭》起，詩文中就開始了對它的吟唱。李白，這位才華絕代的歌手，「黃河之水天上來，奔流到海不復回」、「黃河西來決崑崙，咆哮萬里觸龍門」，他在頂禮黃河而獲得黃河頌的冠軍之時，也沒有忘記再三再四地來讚美長江，但是，長江頌的桂冠，他不得不讓給在他之後二百多年的鄉親蘇軾。蘇軾的一闋〈念奴嬌．赤壁懷古〉，作爲傑出而個性鮮明的不可重複的古典藝術品，我以爲固然是前無古人，也何妨說後無來者？那種對歷史與現實的熱烈的哲理沉思，那種語言上的不同凡俗，充分表現了大詩人獨有的才情。在文學史上，一個豐碑式的作品，總引得無數後來人的傾慕甚至模仿，如南宋葛長庚的〈念奴嬌．武昌懷古〉：

漢江北瀉，下江淮，洗盡胸中千古。樓櫓橫波征雁遠，誰見魚龍夜舞？鸚鵡洲雲，鳳凰夜月，付予沙頭鷺。功名何處，年年惟見春絮。非不豪似周瑜，壯如黃祖，亦隨秋風度。野草閑花無限數，渺在西山南浦。黃鶴樓人，赤烏年事，江漢庭前路。浮萍無據，水天幾度朝暮。

籍貫廣東而以詞名世的，在宋代大約就是葛長庚一人吧？楊愼在《詞品》中說：「此調雄壯，有意效坡仙乎？」葛長庚這首仿作，開局不錯，從「漢江北瀉」到「誰見魚龍夜舞」，頗有一點奮力追踪蘇軾的氣象，可惜從「鸚鵡洲雲」以下，就一蹶不振了。對於生活沒有新的感受，看不出思想的光華，語言也多所重複而缺少光彩，之所以如此，實在是由於才情不够。因此，從整體看來，葛詞所達到的，只能是「邯鄲學步」的水平而已。除了仿作之外，歷代追和東坡詞原韵的也不少。元代薩都剌〈百字令·石頭城上〉就是一首蜚聲詞史之作，這首詞我們後面將要引述，這裏，先看看金代兩位詞人的作品：

離騷痛飲，問人生佳處，能消何物？江左諸人成底事，空想巖巖青壁。五畝蒼煙，一邱寒玉，歲晚猶風雪。西州扶病，至今悲感前傑。　我夢卜築蕭閑，覺來巖桂，十里幽香發。磈磊胸中冰與炭，一酌春風都滅。勝日神交，悠然得意，離恨無毫髮。古今同致，永和徒記年月。

——蔡松年：〈大江東去〉

秋光一片，問蒼蒼桂影，其中何物。一葉扁舟波萬頃，四顧黏天無壁。叩枻長歌，嫦娥欲下，萬里揮冰雪。京塵千丈，可能容此人傑？　回首赤壁磯邊，騎鯨人去，幾度山花發。澹澹長空千古夢，只有歸鴻明滅。我欲從公，乘風歸去，散此麒麟髮。三山安在？玉簫吹斷明月。

——趙秉文：〈大江東去〉

蔡松年的詞，元好問以爲是「樂府中最得意者」，並許之爲壓卷之作，我以爲實是過譽之辭。因爲這首詞不但語言上用典太多，在內容上也是一些文人習用的舊套，沒有多少新意；趙秉文的詞，題意集中在對蘇軾的追懷，語言也清麗流暢，徐軌《詞苑叢談》稱之爲「雄壯震動，有渴驥怒猊之勢。視（東坡）〈大江東去〉信在伯仲間。」這種印象式的批評雖仍然不免溢美，但趙作較之蔡作，的確要高明一些。

從一些效顰之作中，我們可以感受到傑出作品的強大影響力，也可以反證風華特異的才情對詩創作的重要性。

以醜寫美　醜中見美

——禮陵士人〈一剪梅〉

諷刺，是詩歌園地裏無花的薔薇，是詩歌百花中帶刺的玫瑰。

在我國，諷刺詩之花早就開放在距今二千五百多年前的最早的詩歌總集《詩經》裏。〈邶風．新臺〉、〈魏風．伐檀〉、〈魏風．碩鼠〉、〈陳風．墓門〉等篇，就是中國詩歌史上幾朶早開的薔薇和玫瑰。〈伐檀〉表達了勞動人民對不勞而獲的統治者的嘲諷和控訴，那是人所熟知的了，〈新臺〉諷刺衛宣公爲強娶他兒子的新娘，在黃河邊上造了一座新臺，「新臺有泚，河水瀰瀰，燕婉之求，籧篨不鮮」，意思是說：河邊新臺鮮又明，河水洋洋齊岸平，只道嫁個好郎君，誰知是個癩頭蛤蟆眞噁心！設譬作喻，入骨三分地刻畫被諷刺者的醜態和靈魂，眞可謂婉而多諷。在漢魏樂府中，我們看到民歌繼承了《詩經》諷刺詩的傳統，如〈靈桓時童謠〉的「舉秀才，不知書。舉孝廉，父別居。寒素清白濁如泥，高第良將怯如鷄」，就是有力的嘲諷之作。在我國古典詩歌的黃金時代，中唐的白居易不滿於前代文人詩歌「若求興諭規刺言，萬句千章無一字」，他認爲「欲開壅蔽達人情」，就必須「先向歌詩求諷刺」，因此他創作了不少的諷喻詩。晚唐的羅隱、聶夷中等人，發揚了白居易的諷喩詩風，也寫了不少諷刺詩作。

關於詩的諷刺，孔子在《論語》中認爲「詩可以怨」，也就是「怨刺上政」，後漢鄭玄《詩譜序》更提出了詩的「美」與「刺」之說，認爲詩可以「刺過譏失」，他們的觀點雖然不免有其時代與階級的局限，但畢竟都肯定了詩歌怨刺的社會作用。至於對詩歌諷刺藝術的探討，在傳統詩歌理論中則是比較薄弱的環節，古代詩論家即使有見於此，也只是一鱗半爪，片羽吉光。我以爲，諷刺的火焰，當然是燒向那些反面的現象和事物，使它們那可笑而又可憎的面目暴露在光天化日之下，也就是說，諷刺是專以「醜」爲其表現的美學對象的，但是，寫「醜」卻不能流於自然主義的穢行展覽，或反面人物的種種表象羅列，也不能流於缺乏美感和作者的審美評價的謾罵，作爲文學作品的諷刺詩的諷刺，應該遵循的是「以美寫醜，醜中見美」的美學原則。試看南宋末年署名「禮陵士人」的題爲「咸淳甲子又復經量湖南」的〈一剪梅〉：

宰相巍巍坐廟堂，說着經量，便要經量。那個臣僚上一章？頭說經量，尾說經量。　輕狂太守在吾邦，聞說經量，星夜經量。山東河北久拋荒，好去經量，胡不經量？

咸淳甲子卽景定五年（公元一二六四年），據《續資治通鑑》記載，那一年九月「賈似道請行經界推排法於諸路，由是江南之地，尺寸皆有稅，而民力竭焉」，這，就是這首詞所諷刺的醜的對象。作者先就題發揮，以「經量」爲中心，分別勾勒「宰相」、「臣僚」、「太守」們的嘴臉。宰相是「說着」而「便要」，位高權重，貪婪狠毒；臣僚是「頭說」而「尾說」，屈膝卑躬，唯唯諾諾；管轄一方的太守則「聞說」而「星夜」，諂媚逢迎，做官有道。在分別勾畫之後，結尾的三句出之以對比鮮明發人深省的問句：北方淪陷區那麼廣大的土地都早已被你們拋棄荒廢了，那裏難道不應該去丈量嗎？你們爲什麼不去丈量呢？於是，反動統治者對敵人賣國求榮而對水深火熱中的人民還要敲骨吸髓的醜惡面目，便窮形盡相了。但是，「醜就在美的旁邊」、「滑稽醜怪作爲崇高優美的配角和對照」（雨果語），這首在宋詞中並不多見的諷刺作品卻讓讀者看到了美。讀者之所以能從中獲得美的享受，一是由於它的思想之美，一是由於它的藝術之美。作者通過對醜的鞭撻，表現了作者的也是人民的美學理想和審美情趣，那種崇高的愛國主義精神和對醜惡事物的憎惡，也就是說，作者是用自己的美學觀點來描寫醜、嘲笑醜，從而使人在精神上得到某種愉快和滿足，正如果戈理所說，「使人們對於那些極端卑劣的東西引起明朗的高貴的反感」，也正是因爲這樣，果戈理的《死魂靈》本來是一條反面人物的畫廊，而別林斯基卻稱贊它是「優美的長詩」。做到以美寫醜，醜中見美，除了對醜的對象的審美評價之外，也還有賴於美的表現方法。諷刺詩作爲詩的一種，諷刺的雖然是醜的事物，但也必須講究詩的藝術，講求把生活醜轉化爲藝術美的詩美。這首詩，以高明的有層次的藝術對比結撰成章，以對「經量」的反復咏唱構成了和諧的美的旋律，這樣，醜的對象卻有美的形象表現，因此，在對醜的撻伐之中，仍然可以給人以一種審美的藝術享受。

在新詩的百花園中，諷刺詩也應該是不可缺少的一枝。因此，我們也不妨去觀賞一下古典詩詞中某些作品諷刺的火焰。

警句

——文天祥〈過零丁洋〉

詩歌，是講究煉句的。一聽動心的起句如驟然鳴響的爆竹，言盡意不絕的結句如繞樑三日的餘音，麗句絢爛如紅玫瑰，秀句清雅如水仙花，豪句如江海翻騰的怒濤，奇句如拔地而起的山岳，而言簡意賅、警策動人的警句呢？是一曲使人熱血沸騰的軍號，是一記令人心魂顫慄的洪鐘！

詩歌必須煉句。無論是秀句、麗句、豪句、奇句、警句等等，當然都可以籠而統之地歸納到「佳句」這面旗號之下，即杜甫所說的「詞人取佳句」是也。關於煉句，古典詩人曾充分發表過他們的藝術見解，舉例說，李白讚揚張翰：「張翰黃花句，風流五百年。」白居易讚揚李杜：「文場供秀句，樂府得新詞。」王灣的〈江南意〉中有「海日生殘夜，江春入舊年」，張說把這兩句詩題於政事堂作爲習文的楷式，趙嘏〈長安秋望〉因爲有「殘星數點雁橫塞，長笛一聲人倚樓」之句，杜牧美稱他爲「趙倚樓」。而詩人們自己呢？杜甫是「爲人性僻耽佳句」，賈島是「兩句三年得，一吟雙淚流」，杜荀鶴是「精煉詩句一頭霜」，陸游是「煉句未安姑棄置」。確實，有句無篇不能提倡，一首詩如果從整體上說已經不錯，同時又有出色的佳句，那當然可以使全詩倍增光彩，而一首還說得過去的詩，如果尚有一、二佳句，不是也可以失之東隅而收之桑榆嗎？如許渾的〈咸陽城東樓〉，人們也許不一定能背誦全詩，但「山雨欲來風滿樓」一句卻傳唱至今，爲人們在生活中所習用。可見，佳句要依存於全篇，但也還是有一點相對的獨立性，完全否定這種獨立性，恐怕也會抹煞煉句的作用，也難以解釋有些詩篇爲什麼有佳句可摘了。

我讚美煉句，特別是篇中煉句，但是，我更讚美篇中煉句中的警句。我所說的警句，和一般所說的佳句的含意是有所不同的，警句，是以警動人們耳目的形態，集中地深刻地表現一種生活的眞諦或壯美的思想感情，它不僅能激發人們一般意義的美感，而且還能激發人們審美的驚奇感和向上的意志。陸機在〈文賦〉中說「立片言以居要，乃一篇之警策」，杜甫說「語不驚人死不休」，李清照說「學詩漫有驚人句」，大約也包含了警句的某些意思吧？杜甫的「新松恨不高千尺，惡竹應須斬萬竿」，李清照的「生當作人傑，死亦爲鬼雄」，不就是這種警策的「驚人句」？談到警句，我們自然不會忘情於文天祥的〈過零丁洋〉：

辛苦遭逢起一經，干戈寥落四周星。
山河破碎風飄絮，身世浮沉雨打萍。
惶恐灘頭說惶恐，零丁洋裏嘆零丁，
人生自古誰無死，留取丹心照汗青！

文天祥（一二三六—一二八〇），字履善，又字宋瑞，自號文山，吉州廬陵（今江西吉安）人，是歷史上著名的民族英雄，無意作詩人而成了有許多名作傳世的詩人，有《文文山集》。南宋帝昺祥興元年（公元一二七八年）十月二十六日，文天祥在五坡嶺（今廣東海豐縣北）兵敗被俘，元將張弘範追擊在崖山（今廣東省新會縣南海中）的帝昺，挾持文天祥同往，並強迫文天祥招降堅持海上抗敵的南宋主將張世傑，文天祥不從，「書此詩遺之」，連張弘範讀後都「但稱：『好人！好詩！』竟不能逼。」零丁洋，在今廣東省中山縣南，當年給張弘範讀的〈過零丁洋〉一詩，就是文天祥被挾持途中經過零丁洋而作的。詩的前六句，以極為形象而概括的筆觸，追述了自己自帝顯德佑元年（一二七五年）起兵勤王，於帝昺祥興元年（一二七八年）被俘時為止的歷時四年的戰鬬歷程：先是考中狀元被朝廷起用，後來在四年中浴血奮戰，歷盡千辛萬苦，但國勢終於無法挽回，個人的命運也如雨中的浮萍，回憶當年在江西萬安的贛江惶恐灘兵敗撤退，心頭是多麼誠惶誠恐，眼看今日失去自由而飄泊在零丁洋裏，又是何等孤苦零丁！——在敍事中流貫一股感人肺腑的深情與眞情，毫無矯飾之處，情調悲多於壯，甚至有些「低沉」，簡直就是一闋英雄末路的悲歌。但是，「人生自古誰無死，留取丹心照汗靑」，慷慨赴死的南冠卻吹起了最後的一道衝鋒號，視死如歸的階下囚卻擂動了最後的一通鼙鼓！生與死，這是古往今來一個現實的哲學的命題，文天祥的這一聯警句，充沛着天地間一股多麼浩然的正氣，包容了多麼壯美的思想感情，表現了對生命眞諦的多麼深刻的理解與謳歌呵！這種警句，眞可以令懦夫立志，使壯士起舞！

警句，不是向壁虛構徒事雕琢的結果，而是生活與思想的結晶，是人格美的閃光。文天祥的詩以元兵攻破臨安爲界，分爲前後兩期，由於後期的生活的變化與思想的歷練，作品的內容和風格與前期很不相同，如「臣心一片磁針石，不指南方不肯休」（〈揚子江〉）、「世事便如翻覆雨，妾身原是分明月」（〈和王夫人〈滿江紅〉韻〉），「命隨年欲盡，身與世俱忘」（〈除夜〉），「天地有正氣，雜然賦流形：下則爲河岳，上則爲日星；於人曰『浩然』，沛乎塞蒼冥」（〈正氣歌〉），都是後期的可以傳世之作。詩中的警句，常常表現爲議論或有較多的議論成份，但它必須傾注充沛的激情，附麗於生動的形象，而不能脫離抒情與形象而作抽象空洞的吶喊。「人生自古誰無死，留取丹心照汗靑」純是議論，但它卻有一股磅礴山海的激情，又是在前面的形象描寫的基礎上的昇華，因而才具有如此激動人心的力量。

艾青說：「一首詩的勝利，不僅是它所表現的思想的勝利，同時也是它的美學的勝利。」（《詩論》）詩中的警句何嘗不是如此？

意象並列

——元好問〈湘夫人咏〉

優秀的詩篇，除了必須有深刻的思想和眞摯強烈的感情而外，在藝術上還必須有創造性的豐美的意象。講究詩的意象，是我國古典詩歌的優良傳統，而意象並列，是我國古典詩歌意象經營的重要藝術技巧。

有沒有創造性的美好意象，是詩和非詩的一個重要分水嶺，創造豐美的意象，是詩家所追求的藝術目標之一。本世紀初期英美的一些青年詩人，他們對中國古典詩歌的意象藝術十分傾倒，他們以自己的創作實踐，形成了一個風靡一時的被西方文學史家稱爲「淹沒了英美詩壇」的詩歌流派——意象派。意象派的早期大將埃茲拉·龐德就說：「有些中國詩人，滿足於把事物表現出來，而不加說教和評論。」他自稱他所運用的「意象疊加」的方法，就是從中國古典詩歌中學習而來的，他也曾翻譯唐詩而題名《漢詩譯卷》，被認爲是他對英美詩歌的「最持久的貢獻」，而艾略特甚至稱許他是「爲當代發明了中國詩的人」。外國的有識之士尚且如此重視中國古典詩歌的藝術，我們的詩作者怎麼能拒絕這一筆珍貴的遺產而只是兩眼向外，只主張「橫的移植」而反對「縱的繼承」，所謂「藏金於室而自甘凍餓」呢？對意象藝術，我國古代詩論家早已有所論列，雖然傳統的評點式的文字，使他們未能深入地系統地闡述，如王昌齡在《詩格》中早就提出了「搜求於象，心入於境。神會於物，因心而得」的主張（《唐音癸籤》卷二），司空圖《二十四詩品》也正式標舉出「意象欲出，造化已奇」的觀點，而郝敬在《批選杜工部詩》中則說杜詩「情景意象，妙解入神」等等，都是值得寶貴的吉光片羽。在我國古典詩歌的意象經營中，有一種重要的方法就是「意象並列」，它大致相當於現代電影中的並列式蒙太奇鏡頭，詩人們把幾個可以單獨存在的藝術圖景並列在一起，通過詩的主題把它們組合成一個有機的藝術整體，自己不加議論，不作外加的說明，而讓讀者自己去領會意象之內的意蘊。李白的「床前明月光，疑是地上霜。舉頭望明月，低頭思故鄉」（〈靜夜思〉）。柳宗元的「千山鳥飛絕，萬徑人踪滅。孤舟蓑笠翁，獨釣寒江雪」（〈江雪〉），就是如此。名冠金、元的詩人元好問的〈湘夫人咏〉，也是運用意象並列的技巧而結撰成章：

木蘭芙蓉滿芳洲，白雲飛來北渚游。

千秋萬歲帝鄉遠，雲來雲去空悠悠。
秋月秋風沅江渡，波上寒煙引輕素。
九嶷山高猿夜啼，竹枝無聲墮殘露。

元好問（一一九〇—一二七五），鮮卑族，字裕之，號遺山，太原容秀（今山西忻縣）人。他少年時就有「元才子」之稱，後來蔚爲詩文名家，爲金、元兩代之冠，有《遺山集》傳世。他的詩，上繼李杜，平揖蘇黃，下開虞（集）、高（啟），郝經以爲「巧縟而不見斧鑿，新麗而絕去浮靡，造微而神采粲發」，沈德潛認爲他的七言古詩「氣王神行，平蕪一望，常得峯巒高插、濤瀾動地之概」，趙翼在《甌北詩話》中對他也倍加讚賞：「遺山修飾詞句，本非所長，而專以用意爲主，意之所在，上者可以驚心動魄，次亦沁人心脾。」〈湘夫人咏〉，就是一首芬芳悱惻、沁人心脾的作品。關於湘夫人，自屈原〈九歌・湘夫人〉之後，歷代不知有多少詩人抒寫過這一遠古的瑰奇幽怨的傳說，然而，元好問寫來卻深得屈子的遺意，而又煥發出新的光彩。屈原的〈湘夫人〉共四十句，元好問採用的七言古詩的形式，只有八句。八句詩，四個飛動的鏡頭，四組並列的意象，意象之間有着大幅度的飛躍，留下了大片的空白，讓讀者去聯想和想像。

第一個鏡頭：以寫空間的芳洲爲主，兼寫時間。芳洲北渚，白雲飛來，這裏所說的「白雲」一語雙關，既是天上的雲彩，也是屈原詩中所描繪的「帝子降兮北渚」（洞庭湖北岸的小洲）的湘夫人，而木蘭和芙蓉，則爲人物烘染了一個奇芬異秀的環境。

第二個鏡頭：以寫時間爲主，兼寫空間。「千秋萬歲」，說明過去的時光年代久遠，已飛逝了不知多少歲月，未來的日子也不見盡頭，追隨舜帝而南來的娥皇女英（湘夫人），與舜帝死生契濶，會合無緣，就像千年萬載空悠悠的白雲而已。

第三個鏡頭：時空夾寫。「沛吾乘兮桂舟，令沅湘兮無波」，「沅有芷兮澧有蘭，思公子兮未敢言」，元好問該是從〈湘君〉與〈湘夫人〉受到啟示吧，他寫秋風搖落，秋月淒清，秋夜的沅江呈現出一派迷離悵惘的氛圍。

第四個鏡頭：以寫九嶷山景爲主，兼寫時間。九嶷山上不僅夜深時分有悲切的猿啼，而且枝上也有湘夫人的淚痕。「蒼梧山崩湘水絕，竹上之淚乃可滅！」（李白），全詩像一闋悲愴幽怨的四重奏，在這裏留下的是此恨綿綿無絕期的餘音。

〈湘夫人咏〉就是這樣通過四組意象的並列組接，再現了這個芬芳悱惻的古代神話傳說，它也許讚頌了堅貞不渝的愛情，也許表白了對幸福生活的嚮往，不同的讀者可以聯想到各不相同的內容，它不加評議而意在象外，比那種拘泥的實事實寫的詩高明得多。

意象並列，是突出典型場景的描繪而省略事物發展過程之敍述的結果。一般說來，抒情詩應力避事物過程的詳細敍述，而應強調意象的如聚光燈般的強烈呈現，也就是避免敍述式，運用意象呈現法。意象並列這種詩藝，得到了當代一些新詩人的重視，他們加以繼承和發展，或運用於詩的局部，或運用於詩的整體。如老詩人臧克家的早期之作〈三代〉：

孩子，
在土裏洗澡；
爸爸，
在土裏流汗；
爺爺，
在土裏葬埋。

三句詩，三個快速跳接的蒙太奇鏡頭，內涵豐厚而形象警動，詩人所發揚的，正是中國古典詩歌意象並列的藝術。

情景變化

——陳孚〈鄂渚晚眺〉

元代詩歌上承唐宋，下啟明清，作家眾多，專集不少，是中國古典詩歌長河中的一段。它雖遠不如唐代的氣象萬千，也不如宋代的波瀾壯闊，可是也仍然有閃光的浪花。陳孚的〈鄂渚晚眺〉，就是我從浪花叢中摘來的一朵：

黃鶴樓前木葉黃，白雲飛盡雁茫茫。
櫓聲搖月歸巫峽，燈影隨潮過漢陽。
庾令有塵污簡冊，禰生無土蓋文章。
闌干只有當年柳，留與行人記武昌。

陳孚（一二三〇—一三〇三），元代前期詩人，字剛中，號笏齋，台州（今浙江臨海縣）人，曾任翰林國史院編修官等職，著有《觀光稿》、《交州稿》、《玉堂稿》等詩集。解放前後出版的幾部文學史都沒有提到過他，倒是日人澤田總清所著《中國韻文史》（一九三七年商務版）有一段文字予以評價：「他的詩，情趣挺健，是宋人而有金韻，很雄渾，盡擺脫江湖派之趣。」「雕影遠盤青海月，雁聲斜送黑山秋。」這是他〈開平即事〉詩中的豪句，概括了遼闊的空間，對仗精工而筆力雄健。「淚痕滴透綠苔香，回首宮中已夕陽。萬里河山天不管，只留一井屬君王。」這是他的絕句〈胭脂井〉，構思不俗，警策而動人，我以爲就是置於唐人絕句之林也並無多讓。

〈鄂渚晚眺〉是一首七言律詩。屈原〈九章・涉江〉說「乘鄂渚而反顧兮」，鄂渚在今湖北省武漢市武昌區，相傳在黃鶴山上游三百步長江中。陳孚這首詩，就是寫秋天的晚上在鄂渚眺望所見的景物，以及自己的內心感受，在詩歌的家族裏屬於景物抒情詩這一支。景物抒情詩的基本內涵是「情」與「景」，在藝術表現上要講究情景變化，而要避免單一板滯。仇兆鰲在《杜詩詳注》中就曾經作過如下分析：「杜詩五律，有景到之語，如『落雁浮寒水，飢烏集戍樓』『星垂平野闊，月湧大江流』是也。有情到之語，如『勝絕驚身老，情忘發興奇』『一時今昔會，萬里故鄉情』是也。有一句說景，一句說情者，如『悠悠照邊塞，悄悄憶京華』是也。有一句說情，一句說景者，如『白首多年病，秋天昨夜涼』是也。有一景一情兩層疊敍者，如『野寺江天豁，山扉花竹幽。詩應有神助，吾得及春遊。徑石相縈帶，川雲自去留。禪枝宿衆鳥，漂轉暮歸愁』是也。」陳孚的〈鄂渚晚眺〉一詩，在情景的藝術安排上，也是頗多變化的。

〈鄂渚晚眺〉一詩，清新雄健。首聯兩句雖平平而起，但卻扣住詩題，寫出有關鄂渚的故實和當時景色。「黃鶴樓前」一句寫近景低景，是俯視所見；「白雲飛盡」一句寫遠景高景，是仰觀所得。這一聯重在寫景，景中有情，景象闊大，空間遼遠，俯仰之間暗含唐詩人崔顥〈黃鶴樓〉一詩的寓意。頷聯進一步點明「晚眺」：詩人的眼光從鄂渚這一「定點」，橫覽大江東西，「櫓聲」句側重所聞和所想，聽覺形象和視覺形象相交融。「搖月」之「搖」，煉字極妙，境界頓出，「歸巫峽」寫行舟溯江而上，漸去漸遠，也表現出詩人的想像如電光石火般飛馳。「燈影」句着重寫所見所聞，視覺形象與聽覺形象相交織。在江潮聲裏，船上的燈影順江而下，漸來漸近，顯示出詩人藝術感觸的細緻。在三四兩句一聯寫景之後，腹聯出之以寫情。在詩中，情和景本來是不可分割的，所謂「景中有情」、「情中有景」、「情景俱到」，就是「情景交融」的藝術手法的同中有異的表現方式。但是，另一種手段就是情景分寫，一景一情，兩層疊敍，情與景雖有其內在聯繫，但字面上卻是分別設計。李重華曾說：「詩有情有景，且以律詩淺言之，四句兩聯，必須情景互換，方不複沓，更要識景中情，情中景，二者循環相生，即變化不窮。」（《貞一齋詩說》）他強調的就是情景的「互換」與「變化」。是的，律詩中間兩聯兩句如果全是寫景，則易流於浮泛；如果全是寫情，則易流於枯澀。只有虛實相間而情景皆備，才具有錯綜流動之妙。陳孚這首詩庶幾近之。詩人由眼前景物，自然地聯想到與之有關的人物庾信和禰衡，而生發出一段議論。曾流落江陵的庾信，先後出仕梁、周兩朝，雖然他的〈哀江南賦〉傳唱千古，畢竟大節有虧；三國時的文士禰衡剛正不阿，被黃祖所殺而葬於鸚鵡洲，人雖云逝，風範不磨，文章也將傳之不朽。作者撫今追昔，在一「有」一「無」之中，寄寓了深沉的感慨，其意使人於言外可想。可以看到，這首詩中間兩聯是頗具功力的工對，即在同一聯中是景對景的實對或情對情的虛對，上下兩聯合起來看又是景與情的虛實相對，就情景的變化而言是既有錯綜又有呼應的，這樣，就避免了句意的重複和行文的板滯，加深了詩的容量，筆勢又轉接靈活，自然流走。前人說杜甫的律詩「二必開，七必闔」，陳孚似乎也繼承了這種手法，這首詩，在前面的歷史的回溯之後，第七句忽然大筆挽住，收束全篇，把過去和現在綰合起來，使結句順流而下地收歸本題，不僅更集中地表現了傷今弔古的題旨，而且重在抒情的尾聯和首聯遙相呼應，也使全詩成爲渾然一氣的藝術整體。

陳孚這首詩，嚴整而又流動，精切而又凝煉，流連風物之中又饒多興寄，情與景的藝術處理頗見匠心，因而在同類題材的衆多詩作中不失爲佳品，特別是出自元代詩人之手，就更值得一讀。

律詩的結構

——傅若金〈洞庭連天樓〉

律詩，是中國古典詩歌的眾多樣式中法度最爲精嚴的一種。雖然嚴格的規定和法度，不能限制那些不凡的身手，他們在法律森嚴之中仍然可以馳騁自己的才力，創造的靈感仍然可以振羽而飛，但它確實能夠限制缺乏才情的詩作者，使他們只能寫出平庸的缺乏才氣的詩篇。對律詩中的七律，清人方東樹在《昭昧詹言》中認爲：「七律束於八句之中，以短篇而須具縱橫奇恣、開闔陰陽之勢，而又必起結轉折，章法規矩井然，所以爲難。」有人曾經比喻說，七律好比開七札強弓，古今能開滿這種強弓的人爲數並不太多。這，並不是誇張其辭，而是深切地說明了此中詩藝的難度和甘苦。

在古典詩歌史上，律詩的精華大都集中在唐宋兩代。在唐代詩人華路藍縷以啟山林，而宋代詩人又接踵而來辛苦耕耘之後，後代的詩作者想在律詩寫作方面再拓土開疆，的確十分困難，但是，唐宋以後歷代還是有不少佳作，我們也不可懾於唐宋詩的盛名，而讓歷史的灰塵掩蓋了它們的光彩，例如元代傅若金的〈洞庭連天樓〉，就是頗見功力的一篇。

傅若金（一三〇四—一三四三），字與礪，新喻（今江西省新餘縣）人。他以布衣身分到京城後，不久就詩章傳播人口，名勝之士，莫不倒屐相迎。元代著名詩人揭傒斯曾說：「每讀與礪詩，風格不殊，神情俱詣。」可見時人推譽之重。他曾隨別人一起出使安南，〈洞庭連天樓〉就是他路經湖南時寫的作品，從中可以看到律詩謀篇布局的一般規律：

崔嵬古廟壓危沙，縹緲飛樓入斷霞。
南極千峰迷楚越，西江衆水混渝巴。
鮫人夜出風低草，龍女春還雨濕花。
北倚闌干望京國，故人何處認星槎？

律詩的起句要求發語不凡，一鳴驚人，一開篇就造成不平凡的聲勢和局面，就詩本身來說，意在引發與籠罩全篇，就欣賞者而言，就是使讀者一見鍾情而欲罷不能。關於律詩的起句，古代詩論家總結創作實踐的經驗而提出許多看法，如「要知草率發端，下無聲勢」（薛雪：《一瓢詩話》），「或對景興起，或比起，或引事起，或就題起，要突兀高遠，如狂風捲浪，勢欲滔天」（楊載：《詩法家數》），「起首貴突兀」（沈德潛：《說詩晬語》）等等，都包括了上述這種意思。我們且看〈洞庭連天樓〉如何開篇吧，詩人一開始就取「俯」與「仰」兩個鏡頭，下「壓」與「入」兩字，正面寫古廟飛樓的年代久遠和聳峙雲霄，一落筆就高踞題巔，叫起全篇精神，給人以強烈的印象，這種寫法，實非高手不辦。楊載論頷聯時說：「或寫意，或寫景，或書事、用事、引證。此聯要接破題，要如驪龍之珠，抱而不脫。」沈德潛也認爲「三四貴勻稱，承上陡峭而來，宜緩脈赴之」，這首詩的頷聯正是如此。開篇既已寫連天樓之高峙，爲人們勾畫了一個立地矗天的突兀的形象，詩人接着就以登臨高樓之所見來承接，一句寫山，一句寫水，山水分寫，毫不犯複，而且空間闊大，氣象開張，進一步補足了樓的峻極於天的風貌，其中「迷」與「混」的兩個動詞的運用準確而傳神。腹聯的寫法，按照詩論家們的意見，要「與前聯之意相應相避，要變化，如疾雷破山，觀者驚愕」（楊載），「五六必聳然挺拔，別開一境」（沈德潛），這就說明中、腹兩聯因爲都是偶句，嚴整是它們的特徵，但又必須注意奇正之變，化板爲活，在整飾之中求得飛動流走新境別開之趣。這首詩的頷聯在前面的描寫之後開闢了一個藝術新天地，它由現實而神話，由實寫而虛摹，由眼前和想像中的實有景色而轉入非現實的迷離飄忽的意象。鮫人，是傳說中的人魚，見晉代張華的《博物志》：「南海外有鮫人水居如魚，不廢績織，其眼泣則能出珠。」李商隱〈錦瑟〉詩的「滄海月明珠有淚」的名句，就化用了這一典故，他着重寫淚之成珠，以傳達出回首華年往事時的悲涼之感，而傅若金在這裏也將這一神話傳說凝縮在他的詩句裏，加之以「風低草」的背景烘托，就渲染了一種浪漫而神秘的色彩；龍女，卽洞庭湖的龍女，最初見於唐代李朝威的傳奇小說《柳毅傳》，傅若金在這裏將她請進自己的詩行之中，不僅切合題目所指的地點，有鮮明的地域色彩，加之以「雨濕花」似實景又似象徵的描繪，更平添了全詩的淒迷奇艷的氣氛。律詩的結句，「必放一句作散場，如剡溪之棹，自去自回，言有盡而意無窮」（楊載），「章法則須一氣呵成，開合動蕩，首尾一線貫注」（方東樹），如果草率收場，隨題敷衍，詞意俱盡，那就是使全詩前功盡棄的敗筆。對於杜甫的名作〈登高〉，前人尚且覺得尾聯稍弱，何況其它詩人的作品？傅若金這首詩的收束還算是不平弱的，它由神話而人間，從幽微瑰奇的意象的虛摹宕回到現實情狀的描寫，頗有動蕩之致。「星槎」，是古代神話中往來天上的木筏。《博物志》：「舊說云天河與海通，近世有人居海濱者，年年八月有浮槎來去不失期。」傅若金以「倚闌干」回應開篇之「飛樓」，以「故人何處認星槎」這種京華故人對自己的懷想收束，緊扣詩題而又於題外着想，風神搖曳。

總之，律詩的首聯要突兀不凡，頷聯要平和舒展，頸聯要高揚峻拔，尾聯要餘韻悠遠，這樣在尺幅之中一波而三折，盡錯綜變化之能事，全篇才能詩律精嚴而又多彩多姿。當然，這只是律詩結構藝術的一般規律，絕不是一成不變的公式，文學創作是最忌諱公式而最重獨創的，何況在「一般」之中，那千變萬化的「個別」仍然有大顯身手的天地，例如同是花中的牡丹，不就是有姚黃魏紫等千奇百態的不同品種麼？

用典

——薩都剌〈木蘭花慢・彭城懷古〉

用典，又叫做「用故實」，就是在自己的作品中運用前代的文章、詩詞、成語或者人物、故事。概括地說，用典包括「隸事」與「用辭」兩個方面。

在中國古典詩歌史上，用典作爲一種詩歌藝術手段，起於六朝。因爲從六朝的詩人開始才喜歡運用典故，而在漢代以前，包括漢代的古詩、樂府以及前世的楚辭、詩經，大多是運用白描，極少用典。用典的作用，就是在於「舉事以類義，援古以證今」。恰當而巧妙地運用典故，一是可以化繁爲簡，在熔鑄羣言之中，表達一種難達之意；二是因爲典故本身就具有一種歷史的內容，用典可以加深和擴展作品的內在的容量；三是妙用典故，可以獲得一種暗示或隱喻的效果，使讀者產生廣闊的多方面的聯想。關於詩的用典及其作用，明代王世懋在《藝圃擷餘》中有一段可供參考的議論，他說：「今人作詩，必入故事，有持清虛之說者，謂盛唐詩卽景造語，何嘗有此？是則然矣，然以一家言，未盡古今之變也。古詩兩漢以來，曹子建出而始爲宏肆，多生情態，此一變也。自此作者多入史語，然不能入經語，謝靈運出而易辭莊語，無所不爲用矣。……杜子美出，而百家稗官都作雅言，馬勃牛溲，咸成鬱致，於是詩之變極矣。子美之後，而欲令人毀靚妝，張空拳，以當市肆萬人之觀，必不能也。其援引不得不日加而繁，然病不在故事，顧所以用之如何耳。」王世懋過於排斥詩中的白描手法和清空的風格，但他強調說明的是詩中用典的歷史變遷及用典的作用，還是可供參考。中國古典詩史上善於用典的大師，莫過於前人稱之爲「無一字無來歷」的杜甫了，例如〈登岳陽樓〉之頷聯「吳楚東南坼，乾坤日夜浮」，紀曉嵐批評說下句像寫海的詩，幸虧上句點明「吳楚」，才得以襯托出是寫洞庭湖，其實，酈道元《水經注》中早就說過：「洞庭北會大江……湖水廣圓五百里，日月若出沒其中。」杜甫這裏可以說熔鑄陳言而點鐵成金，並且不露絲毫斧鑿痕迹。又如他寫三峽的名句「五更鼓角聲悲壯，三峽星河影動搖」，只有了解他在這裏是用《禰衡傳》中「撾漁陽摻，聲悲壯」，和《漢武故事》中「星辰動搖，東方朔謂之民勞之應」，然後才可以加深對詩的內蘊的理解，有如一泓包容歷史的深潭，只有熟悉有關典故，才能探測到它的深度。

用典，有所謂明用其人或明用其事的「明用」，如杜甫〈春日懷李白〉的「清新庾開府，俊逸鮑參軍」；有所謂水中着鹽、飲水乃知鹽味的「暗用」，如劉長卿〈過賈誼宅〉的

「秋草獨尋人去後，寒林空見日斜時」，就是暗用賈生〈鵩賦〉中的「野鳥入室，主人將去」和「庚子日斜兮，鵩集予舍」。有所謂事爲我用而不爲事使的「活用」，如黃山谷〈中秋月〉中的「寒藤老木被光景，深山大澤皆龍蛇」，就是活用《左傳》中的「深山大澤，實生龍蛇」，借用古人之語而已非原意。有所謂反其意而用之的名爲翻案法的「反用」，如元代詩人陳孚的〈博浪沙〉：「一擊車中膽氣豪，祖龍社稷已驚搖。如何十二金人外，猶有人間鐵未消？」曲折翻騰，議論奇警。這裏，且讀元代薩都剌的〈木蘭花慢・彭城懷古〉：

古徐州形勝，消磨盡，幾英雄。想鐵甲重瞳，烏騅汗血，玉帳連空。楚歌八千兵散，料夢魂，應不到江東。空有黃河如帶，亂山回合雲龍。　漢家陵闕起秋風，禾黍滿關中。更戲馬臺荒，畫眉人遠，燕子樓空。人生百年寄耳，且開懷，一飲盡千鍾。回首荒城斜日，倚欄目送飛鴻。

薩都剌（一三〇八—？），亦作薩都拉，字天錫，號直齋，蒙古族人，著有《雁門集》。他的詩，雖也有豪邁奔放之作，但主調流麗清婉，如「銀甲彈冰五十弦，海門風急雁行偏。故人情怨知多少，揚子江頭月滿船」（〈贈彈箏者〉）。他的詞成就比詩爲高，詞風豪邁而沉鬱，如〈百字令·登石頭城〉、〈滿江紅·金陵懷古〉等篇，就是他的代表作。上述這首〈彭城懷古〉，是一首懷古詩，懷古詩更離不了隸事用典，薩都剌這首詞的用典，具有切合時地與驅遣自然這樣兩個特色。徐州，遠古時爲大彭氏國，春秋時爲宋地，戰國時屬於楚國的版圖，秦代置彭城縣，項羽自稱西楚霸王時，在這裏建都。全詞扣緊「形勝」着筆，上片主要是融化司馬遷《史記》有關項羽兵敗烏江的故實，下片以李白〈憶秦娥〉詞的「西風殘照，漢家陵闕」句意帶起，分別運用項羽在徐州南築戲馬臺，以及徐州尚書張建封愛妾盼盼居燕子樓的故典，悲嘆英雄美人盡成陳跡。上述這些故實都切合彭城的本地風光，不可移易於它處，同時，它們也都是人們比較熟悉的，繫風捕影，水中着鹽，不是那種生澀的僻典，這樣，就大大擴展了詩的容量，也給有一定歷史知識和文化素養的讀者提供了聯想的天地。

用典的美學原則，應該是切合時地，自然渾成，同時又要另出新意。不注重詩情的動人表達而用典太濫太僻，爲詩家所不取。梁代鍾嶸早在《詩品》中就批評過用典，他說：「至於吟咏情性，何貴用事？『思君如流水』，既是卽目；『高臺多悲風』，亦惟所見；『清晨登隴首』，羌無故實；『明月照積雪』，詎出經史？觀古今勝語，多非補假，皆由直尋。」許多好詩確實從不用典，長篇如白居易的〈長恨歌〉，全篇也只用了一兩個典故。鍾嶸一概反對用典，當然也不免絕對化，但用典生僻俗濫，確也是寫詩所忌諱的。如李商隱這樣的名家，魯迅在贊美他的「清辭麗句」之後，也表示了「用典太多，則為我所不滿」。他的〈喜雪〉的「班扇慵裁素，曹衣詎比麻，鵝歸逸少宅，鶴滿令威家」，全是典故的堆砌，令一般讀者索解為難，毫無他的好詩之到口卽消、餘味深長的情趣。

用典，要講究辯證法。新詩中的用典，更要注意不停留在表層的援引，而要化舊為新，化古為今，對古典重新詮釋與鑄造，既通古今之郵，又賦予新的靈魂。如洛夫的〈牀前明月光〉一詩：「不是霜啊／而鄉愁竟在我們的血肉中旋成年輪／在千百次的／月落處／只要一壺金門高粱／一小碟豆子／李白便把自己橫在水上／讓心事／從此渡去。」化用、反用並活用李白的〈靜夜思〉，表現現代人特殊的鄉愁，既有歷史感，又極具現代感，眞可謂異其語言而新其意象，使讀者獲得多樣與多重的美的享受。

化美爲媚

——李夢陽〈浮江〉

阿里奧斯陀是文藝復興時代的意大利詩人，他在《瘋狂的羅蘭》裏刻畫美女阿爾契娜的形象，特別着重於對她的眼睛的描寫：「嫻雅地左顧右盼，秋波流轉。」德國十八世紀文學批評家萊辛在他的名著《拉奧孔》中，曾經對此表示欣賞，並提出了一個重要的藝術見解：「詩可以用另外一種方法，在描繪物體時趕上藝術，那就是化美爲媚，媚是在動態中的美，正因爲是在動態中，媚由詩人寫比由畫家寫就更適宜。畫家只能暗示動態，而事實上他所畫的人物形象都是不動的。但是，在詩裏，媚終於是媚，是一縱卽逝而卻令人百看不厭的美。」比萊辛早八百多年，我國唐代的司空圖在《二十四詩品》中就專門提出了「流動」一說，「若納水輨，如轉丸珠」，他指的雖是詩的風格，但其中也包含了化美爲媚的藝術思想。

化美爲媚，或者說流動之美，就是描繪事物的動態，或從動態中描繪事物。我國詩經中的〈衛風・碩人〉是描繪人物之美的名篇：「手如柔荑，膚如凝脂，領如蝤蠐，齒如瓠犀，螓首蛾眉，巧笑倩兮，美目盼兮！」前五句都是以實比實的靜態描寫，不免使人感到板滯，而最後兩句動態刻畫，卻使人物通體皆活，顧盼神飛。後代詩人也許從這裏得到過啟發，他們即使是寫靜態的事物，也往往從動態落筆。「水是眼波横，山是眉峰聚，欲問行人去那邊？眉眼盈盈處。」北宋詞人王觀寫山水，觸手生春，生意盎然；「疊嶂西馳，萬馬回旋，眾山欲東」，辛棄疾如果不是出之以這種動態中見神韻的大手筆，那就很難想像如何能不落俗套地表現羣山的氣魄與精神。明代詩人李夢陽雖然不一定從理論上懂得什麼是化美爲媚，但他的這首五律〈浮江〉，卻也充分地顯示了事物的流動與運動之美：

浮江晴放舸，掛席曉須風。
日倒明波底，天平落鏡中。
開窗向赤壁，捩柁失吳官。
萬古滔滔意，潯陽更向東。

李夢陽（一四七二—一五二七），字獻吉，自號空同子，甘肅慶陽人，有《空同集》傳世。他倡言復古，主張文必秦漢，詩必盛唐，是明代詩壇「前七子」之一。他的詩文雖然往往有字摹句擬、食古不化的毛病，但對於破除在他之前的內容空洞、陳陳相因的臺閣體詩風，還是有積極意義的，而且他才思縱橫，集子中不乏可讀之作。沈德潛《明詩別裁》說他「雄視一代，邈焉寡儔」，並非沒有根據。〈浮江〉一詩，大約是他沿江東下時泛舟於湖北鄂城一帶的作品。《三國志・吳志》記載：「吳王浮江萬艘，帶甲百萬。」李夢陽一開篇就喝醒題目，讓「浮江」二字高踞題頂，籠罩全篇，並以「晴」、「曉」二字烘染環境和氣氛，以雲帆高掛來正面補足浮江的形象，筆姿飛舞，氣勢宏壯。接筆寫浮江時的景物，仍然從動態着筆：紅日倒映江中，水上浮光耀金，本來是形容詞的「明」字這裏兼作動詞用，有如王安石「春風又綠江南岸」之「綠」，有如蔣捷的「流光容易把人拋，紅了櫻桃，綠了芭蕉」之「紅」與「綠」，一經化靜爲動，更覺聲光並妙；藍天照映江面，好像落在鏡中一般，「落」字縮短了江天之間的空間距離，又使得靜止的天宇有飛動之勢。頸聯寫浮江的行程，有如電影中的蒙太奇鏡頭：剛才開窗之時還見到江邊的赤壁，轉柁之間吳宮就消失在後面。這首詩寫了三個地名，赤壁、吳宮和潯陽依次而下，那麼，吳宮當在赤壁與潯陽之間，地爲古今鄂城縣境。「失吳宮」的「失」字下得很妙，本來是船行如箭，詩人卻把靜止的吳宮寫成轉瞬即逝，這種化靜爲動的寫法，使筆致顯得空靈活跳。《詩人玉屑》論「句中有眼」時說：「古人煉字，只於眼上煉，蓋五字詩以第三字爲眼，七字詩以第五字爲眼也。」

值得一提的是，李夢陽這首詩的中間兩聯四句的第三字，全部都是動詞，一經匠心安排，在全詩的化美爲媚上起了重要作用。結筆一聯，概括了長遠的時間和空間，進一步寫足了浮江的豪情，同時，詩人仍然是從事物的運動狀態著筆，傳神地表現出江流浩蕩、直趨東海的勝概，可謂壯采飛騰，寄興深遠。

世界上的事物都在運動之中，運動是絕對的，靜止是相對的，這是藝術的化美爲媚的生活依據。一般說來，流動的運動的形象較之靜態的形象更富於生命感和美感。同時，由於讀者的聯想不是凝滯的而是流動的，具有運動和流動之美的形象，就更能調動讀者聯想的積極性，引發他們對生活的動態美的想像，這是化美爲媚之所以具有特殊藝術魅力的原因。讓我們在新詩的百花園中，看到更多的「化美爲媚」的花朵開放！

時空變化

——楊愼〈宿金沙江〉

四川，人稱天府之國，又稱海棠香國，在中國古典詩歌史上，那是個詩人輩出的地方，如在唐宋兩代大詩人之中，擅寫黃河的李白和擅寫長江的蘇軾，就是異代不同時的鄉親，而明代的才子楊愼（升庵），也是巴山蜀水所撫育的一位學者與詩人。

四川成都以北的新都縣，是楊愼的故里。新都縣桂湖公園裏的許多對聯，都與這位詩人結下了不解之緣。如桂湖公園聯：「客在水中央，聚千古名士忠臣人兩個；生成香世界，看滿湖春風秋月花四時。」它所說的「名士忠臣」，就是指楊廷和、楊愼兩父子，而桂湖楊升庵紀念堂聯的「老桂離披，六詔荒烟思往事；平湖瀲灩，一泓秋水想伊人」，就與楊愼後來的被貶謫有關。楊愼（一四八八—一五五九），字用修，號升庵，二十四歲時試進士第一，是明代著名的文學家和學者，他能文、詩、詞及散曲，長於經學，擅於考證，著作達一百餘種，重要的後人輯爲《升庵集》，散曲爲《陶情樂府》。日人澤田總淸《中國韻文史》說：

「他在李東陽處學詩，先採六朝晚唐的英華，以高明伉爽的才能，鴻博絕麗的學問，開創淵博靡麗的詩，爲東陽的黨羽。有壓倒李（夢陽）、何（景明）之勢，在二人之外拔戟自成一隊。」他的〈武侯廟〉一詩，可以說是他的代表作：「劍江春水綠潭潭，五丈原頭日又曛。舊業未能歸後主，大星先已落前軍。南陽祠宇空秋草，西蜀關山隔暮雲。正統不慚傳萬古，莫將成敗論三分。」明世宗朱厚熜時，他以諫大禮杖謫雲南永昌（府名，治所在今雲南寶山），後死於貶所。詩人以垂暮之年，萬里投荒，貶謫道途，詩文不免感憤良多。他的昆明西山飛雲閣楹聯，也許就是這時的作品吧：「半壁起危樓，嶺如屏，海如鏡，舟如葉，城廓村落如畫，況四時風月，朝暮晴陰，試問古今遊人，誰領略萬千氣象？九秋臨絕頂，洞有雲，崖有泉，松有濤，花鳥林壑有情，憶八載星霜，關河奔走，難得栖遲故里，來嘯傲金碧湖山。」當他來到雲南省北部與四川相鄰的「金沙江」（今金沙江邊之金沙江鎮），觸景生情，撫今追昔，寫下了〈宿金沙江〉一詩：

往年曾向嘉陵宿，驛樓東畔闌干曲。
江聲徹夜攪離愁，月色中天照幽獨。
豈意飄零瀚海頭，嘉陵回首轉悠悠。

江聲月色那堪說，腸斷金沙萬里樓！

這裏，我只想和讀者一起去領略詩藝的時空變化。詩，是生活與詩人的主觀情思相契合的藝術表現，因此，詩作中必然要表現出一定的時空觀念。時空觀念的藝術表現的方式是多種多樣的，前面所說的杜甫〈地隅〉詩的「時空交感」，崔塗〈春夕旅懷〉詩的「時空分設」，就是其中的一、二。至於時空變化，更像秋日高空的雲彩一樣變幻多姿，值得我們作細緻的詩象的觀測和描繪。臺灣學者黃永武《中國詩學》中對此論之甚詳，使我深受啟發。楊慎〈宿金沙江〉一詩，在時空變化方面的引人矚目之處，首先就在於時間上的今昔對映所形成的時空換位。這首詩，時間線索分明，前後四句構成鮮明的對比。楊慎年輕時從家鄉新都出發赴京會試，坐船從沱江南下，宿於今重慶市長江西岸之嘉陵驛。年少離家，飄然一身，雖然錦繡前程在北京等待着他，但月色照耀無眠的離人，江聲整夜翻攪着他心中的鄉愁；幾十年後，誰料到放逐邊荒，回首本是他鄉的嘉陵，都已成悠悠的舊夢，江聲如舊，月色依然，在金沙江的驛樓上，作爲遷客的詩人，不禁滿懷斷腸人在天涯之感！在時空上，全詩以「往年」與「嘉陵」勾起對往事的回顧，以「豈意」和「金沙」折入對現實的抒寫，在今昔的對映中構成時空的換位，脈絡分明而具有較大的藝術概括力。唐詩中有「秦時明月漢時關」的互文之句，明月與關隘是屬於秦也屬於漢的，秦與漢變化中的時間，明月與關隘表不變的空間，變中有不變，不變中有變，與這一名句的構思有些相似之處的是，在楊愼這首詩中，訴之於聽覺的江聲與訴之於視覺的月色前後重複出現，前者表時間，後者表空間，它們共同地表現出詩人「昔年曾向嘉陵宿」與今天「腸斷金沙萬里樓」的空間變化，從而更加強了全詩的滄桑之感與羈愁遠恨。在時空轉位之外，這首詩的空間還注意大小、遠近的襯映。這本來是杜甫的絕技，如「白鷗沒浩蕩，萬里誰能馴」，如「誰憐一片影，相失萬重雲」，如「萬古雲霄一羽毛」，皆是。楊愼繼承了這一詩藝，萬里長江和萬里樓之金沙江，與幽獨斷腸的詩人，在空間上形成了大小判然的對照；全詩以「往年曾向嘉陵宿」帶起，不僅時間上由長至短，空間上也由遠至近，最後縮小迫近至金沙江的驛樓，這是詩人寫這首詩的定點。——這種布局，可見詩人時空變化的匠心。

四川重慶及對岸之嘉陵驛，曾屬於楚地，雲南哀牢山以東包括昆明在內，都曾納入楚國的版圖。「金沙江」在今楚雄彝族自治州，從「楚雄」二字，也可以想見那裏當年曾經是楚國的勢力範圍，於是，我就邀請楊愼攜帶着他的〈宿金沙江〉，於四百年後光臨了我的這本書册。

詩的音樂美

——施武〈相見坡〉〈烏鴉關〉

音樂美，是詩架設向讀者心靈的一座橋樑，是詩能够飛越千山萬水的一雙翅膀。

在我國古典詩歌史上，詩和音樂結下的是不解緣，我們古典的繆斯是有着美妙的歌喉的。我國最早的詩歌總集《詩經》，同時又被稱爲「樂經」，因爲它的歌詞與舞蹈相結合而又可以歌唱，其中的從十五個國家搜集來的〈國風〉，就是各國可以歌唱的具有地方特色的民歌。以屈原的作品爲代表的《楚辭》，也是可以歌唱的，〈九歌〉固然是從民間祭神的樂曲加工改寫而成，而卽使是〈離騷〉這種文人首創的鴻篇巨製，它也是可供歌唱的長篇樂歌。劉邦衣錦還鄉時作「大風起兮雲飛揚，威加海內兮歸故鄉，安得壯士兮守四方」的〈大風歌〉，歷史記載是「令沛中兒童百二十人，皆而歌之」，這是一種少見的巨型大合唱，其規模不僅遠遠地超過了我們今天的詩歌集體朗誦，千餘年後還令人想見其風起雲飛的磅礴氣勢。漢魏六朝的樂府，是當時合諸新樂的樂章。唐代的許多詩歌，特別是那些絕句，是與新吸收的外民族的「胡樂」相配合而歌唱的，王維的〈渭城曲〉被譜爲「陽關三疊」而傳唱人口，就是不爭的事實。宋詞在萌芽時期就是一種配合樂調歌唱的文學形式，以後更發展爲詞牌豐富的「依聲塡詞」以供弦歌的音樂文學。宋詞之後的被稱爲「散曲」的元曲之曲詞，更無一不可以被之管弦而供歌唱。「新詩改罷自長吟」，我國的古典詩歌，很多可以和音樂配合一起而歌唱，就是當時或後來都不能「唱」的作品，也可以「吟」或曼聲「長吟」，而絕不是只能供人們作無聲的「閱讀」，或者作有聲然而失去了許多音樂美的「朗誦」。總而言之，中國古典詩歌當時所培養的審美主體，不僅是開啟自己的視力的讀者，也是開啟自己的聽力的聽眾。

如果離開音樂而獨立地談詩的音樂美，古典詩歌的音樂美也包括韻腳的安排，韻式的選擇，節奏的變化，雙聲疊韻的配置，喉牙舌齒唇五音的諧和，平上去入四聲的效果等等方面。這裏，我只從節奏的重複這個角度，欣賞明代詩人施武寫於貴州的兩首詩：

上坡面在山，下坡山在面。
相見令人愁，何如不相見？
——〈相見坡〉

朝上烏鴉關，暮下烏鴉關。
老烏啼啞啞，行人還未還？

——〈烏鴉關〉

施武，字魯孫，長洲（今江蘇蘇州）人，生平無可查考。據《貴州通志》，「相見坡」在大定府畢節縣西南，就是今天貴州省西部與雲南省接址的畢節縣境，而「南籠府南安縣有烏鳴關即烏鴉關」，南安縣，即今天貴州省西南部與廣西省相鄰之安龍布依族、苗族自治縣。貴州全省通稱貴州高原，境內多崇山峻嶺。施武這兩首詩，寫境地之險，歷歷如繪，使人如身歷其境，甚至於在生理上都似乎引起一種愁苦驚怖之感，它之所以具有這種效果，是和節奏的重複分不開的。我這裏所說的節奏的重複，不是指五言誦讀時一般分爲三節，或「上二下三」的常格，或「上三下二」的變格，或「上二下二」、「上四下一」等其他句型，而是指相同的句型中語辭的重複，亦卽同音相成的重疊，這相當於音樂中某些樂句與旋律的重複，能使語言的表現產生音樂化的效果。〈相見坡〉一詩，可以說就是「相見坡」這三個字的重複變奏。李白寫蜀道之難，曾有「山從人面起，雲傍馬頭生」之句，相見坡大約也是兩山壁立對峙之間的狹小的坡地，這首詩的前兩句除了「上」與「下」兩字不同外，其餘的語辭均作廻環式的重複，音韻鏗鏘，極力誇張渲染了地形的險惡。（其「上」與「下」的句式，還令我想起李白〈蜀道難〉中的「上有六龍回日之高標，下有衝波逆折之回川」）。下面兩句，突出了詩的主旨「愁」，而「相見」一詞分別置於句首與句尾的位置，反復其辭而遙相呼應，進一步加強了詩的特殊情味和語言的音樂感。南朝樂府民歌〈明下童曲〉有云：「走馬上前阪，石子彈馬蹄。不惜彈馬蹄，但惜馬上兒。」施武也許從中得到過啟示吧？〈烏鴉關〉也是這樣，這首被沈德潛稱爲「寫盡境地險惡」的詩，顯然得力於節奏的重複。前兩句以「朝」與「暮」的時間詞領起，兩次在相同的位置上重複「烏鴉關」一詞，與〈三峽謠〉中的「朝發黃牛，暮宿黃牛」有異曲同工之妙。第三句具體描摹烏鴉的啼叫，使環境和氣氛具象化，除「啞啞」是摹聲的疊詞重複外，還再次重複了「烏」字，最後一句的「行人還未還」，「還」字是隔離重複的奏鳴，這種複疊的節奏，進一步強化了山高路險行人視爲畏途的情境。朱自清在〈詩的形式〉一文中說得好：「詩的特性似乎就在廻環複沓，所謂兜圈子，說來說去，只說那一點兒。複沓不是爲了要說得少，是爲了要說得少而強烈些。」由這裏我不禁想到，有變化的廻環往復、一唱三嘆的節奏，爲詩的語言音樂美所必具，在中外古今的詩歌裏，都可以聽到重奏的美妙樂音。

詩歌是時間藝術，它不僅要有「可視性」，而且要有「可聽性」，不僅要「美視」，而且要「美聽」。美國當代詩人費林格蒂說：「印刷已使詩變得冷寂無聲，我們遂忘記詩曾是口頭傳訊的那種力量了。」他是注意語言的音樂性的，他的詩集《心靈的科尼島》，八年中印了十四版，印數在二十萬册以上。在美國，愛倫坡被稱爲「叮噹詩人」，林賽誦詩用樂器來伴奏，桑德堡用吉他自彈自誦，這都說明詩和音樂分家雖然已經是世界性的現象，但許多詩人都還是希望詩歌不僅要訴之於讀者的眼睛，還要訴之於讀者的耳朵。我國古典詩歌有重視音樂美的傳統，值得新詩繼承和發展，那重複的節奏，不就是詩的橋樑上一根不應棄擲的長木？不就是詩的翅膀上一片值得珍惜的羽毛？

時空設計

——陳恭尹〈歲暮登黃鶴樓〉

黃鶴樓，自從唐代崔顥登臨咏唱之後，歷代不知有多少詩人跟踪他的足迹，來到這裏一試他們的歌喉，留下了許多動人的詩篇。清初詩人陳恭尹的〈歲暮登黃鶴樓〉，就是其中音調悲愴的一曲：

郊原草樹正凋零，歷歷高樓見杳冥。
鄂渚地形浮浪動，漢陽山色渡江青。
昔人去路空雲水，粵客歸心向洞庭。
莫怨鶴飛終不返，世間無處托仙翎！

陳恭尹（一六二九—一六九九），字元孝，廣東順德龍山鄉人。他的父親陳邦彥是抗清志士，兵敗後全家遇害，只有他設法逃出而幸免於難。國破家亡的現實，陶冶了他的愛國精神，他以詩抒懷寄慨，有《獨漉堂詩集》行世。廣東詩人的詩，在明初就有「嶺南詩派」之稱。清初，屈大均、陳恭尹、梁佩蘭使這一詩派重又振興，號稱「嶺南三家」。陳恭尹擅七言，尤以七律爲最。清初名詩人朱彝尊的《靜志居詩話》談到他的咏史七律，曾譽之爲「代無數人，人無數篇」；清代學者杭世駿認爲他的咏史詩在「嶺南三家」中應居首席，他在《題獨漉遺像》詩中有「凄涼懷古意，豈是屈、梁能」之句，是他對陳恭尹詩的品評。「孤棹一辭天萬里，幾回風雨吼吳鈎」（《西樵旅懷》），「十年士女河邊骨，一笑君王鏡裏頭」（《隋宮》），「入楚客無燕七首，送行人有白衣冠」（《留別諸同人》），就是他的七律中雄豪而又含蓄的佳句。從《歲暮登黃鶴樓》一詩，我們也可窺見他七律寫作的不凡庸的身手。

一六五九年，永曆帝由滇邊逃入緬甸，南明小朝廷宣告覆亡。此時，爲抗清而奔走於河南等地的陳恭尹見大局已定，只得懷着無家無國的深痛巨創，消泯了「遠遊之志」，頹然南歸。他年末途經武昌，在黃鶴樓頭登臨送目，寫下了這首寄慨遙深的詩章。

自然界和人類的社會生活，都處在一定的時間和空間之中，這是文學藝術作品處理時空關係的客觀依據。我國的古典詩歌，歷來講究時空設計，注重詩的時空構圖美學，因此，日本的學者曾經稱贊我國的古典詩歌是「時間中的圖畫」，或「圖畫樣的時間」，確實頗有道理。在中國古典詩人中，宇宙感與歷史感最強烈的詩人是杜甫，在他的許多詩篇之中，他總是把時代、歷史和個人的遭際結合起來，構成抒情的獨特性與深沉博大的歷史感，在詩的美學結構上，他的時空設計也變化多方。杜甫的詩歌美學傳統，爲後代的許多詩人繼承和發揚，陳恭尹郎是其中之一，他曾有一首以詩論詩的詩說：「曲江千載下，作者未全湮。筆墨無生氣，光芒愧昔人。誰能師日月？可以喻清新。大海波瀾在，驪珠自不貧！」從這首詩特別是它的結句裏，可以看出陳恭尹強調人品、膽識和生活對詩歌創作的重要作用。〈歲暮登黃鶴樓〉一詩，不僅顯示出現實主義的特色，也表現出時空安排上的意匠經營。前四句着重寫空間而時空交織：首二句勾畫出歲暮時分草木凋零的郊原景象，展現出曠遠迷茫的境界，整個畫面呈現的是沉鬱凄苦的色調。這，既是特定的歲暮景物的寫照，也是詩人的家國巨痛大悲的流露。如果說前兩句是粗線條的意筆揮灑，那麼，三四兩句一寫「鄂渚地形」，一繪「漢陽山色」，那就是特徵景物的工筆勾勒了。長江中的沙洲本是靜止的，詩人卻化靜爲動，寫沙洲在風濤中起伏浮沉，這不僅使靜止的事物具有動態的美，烘托了長江赫赫的聲威，而且表現了詩人心潮的澎湃；漢陽的山色本也是靜止的，可是青蒼一片，卻居然渡江飛來，這樣，就把巍然不動的青山寫活了，氣韻顯得更加生動。後四句採取的是時間與空間分設對映的方式：第五句化用崔顥〈黃鶴樓〉的詩意，昔人已去，白雲千載，概括了長遠的時間，暗寓家國丕變的深慨。第六句寫空間，一筆勾畫了詩人自己的遺民形象，復興無望，只好南歸，悲憤之情見於言外。最後兩句自然無迹地運用有關黃鶴的故典而化出新意：鶴飛不返，寫時間的悠久；無處托仙翎，狀空間的狹窄。這裏，言在此而意在彼，字面上是寫人間世上沒有黃鶴容身之地，實際上是抒發故國陸沉、江山易手的悲哀，說「莫怨」而其怨愈深。總之，詩的後四句一句寫時間，一句寫空間，有虛實相參而動靜相生的美學效果。這首詩的結句，也特別值得稱道，它從空間這一角度着筆，精彩地運用了大小映照的藝術手法。「仙翎」指黃鶴，詩人以世間之大和黃鶴之小作強烈的對照，偌大的世間卻容不了小小的黃鶴，暗示故國已經不堪回首，這樣，形象就更加警動，所表現的哀思愁緒就分外淒惻動人。杜甫的〈孤雁〉詩有「誰憐一片影，相失萬重雲」之聯，〈江漢〉詩有「江漢思歸客，乾坤一腐儒」之對，〈咏懷古跡〉有「萬古雲霄一羽毛」之句，都是在空間上作大小映襯的藝術設計，而使人產生新奇的美感，陳恭尹詩的結句藝術是其來有自的，從這裏我們可以看到藝術的民族傳統不可割斷，藝術技巧也有它的歷史繼承性和持續發展性。

清詩，是古典詩歌史的最後階段，這一階段的初期，在一些詩人兼愛國志士的琴弦上，常常彈奏出歷史的哀怨。「在三家中最以性情勝，往往有悱惻哀麗的語句」（澤田總清：

《中國韻文史》）的陳恭尹，在黃鶴樓上歷代詩人的大合唱裏，吟唱的就是這樣一首令人黯然銷魂的悲歌。

形式的藝術表現力

——黃景仁〈新安灘〉及其它

形式，對於任何形式的藝術作品都是十分重要的。沒有無形式的內容，相反，也沒有無內容的形式，內容作用於形式，形式反過來作用於內容。內容和形式的關係，是藝術辯證法的基本範疇之一。

藝術，要講究形式美。戲曲表演就要求語言歌唱化、韻律化、動作舞蹈化，即所謂「無動不舞，有聲必歌」，前者是美觀，後者是美聽。至於美觀，戲曲諺語所說的「走如龍，站如虎，輕如蝶，美如鳳」，就是從形式美的角度提出的更具體的要求。繪畫也十分講究形式美，線條、色彩、構圖，就是繪畫形式美的主要因素。音樂，是更努力追逐形式美的，不注意節奏、旋律、調式、和聲等等之美，怎麼會有使聞之者動心的樂曲？怎麼會有貝多芬的〈第九交響曲〉和冼星海的〈黃河大合唱〉？形式問題，是藝術性的直接的現實問題，僅僅就詩歌的形式而言，涉及的方面也非常廣泛和複雜。如果說，尺寸之魚不能翻騰起洪波巨浪，那麼，全面地探討形式美也不是一篇詩話式的文字所能擔負的，因此，我只擬就兩首題材同類而體裁不同的詩，來管窺形式的藝術表現力的獨特性，以及爲新詩提供借鏡的可能性，這就是清代詩人黃景仁的〈新安灘〉和沈受宏的〈九龍灘〉：

一灘復一灘，一灘高十丈。
三百六十灘，新安在天上！

——〈新安灘〉

我從建溪走千里，膽落魂消百灘水，
舟人更說九龍灘，絕險諸灘安足齒。
嗟子飄泊何爲哉？今日親到龍灘來。
恰聞昨日七舟下，兩舟卻破尋屍骸。
上灘猶比下灘好，人登崖岸且自保。
長索條分眾挽舟，獨把操篙付三老。
一灘水懸一丈高，奔雷捲雪春怒濤！

舟尾向天舟倒立，還防巨石訇相遭。
欲上不上力再着，號呼互應愁一錯。
我佇山根彳亍行，崚嶒石罅難移脚。
九龍九龍路折盤，盡日勞勞上幾灘？
最有墓龍勢尤險，過此相慶方平安。
嗚呼上灘人自苦，下灘水急誰能主？
輕舟逐浪轉如飛，縱有賁獲勇何補！
清流之人水中生，弄舟慣於洪流爭；
商旅乘舟漫僥倖，性命直比鴻毛輕。
我意欲將山路闢，下屬安沙上鐵石，
閉卻九龍不復行，往來免誤天涯客！

——〈九龍灘〉

黃景仁（一七四九—一七八三），字漢鏞，又字仲則，號鹿菲子，武進（今屬江蘇省）人。他是乾隆時的著名詩人，潦倒不遇而頗具詩才，與洪亮吉齊名江左。他的俊逸詩風，從

〈癸巳除夕偶成〉二首就可見一斑：「千家笑語漏遲遲，憂患潛從物外知。悄立市橋人不識，一星如月看多時。」「年年此夕費呻吟，兒女燈前竊笑頻。汝輩何知吾自悔，枉拋心力作詩人。」上述〈新安灘〉一詩，是頗具民歌風調的絕句。從浙江東部的桐廬去安徽西南的屯溪，沿新安江而溯洄從之，沿途淺灘棋布，小舟要竹篙與縴繩力挽才能上行。黃景仁這首詩從仰視的角度，運用了長距離全景鏡頭，加上數量詞的運用和重複，出色地表現了灘行之險和自己驚絕不置的主觀感受。這首詩因爲是短小的絕句，只能表現審美對象最典型的特徵和詩人最典型的感受，給讀者留下思之不盡的餘味，而不能濃墨重彩地鋪陳，有絲毫旁逸斜出之處，這就是這種特定形式的藝術表現力的獨特性。

〈九龍灘〉則是另一種情況。它的作者是一位知名度不高的詩人，字臺臣，江南太倉人，他曾向清代名詩人吳梅村學詩。福建多山，灘多流急，九龍江在福建省南部，由北、西兩溪合成，流入厦門灣入海，長達二五八公里，負山阻水，舟人視爲畏途。沈受宏這首詩，就是寫九龍江的險狀和自己心悸而魄動的感受。開始四句是起調，高唱而入，詩人先以側面烘托之筆，張揚九龍灘之險絕，先聲奪人。接着二十句，隨步換形，層波疊浪，極寫上灘之險，「一灘水懸一丈高，奔雷捲雪春怒濤。舟尾向天舟倒立，還防巨石訇相遭」，行文極盡騰挪跌宕之能事，眞是使人如見其事，如觀其景。之後的八句，風雨分飛，魚龍百變，狀下灘之險象環生，讀來也令人凝神屏息。最後是詩人表白開闢山路關閉水道的願望，有如一闋九龍灘的四重奏，悠揚搖曳，留下的是令人心有餘悸的尾聲。這首詩，是古體詩中的七古，它源於離騷與漢魏樂府，始於曹丕〈燕歌行〉，發展於鮑照〈擬行路難〉十八首，到唐代而臻於極盛，李白、杜甫、高適、岑參、白居易、韓愈等才高氣盛的詩人，都有許多佳作。這種體式正如王世貞《藝苑巵言》所說：「其發也，如千鈞之弩，一舉透革。縱之則文漪落霞，舒捲絢爛。一入促節，則淒風急雨，窈冥變幻，轉折頓挫，如天驥下坂，明珠走盤。收之則如橐聲一擊，萬騎忽斂，寂然無聲。」沈受宏的〈九龍灘〉一詩，彷彿近之。

新詩學習古典詩歌，並不是要原封不動地搬用原有的形式，而是要吸收它的長處而求新求變，關鍵是在於作者是否有推陳出新的才力。在新詩史上，吳興華（梁文星）早就寫過一些以〈絕句〉爲題的四句一首的詩，如「仍然等待着東風吹送下暮潮／陌生的門前幾次停駐過蘭橈／江南一夜的春雨烏桕千萬樹／你家是對着秦淮第幾座橋」，從中可見他潛心學習絕句以開拓新路的嘗試，而有的詩人那種八行一首的短詩，何嘗不也是從絕句與律詩中得到過詩神的啟示？至於五古、七古舒捲自如而又奔放多變的藝術特色，不也是融化進一些詩人的詩篇中去了嗎？

全面視境與散點透視

——張行懿〈進峽〉〈瞿塘峽〉

詩歌，是意象思維的驕子；詩人，都力圖用文字在平面上創造出一個具有立體感和雕塑感的藝術世界。

臺灣詩人兼學者葉維廉，在他的《維廉詩話》中提出了「全面視境」的觀點。他說：「詩中雕塑的意味，莫過王維的〈終南山〉一詩。太乙近天都（遠看——仰視），連山到海隅（遠看——仰視），白雲回望合（從山走出來時回頭看），青靄入看無（走向山時看），分野中峰變（在最高峰時看，俯瞰），陰晴眾壑殊（同時在山前山後看——或高空俯瞰），欲投人處宿，隔水問樵夫（下山後，同時亦含山與附近環境的關係）。」在分析了王維的這首詩後，他認為：「中國畫（中國詩亦然）順自然的秩序順理成章的達成全面視境及併發性。要知道中國現代詩中所追求的全面視境及併發性，實非『橫的移植』，而是根深蒂固的中國傳統。」我同意葉維廉的這一見解，但我以為，詩中全面視境的形成，是和詩人觀察和描繪生活時的視點（或稱視角）分不開的。

中國的詩與畫歷來有互相取資的傳統，有許多相通相似之處。中國詩和畫的特點之一，就是時空處理的靈活性。這種靈活性，主要表現在以「移動透視法」（或稱「散點透視法」、「跑馬透視法」、「多重透視法」）來處理時間形象與空間形象。西洋畫所遵奉的「焦點透視」，畫面上只能有一個固定的視點，不能隨意移動，而散點透視法的視點則是不固定的，可以上下左右前後自由移動，也就是說，一首詩或一幅畫所描繪的景物，都似乎能隨着讀者（觀眾）的視點的移動而移動，同時，詩人或畫家在運用散點透視處理空間關係的時候，還與所謂「三遠」——高遠（仰視）、深遠（俯視）、平遠（平視）結合起來。宋代山水畫家郭熙在《林泉高致》中說：「山有三遠，自山下而仰山巔，謂之高遠；自山前而窺山後，謂之深遠；自近山而望遠山，謂之平遠。」這一理論既是前人詩畫藝術經驗的總結，對後世的詩畫創作也有着深遠的影響。「故人西辭黃鶴樓，煙花三月下揚州。孤帆遠影碧空盡，唯見長江天際流」，李白的〈送孟浩然之廣陵〉有如一幅橫卷，景物由小而大，由近而遠，這是一致傾向的散點透視法；「一灘復一灘，一灘高十丈。三百六十灘，新安在天上」，清代詩人黃景仁的〈新安灘〉好似一幀立軸，用仰視的角度，景物由低而高，由下而上，也是一致傾向的散點透視法。而另一種傾向不一致的散點透視法，我們可以從清代詩人張衍懿的兩首五律中領略：

峽自夷陵東，江從白帝懸。
兩崖如劍立，百丈入雲牽。
石出疑無路，雲開別有天。
往來頻涉險，千里正茫然。
——〈進峽〉

歷數西南險，瞿塘自古聞。
水從天上落，路向石中分。
如馬驚秋漲，哀猿叫夕曛。
乘船千里疾，回首萬重雲。
——〈瞿塘峽〉

這兩首詩，都具有葉維廉所說的「全面視境」的美學效果。「峽自夷陵東，江從白帝懸」，〈進峽〉首聯入手即從「峽」與「江」落筆。「夷陵」即今之宜昌，爲西陵峽之入口處，第一句爲平視的近景。白帝城高，下臨瞿塘峽，大江浩蕩東去，第二句是平遠之景。首聯構成了長江三峽長卷圖的輪廓畫。頷聯頸聯是從由低至高的仰視角度來寫，但其中又有變化。「兩崖如劍立」，分寫左右羣山之險，「百丈入雲牽」，集中表現羣山之高；「石出疑無路」，寫江流之狹，緊扣開篇的「束」字，「雲開別有天」，表地勢之高，照應前面的「懸」字，這兩聯是高遠之景，頗具開啟的層次和縱深感。結聯以「往來」、「千里」收束，從首尾和平面完成了長江三峽長卷的最後一筆。〈瞿塘峽〉是〈進峽〉的姊妹篇，後者是進三峽，主要寫山，前者是下三峽，主要寫水。在「歷數西南險，瞿塘自古聞」的一筆概括的塗抹之後，詩人就極力渲染瞿塘之險。「水從天上落」，筆法有如王維的「分野中峰變」，是從高空俯瞰的動景；「路向石中分」，是動態的平遠的畫面。「如馬驚秋漲」，是俯視的鏡頭，「哀猿叫夕曛」，是左右平視的景色。結聯對瞿塘之險和自己的出峽行程，作了平面的同時又是深遠的概括，極盡煙雲縹緲之致。這兩首詩，都是運用了傾向不一致的散點透視法，極具雕塑性，因爲雕塑藝術依賴三度空間展現物體的外貌和結構，而古典詩歌的多重透視法，最易產生主體效果，能使讀者在欣賞中不禁產生「山隨萬轉」的美感。

三峽的雄奇，在清代以前不知有多少詩人謳歌過，留下了許多名篇。在前人之後，〈進峽〉與〈瞿塘峽〉的作者又向我們提供了詩歌創造全面視境的範例。張衍懿，在清代並非知名的作手，我們只知道他字慶餘，江南太倉人，《清詩別裁集》收錄了他四首詩。但是，許多並不怎麼知名的作者，他們的一些作品比知名詩人的某些作品常常並無遜色，甚或有以過之，因此，我就在詩的深山裏，尋訪了這兩首埋沒已久的詩以見天日，希望它們不致成爲詩的化石。

氣象雄渾而神韻悠遠

——譚嗣同〈覽武漢形勢〉

雄踞在長江中游的武漢，是一座歷史名城，人傑地靈，異代不同時的許多詩人都來到這裏低吟高唱，一抒懷抱。但是，歷史上任何優秀的詩章，都無一不打上時代的和詩人個性的深刻印記，譚嗣同的七律〈覽武漢形勢〉，就是在中國近代史上的一個嚴峻時刻，由志士兼詩人所唱出的一曲高歌：

黃沙捲日墮荒荒，一鳥隨雲度莽蒼。
山入空城盤地起，江橫曠野競天長。
東南形勝雄吳楚，今古才人感棟樑。
遠略未因愁病減，角聲吹徹滿林霜。

翻開近代史的篇章，我們就可以看到，從公元一八四〇年鴉片戰爭後簽訂南京條約時起，中國就從封建社會逐漸淪爲半封建半殖民地的國家，到這一世紀的末葉，中華民族與帝國主義的矛盾所構成的民族危機空前嚴重，國內的階級矛盾也十分尖銳。身當亡國滅種之秋，面臨風雨飄搖之日，於是，知識分子的代表人物就向西方尋求眞理，呼籲救亡圖存，掀起了資產階級的改良主義運動的浪潮。譚嗣同，就是這一運動中最激進的思想家和活動家，是一八九九年戊戌政變中以身殉志的名標青史的人物。上述這首〈覽武漢形勢〉作於一八九〇年，詩人年方二十四歲。這首詩，淸晰地傳達了那歷史巨潮卽將來臨的訊息，也閃爍着詩人——這位時代的弄潮兒的藝術個性的光輝。

譚嗣同著有《莽莽蒼蒼齋詩》，存詩近二百首。從詩集的題名，就可以想見他的詩風。上述〈覽武漢形勢〉一詩，是一首七律，律詩的寫作當然可以在規矩中求自由，變化萬千，不拘一格，但元氣渾成而又神韻悠遠，卻是對七言律詩的一個基本要求，或有名句可摘而無全篇，或流於小巧纖弱，或偏於粗獷空疏，都不是七律的上乘境界。杜甫的七律多至二百首左右，前人就讚之爲「雄壯鏗鏘，蘊藉最深」，而宋代葉夢得《石林詩話》也說：「七言難於氣象雄渾，句中有力，而紆徐不失言外之意。自老杜『錦江春色來天地，玉壘浮雲變古今』，與『五更鼓角聲悲壯，三峽星河影動搖』等句之後，嘗恨無復繼者。韓退之筆力最爲傑出，然每苦意與語俱盡。和裴晉公破蔡州回詩，所謂『將軍舊壓三司貴，相國新兼五等尊』，非不壯也。然意亦盡於此矣。」譚嗣同〈覽武漢形勢〉一詩，格調雄渾而韻味悠遠，這裏，且讓我們隨着詩人的描繪，去領略他的詩作的壯美風光吧！

「黃沙捲日墮荒荒，一鳥隨雲度莽蒼。」——首聯突兀不凡，氣勢磅礴。荒荒大野，漠漠風沙中的一輪落照，莽莽蒼蒼的天地間隨雲遠去的一隻飛鳥，那落照是對景興起，但是不是也象徵着艱危的時世？那飛鳥是眼前所見，但是不是也暗示詩人自己展翅奮飛的壯心？詩中雖然沒有明言，畢竟引人聯想。元代詩人楊載在《詩法家數》中談到律詩的起句時說：「要突兀高遠，如狂風捲浪，勢欲滔天。」這首詩的起句就是如此，它筆力豪雄，有籠罩全篇的聲勢。

「山入空城盤地起，江橫曠野競天長。」——頷聯由遠而近，點醒題目。一句寫「山」勾勒立體的形象，「入」字本來已使山化板爲活了，再輔之以「盤地起」，更是化靜爲動，把龜、蛇兩山描繪得活龍活現；一句寫「江」，描畫平面的圖景，「橫」字本來已經顯示了江水的風神，再加之以「競天長」，就更表現了大江的浩蕩聲威和與天俱遠的混茫情狀。這兩句詩，承接首聯的遠景大景，確是寫出了「武漢形勢」的獨具特徵，不可移易於它處，同時，也顯露了詩人豪邁的胸懷和渺遠的情思。

「東南形勝雄吳楚，今古才人感楝樑。」——頸聯對景生情，抒懷寄慨。律詩重在對偶，這首詩對偶的妙處就在於虛實相生，別開勝境。頷聯摹景，是實寫，如果頸聯再來寫景，就不免重複而難出新意了。「三四貴勻稱，承上斗峭而來，宜緩脈赴之。五六必聳然挺拔，別開一境。」（沈德潛：《說詩晬語》）譚嗣同由江山勝狀而想到楝樑之才，於是頸聯就出之抒情的警句，議論風生，虛實相參，頗具時代感，大大提高了全詩的思想藝術境界。

「遠略未因愁病減，角聲吹徹滿林霜。」——尾聯「實下虛成」，悠然不盡。這首詩，因結句佳妙而成全璧。「遠略」句承上而來，拯救時難的壯志豪情躍然紙上，然而，它和頸聯都同屬詩中議論，如果結句還是以議論收束，詩的形象就可能會不够飽滿，感染力就可能會有所削弱。於是，詩人在前面的直敍情事（實下）之後，終之以「虛成」——以景結情，將讀者的想像引向更深遠的天地。是的，那滿林霜色，那悲壯角聲，不是能引起人們不盡的遐思嗎？

譚嗣同這首詩是景物抒情詩，在流連風物之中，表現了時代的濤聲和詩人自己獨有的雄渾勁健的藝術個性，拔起千仞而高唱入雲，具有美學中所稱的「崇高美」，同時，它又有餘地，有餘情，情味悠永如平湖秋水，如曲澗幽林，因此，它完全可以說是景物抒情詩中的上品。

剛柔並濟

——秋 瑾〈赤壁懷古〉

浙江紹興，在中國歷史上是一個地靈人傑的名城。這裏，曾經養育過許多傑出的人物，演出過許多可歌可泣的故事。一八七九年，它又迎來了民主主義革命家、女詩人秋瑾，在福建厦門呱呱墮地的第一聲歌吟。

秋瑾，原名閨瑾，字璿卿，又署鑒湖女俠，留學日本時改名瑾，易字競雄，祖籍紹興，一九〇七年七月十五日晨就義於紹興的古軒亭口。在只有二十餘年的短促生涯裏，她給我們留下了一百多首詩和數十首詞，從而不僅在中國近代革命史上，而且在中國文學史上寫下了光輝的一頁。她的詩詞，以一九〇四年去日本留學時爲界，可分爲前後兩個時期。她前期的作品，雖然其中也表現了她高潔的情操和對光明的嚮往，但內容還比較單薄，離愁別恨、春蘭秋菊是她筆下的主要題材，而婉約幽遠則是這一時期的主導風格。後期的詩詞，多抒寫憂國憂民的懷抱，感時傷世的愛國襟懷，風格也一變爲豪邁高亢，——這一點，我以爲中國詩史上任何一位女詩人都無法和她比美。但是，柔腸俠骨，秋瑾畢竟是一位「晴明天氣吟詩地，暢好蛾眉作隱居」(〈雜興〉)的女詩人，又畢竟是一位「漆室空懷憂國恨，難將巾幗易兜鍪」(〈杞人憂〉)的愛國歌手，由她的豪邁俠義的性格與她的生活經歷所決定，因此，她的作品兼有陰柔之美與陽剛之美這兩種美的形態。「吾儕得此添生色，始信英雄亦有雌」，「詩思一帆海空闊，夢魂三島月玲瓏」，她的詩風，正可用她自己的詩句來寫照。

〈赤壁懷古〉一詩，是秋瑾一九〇三年春末由湖南湘潭進京途經赤壁時寫成的，一九一一年湖南的秋女烈士追悼會籌備處所印行的《秋女烈士遺稿》，列爲第一篇，當是秋瑾現存的早期作品之一。在這首詩裏，我們也可以領略到那剛勁的筆力與柔婉的風韻：

潼潼水勢響江東，此地曾聞用火攻。
怪道儂來憑弔日，岸花焦灼尚餘紅。

「潼潼水勢響江東，此地曾聞用火攻」，這兩句全用剛筆。「潼潼」，像聲詞，形容火勢浩大，水流湍急。宋玉〈高唐賦〉：「巨石溺溺之瀺灂兮，沫潼潼而高厲。」秋瑾隨手拈來，切合時地描繪長江奔瀉的壯觀。「響」字補足了長江驚濤拍岸的氣勢，讓人們在聽覺形象中更感受到大江的雄渾之美，而「江東」則進一步寫出大江東去的景象，具有形象的延展性。在開篇腕力勁健的現實的實寫之後，詩人運筆如龍，以「聞道當年」轉入對千年前那一場永銘歷史的赤壁之戰的虛寫。詩人抓住赤壁鏖兵的特徵，只用了「用火攻」三字，那火光燭天、刀劍轟鳴的場景，就映現在讀者想像的熒光屏上。這兩句，氣魄豪壯，筆力開張，場景壯闊，具有激揚奮厲的美學力量。

「怪道儂來憑弔日，岸花焦灼尙餘紅」，這兩句全用柔筆。戰士揮戈，英雄鬪智，早已化作歷史煙雲，而當年動地的鼙鼓，驚天的吶喊，也早已隨流水一同逝去。今天，詩人到古戰場來憑弔，她見到了些什麼？有那些紛至沓來的聯想？「怪道儂來憑弔日」一句，已經是變豪壯爲低廻，變開張爲掩抑了。詩的結句，緊承前面「用火攻」的構思線索，描繪了似乎仍閃耀着當年火光的焦灼的岸花。這一移情於物的聯想意象，幽麗清婉而楚楚動人，在形象和場面上與前面兩句均構成了鮮明的對比，而且由於意象的含蓄和內蘊的不確定性，又留給了讀者廣闊的想像的餘地。秋瑾寫這首詩時，中國正逐步淪爲殖民地半殖民地，中華民族正處在危急存亡之秋，憑弔孫、劉聯合以弱勝強的古戰場，追昔撫今，她難道不會百感叢生嗎？

陽剛美是強烈的，力量的，一般是動態的；陰柔美是深婉的，神韻的，一般是靜態的。

它們同爲詩美，應該無分高下，但它們既各有所長而又各有所短，詩作者對它們可以有所偏勝卻不宜偏廢，正如雨果所說：「詩人是唯一既賦有雷鳴也賦有細雨的人，就像大自然既有雷電轟隆，也有樹葉顫動。」相反相成，在美學上是美的一個重要法則，古希臘哲人赫拉克利特早就批評過有的人「他們不了解如何相反者相成：對立造成和諧，如弓與六弦琴」，他認爲「互相排斥的東西結合在一起，不同的音調造成最美的和諧」（《西方美學家論美和美感》）。我國的蘇軾論書法時，也提出過「端莊雜流麗，剛健含婀娜」（〈與子由論詩書〉）的卓越見解。秋瑾的這首詩，筆在剛柔之間，以剛補柔，以柔補剛，剛柔相濟，雄句與婉句兼而有之，肝腸似火而色貌如花，因此，它就不僅風發雷奮而且也風致妍然了。

讀秋瑾的〈赤壁懷古〉，令人想起清代詩論家、詩人趙翼的七律〈赤壁〉：「依然形勝扼荆襄，赤壁山前故壘長。烏鵲南飛無故地，大江東去有周郎。千秋人物三分國，一片山河百戰場。今日經過已陳迹，月明漁父唱滄浪。」兩首詩雖然體式不同，但同爲憑弔之作則一。當然，它們除了內蘊有別之外，在風格上也是有不同的，趙翼的詩暢達而豪壯，秋瑾的詩在剛健之中仍然透露出女性詩人的細膩柔婉，是金鉦與洞簫的諧和的合奏。

後記

我是炎黃的子孫，楚人的苗裔，因爲熱愛中國古典詩歌，也出於作爲楚人後代的自豪，當然也希望對讀者從藝術的角度欣賞詩詞乃至新詩有所裨益，我寫下了這一册《歌鼓湘靈——楚詩詞藝術欣賞》。

一九八〇年十月，福建省的詩歌座談會在福州召開，我應邀忝列。會議結束的當晚，舉行詩歌朗誦會。在會者難逃，與詩歌創作別來久矣的我，也只好臨時拼湊了一首〈致福州〉，開篇就說：「呵，福州，我兩千多年前的故鄉，我從湘江之旁前來把你拜望。」在座的散文家何爲先生笑着說：「福州是你兩千多年前的故鄉？你眞是太浪漫主義了！」是的，楚國的故地雖然主要是今天的湖北與湖南兩省，但從春秋到戰國，它的版圖是不斷擴大的。在全盛時期，它的勢力範圍不僅包括了今天的福建全境，也囊括了江蘇、浙江、安徽、江西、貴州全省，同時還兼有廣東、廣西、雲南、四川、陝西、河南、山東的一部份。楚國的戰馬奔馳千里痛飲了黃河的流水，楚國的戰士站在海邊眺望了南海的波濤，楚國的戰鼓曾敲塌過孔夫子家鄉曲阜的城牆，楚國的戰旗曾飄揚在雲南的哀牢山頭、四川峨眉山之西以及陝西秦嶺山脈之南。因此，我這册書稿就以議論湖北與湖南的楚地詩篇爲主，而旁及其它。至於我說福州是我兩千多年前的故鄉，自然不免有點效法詩人的浪漫，但確實也不是完全想入非非。在楚國的疆域變遷史的知識方面，我感謝湖南省社會科學院的歷史地理學家何光岳先生的幫助。

這册書稿最早的幾篇，寫於一九七八年新春，承湖南日報社的美意，在該報副刊上闢出「洞庭詩話」專欄，陸續披載。由於種種原因，我時輟時寫，其間也在外省的報刊上發表，最後終於擴大而成今天的《歌鼓湘靈——楚詩詞藝術欣賞》，這是我始料所未及的。由於長江文藝出版社的厚愛和編輯黃義和先生的辛勞，這個懷胎數年而難產的嬰兒終於將要呱呱墮地。在生活與事業的道路上，那些艱難阻障固然只能激發有志者的反彈力，但友誼和愛護之風畢竟更能催動那大海上奮進的雲帆。

克家師高齡、多病而兼百忙，還爲拙著寫序，並多所獎掖，使我實在感而且愧。一位年長於我的朋友略帶責備地對我說：「克家先生身體那麼不好，你還要他寫序，太狠心了。」其實，我是想留下一個不是爲了忘卻的紀念才出此下策的，請有以諒我。

在本書的寫作過程中，湘潭大學中文系姜書閣教授，遠在海外的朱海濤先生，《詩刊》編委丁國成先生，《湖南日報》編委張兆汪先生，以及我青少年時代的友人、湖南師院中文系副主任彭丙成的大力支持，令我感念。

《歌鼓湘靈——楚詩詞藝術欣賞》是我的第四本書稿。我的生命之船擱淺在這本書的漫長的岸邊，斷斷續續也有了好幾年。今天，當新年的第一輪紅日敲響金鼓躍上藍天的時候，當我的這篇後記打上最後一個句號之時，且讓我重新起錨，揚帆在無涯的學海，向永無休止的明天！

作者 一九八四年元旦於長沙

繫得楚天千里

——記外記

語云：可一而不可再。承享譽書林的東大圖書公司的美意，一九八八年卽決定出版拙著《詩美學》與《楚詩詞藝術欣賞》。前者已於年初印行，後者也卽將問世，好事成雙，我深爲感謝，願借此一角之地謹致謝忱！

海峽兩岸的社會背景和意識形態雖然有所不同，但是，長江黃河是我們共同的血系，民族傳統文化是我們共同的淵源，中國的繁榮富強是我們共同的願望，我相信，兩岸的炎黃子孫，在學術和文化上將會有更多的交流與融匯，我期待海峽彼岸的讀者對拙著不吝賜教。

拙著原名《楚詩詞藝術欣賞》，東大圖書公司黃國鐘先生冠以「歌鼓湘靈」的正標題，情詞兼勝，頓使門戶生輝，誌此以示不敢掠美焉。

一九九〇年六月八日於長沙

滄海叢刊已刊行書目(八)

滄海叢刊已刊行書目(七)

書名	作者	類別
印度文學歷代名著選(上)(下)	糜文開編譯	文學
寒山子研究	陳慧劍	文學
魯迅這個人	劉心皇	文學
孟學的現代意義	王支洪	文學
比較詩學	葉維廉	比較文學
結構主義與中國文學	周英雄	比較文學
主題學研究論文集	陳鵬翔主編	比較文學
中國小說比較研究	侯健	比較文學
現象學與文學批評	鄭樹森編	比較文學
記號詩學	古添洪	比較文學
中美文學因緣	鄭樹森編	比較文學
文學因緣	鄭樹森	比較文學
比較文學理論與實踐	張漢良	比較文學
韓非子析論	謝雲飛	中國文學
陶淵明評論	李辰冬	中國文學
中國文學論叢	錢穆	中國文學
文學新論	李辰冬	中國文學
離騷九歌九章淺釋	繆天華	中國文學
苕華詞與人間詞話述評	王宗樂	中國文學
杜甫作品繫年	李辰冬	中國文學
元曲六大家	應裕康 王忠林	中國文學
詩經研讀指導	裴普賢	中國文學
迦陵談詩二集	葉嘉瑩	中國文學
莊子及其文學	黃錦鋐	中國文學
歐陽修詩本義研究	裴普賢	中國文學
清真詞研究	王支洪	中國文學
宋儒風範	董金裕	中國文學
紅樓夢的文學價值	羅盤	中國文學
四說論叢	羅盤	中國文學
中國文學鑑賞舉隅	黃慶萱 許家鸞	中國文學
牛李黨爭與唐代文學	傅錫壬	中國文學
增訂江皋集	吳俊升	中國文學
浮士德研究	李辰冬譯	西洋文學
蘇忍尼辛選集	劉安雲譯	西洋文學

滄海叢刊已刊行書目(六)

書名	作者	類別
卡薩爾斯之琴	葉石濤	文學
青囊夜燈	許振江	文學
我永遠年輕	唐文標	文學
分析文學	陳啓佑	文學
思想起	陌上塵	文學
心酸記	李喬	文學
離訣	林蒼鬱	文學
孤獨園	林蒼鬱	文學
托塔少年	林文欽編	文學
北美情逅	卜貴美	文學
女兵自傳	謝冰瑩	文學
抗戰日記	謝冰瑩	文學
我在日本	謝冰瑩	文學
給青年朋友的信(上)(下)	謝冰瑩	文學
冰瑩書柬	謝冰瑩	文學
孤寂中的廻響	洛夫	文學
火天使	趙衛民	文學
無塵的鏡子	張默	文學
大漢心聲	張起鈞	文學
回首叫雲飛起	羊令野	文學
康莊有待	向陽	文學
情愛與文學	周伯乃	文學
湍流偶拾	繆天華	文學
文學之旅	蕭傳文	文學
鼓瑟集	幼柏	文學
種子落地	葉海煙	文學
文學邊緣	周玉山	文學
大陸文藝新探	周玉山	文學
累廬聲氣集	姜超嶽	文學
實用文纂	姜超嶽	文學
林下生涯	姜超嶽	文學
材與不材之間	王邦雄	文學
人生小語(一)	何秀煌	文學
兒童文學	葉詠琍	文學

滄海叢刊已刊行書目㈤

書名	作者	類別
中西文學關係研究	王潤華	文學
文開隨筆	糜文開	文學
知識之劍	陳鼎環	文學
野草詞	韋瀚章	文學
李韶歌詞集	李韶	文學
石頭的研究	戴天	文學
留不住的航渡	葉維廉	文學
三十年詩	葉維廉	文學
現代散文欣賞	鄭明娳	文學
現代文學評論	亞菁	文學
三十年代作家論	姜穆	文學
當代臺灣作家論	何欣	文學
藍天白雲集	梁容若	文學
見賢集	鄭彥荼	文學
思齊集	鄭彥荼	文學
寫作是藝術	張秀亞	文學
孟武自選文集	薩孟武	文學
小說創作論	羅盤	文學
細讀現代小說	張素貞	文學
往日旋律	幼柏	文學
城市筆記	巴斯	文學
歐羅巴的蘆笛	葉維廉	文學
一個中國的海	葉維廉	文學
山外有山	李英豪	文學
現實的探索	陳銘磻編	文學
金排附	鍾延豪	文學
放鷹	吳錦發	文學
黃巢殺人八百萬	宋澤萊	文學
燈下燈	蕭蕭	文學
陽關千唱	陳煌	文學
種籽	向陽	文學
泥土的香味	彭瑞金	文學
無緣廟	陳艷秋	文學
鄉事	林清玄	文學
余忠雄的春天	鍾鐵民	文學
吳煦斌小說集	吳煦斌	文學

滄海叢刊已刊行書目 (四)

書名	作者	類別
歷史圈外	朱桂	歷史
中國人的故事	夏雨人	歷史
老臺灣	陳冠學	歷史
古史地理論叢	錢穆	歷史
秦漢史	錢穆	歷史
秦漢史論稿	刑義田	歷史
我這半生	毛振翔	歷史
三生有幸	吳相湘	傳記
弘一大師傳	陳慧劍	傳記
蘇曼殊大師新傳	劉心皇	傳記
當代佛門人物	陳慧劍	傳記
孤兒心影錄	張國柱	傳記
精忠岳飛傳	李安	傳記
八十憶雙親 師友雜憶 合刊	錢穆	傳記
困勉強狷八十年	陶百川	傳記
中國歷史精神	錢穆	史學
國史新論	錢穆	史學
與西方史家論中國史學	杜維運	史學
淸代史學與史家	杜維運	史學
中國文字學	潘重規	語言
中國聲韻學	潘重規 陳紹棠	語言
文學與音律	謝雲飛	語言
還鄉夢的幻滅	賴景瑚	文學
葫蘆・再見	鄭明娳	文學
大地之歌	大地詩社	文學
青春	葉蟬貞	文學
比較文學的墾拓在臺灣	古添洪 陳慧樺 主編	文學
從比較神話到文學	古添洪 陳慧樺	文學
解構批評論集	廖炳惠	文學
牧場的情思	張媛媛	文學
萍踪憶語	賴景瑚	文學
讀書與生活	琦君	文學

滄海叢刊已刊行書目(一)

書名	作者	類別
國父道德言論類輯	陳立夫	國父遺教
中國學術思想史論叢(一)(二)(三)(四)(五)(六)(七)(八)	錢穆	國學
現代中國學術論衡	錢穆	國學
兩漢經學今古文平議	錢穆	國學
朱子學提綱	錢穆	國學
先秦諸子繫年	錢穆	國學
先秦諸子論叢	唐端正	國學
先秦諸子論叢(續篇)	唐端正	國學
儒學傳統與文化創新	黄俊傑	國學
宋代理學三書隨劄	錢穆	國學
莊子纂箋	錢穆	國學
湖上閒思錄	錢穆	哲學
人生十論	錢穆	哲學
晚學盲言	錢穆	哲學
中國百位哲學家	黎建球	哲學
西洋百位哲學家	鄔昆如	哲學
現代存在思想家	項退結	哲學
比較哲學與文化(一)(二)	吳森	哲學
文化哲學講錄(一)(二)(三)(四)	鄔昆如	哲學
哲學淺論	張康譯	哲學
哲學十大問題	鄔昆如	哲學
哲學智慧的尋求	何秀煌	哲學
哲學的智慧與歷史的聰明	何秀煌	哲學
內心悅樂之源泉	吳經熊	哲學
從西方哲學到禪佛教 —「哲學與宗教」一集—	傅偉勳	哲學
批判的繼承與創造的發展 —「哲學與宗教」二集—	傅偉勳	哲學
愛的哲學	蘇昌美	哲學
是與非	張身華譯	哲學